W'

万榕

传播新知 优美表达

局外人·鼠疫

[法]阿尔贝·加缪——著

李玉民——译

SPM 南方传媒 | 花城出版社

中国·广州

图书在版编目（CIP）数据

局外人·鼠疫 / (法) 阿尔贝·加缪著 ; 李玉民译
. — 广州 : 花城出版社, 2023.5
ISBN 978-7-5360-9867-1

Ⅰ.①局… Ⅱ.①阿… ②李… Ⅲ.①中篇小说 – 法
国 – 现代②长篇小说 – 法国 – 现代 Ⅳ.①I565.45

中国国家版本馆CIP数据核字（2023）第039492号

出 版 人：张　懿
选题策划：王会鹏
责任编辑：王铮锴
责任校对：李道学
技术编辑：林佳莹
封面设计：任展志

书　　名	局外人·鼠疫	
	JUWAIREN·SHUYI	
出版发行	花城出版社	
	（广州市环市东路水荫路 11 号）	
经　　销	全国新华书店	
印　　刷	北京飞帆印刷有限公司	
	（北京市顺义区北石槽镇）	
开　　本	880 毫米 ×1230 毫米　32 开	
印　　张	11	
字　　数	273,000 字	
版　　次	2023 年 5 月第 1 版　2023 年 5 月第 1 次印刷	
定　　价	49.80 元	

如发现印装质量问题，请直接与印刷厂联系调换。
购书热线：024-23284481

目 录

局外人

▲

译　序

局外何人

李玉民

　　最难理解的莫过于象征作品。一种象征往往带有普遍性，总要超越应用者，也就是说，他实际讲出来的内容，大大超过他要表达的意思，艺术家只能再现其动态，不管诠释得多么确切，也不可能逐字逐句对应。尤其是，"真正的艺术作品总合乎人性的尺度，本质上是少说的作品"。

　　加缪在《西西弗神话》中所表达的这种观点，道出了阅读象征性作品碰到的最大难题。作者遵循这一美学原则：多讲无益，少说为佳，在作品中留下大量空白，任由读者去猜测。我们读这类作品，思想上也总是纠结矛盾：一方面享受着作者有意无意留出的想象空间，另一方面苦于捉摸不定而又希望作者多透露些信息。不过，更多的信息，只能以这类成品的说明书的形式透露了。因此，加缪在多处也做了类似说明。本文通篇都要谈这个问题，不妨先讲一点加缪的语言风格。

　　加缪具有深厚的古典写作功底，语句简洁凝练，往往十分精辟。这里略举一段，供读者实际体会一下。

我知道我离不开自己的时间，就决定同时间合为一体。我之所以这么重视个体，只因为在我看来，个体微不足道而又备受屈辱。我知道没有胜利的事业，那么就把兴趣放到失败的事业：这些事业需要一颗完整的心灵，对自己的失败和暂时的胜利都不以为意。对于感到心系这个世界命运的人来说，文明的撞击具有令人惶恐的效果。我把这化为自己的惶恐不安，同时也要撞撞大运。在历史和永恒之间，我选择了历史，只因我喜爱确定的东西。至少，我信得过历史，怎么能否定把我压倒的这种力量呢？

　　　　　　　　　　　　　　　　　——《西西弗神话》

　　这类语句，我翻译时下笔就十分滞重，即便引用来重抄一遍，仍旧觉得沉甸甸的，其分量自然源于思想的内涵。语言如此，更有作品中的悲剧性人物，如默尔索、卡利古拉乃至西西弗、唐璜等，言行那么怪诞，身陷莫名其妙的重重矛盾中，如何给予入情入理的解释，恐怕除了少数专家，包括我在内的绝大多数人都会望而生畏。

　　记得十来年前，在北京打拼的一位青年导演组织剧班排练好了五幕悲剧《卡利古拉》，租用北京青年小剧场，计划演出一个月。我作为加缪戏剧的译者，应邀出席了最后彩排和首场演出。这群扮演古罗马人的青年演员，似乎领会了这出古罗马宫廷戏的精神，直到演出，包括导演在内，谁也没有向我提出任何问题。他们一个个精神抖擞，表现出北漂青年那样的十足热力，表演特别用心认真，其忠实于原作的程度，不亚于我的翻译。问题出在散场时，有的观众没有看懂剧情，得知我是翻译，便问我这场戏是什么意思。当时以我对加缪作品的把握，还不能深入浅出地回答不知加缪是何许人的观众，我只好泛泛讲了几句，观众还是一脸疑惑的神情。幸好同去观戏的北大教授、好友车槿山在身边，他当场给几名观众上了一堂关于加缪的启蒙课。

我记述这一笔，既赞赏那些青年的勇气，率先将加缪的戏剧搬上中国舞台，虽然还有一点水土不服，但终归算一件小盛事，也因为临场方知，恰当地解释加缪的作品并非易事：《卡利古拉》一出戏尚且如此，遑论加缪的文集！

小说《局外人》、剧作《卡利古拉》，以及哲学随笔《西西弗神话》，如果不挑字眼儿，就不妨称为"荒诞三部曲"。长篇小说《鼠疫》、剧作《正义者》和理论力作《反抗者》，则组成第二个系列，也可以顺势称作"反抗三部曲"。从叙述文《堕落》开始，加缪似乎进入深度反思，总结他半生斗争的生涯，他似乎正经历一次新的蜕变，但是文中的象征还不甚明晰。直到未完成的长篇，类似传记的《第一人》手稿的发现，整理出版，我们才得以窥见加缪生前最后阶段的思想进程。

书名翻译也有学问。譬如《局外人》，原文为 L'étranger，《法汉大词典》给出的词义是：①外国人；②他人、外人、陌生人、局外人。最后一条显然是有了《局外人》的译法而后加的。最先译为《局外人》的人定是高手，因为只看原书名而不详读内容，首先想到的是"外国人"，或者"外乡人"，当然离题太远了。"局外人"含有置身局外的意思，与"局中人""局内人"相反，倒也切合主人公默尔索的状态。其实，原书名在法语中是个极普通的词，而汉语"局外人"则非同一般，译出了作者在小说中赋予这个普通词的特殊内涵。不过，话又说回来，中法语言文化毕竟差异极大，尤其抽象的概念，很难找到完全对应、完全对等的。就拿"局外人"来说，照《现代汉语词典》的解释："指与某事无关的人。"这恐怕难以涵盖加缪在哲理小说中使用这个词的意义。因此不免有一问：局外究竟何人？

加缪第一部哲理小说，就用"局外人"来界定默尔索这个人物。尽管在此后的作品中，加缪并没有把具有他的哲学血统的人物统称为"局外人"，但是《局外人》这部小说影响太大了，后来的人物，不管叫什么名字，我们总不免认为，他们都同属于"局外人"这一族群。因此，如能确认这一族群是什么人，也就等于抓住了加缪哲学最鲜活的成分。

加缪断言："伟大的小说家是哲理小说家。"他还列举出几位，有巴尔扎克、萨德、麦尔维尔、司汤达、陀思妥耶夫斯基、普鲁斯特、马尔罗、卡夫卡。他们和加缪有一个共同点，都不自诩为哲学家，却用充满哲理的小说创造出自己的世界而成为伟大的小说家。他们善于将抽象的思想化为血肉之躯，而这种"肉体和激情的小说游戏的安排，就更加符合一种观看世界的要求"。他们的作品，"仅仅是从经验上剪裁下来的一块，仅仅是钻石的一个切面，闪耀着凝聚在内中无所限制的光芒"。这种作品，"既是一种终结，又是一场开端"，往往是一种"不做解释的哲学的成果，是这种哲学的例证和圆成"。

加缪讲得再清楚不过了：这种小说是观看和认识现实的工具，是哲学的成果，但是也"要有这种哲学言外之意的补充，作品才算完整"。哲理小说与哲学论著的这种相互依托的关系，我们虽然知道，而由作者出面这样强调，我们就无须多虑了。不过，也不是一路畅通无阻，作者又特意提醒一句："小说创作也像某些哲学作品那样，可能呈现相同的模糊性。"而这种模糊性，恰恰又是《局外人》这部小说的一个突出特点。也许正因为如此，这部短短的中篇小说，足以引出数不胜数的分析评论文章和专著。因而，要弄清局外何人，还得透过小说中的这种模糊性，抓住加缪真正要表达的意思，进而了解他所创造的"局外人"出没的世界。幸好，加缪又来引路了，他在《西西弗神话》中写道：

在象征方面，要想掌握，最可靠的办法就是不去撩拨，也不带定见进入作品，更不去探究那些暗流。尤其是对卡夫卡，必须老老实实顺随他的笔势，从表层切入情节，从形式研读小说。

加缪在谈他如何研读卡夫卡的荒诞作品。既然指出了门道，就不要只看热闹了。照加缪所说，最可靠的办法有三不要：一不要随意撩拨。这意思可就宽泛了，借用时下的字眼儿，就是不要太任性，不要施展望文生义、见微知著、举一反三的本领。二不要带着定见进入作品。抱着定见必然心浮气躁，匆忙质疑，自顾高谈阔论，结果南辕北辙，与作品毫不相干。三不要探究暗流。只因暗流涌动，根本无从探测，反而舍本逐末，难说不会被暗流吞没。要做的就是老老实实，步步紧跟作者的思路，哪怕不大理解。这样还嫌不够，加缪又进一步说明：

> 卡夫卡的秘密，就寓于这种根本性的模棱两可之中。在自然和异常、个体和万物、悲剧性和日常生活、荒诞和逻辑之间，这种恒久的摇摆，贯穿了卡夫卡的全部作品，使得作品既共鸣反响，又富有意义。要想理解荒诞作品，就应该历数这些反常现象，就应该强调这些矛盾。

是否可以说，加缪的秘密，也寓于贯穿他的作品的模糊性之中呢？虽然不能生搬硬套，但是荒诞作品之间，即使作者写作风格迥异，也必有根本性的相通之处，譬如在自然与反常之间等方面，都同样描述了大量的"反常现象"，都同样表现了重重"矛盾"。这就是为什么加缪特别强调，要想理解荒诞作品，就必须认真看待这些反常现象、这些矛盾，这也正是上段引文的结尾，"从表层切入情节，从形式研读小说"，加缪所说的意思。

现在，我们就从一处表层，切入《局外人》的情节：一声震耳欲聋的脆响，"一切都开始了"。分为两部的小说，就好像故事从此开始，默尔索这个小职员在第一部讲述的日常生活，从此一笔勾销，顶多能充当一件命案的证明材料了。"我明白自己打破了这一天的平衡，打破了海滩异乎寻常的寂静，打破了我曾觉得幸福的平衡和寂静。"随后，他又对着那不动的躯体连开四枪，"在厄运之门上急促地敲了四下"。

"我明白"，这只是默尔索的惯性思维，其实他并不明白，仅仅意识到惹上麻烦，而敲了四下厄运之门，是他最终才明白过来的。第二部的情节，就在不明不白中展开了。起初，似乎没人对他的案子感兴趣，可是不知何故，过了一周，情况完全变了。预审法官面带好奇的神色打量他。这"好奇"里面就大有文章，默尔索被盯上了，只是他还意识不到，也不可能有所警觉。因而，他回答预审法官说，是不是非得请律师，"我认为自己的案子非常简单"。预审法官便微微一笑，说道："这是一种看法……"第二次审讯，预审法官问他是不是个"性格内向、寡言少语的人"。默尔索回答说："事出有因，我从来没有什么重要的话要讲，于是就保持沉默。"预审法官还像上次那样微微一笑，承认这是最好的理由……

两次预审，看上去十分简单，波澜不惊。然而，这正是加缪文笔的高妙之处，于无声处听惊雷，简单中潜行着复杂的矛盾与冲突。且不说预审法官话里有话，单看他两次"微微一笑"，象征什么，就足够让人寻味的了。细品《局外人》中的这种暗笔，堪称奇绝，笔墨之细，隐义之妙，真是妙趣横生，令人无限遐想。我特别欣赏我国这句古话：哭是常情，笑乃不可测。法官的笑就更加不可测了。

在不明不白的审案当中，还不乏滑稽可笑的场面。预审法官说不找律师，就会给他指派一位。默尔索表示这样太方便了，司法机关连这些具体问题都负责给解决，他便同法官一致得出结论：法律制定得很完善。而且对法官这个人，他也觉得"非常通情达理""善气迎人"，要离开审讯室时，甚至想同法官握手，幸好及时想起自己有命案在身。一次次审讯，法官和他的谈话变得"更加亲热"了，甚至让他产生了"亲如一家"的可笑印象；有时法官还把他送到门口，重又交到狱警手里之前，拍拍他的肩膀，亲热地对他说一句："今天就这样吧，反基督先生。"

这种反衬手法的巧妙运用，更加凸显了荒诞的效果。而且怪得很，话说得越明确，意思就越模糊。经过数月审理，按预审法官的说法，默尔索的案子"进展正常"。可是，确知他不信上帝之后，预审法官对他就没有兴趣了，"事情就再也没有进展了"，已经把他的案子"以某种方式归类了"，还打趣地称他为"反基督先生"。案子进展怎么叫"正常"，"再也没有进展"又从何说起；而案子"归类"似乎很清楚，"以某种方式"，又意味着有多少令人猜不透的名堂。

总之，这部《局外人》感觉有点怪异，翻译觉得很明白，文字典雅，既简练又明晰，可是再读起来，似乎变得神经过敏了，仿佛随处都话中有话，并不像表面文字那么简单。而且主人公默尔索也越来越让人捉摸不透了，他原本就是局外人，还是脚踏局内局外的人，抑或是从局内走向局外的人呢？本来不成问题的事，一读再读反成为问题了。下面引出一小段，看看我是不是有点疑神疑鬼。

（预审法官和律师）有时候谈到一般性问题，也让我参加讨论。我的心情开始轻松了：在这种时刻，谁对我都没有恶意。一切都显得那么自然，那么按部就班，表演得那么有板有眼，我甚至产生了"亲如一家"的可笑印象。

就拿这段文字来琢磨琢磨默尔索这个人物。我们还是回到那声震耳欲聋的枪响，"一切都开始了"，能说他一切都明白了吗？恐怕未必。否则，他揣着明白装糊涂，哪儿来第二部这一场场好戏呢？我们不能怀疑他的心情开始轻松了，这就表明，他并不完全明白，因而才能不由自主地配合对方演成好戏，一时还预测不出他敲响了厄运之门。但是，这段话一连串的表达方式："显得那么自然""那么按部就班""表演得那么有板有眼"，还把"亲如一家"打上引号，称为"可笑印象"，这些足以说明他有清醒的判断。

明白不明白是一回事，但是局外人始终保持清醒。加缪在《西西弗神话》中谈到荒诞人时，有这样一段话：

> 一个富有荒诞精神的人只是判断……他顶多能同意利用过去的经验确定自己未来的行为。时间将激活时间，生活支持生活。在这个既局限又充满可能性的地盘上，他觉得除了清醒，他本身一切都是不可预测的。

荒诞人在有限而又充满可能性的生命中，他本身除了清醒，一切都是不可预测的，这是荒诞人的一大特点。让我们看看默尔索是否具备。在人生的两大问题，工作和爱情婚姻上，默尔索超乎寻常的清醒态度，集中表现在第一部第五节中。老板打算在巴黎开设办事处，有意把这个美差交给默尔索，这样既能生活在巴黎，每年又有出差旅行的机会，认为他年纪轻轻，应该喜欢那种生活。不料他只是淡淡地附和一声是啊，内心深处却觉得无所谓。于是老板就问他，是不是对改变生活不感兴趣，他就明确回答，说："人永远也谈不上改变生活。"这是默尔索对人生的一种根本认识，而这种清醒的认识贯穿全书的始终，也体现在爱情和婚姻上。女友玛丽问他，是否愿意同她结婚。默尔索回答这对他无所谓，如果她愿意，就可以结婚。玛丽还问他是否爱她，他还是那个话：这毫无意义。

"毫无意义"和"无所谓"，几乎成为他的口头禅，用来对许多事情，乃至如工作前程、爱情婚姻这样人生重大问题的表态，显然不近情理，毫无诚意，没有讲出真实的想法，因而被人看成是个"怪人"。粗读这部小说，默尔索也很容易给人留下这种印象，就觉得他说话办事不痛快，该讲的话不讲，顾左右而言他。也许正是他这种寡言少语的性格，给养老院工作人员造成误解；也正是他这种不配合的态度，惹恼了办案人员，结果开庭审判时，不利的证词和道德审判气氛，导致出乎意料的重判：以法兰西人民的名义，他将在广场上被斩首示众。庭长宣判完，最后问他有什么话要讲。他略一思索，随后便回答："没有。"为什么无语，这种后果，似乎他自身也有几分责任。

带着这样的疑问细读，却发现在关键时刻，默尔索一反模棱两可的态度，哪怕是对自己不利，也果断地表明态度，甚至断然说"不"。下面就节选一段律师同他的谈话，具体看看在什么情况下，他说话有些含混，而到了什么火候，又有明确的态度。

"要知道，"我的律师对我说道，"像您这种情况，我实在有点儿难以启齿，但是这又非常重要。如果我找不出理由答辩，这就将成为指控您的一个重要证据。"他希望我能协助他。他问我，那天我是否感到难过。

律师告诉他，办案人员调查了他的私生活，还去过马伦戈的养老院，预审法官都获悉葬礼那天，他"表现出了无动于衷的态度"。律师无疑凭经验，认为这是个要害问题，料想检察官会抓住他在母亲葬礼时的表现大做文章。可见，律师是从专业的角度，也从被告的利益出发，提出这个不近情理的问题，要求默尔索予以协助。

听到这样一问，我十分惊讶，如果是我不得不提出这个问题，我都会感到非常尴尬。不过我还是回答说，我多少丧失了扪心自问的习惯，很难向他提供这方面的情况。自不待言，我很爱妈妈，但是这并不能表明什么。所有精神正常的人，都或多或少盼望过自己所爱的人死去。

默尔索十分惊讶，可是他的回答更让别人惊讶。他说很爱妈妈，只要接上一句：妈妈死了心里当然难过。他非但不这么迎合一句，反而话头一转，"这并不能表明什么"，一下子就勾销了。尤其不该借题发挥，无端将所有精神正常的人都横扫一下，简直就是不打自招，承认也曾盼望过自己所爱的人死去。律师的反应可想而知，他当即打断默尔索的话，焦躁地让他保证，"无论到法庭上，还是在预审法官那里，都不要讲这种话"。话说到这份儿上，但凡知趣一点儿，应对一声也就算了。然而，默尔索偏不。

可是，我却向他解释道，我天生如此：生理的需要往往会扰乱我的情感。安葬妈妈那天，我疲惫不堪，又非常困倦，也就没有留意当时发生了什么情况。我所能肯定说的是，我真不愿意妈妈死了。

律师没法儿满意，便思考一下，帮他出个主意，可不可以说那天，他控制住了心中自然的感情。默尔索断然拒绝："不可以，因为是假话。"律师神情古怪，似乎有几分反感，带点幸灾乐祸的口气说，这可能将他置于难堪的境地。他却提请律师注意，这段事情跟他的案子无关。律师仅仅反驳了一句：显然他从未跟司法机构打过交道。接着，默尔索有这样一段记述：

　　　　他走时面带愠色。我很想留下他，向他说明我渴望得到他的同情，但不是为了获取他更好的辩护，而是……可以这么说，而是自然而然的事情。尤其是我看出来，我让他很不自在。他没有理解我的意思，对我产生了一点儿怨恨。我真想明确告诉他，我跟所有人一样，跟所有人绝对一样。然而，费一番口舌，其实没有多大用处，我也懒得讲，干脆放弃了。

　　律师的担心不无道理，后来得到开庭审判过程的证实，结果默尔索不仅处境尴尬，还被判了极刑。从上面引述的这段谈话来看，不必详细分析，大体可以判断出，律师讲的每句话都是诚恳的、善意的，而默尔索的回答虽然是片言只语，句句讲的也都是实话，只是欲言又止。这两种真诚态度，却不能在事实上形成合力，最终只能各行其是。默尔索态度暧昧，有些"失真"，盖源于他欲言又止。不过，这仍然是他清醒的一种表现，他往往认为多解释无益，徒费唇舌，就干脆放弃。他对老板、对女友玛丽也是一样，他那"无所谓"的态度，正是基于他的这种清醒认识：无论做什么，促成事情怎样变化，都"没有多大用处""没有实际意义"。

"没有实际意义"，这是默尔索的真诚与一般人真诚的最大差异。一般人，真诚想提拔他的老板，真心想跟他结婚的玛丽，真正想帮他打赢这场官司的律师，他们都有功利性、动机性。唯独局外人，想要表露的真性情，则毫无动机，毫无功利性。他说"人永远也谈不上改变生活"，既不想巴结老板，欣然接受去巴黎生活的提议；也不愿明确拒绝，拂老板的意。他说可以结婚，但是并不想讨玛丽的欢心，而说不爱她，也同样无意伤害她。他渴望博得律师的同情，只是合乎人之常情，不是为了获取更好的辩护。

不过，应当特别指出，默尔索至少在两次关键时刻断然说不，则别具深意。一次是初审法官对他这个人发生了兴趣，问他是否信仰上帝，听他回答说不信，就气呼呼地说这不可能，"人人都相信上帝，即使是那些背弃上帝的人"，于是百般劝导，还将基督受难像举到他眼下。最终，默尔索还是说"不"。另一次，默尔索被判决之后，一再遭到他拒绝的神甫还是坚持到牢房看他，说是"人类的正义微不足道，而上帝的正义才至关重要"，引导忏悔，还问默尔索是否允许他拥抱他。默尔索答道："不。"他是对上帝说"不"，也就是对永恒说"不"。这正是加缪给荒诞人下的一种定义。

歌德说："我的地盘，就是我的时间。"这真是荒诞的警语。荒诞人是什么呢？就是毫不否认，不为永恒做任何事情的人。并不是说怀旧对他是陌生之物，但是他偏爱自己的勇气和自己的推理。勇气教他义无反顾地生活，满足于现有的东西；推理则让他明白自己的局限。他确认了自己有局限的自由、没有前途的反抗以及会消亡的意识，以便在他活着期间继续他的冒险。这就是他的地盘，这就是他的行动：排除一切判断，只保留自主判断的行动。对他而言，一种更加伟大的生活，并不意味另一种生活。否则就不诚实了。我在这里甚至不提称之为后世的那种可笑的永恒。

加缪在《西西弗神话》中，一再界定什么是荒诞人，我认为这一段文字所描述的特点，基本符合加缪小说和戏剧里的主人公性格。无论默尔索、卡利古拉，还是《鼠疫》中的里厄大夫、塔鲁，《正义者》中的卡利亚耶夫及其战友们，虽然在反抗这个主题上，比较起来还有差异，但是，他们都大步走在荒诞的路上，发现的第一个真理，就是"人必有一死，他们的生活并不幸福"。这一场景，在《卡利古拉》第一幕第四场有精彩的对话。在此顺便多说一句：在阐释荒诞的主题上，加缪的剧作，包括他的改编剧《群魔》等，因其人物在场上直接冲突与交锋，即使不是看戏而是阅读（不要小看经典戏剧的阅读功用），那种论争和智辩也更加直观，更加扣人心弦。

荒诞人掌握了这一真理，就有了清醒的意识，看破了世界的荒诞与虚假，他们不再相信宇宙间存在更高级的生命，不再相信能给予人另一种幸福生活的上帝，总之不相信永恒了，而世人生活在永恒的希望中，无非是把虚假的骗局当作希望的永恒。这是人生状况二律背反推理的结果。加缪在分析克尔恺郭尔的哲学，针对他要赋予他的上帝以荒诞的特性时指出："荒诞，则是觉悟人的原本状态，并不通向上帝……用极荒诞的说法：荒诞，就是没有上帝的罪孽。"真的没有一点儿上帝的容身之地了。

鄙弃永恒，就是彻底承认人生的局限。所谓荒诞人，就是只能与时间同行，须臾也离不开时间的人。荒诞人掌握了一门不容幻想的科学，否定那些追求永恒的人所宣扬的一切。这就意味没有希望，没有未来，只有在世的时间，只有当下和当下一系列的瞬间。这就是歌德所说的地盘。到死囚牢房看望默尔索的神甫当然不理解，他不无感慨地问："您就如此热爱这片大地吗？"随后又问默尔索，怎么看另一种生活。默尔索便冲他嚷道："就是我在那种生活里，能够回忆这种生活。"同样，在《正义者》中，要去执行暗杀皇叔任务的卡利亚耶夫也明确说："我热爱生活，并不寂寞。正因为热爱生活，我才投身革命。"而更加激进的斯切潘则说："我不热爱生活，而热爱高于生活的正义。"但是不管怎样，他们都实践着尼采的这句话："重要的不是永恒的生命，而是永恒的活力。"

既然没有未来，没有永恒，只有短暂的一生，人生正因为没有意义就更值得一过。人没有了希望，倒意味增加了不受约束性，这就是加缪所说的，并且体现在他的众多人物身上的"深度自由的缘由"。他们就再也无所顾忌了，周身都焕发出超常的活力，有声有色地运用起一种超越通行规律的自由。默尔索和卡利古拉，这一今一古两个主人公，都放射出了永恒活力的耀眼光芒。

死囚面对打开的重重牢门，默尔索那种神圣的不可约束性，就化作生命的纯粹火焰，在燃尽之前，痛快淋漓地展现了这种反抗的自由。

　　我呢，看样子两手空空，但是我能把握住自己，把握住一切，比他（神甫）有把握，我能把握住自己的生命，把握住即将到来的死亡。对，我只有这种把握了。可我至少掌握了这一真理，正如这一真理掌握了我一样。从前我是对的，现在还是对的，我总是对的。……我生活的整个过程，就好像在等待这一时刻和这个黎明：终将证明我是对的。……我所度过的这荒诞的一生中，一种捉摸不定的灵气，从我的未来的幽深之处朝我冉冉升起，穿越尚未到来的岁月，而这股灵气所经之处，便抹平了我生活过而并不更为真实的那些年间别人给我的种种建议。……既然唯一的命运注定要遴选我本人，并且随同我也遴选像他那样自称我兄弟的千千万万幸运者……

卡利古拉也跟默尔索一样，猛然憬悟而掌握了这一真理，但是他贵为罗马皇帝，一旦有了自主判断的行动自由，就必然闹得天翻地覆。皇帝的贴心侍从埃利孔早有预见："假如卡伊乌斯（卡利古拉的名字）开始醒悟了，他有一颗年轻善良的心，是什么都要管的。那样一来，天晓得要使我们付出多大代价。"果不其然，三年当中，正如卡利古拉所讲的："我周围的一切，全是虚假的，而我，就是要让人们生活在真实当中！恰好我有这种手段，能够让他们在真实当中生活。"他使用了暴君的手段，教育人们认清世界的残暴与荒诞，逼使他们起来反抗。最终，他对着镜子，讲出这样一段意味深长的话：

> 一切都看似那么复杂，其实又那么简单。如果我得到月亮（指不可能的事情），如果有爱情就足够了，那么就会全部改观了。可是，到哪儿能止住这如焚的口渴？对我来说，哪个人的心，哪路神仙能有一湖水的深度呢？（跪下，哭泣）无论在这个世界还是在另外一个世界，没有任何东西能与我等量齐观。其实，我明明知道，你也知道呀（哭着把双手伸向镜子），只要不可能的事情实现就成。不可能的事！我走遍天涯海角，还在我周身各处寻觅。我伸出过双手，（喊）现在又伸出双手，碰到的却是你，总是你在我的对面。我对你恨之入骨。我没有走应该走的路，结果一无所获。我的自由并不是

好的……噢，今宵多么沉重！埃利孔不会回来：我们将永远
有罪！今宵沉重得像人类的痛苦。

两个生命的终篇，同为荒诞人，却大相径庭。默尔索还沉醉在反抗
的激情（即尼采所说的活力）中：一生终于有这么一次，把握住了自己
的命运，可以傲视周围的一切了。卡利古拉则不然，他既然醒悟，又握
有皇权，就想有大作为，要改造世界，至少改变他周围的世界。他好似
征服者，充分感到自己的力量，将这种力量发挥到最高值，但是超越不
了荒诞人本身，投身到失败的事业中，根本不可能获取成功。荒诞人面
对暴君，卡利古拉的这种双重性，引导他走上歧路，错误地运用了自己
的自由；荒诞人卡利古拉对暴君卡利古拉恨之入骨：非正义匡正不了世
界，卡利古拉难逃罪责，只因"在反抗者的宇宙中，死亡彰显着非正义，
死亡是登峰造极的滥用权力"。

再看默尔索和卡利古拉临终留下的遗言。默尔索的遗言还不失为他
那反抗激情的余绪。

我也同样，感到自己准备好了，要再次经历这一切。经
过这场盛怒，我就好像净除了痛苦，空乏了希望，面对这布
满征象的星空，我第一次敞开心扉，接受世界温柔的冷漠。
感受到这世界如此像我，总之亲如手足，我就觉得自己从前
幸福，现在仍然幸福。为求尽善尽美，为求我不再感到那么
孤独，我只期望行刑那天围观者众，都向我发出憎恨的吼声。

默尔索像诗人一样享受这一刻。"这座现实的地狱，终于成为人的
王国"，不再沉默，而是充满疾恶如仇的吼声。再看《卡利古拉》的结局：

［卡利古拉站起来，抄起一张矮凳，气喘吁吁地走到镜子前，对着镜子观察，模拟地向前一跳，朝着他在镜中同样动作的身影，把矮凳飞掷过去，同时喊叫：

卡利古拉：历史上见！卡利古拉，历史上见！

［镜子破碎，与此同时，手持武器的谋反者从四面八方拥入。卡利古拉对他们一阵狂笑。老贵族刺中他的后背，舍雷亚击中他的脸。卡利古拉由笑转为抽噎。众人一齐上手打击。卡利古拉笑着，捯着气儿，咽气时狂吼一声：

卡利古拉：我还活着！

镜子破碎，幻想也随之破灭，起来打击他的人，不是励志图变的反抗者，而是一群宵小，维护旧观的谋反者。那阵狂笑的自信，带着唯一的真理走进历史。"历史上见""我还活着"，集中体现了"反抗、自由和激情"的荒诞精神。

一种命运并不是一种惩罚。默尔索、卡利古拉、卡利亚耶夫等人物，他们深知自己有道理，也就谈不上惩罚了。他们为自主的行为付出了代价，保持了尊严，也赢得了敬重。只是《局外人》中，究竟判处的是什么罪过，还颇为含混。加缪这样概括《局外人》："在我们的社会里，凡在母亲葬礼上不哭者，都有被判处死刑的危险。"小说中则十分强调，随后又连开四枪，犹如"在厄运之门上急促地敲了四下"。过失杀人判成蓄意谋杀，是对资产阶级司法的讽刺。当初我何尝没有产生过这种看法。其实，默尔索的真正罪过，就是不肯皈依，跟社会较真儿，不配合作假反而较劲。这就是人在荒诞世界中的处境：不反抗则必顺从，而反抗就得承担后果。

加缪强调的"深度自由"，表现在荒诞人物身上，并不是毫无禁忌。冲破准则，但须恪守自律的道德。卡利古拉没有自律，大肆杀戮，最终认清走错了路，他的自由不是好的。起而反抗荒诞世界，也谈不上肩负使命，只是顽强地反抗自己的生存现状，彰显人的唯一尊严。加缪笔下的人物，包括《流放与王国》《堕落》中的主人公，都或多或少有荒诞人的特点。但是，荒诞之路有各种各样偏离的途径。《正义者》中与卡利亚耶夫相对立的人物斯切潘，就宣称他"不热爱生活，而热爱高于生活的正义"，他把杀人当成了一种使命。同样，卡利古拉以改造世界为己任，遵循死亡的逻辑，随心所欲，实施可怕的自由，这些形象都不是道德的教训，只能显示人物的不同姿态。

　　加缪指出："一部荒诞作品，并不提供答案。"这表明他的作品不提供答案，那么提供什么呢？提供"真实的东西"。他这样写道："我寻求的，并不是普遍意义的东西，而是真实的东西。这两者可以不必同步而重合。"但是有些真实的东西，即使同具普遍意义的东西相重合，也没有普遍意义，例如荒诞作品，这正是加缪的论断："一部真正荒诞的作品并无普遍意义。"

　　既然没有普遍意义，那么如何看待加缪的作品呢？我们还是引用加缪自己的话来说明吧。

　　　　我们论证的目的，其实就是要阐明精神的行程，如何从世界无意义的一种哲学出发，最终为世界找到一种意义和一种深度。

　　　　我们重复一遍，思想，不是一统天下，不是让真相以大原则的面目变得家喻户晓。思想，就是重新学会观察，就是引导自己的意识，将每个形象都变成一块福地。

——《西西弗神话》

从第一段，我们大致触摸到加缪写作的宗旨：从荒诞哲学出发，最终为世界找到一种意义和一种深度。第二段从分析胡塞尔的现象学入手，重新阐释了思想，虽然对"将每个形象都变成一块福地"不尽苟同，但是加缪摄取了恋世思想。

按照我们中国人通常的逻辑，人意识到了世界是荒诞的，应该厌世才对，怎么还会恋世呢？但是不容否认，加缪描绘的人物，从古罗马皇帝到当代制桶工人，从俄罗斯十二月党人到阿尔及利亚的法国移/殖民，他们虽然都感到生活在流放中，渴望找到自己的王国，但是又无可选择地热爱生活，浑身迸发出来或者蓄势待发的激情，让我们阅读时往往能深感其热力。这些荒诞人的思想是怎么转过来这个弯儿的呢？下面还是引述。

　　我有独立的意识，对生存的环境又表现强烈认知的渴望，却发现这世界一片混沌，既陌生又非人性。这样，我便置身于世间万物的对立面。这种境况未免荒诞可笑，但这是明摆着的事实，不能无视而一笔勾销。世界和我的思想之间的这种断裂，究其根本原因，还是我这意识的反应。我把握住这种荒诞的现实，坚持这种对峙状态，这就得时时刻刻紧绷着意识，保持清醒的头脑，走在这条干旱荒芜的路上。然而，荒诞特别难以降伏，明目张胆地回到一个人的生活中，重又找到自己的家园。与此同时，精神往往会溜号，从清醒的不毛之路拐进日常生活，又重游无名氏的世界。不过，人这次回来，却胸怀反抗之心，富有洞察之力了。曾经沧海，就不再抱有希望了。"这座现实的地狱，终于成为人的王国。所有问题，重又锋芒毕露。抽象的明显事实，面对形式和色彩的抒情退却了。精神的冲突，都具象表现出来，重又在人心找到既可悲又堂皇的庇护所。什么冲突都没有解决，可是又全部改观了。……躯体、温情、创造、行动、人的高尚情怀，在这无厘头的世界中，又将各就各位了。人在这世上，又终将尝到荒诞的美酒和冷漠的面包：人正是以此滋养自身的伟大。"

恋世排除了厌世和弃世（自杀），恋世就是正视荒诞，体验荒诞，一步一步走在当下，在反抗的激情烈焰中行进，又回到了终点。尼采写道："显而易见，天和地的大趋势，就是长期地顺应同一方向：久而久之，便产生了某种东西，值得在这片大地上生活，诸如美德、艺术、音乐、舞蹈、理性、精神，就是某种移风易俗的东西，某种高雅的、疯狂的或者神圣的东西。"加缪引用了尼采《超乎善恶》中的一段话之后，又接着写道："这段话说明一种气势恢宏的道德准则，但是也指出了荒诞人的道路。顺应火热的激情，这最容易同时又最难。不过，人同困难较量，有时也好评价自己。"

加缪笔下的人物，都将这种论述化为每日的行动。这些所谓的"局外人"，谁都没有置身局外，倒是在局内干得风生水起，尤其《鼠疫》中以里厄大夫和塔鲁为代表的那个群体，在艰苦卓绝的斗争中，形成一股影响并带动社会的巨大正能量。这种荒诞精神，值得我们敬佩和赞扬。

《西西弗神话》是加缪关于荒诞哲学的最重要的一部论著，在我看来，也是他的哲理小说和戏剧的说明书，有什么疑虑，都可以从这里面找根据。虽为神话，讲的尽是人事。可见世界只有一个，无论神还是人，都离不开这片大地。因此加缪就断言：幸福和荒诞是同一片大地的孪生子。至少是狭路相逢，想避也避不开。

加缪将西西弗描绘成荒诞的英雄，这个希腊神话中的永世苦役犯，也许第一次在文学作品中，有了如此高大的形象。关于西西弗有多种传说，我喜爱两种：一是西西弗掌握河神女儿被宙斯劫走的秘密，愿意告诉河神，但是河神必须答应为科林斯城堡供水，他为家乡求得水的恩泽，不惧上天的霹雳，结果被罚下地狱做苦役。二是西西弗死后，求冥王允许他回人间惩罚薄情寡义的妻子，他返回世间，重又感受到水和阳光、灼热的石头和大地，于是在温暖而欢乐的大地上流连忘返，不再听从冥王再三的召唤，结果惹怒了诸神。

西西弗也像普罗米修斯那样，怀着善心为人类谋幸福，也因为热爱这片大地，必须付出代价。加缪还在文中举出索福克勒斯的俄狄浦斯形象相映衬：俄狄浦斯一旦知晓自己的命运，便陷入绝望，弄瞎双眼，讲出一句声震寰宇的话："尽管罹难重重，我这高龄和我这高尚的心灵，却能让我断定一切皆善。"这些以及前面我们着重提到的，都是文眼，值得我们认真发现，尤其作者将这些品质赋予了他的人物。

创作，就等于再生活一次，早年的普鲁斯特，刚刚获诺贝尔奖的莫迪亚诺，无不如此。加缪还特意指出："艺术作品既标志一种经验的死亡，也表明这种经验的繁衍。"多少人都想试试身手，力图模仿、重复，重新创造现实，仿佛一颗颗星跃上夜空，形成人造的大千世界，不管戴着荒诞的面具怎样过度地模仿，生活在这片大地上的人，最终总能拥有我们人生的真相。

"一种深邃的思想，总是不断地生成，结合一种人生经验，在人生中逐渐加工制作出来。同样，独创一个人，就要在一部部作品相继显现的众多面孔中，越来越牢固而鲜明。一些作品可以补充另一些作品，可以修改或校正，也可以反驳另一些作品。"

局外何人？至此我们可以回答，就是这个默尔索，也是卡利古拉、《误会》中的玛尔塔、里厄大夫、塔鲁、卡利亚耶夫、多拉……总之，是形象"越来越牢固而鲜明"的荒诞人。

下面这段话我们不愿意看到，但是毕竟发生了：

> 如果有什么东西终结了创造，那可不是盲目的艺术家发出的虚幻的胜利呼声——"我全说到了！"而是创造者之死，合上了他的经验和他的天才书卷。

1960 年 1 月 4 日，加缪乘坐米歇尔·伽利玛的车回巴黎，途中不幸发生车祸，加缪的生命戛然而止，"合上了他的经验和他的天才书卷"。

2015 年 5 月于广西北海

第一部

一

　　妈妈今天死了。也许是昨天，我还真不知道。我收到养老院发来的电报："母去世。明日葬礼。敬告。"这等于什么也没有说。也许就是昨天。

　　养老院坐落在马伦戈，距阿尔及尔八十公里的路程。我乘坐两点钟的长途汽车，这个下午就能抵达，也就赶得上夜间守灵，明天傍晚可以返回了。我跟老板请了两天假，有这种缘由，他无法拒绝。看样子他不大高兴，我甚至对他说了一句："这又不怪我。"他没有搭理。想来我不该对他这样讲话。不管怎样，我没有什么可道歉的，倒是他应该向我表示哀悼。不过，到了后天，他见我戴了孝，就一定会对我有所表示。眼下，权当妈妈没有死。下葬之后就不一样了，那才算定案归档，整个事情就会披上更为正式的色彩。

　　我上了两点钟的长途汽车。天气很热，我一如往常，在塞莱斯特饭馆吃了午饭。所有人都为我感到非常难过，而塞莱斯特还对我说："人只有一个母亲。"我走时，他们都送我到门口。我有点儿丢三落四，因为我还得上楼，去埃马努埃尔家借黑领带和黑纱。几个月前他伯父去世了。

　　怕误了班车，我是跑着去的。这样匆忙，跑得太急，再加上旅途颠簸和汽油味，以及道路和天空反光：恐怕是这些缘故，我才昏昏沉沉，差不多睡了一路。我醒来时，发觉靠在一名军人身上，而他朝我笑了笑，问我是否来自远方。我"嗯"了一声，免得说话了。

从村子到养老院，还有两公里路，我徒步前往。我想立即见妈妈一面。可是门房对我说，先得见见院长。而院长碰巧正有事儿，我只好等了一会儿。在等待这工夫，门房一直说着话，随后我见到了院长：他在办公室接待了我。院长是个矮小的老者，身上佩戴着荣誉团勋章。他用那双明亮的眼睛打量着我，然后握住我的手，久久不放，弄得我不知该如何抽回来。他查了一份档案材料，对我说道："默尔索太太三年前住进本院。您是她唯一的赡养者。"听他的话有责备我的意思，我就开始解释。不过，他打断了我的话："您用不着解释什么，亲爱的孩子。我看了您母亲的档案。您负担不了她的生活费用。她需要一个看护。而您的薪水不高。总的来说，她在这里生活，更加称心如意些。"我附和道："是的，院长先生。"他又补充说："您也知道，她在这里有朋友，是同她年岁相仿的人。她跟他们能有些共同兴趣，喜欢谈谈从前的时代。您还年轻，跟您在一起，她会感到烦闷的。"

这话不假，妈妈在家那时候，从早到晚默不作声，目光不离我左右。她住进养老院的头些日子，还经常流泪，但那是不习惯。住了几个月之后，再把她接出养老院，她还会哭天抹泪，同样不习惯了。这一年来，我没有怎么去养老院探望，也多少是这个原因。当然也是因为，去探望就得占用我的星期天——还不算赶长途汽车，买车票，以及步行两个小时。

院长还对我说了些话，但是我几乎充耳不闻了。最后他又对我说："想必您要见见母亲吧。"我什么也没有讲就站起身来，他引领我出了门，在楼梯上，他又向我解释："我们把她抬到我们这儿的小小停尸间了，以免吓着其他人。养老院里每当有人去世，其他人两三天都惶惶不安。这就给服务工作带来了很大不便。"我们穿过了一座院落，只见许多老人三五成群在聊天。在我们经过时，他们就住了口，等我们走过去，他们又接着交谈。低沉的话语声，就好像鹦鹉在聒噪。到了一幢小房门前，院长就同我分了手："失陪了，默尔索先生。有什么事儿到办公室去找我。原则上，葬礼定在明天上午十点钟，我们考虑到，这样您就能为亡母守灵了。最后再说一句：您母亲似乎经常向伙伴们表示，希望按照宗教仪式安葬。我已经全安排好了，不过，还是想跟您说一声。"我向他表示感谢。妈妈这个人，虽说不是无神论者，可是生前从未顾及过宗教。

我走进去。南屋非常明亮，墙壁刷了白灰，顶上覆盖着玻璃天棚。厅里摆放着几把椅子和几个呈 X 形的支架。正中央的两个支架上放着一口棺木，只见在漆成褐色的盖子上，几根插进去尚未拧紧的螺丝钉亮晶晶的，十分显眼。一个阿拉伯女护士守在棺木旁边，她身穿大褂，头戴色彩艳丽的方巾。

这时，门房进来了，走到我身后，估计他是跑来的，说话还有点儿结巴："棺木已经盖上了，但我得拧出螺丝，好让您看看她。"他走近棺木，却被我拦住了。他问我："您不想见见？"我回答说："不想。"他也就打住了，而我倒颇不自在了，觉得自己不该这么说。过了片刻，他瞧了瞧我，问道："为什么呢？"但是并无责备之意，看来只是想问一问。我说道："我也不清楚。"于是，他捻着白胡子，眼睛也不看我，郑重说道："我理解。"他那双浅蓝色眼睛很漂亮，脸色微微红润。他搬给我一把椅子，自己也稍微靠后一点儿坐下。女护士站起身，朝门口走去。这时，门房对我说："她患了硬性下疳。"我听不明白，便望了望女护士，看到她眼睛下方缠了一圈绷带，齐鼻子的部位是平的。看她的脸，只能看到白绷带。

等护士出去之后，门房说道："失陪了。"不知我做了什么手势，他就留下来，站在我身后。身后有人会让我不自在。满室灿烂的夕照，两只大胡蜂嗡嗡作响，撞击着玻璃天棚。我感到睡意上来了。我没有回身，对门房说："您在这儿做事很久了吧?"他接口答道："五年了。"就好像他一直等我问这句话。

接着，他又絮叨了半天。当初若是有人对他说，他最后的归宿就是在马伦戈养老院当门房，他准会万分惊讶。现在他六十四岁了，他还是巴黎人呢。这时，我打断了他的话："哦，您不是本地人?"随即我就想起来，他引我到院长办公室之前，就对我说起过我妈妈，他曾说起从前他在巴黎生活，难以忘怀。在巴黎，守在死者身边，有时能守上三四天。这里却刻不容缓，想想怎么也不习惯，还没有回过神儿来，就得去追灵车了。当时他妻子还说他："闭嘴，这种事情不该对先生讲。"老头子红了脸，连声道歉。我赶紧给解围，说道："没什么，没什么。"我倒觉得他说得有道理，也很有趣。

在小陈尸间里，他告诉我，由于贫困他才进了养老院。他自觉身板硬朗，就主动请求当了门房。我向他指出，其实他也是养老院收容的人。他矢口否认。他说话的方式已经让我感到惊讶了：他提起住在养老院的人，总是称为"他们""其他人"，偶尔也称"那些老人"，而其中一些人年龄并不比他大。自不待言，这不是一码事儿。他是门房，他有权管理他们。

这时，女护士进来了。天蓦地黑下来。在玻璃顶棚上面，夜色很快就浓了。门房打开灯，灯光突然明亮，晃得我睁不开眼睛。他请我去食堂吃晚饭，可是我不饿。于是他主动提出，可以给我端来一杯牛奶咖啡。我很喜欢喝牛奶咖啡，也就接受了。不大工夫，他就端来了托盘。我喝了咖啡，又想抽烟，但是不免犹豫，不知道在妈妈的遗体旁边是否合适。我想了想，觉得这不算什么。我递给门房一支香烟，我们便抽起烟来。

过了片刻，他对我说："要知道，您母亲的那些朋友，也要前来守灵。

这是院里的常规。我还得去搬几把椅子来，煮些清咖啡。"我问他能否关掉一盏灯。强烈的灯光映在白墙上，容易让我困倦。他回答我说不可能。电灯就是这样安装的，要么全开，要么全关。后来，我就不怎么注意他了。他出出进进，摆好几把椅子，还在一把椅子上放好咖啡壶，周围摆放着一圈杯子。继而，他隔着妈妈，坐到我的对面。女护士则坐在里面，背对着我。看不见她在做什么，但是从她的手臂动作来判断，她是在打毛线。厅堂里很温馨，我喝了咖啡，觉得身子暖暖的，从敞开的房门飘进夜晚和花卉的清香。想必我打了一个盹儿。

我被一阵窸窸窣窣的声音弄醒了。合上眼睛，我倒觉得房间白森森的，更加明亮了。面前没有一点阴影，每个物体、每个突角、每条曲线、每个轮廓都那么分明，清晰得刺眼。恰好这时候，妈妈的朋友们进来了。共有十一二个人，他们在这种晃眼的灯光中，静静地移动，落座的时候，没有一把椅子发出咯吱的声响。我看任何人也没有像看他们这样，他们的面孔，或者他们的衣着，无一细节漏掉，全看得一清二楚。然而，我听不到他们的声音，而且不怎么相信他们真实存在。几乎所有女人都系着围裙、扎着腰带，鼓鼓的肚腹更显突出了，我还从未注意到，老妇人的肚腹能大到这个程度。老头子几乎个个精瘦，人人拄着拐杖。令我深感惊异的是，在他们的脸上，我看不见他们的眼睛，只在由皱纹构成的小巢里见到一点暗淡的光亮。他们坐下之后，大多数人瞧了瞧我，拘谨地点了点头，嘴唇都瘪进牙齿掉光的嘴里，让我闹不清他们是向我打招呼，还是面部肌肉抽搐了一下。我情愿相信他们是跟我打招呼。这时我才发觉，他们坐到我对面，围了门房一圈儿，一个个摇晃着脑袋，一时间，我有一种可爱的感觉：他们坐在那里是要审判我。

过了片刻，一个老妇人开始哭泣，她坐在第二排，被前面一个女伴挡住，我看不清楚。她小声号哭，很有节奏，让我觉得她永远不会停止。

其他人都好像没有听见似的。他们都很颓丧，神情黯然，默默无语。他们注视着棺木，或者他们的拐杖，或者随便什么东西，而且目不转睛。那老妇人一直在哭泣。我很奇怪竟不认识她，真希望她不要再哭了。可是又不敢跟她说。门房俯近身去，对她说了什么，但是她摇了摇头，咕哝了两句话，又接着哭泣，还是原来的节奏。于是，门房到我这边来，坐到我旁边。过了半天，他才向我说明情况，但是并不正面对着我："她同您的母亲关系非常密切。她说您母亲是她在这里唯一的朋友，现在她一个朋友都没有了。"

我们就这样待了许久。那女人唏嘘哭泣之声的间歇拉长了，但是还抽噎得厉害，终于住了声。我不再困倦了，只是很疲惫，腰酸背痛。现在，所有这些人都沉默了，而这种静默让我难以忍受。只是偶尔听到一种特别的声音，却弄不明白是怎么回事儿。时间一长，我终于猜测出来，有几个老人在咂巴嘴，发出这种奇怪的啧啧声响。他们本人没有怎么察觉，全都陷入沉思了。我甚至有这种感觉，躺在他们中间的这位死者，在他们看来毫无意义。现在想来，那是一种错觉。

我们都喝了门房倒的咖啡。后来的情况，我就不知道了。一夜过去了。现在想起来，我曾睁开眼睛，看见所有老人都缩成一团在睡觉，只有一个人例外：他下巴颏儿托在挂着拐杖的手背上，两眼直直地看着我，就好像单等我醒来似的。继而，我又睡着了。我醒来是因为腰越来越酸痛了。晨曦悄悄爬上玻璃顶棚。稍过一会儿，一位老人醒来，咳嗽了老半天。他往方格大手帕上吐痰，每吐一口，都好像硬往外掏似的。他把其他人都闹腾醒了，门房说他们该走了。他们都站起身。这样不舒服地守了一夜，他们都面如土灰。令我大大惊奇的是，他们走时，都挨个跟我握手——这一夜我们虽然没有交谈一句话，一起度过似乎促使我们亲近了。

我很疲倦。门房带我去他的住处，我得以稍微洗漱了一下，还喝了味道很好的牛奶咖啡。我从他那儿出来，天已大亮了。把马伦戈与大海隔开的山丘上，天空是红色的。越过山丘的风带来了盐的味道。看来，这一定是个晴天。我很久没来乡下了。要不是妈妈这档子事，去散散步会有多愉快。

　　我在院子里的梧桐树下等着。泥土的清香让我不那么困了。我想到了办公室的同事们。此时他们该起床上班了，而我现在却在难受地等待。我又想了想这些事，但房子里的钟声让我走了神。屋里在忙着，但很快就安静下来。太阳又升高了一些，晒得我双脚发热了。门房穿过院子，告诉我说院长要见我。我到了院长办公室，他要我签几张纸。他穿着黑色的礼服和条纹裤子。他拿起电话，对我说："殡仪馆的人已经来了。我马上让他们盖棺。这之前，您是否想再看令堂大人一眼？"我回答说"不"。他对着电话低声说："费雅克，告诉那些人可以盖上了。"

　　接着，他告诉我说，他会亲自参加葬礼的。我向他道了谢。他在办公桌后面坐下，小腿交叠着。他告诉我说，去送葬的只有他和我两个人，还有女护士。原则上，来养老的人是不许参加的，他们只能守灵。他指出："这是个有关人道的问题。"但是这一次，他允许妈妈的一个老朋友多玛·佩雷兹跟着去送葬。说到这里，院长笑了笑，他说："您知道，这种友情有点儿孩子气，但他与令堂一直在一起。大家都拿他们开玩笑，对佩雷兹说：'她是你的未婚妻。'他听了就笑。这种玩笑叫他俩都挺开心。这次，默尔索太太的去世让他非常难过，我觉得不让他去送葬不太合适。不过，按保健大夫的建议，我昨天没让他去守灵。"

　　我们默默不语地坐了好一会儿。院长立起身来，看向窗外。不一会儿，他望见了什么，说："马伦戈的神甫来了，他倒是挺快。"他告诉我，教堂在村子里，至少要走三刻钟。我们下了楼。屋子前，神甫与两个唱诗班的童子在等待着。其中一个童子拿着香炉，神甫弯着腰对着他，帮忙调好了香炉银链的长度。我们到了时，神甫就直起身来。他称我为"我的儿子"，和我说了几句话。他走进屋去，我跟着他进去。

我一眼就看见棺材上的螺钉已经拧紧，屋里站着四个黑衣人。这时，院长告诉我灵车就停在路边等着。神甫开始祈祷了。从这时起，一切都进行得很快。那四个人走向棺材，给它蒙上了一条毯子。神甫、唱诗班童子、院长和我都走出来。门口有一位我没见过的太太，院长向她介绍："这是默尔索先生。"我没有听清这位太太的名字，只知道她是护士代表。她表情严肃地点了下头。她的脸长而瘦。然后，我们站成了一排，好让棺材过去。我们跟随在抬棺人后面走出了养老院。大门口停着一辆长方形的灵车，漆得锃亮，看起来像是个文具盒。车子旁边，站着一位葬礼司仪，他是个小个子，衣着有些滑稽。还有一位举止做作的老人。我想，他就是佩雷兹先生。他戴着圆顶宽边软式毡帽，棺木经过的时候，他脱下了帽子。他长裤的裤腿拧着堆在鞋面上，黑领带的结打得太小了，而白衬衫的领口又太大，很别扭。他的嘴唇一直在颤抖，鼻子上满是黑色的雀斑。他的一头白发又细又软，看得见下面耷拉着两只外缘歪歪扭扭、奇形怪状的耳朵，血红的耳朵和苍白的面孔的对比让人觉得刺眼。葬礼司仪给我们每个人安排好了位置。神甫走在最前，然后是灵车，灵车旁是四个黑衣人，后面是院长和我，最后面是护士代表和佩雷兹先生。

太阳高高挂在空中，阳光强烈。大地被炙烤得温度迅速上升。我不懂为什么要磨蹭这么久才出发。穿着深色衣服让我觉得很热。那个矮老头本来已戴上了帽子，这时又摘下来了。院长又跟我说起了他，我略微扭着头看他。院长说，我妈妈与佩雷兹先生常在傍晚时分，在一个女护士的陪同下散步，一直走到村子里。我环顾着周围的田野，一排排的柏树一直延伸到天边的山岭，田野里红绿相间，房屋虽少，但也算错落有致，这样的景象，让我对妈妈有了理解。在这样的景色里，傍晚该是个令人感伤的时候。但今天，歹毒的太阳却把这片土地烤得震动起来，让它变得残忍而冷漠，让人无法忍受。

我们上路了。这时我才看出佩雷兹的腿有点儿瘸。车渐渐快了起来，于是老头儿就被甩在后面了，有个黑衣人也跟不上，和我并排走着。我感到惊奇，太阳现在竟然升高得这么快。这时我才发现，田野里早已有一片虫鸣与草叶的声音了。我的脸上满是汗水。因为没戴帽子，我只好用手帕扇着。殡仪馆的那个人对我说了句什么，我没有听清楚。此时，他用右手把鸭舌帽的帽檐往上推了推，用左手拿着手帕擦了擦额头。我问他："什么？"他指了指天，重复道："真烤人啊。"我说："对。"过了一会儿，他问我："那里面是您母亲吧？"我还是说："对。""她老了吗？"我回答："差不多吧。"只因我不知道她的确切年龄了。随后，他就住了声。我回头望去，只见佩雷兹老头落下有五十米远了；他急着往前赶，用力扇着毡帽。我也瞧了瞧院长。他走路十分庄重，没有一点儿多余的动作。他的额头闪动着几滴汗珠，但他并不擦拭。

我觉得送葬的队伍行进得稍微快了些。我周围总是同样的田野，通明透亮，灌足了阳光。强烈的阳光让人受不了。有一阵子，我们经过一段翻修的公路。太阳晒得柏油路面鼓胀起来，一脚踩下去就陷进去，翻出亮晶晶的路浆。坐在灵车上面的车夫戴的那顶帽子，仿佛是用在这种黑泥浆里鞣过的熟皮制作的。头上蓝天白云，下面色彩单调：泛出来的黏糊糊的柏油路浆呈黑色，衣服暗淡一律黑色，灵车漆成黑色，我置身这中间，不禁有点晕头转向。烈日、皮革味、马粪味、油漆味、焚香味，这一切再加上一夜失眠的疲倦，搞得我头昏眼花。我再次回过头去，觉得佩雷兹离得很远了，在熏蒸的热气中若隐若现，继而再也看不见了。我举目搜寻，看见他离开了大路，从田野斜插过来。我也看到，公路在前面拐弯了，从而明白佩雷兹熟悉当地，要抄近路赶上我们。他在拐弯处追上了我们。继而，我们又把他丢在后面，他从田野抄近路追上来，如此反复数次。我感到太阳穴咚咚直跳。

接下来，事情确定而自然，进展得飞快，我现在什么也不记得了。只记得一个情况，到了村口，那个女护士代表我说话了。说话的声音很奇特，同她那张脸极不相称，是一种颤巍巍的、悠扬悦耳的声音。她对我说："若是慢慢悠悠地走，就有可能中暑。可是走得太快，浑身冒汗，进了教堂又会着凉，患热伤风了。"她说得对，真叫人无所适从。那天的情景，我还保留几点印象，例如：临近村口，佩雷兹最后一次追上我们时的那副面孔。他又焦灼又沉痛。大颗大颗泪珠流到面颊上，但因密布的皱纹阻碍而流不下去，便四散布开，再聚集相连，在他那张颓废失态的脸上形成一片水光。还记得教堂和人行道上的村民，墓地坟头上天竺葵绽放的红花，佩雷兹晕倒了（活似散了架的木偶），往妈妈的棺木上抛撒的血红色泥土，以及夹杂在泥土中的白色树根，还有那些人、那种嘈杂声音、那座村庄、在一家咖啡馆门前的等待、马达持续的隆隆声，还有长途汽车驶入阿尔及尔灯火通明的市中心时我那种喜悦，心想马上就能倒在床上，倒头睡上十二个钟头了。

二

我睡醒了才明白，我请两天假时，老板为什么显得不高兴：今天是星期六。当时我却把这茬给忘了，起床才想起来。我的老板自然而然会想到，好嘛，加上星期天，也就有了四天假期。这不可能让他开心的。不过，一方面，妈妈昨天去世今天下葬，这也不能怪我。而另一方面，不管怎样，星期六和星期天我总归休息。理儿当然是这个理儿，这并不妨碍我理解老板的反应。

昨日累了一整天，起床感到很吃力。我刮脸的时候，心里还琢磨干点儿什么好，最后决定洗海水浴。我上了有轨电车，前往港口海水浴场。到了地方，我便一头扎进泳道里。有许多年轻人来游泳。我在水里碰见玛丽·卡多纳，我办公室从前的打字员，当时她对我还挺有意。现在想来，我也同样。但是，她没干多久就走了，我们也就来不及发展关系。我帮她爬上了一个浮标，趁扶她的时候，摸了一把她的乳房。我还在水里，她已经趴在浮标上了。她朝我转过身来，头发遮住眼睛，咯咯笑个不停。我也爬上浮标，躺在她身边。天气晴好，我权当开玩笑似的，脑袋往后一仰，就枕在她的肚子上了。她什么也没有说，我也就这样安心躺着。满眼无际的天空，蔚蓝而金光灿烂。我感到玛丽的肚子在我的脖颈儿下面微微跳动。我们半睡半醒，在浮标上待了许久。等太阳烤得太厉害时，她就扎进水里，我紧随其后。我追上去，搂住她的腰，我们便相携共游。她还是一个劲儿地笑。上了码头，我们擦干身子时，玛丽对我说："我晒得比你黑。"我问她晚上愿不愿意去看电影。她又笑了，对我说她想去看一部费尔南德尔主演的片子。等我们穿好衣服，她看到我扎黑领带非常惊讶，就问我是否戴孝呢。我对她说妈妈死了。她又想知道是什么时候的事儿，我回答说："昨天的事儿。"她略微后撤，但是没有提出任何异议。我倒是很想对她说，这不能怪我，但是欲言又止，突然想到这话我已经对老板讲过了。这样说毫无意义。归根结底，人总难免有点错。

到了晚上，玛丽已经把这事忘得一干二净，影片不时有滑稽可笑的场面，但实在很荒唐。她的腿偎着我的腿。我抚摸着她的乳房。电影快演完时，我亲吻了她，但是很不得劲儿。从影院出来，她一起到了我家。我一觉醒来，玛丽已经走了。她早就有话在先，要去她姨妈家。我想到正逢星期天，心里就烦得慌：我不爱过星期天。于是，我在床上翻了个身，在枕头上细闻玛丽的头发留下的咸味，一直睡到十点钟。接着，我就吸烟，在床上一直躺到中午。我不愿意像平时那样，去塞莱斯特饭馆用餐，因为那里的熟人肯定要问这问那，我可不喜欢对付那种局面。我自己煮了几个鸡蛋，直接在托盘上吃了，没吃面包。家里没有了，又不想下楼去买。

吃完了饭，我有点儿烦闷，就在房间里游荡。妈妈在这儿的时候，这套房子挺合适，现在我一个人住，就显得太大了，只好把餐厅里的桌子移到卧室里。我只在这间屋子里生活，家具只有几把有点塌陷的草垫椅子、一个镜子发黄的大衣柜、一张梳妆台和一张铜床。余下的房间都废弃不用了。过了一会儿，为了找点儿营生，我就拿起一份旧报读起来。克鲁申盐业公司发了一则广告，我就当作有趣的剪报，剪下来集中贴在一个旧笔记本上。我洗了洗手，最后来到阳台。

我的房间正对着城郊的主要大街。下午天气晴朗。不过，铺石路面腻滑，行人寥寥，而且脚步匆匆。先是看到上街散步的一家人：两个穿着水手衫的小男孩，短裤长过膝盖，全身笔挺，举止有点儿拘板了；还有一个小女孩，头上扎着粉红色大蝴蝶结，脚下穿一双锃亮的黑皮鞋；母亲跟在孩子的后面，她躯体肥大，穿着栗色丝绸连衣裙；而父亲身材矮小，又相当瘦弱，看着眼熟。他头戴扁平狭檐草帽，领口扎着蝴蝶结，拿着手杖。看着他同妻子一起散步，我就明白了为什么在这个街区有人说他很有风度。过了半晌，城郊青年陆续走过。他们油头粉面，打着大红领带，上衣紧箍身子，绣了花，脚穿方头大皮鞋。估计他们是去市中心，因此他们早早动身，嘻嘻哈哈笑着，急忙赶有轨电车。

年轻人过去之后，街上行人就眼见稀少了。想必各种演出都已经开始。街面上只剩下店铺老板和猫了。天空无云，但是阳光透过街道两边的榕树，并不那么强烈。街对面一家烟铺老板搬出一把椅子，放在店门前的人行道上，跨坐在上面，两条手臂撑着椅背。刚才有轨电车还人满为患，现在几乎空驶了。挨着烟铺的小咖啡馆"皮埃罗之家"，小伙计正用锯末子擦拭空荡荡的餐厅。好一派星期天的景象。

我掉转椅子，像烟铺老板那样骑上，觉得那种坐姿更舒服些。我抽了两支香烟，又进屋拿了一块巧克力，回到窗口吃起来。不久，天空阴沉了，恐怕要来一场夏季暴雨，然而又渐渐放晴了。不过，乌云飘过时，街道更加昏暗，仿佛预示下雨一般。我久久观望风云变幻。

到了五点钟，几辆电车隆隆驶来，从郊区体育场拉回来大批观众：他们有的站在踏板上，有的扶着栏杆。随后驶来的几辆电车，则运回运动员，从他们的小手提箱我就能看出他们的身份。他们大吼大叫，扯着嗓子唱歌，祝愿他们的俱乐部长盛不衰。好几名运动员向我招手，其中一个甚至冲我嚷了一声："战胜他们啦！"我应声道："对。"同时点了点头。从这时候起，小汽车蜂拥驶来。

天色又略微向晚。房顶上的天空转为淡红色，随着渐进黄昏，街道也都热闹起来。那些散步者又渐渐回来了。我从人群中认出了那位有风度的先生。孩子们有的哭哭咧咧，有的让大人拖着。本街区的几家电影院，也随即往街上倾泻观众的洪流。观众中间的青年人，比比画画的动作比平时更为坚决，想必他们是看了一部惊险片。从城里电影院回来的人，稍晚一点儿才到达。他们的神态似乎更加凝重。他们还是说笑，但不时显得倦怠，若有所思。他们滞留在街上，在对面的人行道上来回踱步。这个街区的姑娘都不戴帽子，彼此挽着手臂。小伙子们故意迎面走去，同她们交错而过，抛出打趣的话，她们就扭过头去咯咯笑。好几位姑娘我都认得，她们跟我打招呼。

这工夫，路灯一下子全亮了。初跃夜空的星星因而黯然失色。总盯着灯光强烈的人行道上的人流，我感到眼睛很累。灯光映得潮湿路面明晃晃的，而时间间隔均匀地驶过的电车，车灯映现出油亮的头发、一张笑脸，或者一只银手镯。过了不久，电车逐渐稀少了，在树木和路灯的上方，夜色弥漫，已经漆黑一片了，不知不觉中，已经人去街空了，以致出现一只慢慢腾腾地穿过空旷街道的猫。于是我想到该吃晚饭了。我俯在椅背上坐了太久，脖子有点儿酸痛。我下楼去，买了面包和果酱，自己做了点儿菜，就站着吃饭了。我想要到窗口抽支香烟，但是夜晚凉了，我感觉有点儿冷。我关上了所有窗户，反身回来，在衣镜里瞧见桌子的一角，桌上并排放着酒精灯和几片面包。我不免想到，又过了一个绷得很紧的星期天，妈妈现已入土为安，我又要去上班，总而言之，生活毫无变化。

三

今天上班，我努力工作。老板也很和蔼可亲，问我是否太累了，还想知道妈妈的享年。我说"六十来岁"，以免出错。不知道为什么，看样子他松了一口气，似乎认为总算了结了一件事。

我的办公桌上堆了一大摞提货单，要由我一一检验。离开办公室去吃午饭之前，我洗了手。我很喜欢中午这一时间，傍晚下班，我就不大喜欢了，因为转动的公用毛巾用了一天完全湿了。有一次，我还提醒老板这件事。他回答说，这情况实在遗憾，但这毕竟是无关紧要的小事儿。我出去晚了一会儿，十二点半了，同发货部的埃马努埃尔一起走走。办公室朝向大海，在骄阳似火的港口，我们观望了一会儿停泊的货轮。这时，一辆卡车开来，挟裹着哗啦啦的铁链声和轰隆隆的马达声。埃马努埃尔问我："搭车去好不好？"于是我跑起来。卡车驶过去了，我们就拼力追赶。我被嘈杂声和尘土给淹没了，什么也看不见了，只感到奔跑的这股不协调的冲劲儿，周围闪过绞车、机器，以及远海上跳动的桅杆和一路经过的船体。我头一个抓住车帮，飞身上去，再把埃马努埃尔拉上车，坐了下来。我们都气喘吁吁。卡车在高低不平的码头铺石路上颠簸，笼罩着尘土和阳光。埃马努埃尔笑得喘不上来气了。

我们到达塞莱斯特饭馆，浑身都湿透了。塞莱斯特大腹便便，系着围裙，蓄着白胡子，总在那里迎候。他问我："事情还算顺利吧？"我回答说："对。"并且我真饿了。我吃得很快，又喝了咖啡。然后，我回到家里，因为酒喝太多了，小睡了一会儿，醒来时又特别想抽烟。但是时间晚了，我跑着去赶一辆电车。我工作了一下午。办公室里非常热，傍晚下班出来，我便徒步回家，沿着码头慢慢走去，觉得特别惬意。天空一片绿色，我感到欣然自得。不过，我还是直接回家，想要吃煮土豆。

我登上黑暗的楼梯，碰到我同楼层的邻居萨拉马诺老头。他牵着他的狗。我看着人和狗相伴，已有八年。这只长毛猎犬患了皮肤病——我认为是原虫性肠炎和肝炎——结果狗毛几乎掉光，皮肤上布满棕色结痂和粗糙的硬皮。萨拉马诺老头跟狗一起生活，长期同居在一个小房间，久而久之就相像了：他脸上黄毛稀疏，有许多块淡红色的痂皮；而狗也形成主人的姿态，弓腰驼背，伸长脖子，嘴巴往前探。看样子，他们俩同属一个种类却相互憎恶。老头子每天遛两次狗，上午十一点和下午六点。八年来，他遛狗就没有改变过路线，可以看到人和狗沿着里昂街往前走，狗拖着人，直到萨拉马诺老头绊了一跤。于是，老头子就打狗，狠骂一通。狗吓得匍匐在地，接着让人拖着走。在这种时候，就是老头子牵着狗走了。过了一阵，狗就忘记了，再次跑到前面拖着主人，结果再次挨打挨骂。这样，人与狗就停在人行道上，相互对视，狗吓得要命，人恨得要死。日复一日，天天如此。狗要撒尿时，老头子偏不容它撒完，又硬拉它走，狗尿就滴了一长溜儿。狗若是偶尔把尿撒在屋里，又得挨一顿痛打。这种情况延续了八载。塞莱斯特总说："真够不幸的。"可是归根到底，谁也没法弄清楚。我在楼梯上碰见他的时候，萨拉马诺正骂狗呢。他对狗说："混账东西！下流坯！"而狗连声哀吟。我道了声："晚安。"而老头子还一个劲地骂狗。于是我就问他，狗怎么惹着他了。他仍旧不应声，只顾骂道："混账东西！下流坯！"看他俯身向狗，我就猜出他要给狗调整一下项圈。我说话提高了嗓门儿，于是，他强忍着怒火，也不转身就回答说："它在那儿就是不动窝儿。"接着，他就硬拖着狗走。狗哀吟着，被拉得四脚往前滑动。

恰巧这时，我同楼层的第二位邻居进楼了。街区里传说他吃女人那碗饭。不过，若是有人问起他的职业，他就回答："仓库管理员。"总体来说，不大有人喜欢他。但是，他经常跟我说话，有时还到我家来坐坐，只因我肯倾听，也觉得他讲的事情挺有趣。况且，我也没有任何理由不理睬他。他名叫雷蒙·辛泰斯，个头儿相当矮小，肩膀很宽，鼻子塌下去。他的穿戴总是那么讲究。他提起萨拉马诺时，也对我这样说："这还算不上不幸！"他问我，那种样子是不是让我很厌恶，我的回答是否定的。

我们一同上楼，正要分手时，他对我说道："我那儿有香肠，有葡萄酒，你愿意跟我一起吃点儿吗？……"我想到这就省得我做饭了，于是接受了邀请。他也只有一个房间，外带没有窗户的厨房。他的床铺上方摆着一尊白色和粉红色仿大理石的天使雕像，挂着几幅体育冠军照片，以及两三张裸女画片。房间又脏又乱，床铺也没有整理。他先点着煤油灯，再从口袋里掏出一卷不干不净的纱布，将右手包扎起来。我问他怎么弄的，他跟我说跟一个找他麻烦的家伙干了一架。

"您能理解，默尔索先生，"他对我说道，"并不是因为我凶狠，只是脾气太暴。那个家伙对我说：'你若是个男子汉，就从电车上下去。'我对他说：'好了，消停点儿吧。'他又对我说我不是个男人。于是我下了车，对他说道：'行了，见好就收吧，不然我就打你个鼻青脸肿。'他回我一句：'你敢怎么着？'我一拳打过去，一下子就把他击倒了。我正要上前扶起他，他却从地上踹我几脚。于是我用膝盖一顶，扇了他两个大嘴巴，打得他满脸挂花，问他够不够。他回答说够了。"辛泰斯讲述的工夫，包扎着他的手。我坐在床上。讲完了他对我说："您瞧，不是我招惹他，而是他冒犯了我。"这我承认，的确如此。于是他郑重地对我说，他正想就此事向我请教，他看我是条汉子，见过世面，能帮上他的忙，事后他就成为我的哥们儿了。我什么也没有说，他又问我是否愿意做他的哥们儿。我说做不做都一样，他便显得高兴起来。他拿出香肠，在炉子上煎好，然后摆上酒杯、盘子、刀叉，还拿出两瓶红葡萄酒。整个过程保持沉默。然后我们就座，在吃饭的时候，他就开始讲述他的事了，起初还颇为犹豫："我认识一位女士……也可以说是我的情妇。"跟他打架的那个男人，就是那女人的兄弟。他对我说，那女人是他包养的。我没有应声，他就紧接着补充道，他了解整个街区的传言，但是他问心无愧。他就是仓库保管员。

　　"还是扯回我的事上来，"他对我说道，"我发现这里面有骗局。"他供给那女人足够的生活费用，他亲自给她付房钱，每天给她二十个法郎饭费。"房钱三百法郎，饭费六百法郎，时而还给她买双袜子，算下来就是一千法郎。而女士闲着不工作，总对我说我抠得太死，我给她的钱不够花。然而，我对她说过：'你为什么不干活，出去打半天工呢？那样的话，所有这些小花销，你就不用我来负担了。这个月我还给你买了一套衣服，每天我给你二十法郎，房费也给你付了，而你呢，下午请一帮女友喝咖啡，用咖啡和白糖招待她们。可我呢，照样给你钱。我对得起你，你却以怨报德。'她就是不工作，总说钱不够花，正因为如此，我才发觉这里面有假。"

于是，他告诉我，他在她的手提包里发现了一张彩票，女人无法向他解释是怎么买来的。过了不久，他又在女人那里发现了一张当票，表明她当了两只手镯，而他从来不知道她还有两只镯子。"我算明白了，这里面有骗局。于是，我跟她分了手。不过，我先揍了她一顿，然后才戳穿她那套把戏。我对她说，她的全部愿望，就是享乐。您应当明白，默尔索先生，正如我对她说的：'你看不到大家多么羡慕我提供给你的幸福，以后你就能明白你有过的幸福。'"

他一直把女人打得出了血。从前没有真打过她。"原先，我只是拍打拍打她，可以说手轻起轻落。她也叫喊两声，我就关上百叶窗。每次都是这样收场。现在这次，真下了狠手。而且，我觉得给她的惩罚还不够。"

于是他向我解释，正是为这事儿，他需要有人给他出出主意。说着他停下来，调了调烧焦的灯芯。我一直听他讲述，喝下去将近一公斤葡萄酒，只觉得太阳穴热乎乎的。我的烟抽完了，就抽雷蒙的香烟。最后几趟电车驶过去，从城郊带走了喧闹声。雷蒙还继续讲述，他烦恼的是，他对他那个姘头还有点儿感情。可是，他想要惩罚她，先是想到带她去一家旅馆，再叫来"风化警察"，制造一起丑闻，让她作为妓女在警察局登记入册。后来，他又找黑道上的几个朋友商议。他们没有想出什么好主意。雷蒙还顺便向我指出，参加黑道完全值得。他向黑道的朋友说了这件事，他们就建议给那女人的脸上"留个记号"。但是他不愿意那么干，还得考虑考虑。行动之前，他要向我讨教。而且，在向我讨主意之前，他想了解我如何看待这场风波。我回答说，我没有什么想法，只觉得有趣。他又问我是否认为应该惩罚她，换了我会怎么做，我就对他说，这是永远也不可能知道的，但是他要惩罚她，我可以理解。我又喝了点儿葡萄酒。他点着一根香烟，并向我透露他的打算。他想要给她写一封信，用话语"踢她几脚，同时说些事情引得她后悔"。这之后，等她回来，就跟她上床，"就在做完爱的时候"，他要朝她的脸上啐上一口，将她赶出门去。我觉得用这种方法，确实让她受到了惩罚。可是，雷蒙对我说，他笔头不行，觉得写不了这样一封信，于是想到请我代笔。他见我一言不发，就问我当即草拟一封是不是有难处，我回答说没有。

这时，他喝完一杯酒，便站起身，一把推开餐盘和我们吃剩下的少许冷香肠，再仔细擦干净餐桌上的漆布。他从床头柜的抽屉里取出一张方格纸、一只黄信封、一支红木杆的蘸水笔和一个方形紫墨水瓶。等他告诉我那女人的姓名，我就明白她是摩尔人[①]。我动笔写信，写得有点儿随意，但是我也尽力让雷蒙满意，因为我没有理由不让他满意。信写出来，我高声念给他听。他边吸烟边听我念信，连连点头，还请求我再念一遍。他十分满意，对我说道："我就知道你是见过世面的人。"开始我还没有发觉，他跟我说话用"你"相称了。直到他明确向我表示"现在你是我真正的哥们儿了"，这才让我惊觉。这句话他又讲了一遍，我便应了一声："是啊。"跟他做不做哥们儿，这对我无可无不可，而看他那神态，还真有这种渴望。他把信封上，我们把酒喝干。然后，我们抽了一会儿烟，没有再说什么。街上一片平静了，我们听见一辆驶过的汽车的轮子滑过路面的声音。我说道："时候不早了。"雷蒙也是这样认为。他还注意到时间过得很快，在一定意义上，也的确如此。我昏昏欲睡，却又懒得起身。我的样子一定显得很疲惫，雷蒙才对我说千万别灰心。乍

---

① 摩尔人，古毛里塔尼亚人以及中世纪侵入西班牙的伊斯兰教徒，均称摩尔人；近代指西北非的突尼斯、摩洛哥、阿尔及利亚三国的伊斯兰教徒。

一听我还没有闹明白。他便向我解释道，他得知我妈妈死了，但是这件事早晚有一天要发生。这与我的看法不谋而合。

我站起身来，雷蒙跟我握手非常用力，还对我说了一句，男人之间，总能够心照不宣。我走出他的房间，随手把门带上，在漆黑的楼梯平台上停留片刻。楼房上下寂静无声，一股阴暗而潮湿的气息从楼梯井深深的底部飘上来。我只听见我的血液汩汩流淌，在我的耳鼓里嗡嗡作响。我站在原地一动不动。从萨拉马诺老头的房间里，隐隐传出那条狗的哀吟。

四

整个一周，我努力工作。雷蒙来过，告诉我信已寄出。我同埃马努埃尔去看了两场电影，而银幕上发生的事情，他并不总能看得懂，就得让我给他解释。昨日星期六，玛丽按我们的约定来了。她身穿红白条纹的漂亮的连衣裙，脚穿一双皮凉鞋，我一见到就对她产生强烈的欲望。可以猜想出她那坚挺的乳房，而她那张脸被太阳晒成了一朵花。我们上了一辆公共汽车，驶出阿尔及尔几公里，来到一处海滩，周围岩石环抱，岸边芦苇丛生。午后四点的太阳不太灼热，而海水又很温暖，微波轻浪拖得很长，懒洋洋的。玛丽教我一种游戏。游的时候，迎着浪尖喝口水，将浪花飞沫全含在嘴里，再仰泳朝天喷出去，形成一条泡沫花带，消失在半空，或者如暖雨落在脸上。可是，嬉戏一会儿之后，我的嘴就被苦咸的海水烧痛了。玛丽又同我会合，在水里紧贴着我，她的嘴也贴到我的嘴上，用舌头舔我的嘴唇，给我清凉之感，我们就这样搂抱着，在水中翻滚了一阵。

我们上了海滩，穿好衣服，玛丽眼睛发亮，注视着我。我抱吻了她。

从这一刻起，我们就不再说话了。我紧紧搂着她，急忙赶上一辆公共汽车，回城到我家里，扑到床上。屋里的窗户大敞四开，让夏夜的气息擦着我们棕色的肌肤流动，这种感觉舒服极了。

今天早晨，玛丽留下来没走，我对她说共进午餐。我下楼去铺子买了肉，回来上楼时，听见雷蒙的房间有女人的说话声。过了一会儿，萨拉马诺老头又开始骂狗了，我们听到鞋底和爪子踏木楼梯的声响，接着是"混账东西，下流坏"的骂声，人和狗出门上街了。我给玛丽讲了老头子的故事，她听了咯咯大笑。她穿上我的一身睡衣，袖子挽了起来。看她那笑态，我欲望又上来了。过了一会儿，她问我爱不爱她。我回答说这样的问题毫无意义，但是我觉得不爱。她那样子看起来挺伤心的。不过，在做午饭时，她又无缘无故咯咯笑起来，引得我又上前抱吻她。正是这工夫，雷蒙的房间里爆发了争吵声。

先是听见女人的尖嗓门，接着雷蒙说道："你冒犯了我，你冒犯了我。我要让你知道冒犯我会有什么果子吃。"几下钝声的击打，女人号叫，而且叫得那么凄厉，立刻引来人，挤满了楼梯平台。玛丽和我也出去瞧瞧。那女人仍在惨叫，雷蒙还打个不停。玛丽对我说，这太可怕了，我没有应声。她要我去叫警察，我回答说我不喜欢警察。然而，还是来了一个警察，是由住在三楼的白铁匠带来的。警察敲门，屋里就一点动静也没有了。警察敲得更响，女人哭起来，雷蒙打开房门。他嘴上叼着一支香烟，一副虚头巴脑的样子。那女人冲出房门，向警察诉苦，说雷蒙打了她。"叫什么名字？"警察问她。雷蒙替她回答。"你跟我说话的时候，嘴上的香烟拿掉。"警察说道。雷蒙不免犹豫，瞧了我一眼，又吸了一口烟。警察当即抡起手臂，扇了他一个大耳光，又狠又重，打个正着。香烟给扇出去几米远。雷蒙脸色大变，没有立即讲什么，继而，他以谦恭的声调问道，他可不可以拾起自己的烟。警察说可以，随即又补充了一句："下次你就知道，警察可不是闹着玩的。"这工夫，那女人一直在哭，反反复复说："他打了我。他是个拉皮条的。""警察先生，"于是雷蒙问道，"说一个男人是拉皮条的，这从法律上讲得通吗？"然而警察却命令他"闭上他的嘴"。雷蒙于是转向那女人，对她说道："等着瞧吧，小妞儿，总有再见面的时候。"警察又叫他闭嘴，并且说女的必须离开，而他得在家里等待警察局传讯。他还说，雷蒙浑身发抖，醉成那个样子，应该感到羞耻。雷蒙马上向他解释："我没有醉，警察先生，只因为在您面前我才发抖，就是控制不住。"说罢，雷蒙关上房门，围观的人也都散去。玛丽和我终于做好了午饭。不过，她不饿，几乎全让我给吃掉了。她一点钟走了，我就睡了一个小觉。

将近三点钟，有人敲门，是雷蒙来了。我仍旧躺在床上，他就坐到我的床边。他坐了半晌，没有开口说话，我便问他是怎么闹出事儿的。他向我讲述，他按照自己的想法行动，不料那女人打了他一个耳光，于是他就揍了她一顿。后来的情况，我都当场看到了。我便对他说，我认为那女人现在已经受到了惩罚，他总该满意了。这也正是他的看法，他还指出，叫来警察也是白费劲儿，丝毫也不能减轻她挨打的疼痛。他还补充说，他十分了解警察，知道该如何对付他们，紧接着又问我是否期待他回敬那警察的耳光。我回答说，我什么也没有期待，况且我从来就不喜欢警察。看样子雷蒙非常满意。他问我愿不愿意跟他一起出去。我下了床，开始拢头发。他对我说，我一定得为他做证。我表示什么都行，只是不知道该说些什么。按照雷蒙的意思，只要声明那女人冒犯了他就够了。我答应为他做证。

我们出了门，雷蒙请我喝了一杯白兰地。继而，他想要打一局台球，我差一点儿就赢了。然后，他又想去逛窑子。我说不去，不喜欢那种地方。于是，我们慢慢悠悠往回走。他对我说他太高兴了，总算惩罚了他的情妇。我觉得他对我非常热情，心想这是一段快乐的时光。

远远我就望见萨拉马诺老头站在楼门口，一副焦躁不安的样子。等我们走近了，我才发现狗不在他身边。他四面张望，在原地打转儿，力图看清黑魆魆的走廊，嘴里嘟嘟囔囔，说话断断续续，瞪圆了他那对小小的红眼睛，又开始搜索街道。雷蒙问他出了什么事儿，他没有立即应声。我隐隐约约听见他咕哝着骂道："混账东西，下流坯。"他还继续瞎折腾。我问他狗在哪儿呢。他呛了我一句，说狗跑掉了。接着，他又突然讲起来，滔滔不绝："我还像往常那样，牵着狗去演习场。那里人很多，围着集市的木棚转悠。我停下来观看《越狱大王》，回头要走的时候，身边的狗不见了。不用说，我早就想给它买一副小一点儿的项圈。可是，我万万想不到，这个下流坯会悄悄溜走了。"

于是，雷蒙向他解释，狗可能迷了路，总还会跑回来的。他还列举了一些事例，说狗能从几十公里之外找到自己的主人。老头子听不进去这种劝说，显得更加焦躁不安了。"其实，你们心里也很明白，他们肯定要把狗抓走的，准会是这样。"我就接口对他说，可以去招领处看看，花点儿钱就能领回来。他又问我花钱多不多。这我可不知道。于是他就发起火来："就为这个下流坯，还得花钱！哼！就让它死去吧！"接着他就开骂了。雷蒙大笑着走进楼里。我紧随其后，到了我们这层平台便分了手。没过多大工夫，我听见老头子的脚步声，他来敲我的房门。我开了门，他一直站在门口，停了好一会儿才对我说道："请您原谅，请您原谅。"我请他进屋，他又不肯，目光只盯着自己的鞋尖，两只布满痂皮的手在颤抖。他没有面对我，向我询问："您说说看，默尔索先生，他们不会从我手里把狗夺走吧？他们会还给我吧？不然的话，我可该怎么活呢？"我告诉他，招领处将失散的狗为主人保留三天，过期就由警察局自行处理了。他沉默不语，只是看着我，然后向我道了声"晚安"。

他关上自己的房门，我听见他在房中走来走去。他的床铺咯吱响了几下。一种细微而奇怪的声音从隔壁透出来，听得出他哭了，不知为什么我想到妈妈。可是，明天我还得早起。觉得不饿，没吃晚饭我就睡下了。

五

雷蒙的电话打到我的办公室来，说他的一个朋友（他曾向那位朋友提起过我）邀请我，去他在阿尔及尔附近的海滨木屋过个星期天。我回答说很想去，但是我已经有约在身，星期天陪女友度过。雷蒙当即表明，他的朋友也邀请我的女友，那位朋友的妻子会非常高兴，免得在一伙男人中间感到孤单了。

我本想马上挂了电话，因为我知道老板不喜欢有人从城里给我们打电话。怎奈雷蒙要我等一等，说他本可以到晚上再向我转达那位朋友的邀请，但是他另有件事要提前跟我说一声，这一整天都有一伙阿拉伯人跟踪他，其中就有他那位情妇的兄弟。"今晚你回家时，如果瞧见他在我们楼附近转悠，就告诉我一声。"我说那好办。

过了一会儿，老板派人来叫我，当即我就烦了，心想他又要对我说少打电话，好好工作。其实根本不是那码事儿。他明确说，要跟我谈一项还很模糊的计划，只想听听我对这个问题的看法。他有意在巴黎设立办事处，就地处理业务，直接同各大公司打交道，因此他想了解我是否愿意去那里工作。如果去的话，我就能在巴黎生活，每年还有时间出差旅行。"您年纪轻轻，我觉得您应该喜欢那种生活。"我说是啊，不过从内心深处，这对我无所谓。于是他就问我，我对改变生活是不是不感兴趣。我就回答说，人永远也谈不上改变生活，不管怎么说，什么生活都半斤八两，我在这里的生活，一点儿也不让我反感。老板脸色不悦，他说我总是答非所问，还说我胸无大志，这样做生意准砸锅。说完话，我又回去工作了。我实在不想拂他的意，但是我也看不出有什么理由要改变自己的生活。仔细想想，我还算不上不幸。记得上大学的时候，我也有过不少这类雄心壮志，但是不得不辍学之后，我很快就领悟了：这一切并无实际意义。

晚上，玛丽来找我，问我是否愿意同她结婚。我说这对我无所谓，如果她愿意，我们可以结婚。于是她想要知道我是否爱她。我已经回答过一次，还是那个话：这毫无意义，但是我肯定不爱她。"那为什么还要娶我？"她问道。我向她解释这无关紧要，如果她渴望结婚，我们就结婚好了。况且，是她提出要结婚，我仅仅说了声"行啊"。她便指出，结婚是一件人生大事。我反驳说："不是。"她半晌没讲话，默默地注视我。继而，她又开口了，说她只想知道，如果换了另外一个女人，跟我有同样亲密的关系，也提出同样建议，我是否会接受。我说："当然会接受了。"于是她心里琢磨起她是否爱我来，而她怎么想的，我就不得而知了。她再次沉默片刻，然后喃喃说道，我是个怪人，无疑正因为这一点，她才爱我，但是有朝一日，也许出于同样的原因，我又会让她讨厌了。看到我沉默无语，不再说什么，她就微笑着挽着我的手臂，声称她愿意跟我结婚。我回应说，她什么时候愿意，我们就什么时候结婚。

我又顺便提起老板的建议，玛丽就对我说，她真希望去巴黎见识见识。我就告诉她，我在巴黎生活了一段时间，她当即问我怎么样。我就对她说："很脏，有很多鸽子，黑乎乎的院子。居民都是白皮肤。"

接着，我们就出去散步，沿着大街穿越城区。街上的女人很漂亮。我问玛丽注意到了没有，她说注意到了，也能够理解我。我们一时不再说话了。然而，我想让她留下来陪我，对她说我们可以去塞莱斯特饭馆一起吃晚饭。她倒很想去，但是有事儿。我们走到我的住所附近，我对她说再见。她瞧着我，问道："你就不想知道我有什么事儿吗？"我挺想知道，但是没有想到问她，这让她流露出责怪我的神情。她见我的样子颇为尴尬，又咯咯笑起来，整个身子靠近，给我送上亲吻。

我到塞莱斯特饭馆吃晚饭，已经开始吃了，看见进来一个乖乖的矮小女人，她问我可否坐在我这桌。她当然可以坐下。她那张小圆脸跟苹果似的，两只眼睛炯炯有神。她的动作急促而不连贯，脱下收腰上衣，一坐下就急匆匆翻看菜谱。她叫来塞莱斯特，立刻点了她所要的茶，声音既清亮又急促。她等着冷盘的工夫，打开手提包，取出一张小方笺和一支铅笔，饭钱先算好，接着从小钱包里如数拿出钱来，再加上小费，全摆在她面前。这时，冷盘给她端上来了，她三口并作两口，快速吞下去。趁着等下一道菜的工夫，她又从手提包里掏出一支蓝铅笔，一本预报广播节目的周刊，仔细地阅读起来，几乎将所有节目都一一做了记号。周刊有十来页，她用餐的全过程，一直专心地做这件事。我已经吃完饭了，她仍旧在认真地做记号。最后她站起身，动作还是那样机械而准确，又穿上收腰上衣走了。我无事可干，也离开饭馆，在她身后跟了一阵。她走在人行道的边缘，步子极快又极其平稳，头也不回，径直往前赶路。我终于失去了她这个目标，又原路走回来，心想她那个人真怪，但是很快就把她置于脑后了。

我走到家门口，碰见萨拉马诺老头。我请他进屋，从他的口中得知他的狗丢失了，因为不在招领处。那里的职员对他说，狗也许被车给轧死了。当时他还挨个警察分局去问是否能打听到，人家回答说，这种事儿天天发生，不会记录在案。我就对萨拉马诺老头说不如再养一条狗，但是他提请我注意，这条狗他已经带习惯了，他这么讲也在理。

我就蹲在床铺上，萨拉马诺则坐在桌前的椅子上。他面对着我，两只手扶着双膝，头上还戴着那顶旧毡帽，发黄的小胡子下面的口中，咕哝出不成语句的话。我听着有点儿烦了，但我无事可干，还一点儿不困。我就找话说，问他狗的事儿。他对我说，妻子死了之后，他就养起这条狗。他结婚相当晚，年轻时一心想搞戏剧：他在部队上，总参加军队歌舞团的演出。最终，他进了铁路部门，而且并不后悔，现在他拿一小笔退休金。他跟妻子一起生活并不幸福，但总体来说，跟她过日子也很习惯了。妻子一死，他倒感到非常孤单，于是跟同车间的伙伴要了一条狗。当时还是一只小狗崽儿，要用奶瓶喂食。由于狗比人寿命短，它就跟主人一起老了。萨拉马诺对我说这条狗脾气很坏，他和狗时常吵起来。不过，它还算一条好狗。我说它是一条良种犬，萨拉马诺听了面露喜色。"而且，您还未见过它患病之前的样子呢，"他补充道，"那时，它的皮毛漂亮极了。"自从这条狗患上皮肤病，每天早晚两次，萨拉马诺都给它涂药膏。可是据他说，狗真正的疾病是衰老，而衰老是无药可医的。

这时，我打了个哈欠，老头子就说他要走了。我对他说可以再待一会儿，反正他的狗出了事，闹得我的心也挺难受的，他向我表示感谢。他还对我说，我妈妈就很喜爱他的狗。提到妈妈时，他称为"您那可怜的母亲"。他推测妈妈死后，我一定非常痛苦，我没有应声。于是他有点尴尬，话说得很快，告诉我本街区的人对我把妈妈送进养老院看法很不好，但是他了解我，知道我很爱妈妈。现在，我也不知道为什么当时我会那样回答，我说我此前根本不知道在这件事情上，别人对我的看法那么坏，而我认为送养老院是很自然的事，既然我雇不起人照顾妈妈。我还补充道："况且，她早就跟我没什么话可说了，整天独自一人很烦闷。""对呀，"萨拉马诺借口说，"到了养老院，至少还能找到些伴儿。"然后，他起身告辞，想要回去睡觉。现在，他的生活发生了变动，就不知道自己该怎么办了。自从我认识他以来，这是他第一次把手伸给我，动作畏畏缩缩，我感觉到了他手上的痂皮。他挤出点儿微笑，临走还对我说道："但愿今天夜晚狗都别叫唤，我听见总以为那是我的狗。"

六

星期天，我怎么也睡不醒，还得玛丽叫我，摇醒我。我们没有吃饭，就是想赶早去游泳。我感到脑子一片空白，头也有点儿疼，连抽支香烟都觉得味儿苦。玛丽还笑话我，说我是"一副吊丧的嘴脸"。她身穿一件白布连衣裙，头发披散开。我就对她说，她真漂亮，她欢喜得咯咯笑起来。

临下楼时，我们过去敲了敲雷蒙的房门。他应声说马上下去。我由于疲惫，也因为我们睡觉没有打开百叶窗，一到已经充满阳光的户外，强光袭来，如同打了我一记耳光。玛丽高兴得欢跳起来，不停地说天气真好。我感觉好受了些，这才发觉是肚子饿了的缘故。这话我跟玛丽说了，她就指给我看她的漆布提包，她在里面装了我俩的游泳衣和一条浴巾。我们就等雷蒙了。我们听见雷蒙关门的声响。他穿了一条蓝裤子、一件短袖白衬衫；不过，他戴的那顶扁平狭边草帽引得玛丽笑起来。他的两条小臂肌肤很白，布满了浓黑的汗毛，我见了有点儿厌恶。他下楼时还吹着口哨，很高兴。他对我说"你好，老弟"，称呼玛丽为"小姐"。

昨天，我们去了警察局，我做证说那女人"冒犯"了雷蒙。雷蒙只受了一次警告就算完事了。警察没有进一步核实我的证词。在楼门口，我们跟雷蒙谈起了这件事，紧接着我们决定去乘公共汽车。海滩不算太远，但是乘车去更快些。雷蒙认为我们早早到达他那位朋友会很高兴。我们刚要走，雷蒙却突然打了个手势，让我们瞧马路对面。我看见一伙阿拉伯人背靠着烟铺的橱窗，站在那里默默注视我们，不过，是以他们特有的方式，即就当我们是石头或者枯树。雷蒙告诉我，从左数第二个人就是那家伙，他随即面露忧虑的神色，但他又补充一句："这件麻烦事，按说现在已经了结了。"玛丽听不大明白，就问我们是怎么回事儿。我告诉她，那伙阿拉伯人恨雷蒙。她就要我们赶紧离开。雷蒙挺了挺胸，笑着说是该快点儿走了。

离车站还挺远，我们走过去。雷蒙告诉我，那伙阿拉伯人没有跟上来。我回头望了望，他们果然原地未动，仍然若无其事地看着我们刚刚离开的地方。我们上了公共汽车。看来雷蒙完全放松了，他不断地跟玛丽开玩笑。我能觉得出来，他喜欢玛丽，而玛丽却不怎么搭理他，只是不时笑着瞧他一眼。

我们在阿尔及尔郊区下车，离海滩不远了，但是必须爬过一小块俯临大海、斜坡倾向海滩的高地。高地由已经蓝得晃眼的天空衬托，布满发黄的石头，开满雪白的阿福花。玛丽兴致勃勃，抢起漆布提包，扫得花瓣纷纷飘落。我们走在一排排小型别墅之间，两侧的栏杆漆成绿色或白色，有几幢连同阳台隐没在柽柳丛中，另一些则裸露在乱石中间。还未走到高地的边缘，就已经望见波平浪静的大海了，还能望见远处躺在清澈水中打瞌睡的一个巨大岬角。在静谧的空气中，一阵轻微的马达声一直传到我们耳畔。眺望波光粼粼的远海，只见一艘小小的拖网渔船，缓慢得难以觉察地在行驶。玛丽采撷了几朵鸢尾花。我们下坡走向海边，看到已经有几个人下海游泳了。

雷蒙的朋友所住的小木屋坐落在海滩的尽头。木屋背靠石崖，屋前打的支撑木桩已经浸在海水中了。雷蒙把我们介绍给他的朋友。那人名叫马松，长得身材魁伟，膀阔腰圆。他妻子个头儿却很矮，身子圆滚滚的，样子和蔼可亲，说话带巴黎口音。马松立刻说让我们随便些，说他早晨钓了一些鱼，已经过油炸好了。我对他说，我觉得他的房子漂亮极了。他告诉我，每逢星期六、星期天，以及所有节假日，他都来这里度过。他还补充了一句："你们会同我妻子合得来的。"果不其然，他妻子已经同玛丽有说有笑了。这时，我还真萌生了要结婚的念头，这也许是我有生以来头一次。

马松要下水了，但是他妻子和雷蒙还不想跟来。我们三人走下海滩，玛丽立刻扑进水里。马松和我，我们又略等了一会儿。他讲话慢吞吞的，我发现他有句口头禅，无论说什么，总要补上一句："我甚至还要说……"即使他补充，其实也并没有什么新意。例如关于玛丽，他对我说："她可真出众，我甚至还要说，非常迷人。"过了一阵儿，我就不再注意他这句口头禅了，只顾感受晒着阳光有多么舒服。沙子开始烫脚了。我又忍耐了一会儿下水的渴望，终于对马松说："下水好吗?"我一个猛子扎进水中。他一点点往水里走，直到站立不稳才扑过去。他游蛙泳，技术相当差，我只好丢下他去同玛丽会合。海水清凉，我游得很开心。我和玛丽越游越远，我们动作协调一致，共享畅游的乐趣。

游到宽阔的海面，我们便仰浮在水上，我面向天空，而阳光拨开在我嘴边流动的最后几片水帘。我们望见马松回到海滩，躺着晒太阳了。远远望去，他真是个庞然大物。玛丽想和我连体游泳。我就到她身后，抱住她的腰，她甩动手臂奋力往前游，而我则用双脚协助击水。轻轻的击水声伴随了我们一上午，直到我觉得累了。于是，我放开玛丽，往回游去，恢复正常姿势，呼吸也就顺畅了。上了海滩，我俯卧在马松的身边，脸埋在沙中。我对他说："真舒服。"他也有同感。不大工夫，玛丽也来了。我侧过身去，注视她走过来。她浑身还沾附着海水，长发抛在身后。她靠着我躺下，而我，笼罩在她的身体和太阳的这两种热气中，幽幽睡了一会儿。

玛丽摇醒我，说马松回屋了，该是吃午饭的时候了。我立刻站起身，只因我确实饿了;可是，玛丽却对我说，从早上起到现在，我还没有抱吻她呢。的确如此，其实我一直想吻她。"来吧，下水。"她对我说道。我们跑过去，扑进刚涌来的细浪中，蛙泳游了几下，她就贴到我身上。我感到她的两条腿缠住了我的腿，当即对她产生了欲望。

我们赶回来的时候，马松已经喊我们了。我说我饿极了，他就立刻向他妻子表明，他喜欢我这样。面包很好吃。我狼吞虎咽，吃掉我那份炸鱼。接下来还有肉和炸土豆条。吃饭时大家谁也没有说话。马松频频喝葡萄酒，还不断地给我斟。到了喝咖啡的时候，我的头有点儿昏沉，就一连抽了好几支烟。马松、雷蒙和我，我们打算共同出钱，八月份就在海滩一起度过。玛丽突然对我们说道："你们知道现在几点钟了吗？十一点半。"我们所有人都深感诧异，不过马松却说，饭吃得很早，这也很自然，肚子饿了，就是吃饭的时间。不知道为什么，这话引得玛丽笑起来。现在想来，她那是酒有点儿喝多了。马松问我，是否愿意陪他去海滩散步："午饭后，我妻子总要睡一觉。我呢，不喜欢睡午觉。我得出去走走。我总跟她说，饭后活动活动有益于健康。不过，这毕竟是她的权利。"玛丽明确表示要留下，帮助马松太太收拾餐具。矮个儿巴黎女人便说，照这样，就必须把男人赶出去。于是，我们三个男人就都出来了。

烈日当空，几乎直射沙滩，海面上强烈的反光十分晃眼。海滩上空无一人了。从布列在俯临大海的高地周边的一间间木屋里，传出一阵阵杯盘刀叉的声响。从地面熏蒸而起的石头的热气逼得人呼吸困难。开头，雷蒙和马松聊些人和事，都是我不了解的，从而我明白，他们俩相识已久，甚至在一起生活了一段时间。我们朝海走去，沿着水边散步。有时，一道细浪冲得远些，打湿了我们的布鞋。我什么也不想，只因我光着脑袋，让太阳晒得昏昏欲睡。

这时，雷蒙对马松说了句什么，我没有听清楚。不过，与此同时，我看见在海滩的另一头，离我们很远，有两个身穿蓝色司炉工装服的阿拉伯人朝我们的方向走来。我瞧了瞧雷蒙，他就对我说："正是他。"我们继续散步。马松问，他们怎么一直跟踪到这儿来了。我想他们一定是看见我们拎着海滩用品提包上了车，但是我什么也没有说。

那两个阿拉伯人缓步往前走，离我们已经相当近了。我们没有改变步伐，但是雷蒙交代我们："万一动起手来，你，马松，你去对付第二个家伙。我呢，就收拾我那个对头。你呢，默尔索，如果再来一个，就交给你了。"我说："好吧。"马松两手插进裤兜里。我觉得沙子灼热得跟烧红了似的。我们步伐沉稳，走向阿拉伯人。我们之间的距离逐渐缩短。等双方只差几步远了，阿拉伯人停下脚步。马松和我的脚步也放慢了。雷蒙径直走向他的对头。我听不清楚他对那人说了什么，那人抬手照雷蒙的头就要给一拳，雷蒙却抢先下手，并且立即招呼马松。马松冲向指定给他的那个人，使足了劲儿，两个重拳打出去，那个阿拉伯人便倒在水中，脸朝下待了几秒钟，冒到水面的气泡在他的脑袋周围破灭。这工夫，雷蒙也大打出手，打得对手满脸出血。雷蒙回身对我说了一句："瞧着他会拿出什么家伙。"我冲他喊道："当心，他拿了把刀！"还未等雷蒙有所反应，他的胳膊就给划开了，嘴巴也给划破了。马松一个箭步冲上去，不料另一个阿拉伯人已经爬起来，躲到手持凶器的人身后。我们不敢动弹。他们慢慢后撤，眼睛始终盯住我们，用刀威慑。我们不敢轻举妄动。他们看拉开了相当大的距离，便转身飞快逃掉，而我们仍然定在太阳地上，雷蒙紧紧握住还在滴血的手臂。

马松立刻说道，正巧有一位大夫，每星期天都在这里度过，就住在高地上。雷蒙想马上去见大夫，可是他一开口说话，伤口就流血，弄得满嘴血沫。我们搀扶着他，先尽快回到木屋。到了屋里，雷蒙说他的伤口很浅，能够去看大夫。马松陪他去了，我留下来向两位女士解释所发生的事情。马松太太流下眼泪，玛丽也脸色煞白。向她们解释这事，我也挺烦的，结果干脆沉默不语，望着大海抽烟。

约莫一点半钟，雷蒙同马松回来了，他手臂包扎了绷带，嘴角贴上了橡皮膏。大夫告诉他是轻伤，没什么，但是雷蒙脸色很难看。马松还试图逗他笑，可他就是一声不吭。过了一会儿，他说出去到海滩走走，我问他去哪儿，他回答说只想出去透透气。马松和我都表示要陪他出去。他一听就火了，不干不净地骂了我们。马松直言千万别违拗他。然而，我还是跟着他出去了。

我们在海滩上走了很久。现在烈日炎炎，照在沙滩和海面上，碎成无数闪亮的金块。我感觉雷蒙知道要去哪儿，不过，这恐怕是错误的印象。我们一直走到海滩尽头，绕过一大块岩石，终于来到岩石后面在沙地上流淌的一小股泉水边。我们就在那儿找见了那两个阿拉伯人。他们穿着油污斑斑的蓝色司炉工装服，躺在地上，那神态完全平静下来了，甚至带着几分喜色。我们的出现，丝毫没有改变那种局面。用刀伤了雷蒙的那个家伙一声不吭，眼睛盯住雷蒙。另一个家伙则用眼角余光瞟着我们，同时不停地吹着一个小芦苇哨子，反反复复只发三个音。

这段时间自始至终，只有阳光和这种寂静，以及泉水淙淙和芦苇哨子的三个音。继而，雷蒙伸手插进放手枪的兜里，但对方还是一动不动，他们一直四目对视。我注意到吹芦苇哨子的那小子脚趾劈得特别开。这时，雷蒙的目光没有离开对方，问了我一句："我撂倒他吗？"我心里合计，我若是说不，他反而不听那一套，一发火准会开枪。我只是对他说："他连话还没有对你说，这样就开枪，会显得有点儿卑劣。"在这寂静和炎热的中心，还能听见淙淙的水声和芦苇的哨音。"那好，我就辱骂他，等他一回嘴，我就把他撂倒。"我回答说："就要这样。不过，他要是不拔出刀来，你也不能开枪。"雷蒙开始有点儿恼火了。另一个小子一直吹芦苇哨，两个人都注意观察雷蒙的一举一动。"不行，"我对雷蒙说道，"你还是得跟他单挑，把你的手枪给我。如果另一个上手，或者这个拔出刀来，我就把他一枪撂倒。"

雷蒙把手枪给我的时候，阳光在枪上晃了一下。然而，双方仍然待在原地不动，就仿佛我们周围的一切封闭起来了似的。我们相互对视，谁也不肯垂下眼睑，这里一切全停顿下来，停在大海、沙滩和阳光之间，停在芦苇哨和泉水的双重寂静之间。此刻我想到，可以开枪，也可以不开枪。这时，两个阿拉伯人猛然往后退，一下子溜到大岩石后面去了。于是，雷蒙和我原路返回。他的情绪显得好些了，还提起回城的公共汽车。

我陪伴他一直走到木屋，在他上木阶梯时，我停在最下面的台阶上，脑袋让太阳晒得嗡嗡作响，看着眼前要吃力登上的木阶梯，想到上去还要吃力应付两位女士，就不免气馁了。可是酷热难耐，刺眼的阳光倾泻一般从天而降，站在原地不动同样难受。待在原地还是走开，反正是一码事儿。迟疑片刻，我又掉头走向海滩。

海滩也是红彤彤的，阳光耀眼，大海气喘吁吁，呼吸急促，细浪爬上沙滩。我缓步走向岩石，顶着太阳，只觉得脑门儿发胀。全部暑热都扑向我，阻止我往前走。每次感到热风袭面而来，我就咬紧牙关，握紧插在裤兜里的拳头，我全身绷紧，以便战胜太阳，战胜太阳倾注给我的这种参不透的醉意。从沙砾上，从变白的贝壳上，从碎玻璃上，每投出一把光剑来，我的牙关都不由得紧咬一下。我就这样走了许久。

我远远望见岩石下有一小片幽暗之地，周围被阳光和海上尘雾所形成的耀眼光晕笼罩。我想到岩石后面清凉的泉水，渴望再次聆听淙淙的泉水，渴望逃避太阳，逃避走路的疲倦以及女人的哭泣，渴望再次找到阴凉与休息。可是，我走近时却看到雷蒙的对头又回来了。

他独自一人，双手放在脖颈下面，躺在那里休息，额头置于岩石的阴影里，而身子晒着太阳。他那身蓝色司炉工装服冒着热气。我颇感意外。对我而言，这件麻烦事已经了结，我连想也没有想就来到了这里。

他一看见我，就微微欠起身，手插进兜里。而我呢，放在外衣口袋里的手也自然而然地握紧雷蒙的手枪。这时，他又仰身倒下，但是手没有从兜里抽出来。我离他比较远，有十来米。我不时看见他半眯缝着的眼睛射出的目光。不过，他那副形象更多的时候则是在我眼前火焰般的空气中舞动。比起中午来，海浪的声音更加懒散，更加平稳了。在这依旧延伸的沙滩上，太阳依旧，光焰依旧。白昼已经有两个小时抛了锚，固定在一片沸腾着的金属海洋中。远远驶过一艘小轮船，我是从我视觉余光的小黑点推测的，因为我的眼睛正一直紧盯着那个阿拉伯人。

我心中暗想，只要我掉过头去，就万事大吉了。然而，一整片在烈日下颤动的海滩从我身后涌来。我朝泉水走了几步。那个阿拉伯人没有动弹。不管怎么说，相距还挺远。也许是他脸上阴影的效果，他那样子似乎是在笑。我仍在等待。太阳烧灼我的面颊，我感到汗滴聚在我的眉毛上。还是我安葬妈妈那天的大太阳，还像那天一样，我的额头特别难受，肌肤下的脉管都一齐跳动。正是由于我再也忍耐不了的灼热，我又朝前动了动，我知道这种动作很愚蠢，挪动一步也躲避不了太阳。然而，我就是跨进一步，仅仅一步。这回，那个阿拉伯人虽未起身，却抽出了刀，在阳光中对我晃了晃。钢刀反射的阳光，犹如闪亮的长刃刺中我的脑门儿。与此同时，聚在眉头的汗水一下子流到眼皮上，形成一道厚而温暖的水帘，遮住了我的双眼。在这道汗水的帘幕后面，我的眼睛完全花了，只觉得太阳好似铙钹一般扣到我的头顶，那把刀射出的闪光利刃，影影绰绰，一直在我面前晃动。这把灼热的利剑损坏了我的睫毛，刺入我疼痛的双眼。恰巧这时，天地万物都摇晃起来。海洋呼出一股厚重而滚烫的气息。天穹也好像整个儿开裂，降落下天火来。我的周身绷紧了，手紧紧抓住那把枪。不觉间扳机被扣动了，我触碰到了枪柄上光滑的扳机圆洞，正是触碰那儿，在震耳欲聋的一声脆响中，一切都开始了。我一下子抖掉汗水和阳光。我明白自己打破了这一天的平衡，打破了海滩异乎寻常的寂静，打破了我曾觉得幸福的平衡和寂静。接着，我对着那不动的躯体又连开四枪，子弹打进去而没有穿出来。这正如我在厄运之门上急促地敲了四下。

第二部

一

　　我被捕之后，立即接连几次受审。但是，审讯时间都不长，只为查清身份。第一次是在警察分局，我的案子似乎没人感兴趣。八天之后，情况则相反，预审法官打量我，显得很好奇。不过，开头他也只是问我的姓名和住址、我的职业、我的出生日期和出生地。随后，他想了解我是否选定了律师。我承认没有，并且问他是不是非得请律师。他说："为什么这样问？"我回答说，我认为自己的案子非常简单。他微微一笑，说道："这是一种看法。然而，法律就是法律。如果您不找律师，我们就会给您指派一位。"我认为这样就太方便了，连这些具体问题司法机关都负责给解决。我向他说了这种想法，他也赞同，并得出结论，法律制定得很完善。

　　起初，我并没有认真对待他。他接待我的房间拉着窗帘，只有办公桌上点着一盏灯，灯光对着他让我坐的扶手椅，而他本人则坐在阴暗的地方。我在书里读过类似的描写，觉得全都是做戏。问完了之后，我端详了他，看到的是一个面目清秀的人，一双深陷的蓝眼睛，个头儿很高，蓄着长长的灰胡须。一头浓发几乎花白了。他的面部肌肉不时因神经性抽搐而拉动嘴角，尽管如此，他给我的印象是他是个非常通情达理的人，总之，善气迎人。我走出审讯室的时候，甚至想要同他握手，但是我及时想起我还有命案在身。

第二天，一位律师来狱中探视。他是个矮胖子，还相当年轻，精心梳理的头发贴在头皮上。天气很热（我没有穿外衣），他却穿一身深色正装，戴上了活动硬折领。扎的领带也很奇特，是黑白相间的粗条纹花色。他把腋下夹的公文包放到我的床上，做了自我介绍，对我说他研究了我的案卷。我这案子很棘手，但是，如果我信任他的话，他不怀疑能够胜诉。我向他表示感谢，他对我说："现在就谈谈问题的要害。"

他坐到我的床上，向我解释说，他们已经调查了我的私生活，了解到我母亲在养老院去世不久。于是，他们又去马伦戈做了一次调查。预审法官都获悉，妈妈葬礼那天，"我表现出了无动于衷的态度"。"要知道，"我的律师对我说道，"您这种情况，我实在有点儿难以启齿，但是这又非常重要。如果我找不出理由答辩，这就将成为指控您的一个重要证据。"他希望我能协助他。他问我，那天我是否感到难过。听到这样一问，我十分惊讶，如果是我不得不提出这个问题，我都会感到非常尴尬。不过我还是回答说，我多少丧失了扪心自问的习惯，很难向他提供这方面的情况。自不待言，我很爱妈妈，但是这并不能表明什么。所有精神正常的人，都或多或少盼望过自己所爱的人死去。说到这里，律师当即打断我的话，他显得非常焦躁。他让我保证，无论到法庭上，还是在预审法官那里，都不要讲这种话。可是，我却向他解释道，我天生如此：生理的需要往往会扰乱我的情感。安葬妈妈那天，我疲惫不堪，又非常困倦，也就没有留意当时发生了什么事情。我所能肯定给出的答案是，我真不愿意妈妈死了。但是，我的律师还是一脸不高兴。他对我说："这样讲还不够。"

他思考了一下，问我可不可以说，那天我控制住了自己的自然感情。我就对他说："不可以，因为这是假话。"他以古怪的方式看着我，就好像我引起他几分反感。他几乎幸灾乐祸地对我说，不管怎样，养老院院长和工作人员都会作为证人到法庭上做证，"这可能将我置于一种极难堪的境地"。我则提请他注意，这件事情跟我的案子无关，而他仅仅反驳了我一句：显然我从未跟司法机构打过交道。

他走时面带愠色。我很想留下他，向他说明我渴望得到他的同情，但不是为了获取他更好的辩护，而是……可以这么说，而是自然而然的辩护。尤其是我看出来，我让他很不自在。他没有理解我的意思，对我产生了一点儿怨恨。我真想明确告诉他，我跟所有人一样，跟所有人绝对一样。然而，费一番口舌其实没有多大用处，我也懒得讲，干脆放弃了。

过了不久，我又被带去见预审法官。这次是下午两点钟，他的办公室只拉着薄纱窗帘，满室通明透亮。天气很热。他让我坐下，彬彬有礼地向我说明，我的律师"因临时有事"，未能前来。但是，我有权不回答他提出的问题，等我的律师到场来帮助。我说我可以独自回答。他用手指按了桌上的一个电钮。一个年轻的书记员来了，差不多就坐到我的身后。

预审法官和我都端坐在扶手椅上。开始审讯了。他首先对我说，按照别人的描述，我是个性格内向、少言寡语的人，他想了解对此我有何想法。我回答说："事出有因，我从来没有什么重要的话要讲，于是就保持沉默。"他还像上次那样，微微一笑，承认这是最好的理由，随即又补充一句："况且，这也无关紧要。"预审法官住了口，瞧了瞧我，接着，颇为突然地挺了挺身，语速极快地对我说："我所感兴趣的，是您这个人。"我不大理解他这话是什么意思，也就没有应声。他又说道："在您的事情中，有些行为匪夷所思。我相信您会说透，帮助我理解。"我说一切都很简单。他催促我向他复述一遍那天的情况。于是，我向他复述了我已经讲过的全过程：雷蒙、海滩、海水浴、殴斗，又是海滩、小泉水、烈日，以及发出的五发子弹。我每讲一句，他都说："好的，好的。"我说到横躺在地上的尸体时，他附和一声："好。"而我呢，实在厌烦这样重复讲述同一故事，就觉得我从未讲过这么多话。

沉吟片刻之后，他站起身，对我说道，他想要帮助我，说我引起他的兴趣，再加上有上帝保佑，他就能为我做点儿事情。不过，他还要先向我提几个问题。他开门见山，问我是否爱妈妈。我说："爱呀，跟所有人一样。"此前，书记员打字一直很有节奏，这时一定按错键盘，不免有点儿慌乱，只得倒回来重打。预审法官所问的事，表面上始终没有逻辑关系，他又问我是否连续开了五枪。我想了想，明确说先头我只开了一枪，过了几秒钟，又开了四枪。于是他问道："您开了一枪之后，为什么等了一会儿才打第二枪呢？"那一片火红的海滩，再一次展现在我眼前，我感到额头让太阳晒得火辣辣的。不过这回，我什么也没有回答。接着冷场了，这工夫预审法官显得有些烦躁。他又坐下，抓了抓头发，臂肘支在办公桌上，身子微微倾向我，一副怪怪的样子："为什么，为什么您朝地上的尸体开枪呢？"这个问题，我还是无从回答。预审法官双手捂住脑门儿，声音有点儿变调，又重复他的问题："为什么？您必须告诉我。为什么？"我始终沉默不语。

他霍地站起身，大步走向办公室的另一头，从文件柜拉出一个抽屉，取出一只银质耶稣受难十字架，高举着反身走向我。他的声调完全变了，几乎发颤，提高嗓门儿问道："这个，您可认得？"我回答："认得，当然认得。"于是他急速地、满怀激情对我说，他信仰上帝，坚信无论什么人，也不管罪恶有多大，总能得到上帝的宽恕，但是为此目的，人就必须通过悔罪，复归童年状态，心灵空虚纯净，准备迎接一切。他整个身子都俯在桌子上，几乎就在我的头顶摇晃着耶稣受难十字架。老实说，他这番论证，我的思想很难跟得上，首先因为热得很，他这办公室里又有几只大苍蝇，不时落到我脸上，同时还因为他那样子让我有点怕。我也承认这未免可笑，因为归根结底，我才是罪犯。他还仍然滔滔不绝。我差不多听明白了，在他看来，我的供词只有一处模糊不清，即我等了片刻才开第二枪这个事实。其余的情节，都很清楚，唯独这一点，他搞不明白。

我正要对他说，他不该抓住这一点不放：最后这一点并不那么重要。但是他打断了我的话，挺直了身子，最后一次劝告我，问我是否信仰上帝。我回答说不信。他气呼呼地坐下来，对我说这不可能，人人都相信上帝，即使是那些背弃上帝的人。这正是他的信念，他一旦对此有所怀疑，那么他的生活就再也没有意义了。他高声诘问："您就想要我的生活丧失意义吗？"依我之见，这事与我无关。我把我的想法对他讲了。可是，他隔着办公桌将十字架上的基督像送到我眼前，毫无理智地嚷道："我，我可是基督教徒。我请求基督宽恕你的过错。你怎么能不相信他是为你而受了苦呢？"我明显地注意到，他用"你"来称呼我了，但是我已经听烦了。房间里越来越热了。我还一如既往，渴望摆脱一个说话的人，于是就装出同意的样子。令我深感意外的是，他立刻欢欣鼓舞，说道："你瞧，你瞧，你相信上帝，要向上帝讲心里话，对不对呀？"自不待言，我再次说了"不"。他又一屁股跌坐到椅子上。

他神情十分疲惫，半晌沉默不语，而打字机没有跟上谈话，一直没有停，还继续打出最后几句话。继而，他凝视了我片刻，神色里透出一点伤感。他喃喃说道："像您这样冥顽不化的灵魂，我还从未见过。罪犯来到我的面前，看到这个受难像，总要痛哭流涕。"我正要回答恰恰因为他们是罪犯，但是又转念一想，我也是罪犯，跟他们一样。这种念头我实在无法适应。这时，预审法官站起身，仿佛示意审问结束了。他的神态还是有点儿厌烦，只问我是否悔恨自己的行为。我想了想，回答说算不上悔恨，倒是在一定程度上厌烦了。我觉得他没有听明白我的话。但是那天，事情就再也没有进展了。

后来，我经常面见预审法官，不过每次都由我的律师陪同。谈话也局限于跟我核对我先前几次供词中的一些疑点。再就是预审法官同我的律师讨论控告我的罪名。不过老实说，在这种时候，他们从来就不把我放在心上。不管怎么说，审讯的口气逐渐变了，我感到预审法官对我没有兴趣了，他已经把我的案子以某种方式归类了。他不再向我提上帝，我再也没有见到他像头一天那样冲动。结果便是我们的谈话变得更加亲热了。提几个问题，同我的律师谈一谈，一次次审讯就这样结束了。拿预审法官的话来说，我的案子进展正常。有时候谈到一般性问题，也让我参加讨论。我的心情开始轻松了：在这种时刻，谁对我都没有恶意。一切都显得那么自然，那么按部就班，表演得那么有板有眼，我甚至产生了"亲如一家"的可笑印象。预审持续了十一个月之久，可以说在这期间，我几乎感到惊讶的是，让我高兴的事没有别的，只有屈指可数的那么几个瞬间：预审法官把我送到他的办公室门口，拍拍我的肩膀，亲热地对我说一句："今天就这样吧，反基督先生。"随即重又把我交到警察手里。

二

有些事情，我从来就不愿意提起。我入狱没过几天，就明白了事后我不可能爱提这段经历。

过了些日子，我就觉得这种厌恶情绪实在无足挂齿。其实最初几天，我还算不上真正坐牢：我隐隐约约在等待发生什么新的事件。直到玛丽第一次，也是唯一一次来探视，完全意义上的监狱生活才开始。从我收到她的信那天起（她在信上告诉我，因为她不是我妻子，就不准她再来探监了），我才感到牢房就是我的家，我的生活就停留在这里了。我被捕的那天，先是把我关进一间大牢房，里面已经关了好几名囚犯，大部分是阿拉伯人。他们看见我，都嘻嘻哈哈笑起来，随后就问我犯了什么事。我说打死了一个阿拉伯人，他们就都不吱声了。过了一会儿，天就黑下来了，他们倒向我解释如何铺睡觉的席子，将帘子一端卷起来，就能当枕头用了。整整一夜，臭虫都在我的脸上爬来爬去。过了几天，就把我换进单人牢房，睡木板床，还配备一只木制马桶和一个铁脸盆。监狱建在城市的制高点，从一扇小铁窗，我能够望见大海。有一天，正巧我抓住铁窗的柱子，仰着脸张望阳光世界，一名看守走进来，对我说有人探视。我想准是玛丽。果然就是她。

　　要到探视室，先得穿过一条长长的走廊，接着上楼梯，再穿过另一条走廊。我走进一个特别宽敞的大厅，由一扇大窗户射进来的阳光把这里照得非常明亮。横着安了两道大栅栏，将大厅隔成三段，栅栏之间相距八到十米，把探监者与囚犯隔开。我看见玛丽就在我的对面，她身穿带条纹的连衣裙，那张脸晒成了棕褐色。我旁边还有十来名囚犯，大多是阿拉伯人。玛丽那面也都是摩尔女人，身边探视的两个人，一个是矮小的老太婆，穿着一身黑袍，紧紧抿住嘴唇；另一个是没戴头巾的胖女人，说话嗓门儿很大，伴随着各种手势。由于两道铁栅栏相隔较远，探视者和囚犯说话都不得不大声叫喊。我一走进大厅，就充耳一片嘈杂声，声音在光秃秃的四面大墙壁之间反响回荡，而从天空直泻到玻璃窗上的强烈阳光，又反射到大厅里，一时间我感到头昏眼花。我的单人牢房要安静得多，也昏暗得多。过了好几秒钟，我才开始适应。最终，我还是看清了凸显在明晃晃的阳光中的每一张脸。我注意到在两道铁栅栏之间，靠过道一侧坐着一名看守。阿拉伯囚犯和探视他们的家人大部分面对面蹲着，这些人说话就不叫喊。尽管周围一片嘈杂声，他们低声对话彼此照样听得见。他们低沉的话语声从低处响起，形成持续不断的低音部，汇入在他们头顶上交错回环的谈话声浪中。所有这一切，全是在我朝玛丽走去的工夫快速观察到的。她的身子已经紧紧贴在铁栅栏上，竭尽全力冲我微笑。我觉得她非常美，但是我不知道该如何向她表明。

"怎么样？"她高声问我。"怎么样，就这样呗。""你还好吧，什么也不缺吧？""还好，什么也不缺。"

我们住了声，玛丽一直在微笑。那个胖女人也一直冲着我身边的人喊叫。这个目光坦诚、金发高个子的家伙，一定就是她丈夫了。他们在接续已经开始的一场谈话。

"雅娜就是不愿意要他，"胖女人扯着嗓子嚷道。"是啊，是啊。"男人应声说道。"我还对她说，你一出狱，还要雇用他的，可是她就是不愿意要他。"

玛丽也喊叫起来，说雷蒙向我问好，我接口说："谢谢。"不过，我的话音被旁边的男人盖住了，那人高声问道："他近来可好？"他妻子笑着说："好着呢，他的身体比什么时候都好。"我左边这个矮个子青年，有一双秀气的手，他一句话也没有说。我注意到他面对的是一个矮个子的老太婆，他们二人都定睛凝视对方。我没有时间进一步观察他们了，忽然听玛丽冲我高声说，一定要满怀希望。我应了一声"对"，同时盯着看她，真想隔着衣裙搂住她的肩膀。我真想抚摩她那身细布料，而且除此之外，我实在不知道还能抱有别的什么希望。恐怕这也正是玛丽想要说的，因为她一直在微笑。我只顾看她明亮的牙齿和笑眯眯的眼睛。她又喊道："你一定能出来，一出来咱俩就结婚！"我回答说："你相信吗？"不过，我这主要还是为了说点儿什么。于是，她语速非常快，声音始终很高，说她相信我一定能获释，两个人还去游泳。这时，另一个女人又吼叫起来，说她的篮子丢在书记室里，当即列出放在篮子里的所有东西，那些东西都很贵，必须清点一下。另一个挨着我的青年，一直同他母亲相视无语。蹲在地上的那些阿拉伯人，仍在我们下面窃窃私语。户外的阳光撞到大玻璃窗，似乎更加膨胀了。

我感到身体不大舒服，很想离开。聒噪声让我难受。可是另一方面，我也愿意跟玛丽多待一会儿。不知道过了多长时间了。玛丽跟我谈起她的工作，她那脸上始终挂着笑容。絮语、喊叫和谈话的声音交织在一起。唯一寂静的孤岛就在我身边，即相互对视的这个矮个儿青年和这个老太婆。阿拉伯人一个个被带回牢房。刚带走第一个人，几乎所有人都住了声。矮小的老太婆又靠近铁栅栏，与此同时两名看守向她儿子打了个手势。那儿子说了一句："再见，妈妈。"母亲把手从铁条之间探进去，向儿子轻轻挥手，动作缓慢而悠长。

老太婆离开探视厅，一个手拿帽子的男人随即走进来，占据了空出来的位置。一名因犯被带来，二人便热烈地交谈起来，但是声音压得很低，只因大厅又恢复了肃静。又有人来要带走我右边的那个人，他妻子仿佛没有注意到说话不用大喊大叫了，仍然没有降低声调："照顾好你自己，多加小心。"接着就轮到我了。玛丽做出了抱吻我的手势。临出门时，我又回过头去望望，她一动未动，脸压在铁条上，始终挂着那种苦撑着的僵硬微笑。

探视之后不久，她就给我写信来了。正是从这一刻起，出现了我绝不爱提起的那些事。不管怎么说，什么事也不应该夸张，讲讲自己不爱提起的事，我做起来还比别人更容易些。受羁押初期，最艰难的倒是我仍有自由人的思维。例如，我还渴望去海滩，下海游泳。还想象我的脚掌刚踏到波浪的声响，全身浸入水中所感受的解脱，可我却猛然感到我的牢房四壁多么贴近。而且，这种感觉持续了数月。后来，我就完全换成囚犯的思维了。我等待放风的时间，到院子里走走，或者等待我的律师来访。余下的时间我也安排得很好。我甚至常常想，如果让我生活在一棵枯树的树干里，无所事事，终日观赏天空浮云的花样，我也能逐渐适应。我会等待鸟儿飞越、云彩聚合，就像我在这里等待我的律师扎上奇特的领带，或者在另一个世界耐心地等待星期六，得以拥抱玛丽的肉体。况且，仔细想想，我总还没有落到枯树树干里的那种境地。还有比我更加不幸的人呢。其实这也是妈妈的想法，她一再反复讲，人到头来什么都能适应。

此外，平时我也没有想得那么远。头几个月度日如年。然而，我总得咬咬牙，也就挺过来了。譬如说，我辗转反侧想女人。我年轻，这是很自然的事。我从来没特意想玛丽。但是我苦苦想女人，想所有女人，想我所认识的所有女人，想我曾经爱过她们的种种情景，结果我的牢房充塞了这些女人的形象，布满了我的欲念。一方面，这让我躁动不安；另一方面，这也帮我消磨时间。我终于赢得了看守长的同情。每天开饭时，他都陪着厨房伙计前来，正是他首先向我谈起了女人。他告诉我，这是其他囚犯抱怨的头一件事。我就对他说，我同他们一样，觉得这样对待囚犯实在不公道。"然而，"他接口说道，"正是为了这一点，才把你们关进牢房。""怎么，正是为了这一点？""当然了，自由，正是为此，才剥夺了你们的自由。"我从未想到这一层。我赞同他的说法："不错，"我对他说道，"否则惩罚什么？""对呀，这种事儿，您能想通。其他人不行。不过，最终他们总能想法儿自行解决问题。"说罢，看守长就走了。

还有，抽烟也是问题。我入狱那天，我的腰带、鞋带、领带、我口袋里的所有物品，尤其是我的香烟，统统让监狱人员搜走了。一转到单人牢房，我就要求把香烟还给我。可是，看守对我说，监狱禁止吸烟。

头些日子特别难熬。这也许是给我的最大打击。我从床铺的木板上掰下木块，放进嘴里咀嚼。恶心不止，一整天我都想呕吐。我无法理解，吸烟又不危害任何人，为什么剥夺我吸烟的权利。后来我才明白，这也是惩罚的一项内容。不过，从那时候起，我逐渐习惯不吸烟了，对我来说，这种惩罚也就徒有其名了。

除开这些烦心事，我还算不上太不幸。再说一遍，问题全在于消磨时间。从我学会回忆的时刻起，我就终于有了营生，一点儿也不感到烦闷了。有时，我就回想我的房间，在想象中从一个角落出发，走一圈儿回到起点，在头脑里计数一路上所碰到的所有物品。起初，很快就计数完毕。可是，每次我重新开始，花的时间就长一些。因为，我要回忆每件家具，回忆每件家具中所装的每件物品，回忆每件物品的详细情况，包括每个镶嵌、每道裂纹、每个边角的毁损，以及涂什么颜色，是什么纹理。与此同时，我又力求这个清单次序不乱，毫无遗漏。这样回忆了几个星期下来，我只要历数一下我那房间里的东西，时间也就打发过去了。我越这样追忆，越多被忽略和已被遗忘的东西，就从我的记忆中发掘出来。于是我憬悟到，一个人哪怕在世上仅仅生活过一天，进了监狱也不难度过百年。他有足够的记忆可供追寻，不会感到烦闷。从某种意义来讲，这也是一种特权。

还有睡眠的问题。开头，夜间睡不好觉，白天根本不睡。后来逐渐好转，夜晚睡得着，白天也能睡一睡。可以说，在最后几个月，每天我能睡上十六至十八小时。

因此，我也就剩下六个小时要打发了，用在吃喝拉撒上，用来回忆，以及阅读那个捷克斯洛伐克人的故事。

说起来，我在草垫和床板之间，发现了一张旧报纸，几乎粘贴在草垫的衬布上，已经发黄，差不多透明了。报上刊登了一则社会新闻，开头部分缺失，故事看起来发生在捷克斯洛伐克。一个男子离开一座捷克村庄，要去发财致富。过了二十五年，他发了财，带着妻子和一个孩子回家乡。他母亲和妹妹在家乡的村子里开了家客店，他想给母亲和妹妹一个惊喜，就把妻子和孩子留在另一家旅馆，只身回家，进了门，母亲没有认出来。他想取乐，还要了一间客房，亮出了自己身上带的钱财。为了夺取他的钱财，到了深夜，他母亲和妹妹用铁锤将他打死，尸体扔进河里。次日早晨，他妻子登门，还不知道发生了变故，讲出了这个旅客的真实身份。母亲自缢身亡，妹妹投井而死。[①] 这个故事，我反复看了有几千遍。一方面，这种事很怪诞，令人难以置信；另一方面，却又极其自然。不管怎样，我觉得那名旅客有点儿咎由自取，人生绝当不得儿戏。

就是这样，困了就睡觉，回忆，阅读这则社会新闻，昼夜更替，日复一日，时光不断流逝。我早就在书中读过，人关在监狱里，久而久之便丧失了时间的概念。然而，这对我没有多大意义。我还不明白在多大程度上，一天天可能既漫长又短暂。生活起来当然漫长，可是漫漫无边，最终又相互浸透了，从而混杂起来而丧失各自的名称。只有"昨天"或"明天"这样的字眼，对我还保留一点儿意义。

且说有一天，看守对我说，我入狱已有五个月了。他这话我相信，可又不理解。在我看来，不断涌现在我牢房里的，无疑是同一天，而我所做的也是同一件事。那天，看守走后，我对着铁饭盒照了照，觉得即使我强颜笑一笑，我在饭盒上的形象也依然很严肃。我拿着饭盒在眼前摇晃。我笑一笑，饭盒上映现的还是那副严肃而忧伤的样子。白天结束了，到了我不愿意谈论的时刻，这是难以名状的时刻，在一片寂静中，

---

① 这正是加缪的一部剧作《误会》的故事梗概。

从监狱各楼层升起暮晚的嘈杂声。我走近天窗，借着最后的亮光，再一次凝视自己的形象。总那么严肃，有什么奇怪的呢？既然此刻我本人也很严肃。恰好这时候，几个月以来第一次，我清晰地听见自己说话的声音。我听出来了，这声音在我耳畔已经回响了好多日子，我才明白，在这么长的时间里，我一直在自言自语。于是，我想起了妈妈葬礼那天，女护士说过的话。是的，真叫人无所适从，谁也想象不出监狱里的夜晚是怎样的情景。

三

其实真可以说，刚过了夏天，很快又到了夏天。我知道天气乍热，气温升高，我会有新情况发生了。我的案子安排在重罪法庭最后一轮庭审来审理，这一轮庭审将于六月内结束。案子开始公开辩论时，户外骄阳似火。我的律师向我保证说，辩论多不过两三天。他还补充道："况且，法庭也得加速审理，因为您的案子不是这轮庭审中最重大的案件。紧接着还要审一桩弑父案。"

早晨七点半钟就来提我了，由囚车将我押送到法院。两名法警把我带进一个阴凉的小房间。我坐在一道房门旁边等待，隔着房门听得见谈话声、呼唤声、挪动椅子的声响，以及一片骚乱的嘈杂声，让我联想到街区的节庆：音乐会结束之后，大家一齐上手搬开座椅，大厅里腾出地方好跳舞。法警告诉我，必须等待开庭，一名法警还递给我一支香烟，让我谢绝了。过了片刻，他问我"是不是心慌"。我回答说"不"。我说，从某种意义来讲，我甚至挺感兴趣，要看一看审案的场面，我这一辈子从来没有这种机会。"不错，"另一名法警说道，"但是，看多了也就烦了。"

又过了一会儿，审判厅里响起不大的铃声。于是法警给我卸下手铐，他们打开房门，把我带上被告席。审判大厅爆满，座无虚席。尽管挂着窗帘，有些地方还是透进了阳光，空气已经很憋闷了。窗户全关上了。我坐下来，法警守在我的两侧。这时候我才看见面前有一排面孔，他们都盯着我：我明白了，他们就是陪审员。但是我说不清他们之间有什么差异，当时我只产生了一种印象：我上了有轨电车，面对一排乘客，所有这些不相识的乘客都窥视新来者，以便看出他身上的可笑之处。现在我深知，当时那种联想十分幼稚，因为这是法庭，他们寻找的不是可笑之处，而是罪行。不过，看起来差别不大，反正我就萌生了这种想法。

　　大厅门窗紧闭，又坐满了人，我也不免感到有点头昏脑涨。我又扫视一眼法庭，任何面孔也辨认不清。现在想来，我是一开始没有意识到，这些人蜂拥而至，都是来看我的。平时，根本没人注意我这个人。必须动动脑筋我才想明白，我正是这种热闹场面的缘起。我对法警说："人真多呀！"他回答我说，这是报纸连篇报道的效果；他还指给我看在陪审员下方，聚在一张桌子旁边的一伙人，并且对我说："他们在那儿呢。"我便问道："谁呀？"他又重复一遍："报社的人。"他还认识其中一名记者。这工夫，那名记者看见他了，便朝我们走来。此人已经有了一把年纪，样子挺和善，那张脸不时做个怪相。他特别热情地同法警握手。这时我注意到，大家都在相互打招呼，交谈起来，仿佛到了一家俱乐部；同一个圈子里的人再次相聚，都非常兴奋。然而，那名记者却笑呵呵地跟我说话，对我说他希望我的事儿都会顺利解决。我向他表示感谢，他还补充道："告诉您说吧，您这案子，我们还稍微炒作了一下。夏天是报纸的淡季。只有您这个事件，还有那个弑父案，还能够吸引人。"然后，他指给我看，在他刚离开的那伙人里，一个活像一只肥胖的白鼬，戴着黑边大墨镜的矮个儿的家伙。他告诉我，那人就是巴黎一家报社的特派记者："不过，他可不是专为您来的。但是，报社既然派他来报道那桩弑父案，就要求他兼顾您的案子。"说到这里，我差一点儿又要向他表示感谢，可是忽然想到，这样未免显得可笑了。他亲热地向我打个手势，便离开了我们。我们又等待了几分钟。

我的律师身穿律师袍，由许多同人簇拥着到庭了。他朝那些记者走去，同他们握手，一起打趣，说说笑笑，那样子真可谓无拘无束，直到法庭上响起铃声为止。于是，所有人各就各位。我的律师走过来，同我握手，嘱咐我回答问题要简短，不可主动发言，余下的都由他来替我打理。

我听见左侧有人往后挪动椅子的声响，扭头看到一个细高挑的男人，戴着夹鼻眼镜，仔细搂起红色法袍坐下去。他就是检察官。执达员宣布开庭。与此同时，两台大电扇开了，嗡嗡转起来。三位法官，两位身着黑袍，另一位身披红袍，拿着案卷走进法庭，快步走向俯瞰大厅的审判台。身披红袍的法官居中坐到扶手椅上，摘下直筒无边高帽，放到面前，拿手帕拭了拭他那秃脑门儿，这才宣布开庭审案。

记者们已经执笔在手了，他们人人都是同样一副冷漠的、略带嘲讽的神态。不过，他们当中有一个年轻得多，身穿灰色法兰绒制服，扎一条蓝色领带，他把笔放在面前，目光凝视着我。从他那张五官不很端正的脸上，我只看见一双非常明亮的眼睛：那双眼睛聚精会神地审视我，却丝毫没有流露出明确的表情。于是，我产生一种奇特的感觉：我这是自我观照。也许正因为如此，还因为我不懂得审理程序，我就不大理解随后所发生的一切了，譬如什么陪审员抽签，庭长向律师提问，向检察官提问，向陪审团提问（每次提问，陪审员的头都转向审判台），快速宣读起诉书——我倒是听出了一些地名和人名，然后再次向律师提问。

这时，庭长说要传唤证人。执达员念了几个人的名字，引起了我的注意。从刚才还一片模糊的旁听席人群里，我看见一个一个证人站起来，由边门出去，有养老院院长和门房、托马斯·佩雷兹老头、雷蒙、马松、萨拉马诺、玛丽。玛丽还微微向我打了个焦虑的小手势。我尚在奇怪怎么没有早些发现他们，忽听又念到最后一个名字。塞莱斯特站起身，我认出坐在他身边的那个矮小的老太婆，在饭馆里见过。她仍然穿着那件收腰上衣，仍然一副干脆而果断的样子。她目不转睛地盯着我看。但是，我没有时间细想，庭长就发话了。他说真正的庭辩即将开始，他认为无须要求听众保持安静。他声称，自己在这法庭上，就是以不偏不倚的态度，引导一个案件的辩论，并且愿意客观地审查这个案件。陪审团将按照正义的精神做出判决，不管怎样，哪怕出现极其微小的干扰，他也要休庭静场。

审判大厅里越来越热，我看见旁听的人都用报纸扇风。这就形成持续不断的沙沙的纸张摩擦的声响。庭长打了个手势，执达员立刻拿来三把草编的扇子，三位法官接到手便扇起来。

随即开始审问我了。庭长向我发问，语气很平和，甚至让我觉得带着几分亲切感。他还是让我报出姓名、身份，我虽然颇为恼火，但是心想，其实这是相当自然的，因为把一个人错当另一个人来审判，那后果就太严重了。接着，庭长开始复述我的供词，每念三句话就问我一声："是这样吧？"每次我都回答："是的，庭长先生。"完全按照律师对我的指导。这个过程时间很长，因为庭长复述的内容十分详尽。这段时间自始至终，记者都在记录。我感觉到那个最年轻的记者以及那个自动木偶式的矮小女人注视我的目光。类似有轨电车上坐一排座的陪审员，脑袋都转向庭长。庭长咳嗽一声，翻阅案卷，摇着扇子转身面朝我。

庭长对我说，现在他要问几个问题，表面上看似同我的案子无关，而实际上，很可能关系密切。我明白他又要提起我妈妈，同时感到这事儿让我烦透了。他问我为什么要把妈妈送到养老院。我回答说，那是因为我没钱雇人看护并服侍她。他又问我这样做是否有损个人感情，我便回答，无论妈妈还是我本人，都不再期待从对方身上得到什么了，也不期望于任何人，况且我们母子二人都已经习惯了各自的新生活。于是庭长说他无意揪住这一点不放，又问检察官是否还有问题要向我提出来。

检察官朝我半转过身，并不正眼瞧我，声称他得到庭长允许，想要了解，我独自一人回到那泉水边，是否蓄意杀害那个阿拉伯人。我答道："不是。""那么，被告为什么带着枪，为什么偏偏又回到那个地点呢？"我回答说那完全是巧合。检察官便阴阳怪气地着重说了一句："暂时就问这些。"随后的情景有点儿杂乱，至少给我以这种印象。不过，庭长小声同各方商榷之后，宣布休庭，听取证人证词推迟到下午。

没容我考虑，就把我带走，押上囚车，送回监狱吃饭。时间安排得很紧，我觉得自己累了，刚要喘口气，就又来人提我了。一切又重新开始，我又回到原来的大厅，又面对原来那些面孔。只有一点不同，大厅里气温要高得多，仿佛发生了奇迹：每位陪审员、检察官、我的律师，以及几名记者，也都人手一把草编扇子。那名年轻的记者和那位矮小的女士仍坐在原位。但是，他们二人没有扇子，仍旧一言不发地注视我。

我擦了一把满脸流淌的汗水，直到听见传唤养老院院长上庭做证时，我才对这地点和自身恢复了一点儿意识。有人问他，我妈妈是否抱怨过我，他回答是的，但是他又说，他那里的老人都有点儿这种怪癖，抱怨自己的亲人。庭长请他说得具体点儿，妈妈是否指责过我把她送进了养老院。院长还是回答说是的吧，不过这次，他没有补充什么。他回答另一个问题时，说葬礼那天，他对我的平静态度深感意外。庭长又问他所谓平静是什么意思。这时，院长低头看着自己的鞋尖，说我不愿意看看妈妈的遗体，我一次也没有哭过，下葬之后马上离去，也没有在墓前默哀。还有一件事令他很惊讶，殡仪馆的一名职工曾对他说过，我不知道妈妈的年纪。一时间，大厅里静下来，庭长问养老院院长，他所讲的是不是我。院长没听明白问题，庭长就对他说："这是法律规定。"接着，庭长又问检察官，还有没有什么要问证人的，检察官便朗声说道："噢！没有了，这就足够了。"他的声音极其响亮，朝我瞥来的目光得意扬扬，以致多少年来，我第一次产生了想哭的愚蠢念头，因为我感到我多么受所有这些人的憎恶。

这时，庭长又问陪审团和我的律师是否还有问题，然后听取了养老院门房的证词。同其他所有证人一样，门房做证也重复了同样的程序。他从我面前走过时，瞥了我一眼，随即移开了目光。他回答了向他提出的问题。他说我不想见妈妈最后一面，说我抽了烟，睡了觉，还喝了牛奶咖啡。这时候，我感到升起的某种情绪，逐渐弥漫整个大厅，我第一次领悟自己是有罪的。庭长要求门房把喝牛奶咖啡和吸烟的情形再讲一遍。检察官看着我，眼睛里闪着嘲讽的亮光。这时，我的律师问门房，是否同我一起吸烟。可是，检察官却猛地站起身，激烈反对这个问题："这里究竟谁是罪犯，而这种方式又多么卑劣；蓄意污蔑案件的证人，贬低证词，但是证词照样不削减其巨大威力！"庭长说反对无效，要求门房回答问题。老人神态窘迫，说道："我完全清楚了，当时不该那么做。可是，我又不好拒绝先生递过来的香烟。"最后，庭长问我有没有什么要补充的。我回答说没有，只想说证人是对的。当时的确是我递给他一支香烟。门房于是瞧了瞧我，略显惊讶，又带着几分感激。他犹豫了一下，然后才说道，是他请我喝牛奶咖啡。我的律师闻听此言，立刻得意地大呼小叫，声明陪审员自会做出判断。检察官当然对此无法容忍，在我们头顶响起雷鸣般的吼声："是的，陪审员先生们定会做出判断。他们也会得出结论，一个不相干的人可以请喝牛奶咖啡，但是一个儿子，在生身之母的遗体跟前，就应该谢绝。"门房回到自己的座位。

轮到托马斯·佩雷兹做证时，一名执达员不得不搀扶着一直把他送到证人席。佩雷兹说，他主要是认识我母亲，只见过我一面，就是在葬礼那天。法官问他那天我的所作所为，他回答说："各位应该理解，当时我痛不欲生，什么也没有看到。是过分伤心，才顾不上看什么。因为，当时我肝肠寸断，甚至还昏厥过去。因此，我不可能看到先生。"检察官问他，至少是否看到我哭过。佩雷兹回答说没有。于是检察官也同样来了一句："各位陪审员先生自会做出判断。"我的律师一听便火了，用一种我都觉得颇为夸张的语气问佩雷兹，他是否看见过我没有哭。佩雷兹回答说没有。引得哄堂大笑。我的律师撸起一只衣袖，以不容置辩的语气说道："这就是本案审理的形象：什么都真实，什么也不真实！"检察官板着面孔，拿铅笔连连戳着他案卷上的一个个标题。

　　庭审暂停五分钟，我的律师趁机对我说，一切都往最好的方向发展，然后就听见传唤塞莱斯特出庭为辩方做证。辩方，就是我。塞莱斯特不时朝我瞥来一眼，手上不停地卷动一顶巴拿马草帽。他身穿一套新装，那衣服仅仅有几个星期天跟我一起去看赛马时他才穿过。但是现在想来，这次他没有戴活领，衬衣的领口只用一个铜纽扣扣住。庭长问他，我是不是他的顾客，他当即回答说："是啊，而且还是朋友呢。"又问他如何看我这个人，他回答说我是个男子汉；问他这话是什么意思，他就声称人人都晓得这是什么意思；问他是否注意到我这个人很自闭，而他仅仅承认我从不讲废话。检察官问他，我是否总能按时付饭钱。塞莱斯特笑了，明确说："这是我们之间鸡零狗碎的事儿。"庭长又问他如何看我所犯的罪行。这时，他双手拉住栏杆，看得出来他事先有所准备。他说道："在我看来，这是一件不幸的事。"他还要接着讲下去，但是庭长对他说，这样就可以了，并向他表示感谢。然而，他仍站在原地，有点儿发愣，终于声称还有话要讲。庭长要求他简短。他又重复说这是一件不幸的事。于是庭长对他说："对，当然了。而且我们在这里，正是为了审理这类不幸的事。我们感谢您。"于是，塞莱斯特朝我转过身来，就好像他已经尽心尽力，表现出了极大的善意。我觉得他眼睛放光，嘴唇在颤抖，那样子似乎要问我，他还能做些什么。我呢，什么也没有说，也没有表示什么，但是我有生以来第一次萌生了要拥抱一个男人的愿望。庭长再次请他离开证人席，塞莱斯特这才回到旁听席坐下。在随后的庭审过程中，塞莱斯特一直坐在那里，身子微微往前倾，臂肘撑在膝盖上，双手拿着草帽，专心听所有的发言。玛丽进来了。她戴着帽子，还是那么美丽。不过，我更爱她长发披肩的样子。从我所在的位置，我能看出她乳房的轻盈，也熟识她微微鼓起的下嘴唇。她显得非常紧张。庭长开口就问她是从什么时候认识我的。她说明是她在我们这家公司工作时期认识的。庭长还要了解她跟我是什么关系。她回答说是我的女友。她回答另一个问题时，说她的确要跟我结婚。正在翻阅一份材料的检察官突然发问，她是什么时候同我发生关系的。她说出了日期。检察官若不经意地指出他觉得那正是妈妈下葬的第二天。接着，他就以讥讽的口气，说他不愿意追问一种微妙的境况，非常理解玛丽的廉耻，然而（说到这里，他的语调更加严厉），他职责在身，不得不超脱世俗之见。因此，他请求玛丽概述我们发生关系那天的经过。玛丽不肯讲，但是顶不住检察官的逼问，就说那天我们去海滩游了泳，去看了电影，又回到我的家中。检察官说，他看了玛丽在预审中提供的证词之后，便查看了那天电影院放映的影片，随即又说玛丽可以亲口说出那场放映的是什么电影。玛丽用近乎低沉的声音如实说了是费尔南德尔主演的一部影片。她讲完了，全场一时间鸦雀无声。这时，检察官便站起身，神情十分严肃，抬手指向我，以一种我觉得动了真情的声音，一板一眼沉稳地说道："各位陪审员先生，此人在自己的母亲下葬的次日，就去下海游泳，开始不正常的男女关系，还去看滑稽电影寻欢作乐。我不必再对你们说什么了。"检察官坐下了，全场始终鸦雀无声。突然间，玛丽放声大哭，她说事情不是这样的，还有别的情况呢，有人迫使她说了违心的话，她说非常了解我这个人，没有干过任何坏事。这时，执达员在庭长的示意下，将玛丽带走了，庭审继续。

接下来马松出庭做证，几乎没人听了。马松明确说我是个正派人，"我甚至要说：他是个老实人"。待到萨拉马诺出庭做证，也同样没人注意听了：他回顾说，我对他的狗很好，在回答妈妈和关于我的问题时，他说我跟妈妈已无话可说，出于这种缘故，我就把她送进了养老院。"应当理解，"萨拉马诺说道，"应当理解。"然而，似乎谁也不理解。他也被人带下去了。

接着，就轮到雷蒙出庭做证了，他也是最后一名证人。雷蒙向我打了个小手势，他开口就说我是无辜的。但是庭长明确地说了一句：法庭要他讲事实，而不是下判语，请他等着回答问题。法官要他说明他同被害人的关系。雷蒙趁机就说，被害者恨的是他，自从他扇了那家伙姐姐的耳光就恨上他了。庭长却问他，被害者是不是没有理由恨我。雷蒙说，我去海滩完全是一种偶然。于是检察官问他，酿成这个事件的原因——那封信出自我的手笔，又该如何解释。雷蒙回答说，这也是偶然的。检察官反驳道，在这个事件中，偶然已经对良心犯下累累罪行。他想了解，当雷蒙打他情妇的时候，是不是出于偶然，我才没有出面劝阻；是不是出于偶然，我才去警察分局为他做证；而我做证时所讲的话显然是纯粹的偏袒，是否也是偶然的呢。最后，他问雷蒙靠什么谋生，雷蒙回答说当"仓库管理员"，检察官立刻向陪审团声明，众所周知，这名证人是个拉皮条的，以色情行当为业，而我正是他的同谋和朋友。这个案件是一个极其卑鄙下流的悲惨事件，更因为有一个道德魔鬼做帮凶而尤其严重。雷蒙想要申辩，我的律师也表示抗议，但是庭长制止他们，要让检察官把话讲完。检察官又说道："我没有多少话要补充了。他是您的朋友吗？"他问雷蒙。"对，"雷蒙回答，"是我的好哥们儿。"于是，检察官也问了我同样的问题。我瞧了瞧雷蒙，他并没有移开目光。我便回答："是朋友。"检察官这才转过身去，面对陪审团朗声说道："正是这个人，在母亲下葬的第二天，就过起放荡的生活，无耻到了极点，只为微不足道的原因就杀了人，以便摆平一种伤风败俗的纠纷。"

检察官说罢便坐下了。我的律师早已按捺不住，高举起双臂，袍袖滑落下来，露出上了浆的衬衣的褶皱，他高声嚷道："究竟控告他埋葬了自己的母亲，还是杀了一个人？"一语引起哄堂大笑。检察官随即又站起来，身披法袍，宣称这位可敬的辩护律师一定是太天真了，都感受不到这两件事之间有一种深刻的、悲怆的本质关系。他用力高声说道："是的，我控告这个人怀着一颗罪犯的心埋葬了一位母亲。"这样一声宣判，似乎大大震撼了全场听众。我的律师耸了耸肩膀，擦了擦满额头的汗水。看来他也动摇了，当即我就明白，我这案子情况不妙。

庭审结束。我走出法庭上囚车的片刻时间，又领略了夏天暮晚的气息和色彩。在这流动监狱的幽暗中，我恍若从疲惫的深渊，一一听出我所喜爱的城市在我偶尔开心的时刻所有熟悉的声响。报贩在已经放松的气氛中的叫卖声，街心花园最后一阵鸟鸣，兜售三明治小贩的吆喝声，有轨电车在高坡街道拐弯时发出的呻吟，夜幕降临港口之前天空的喧闹，所有这些声响，为我重新构成一条盲道，是我入狱前所熟识的路线。不错，正是这种时刻，我曾感到开心，那是很久以前的事了。那时候，等待我的总是连梦也不做的轻松睡眠。可是，情况有所变化，等待第二天到来时，我还是回到我的单人牢房。此情此景，正如夏季天空中划出的熟悉的道路，既可通向监狱，也能通向安眠。

四

即使坐在被告席上，听着别人谈论自己，也总归是很有趣的事。检察官和我的律师进行辩论时，可以说，他们滔滔不绝地谈论我，也许更多涉及的是我这个人，而不是我的罪行。然而，控辩双方的言论，真有那么大差异吗？律师举起双臂，做有罪辩护，但认为情有可原。检察官伸出双手，揭发罪行，认为罪不可赦。不过，有一件事，让我隐隐感到别扭。虽然我心事重重，有时我还真想插言，可是我的律师总对我说："您不要讲话，这样对您的案子才有利。"在一定程度上，大家好像撇开我来处理这个案件，整个过程都没有我参与。他们并不征求我的意见，就在那里决定我的命运。我不时就想打断所有人的话头，明确说道："请问，谁是被告呢？成为被告，这是重大的事情。我有话要讲！"但是思虑再三，我又觉得无话可说。况且，也应当承认，把心思放在别人身上的兴趣不会持续很久。譬如说，检察官的控词，很快就让我听腻了。真正打动我的，或者引起我的兴趣的，也只有脱离整体的一些片段、一些手势，或者几段议论。

如果我理解对了的话，检察官思想的深处，认定我是预谋杀人。至少，他千方百计要证明这一点。正如他本人所说："先生们，这一点我会证明的，我会从两方面证实，首先要以事实的耀眼的光芒，其次要借用这个罪恶灵魂的心理向我提供的微光。"他概述了妈妈死后的一连串事实，历数了我丧母时的冷漠态度：不知道妈妈的年岁，下葬的次日就同一个女人去游泳，又去看电影，看费尔南德尔的片子，最后又带着玛丽回家。检察官总说"他的情妇"，当时我还没有听明白，对我来说，她就是玛丽。随后，他又说到雷蒙的事件。我认为他看事件的方法不乏清晰，他讲的话也挺靠谱。我先是同雷蒙合谋写了那封信，以便把他的情妇引出来，交到那个"品行不良"的男人手里去虐待。在海滩上，是我向雷蒙的对头挑衅，结果雷蒙受了伤。于是，我向雷蒙讨来了手枪，又只身回去使用。我按照心中的盘算，一枪打死了那个阿拉伯人。我等了片刻，"为确保活儿干得漂亮"，又连开了四枪，从容不迫，万无一失，可以说经过深思熟虑。

"事实就是这样，先生们，"检察官说道。"我在诸位面前重新勾画出事件的线索，此人沿着这条线走下去，在完全知情的状态中杀了人。我要强调这一点，"他说道，"只因这不是一桩普通杀人案，不是一种不假思索、你们认为有些情节可以减轻罪责的行为。此人，先生们，此人很聪明。你们听到他的发言了，对不对？他善于答辩。他深知词语的分量。真不能说他行动的时候还不清楚自己在干什么。"

我听他讲，并且听到他认为我聪明。可是我又不大理解了，一个普通人的优点，怎么就能变成控告一名罪犯的重大罪状呢?! 至少，这让我深感诧异，我也就不再听检察官讲什么了，直到听他说："他是不是稍微表示出悔意呢？从来没有，先生们。在预审过程中，此人对他的令人发指的罪恶没有一点儿痛心的表示，一次也没有。"说到这里，他转向我，用手指着我，继续对我大张挞伐，弄得我实在不明白为什么会这样。当然了，我却不能不承认他说得对。我对自己的行为并不怎么痛悔。但是如此激烈的指控却令我骇怪。我很想好言好语给他解释，几乎怀着些许友爱，说是任何事情，我都从来做不到真正后悔。我的心思总是牵挂着即将发生的事情，牵挂着今天或明天。只是他们把我置于这种境地，我当然不能以这种口吻跟任何人说话了。我没有权利表现出友爱，没有权利表现出善意。因此，我还是尽量听听，因为检察官开始谈论我的灵魂了。

　　他说他曾经仔细观察了我的灵魂，应该告诉陪审员先生们，他什么也没有发现。其实，我根本就没有灵魂，毫无人性，而维系人心的道德准则，也没有一条能为我所接受。"毫无疑问，"他补充道，"我们也无法谴责他。既然他接受不了，我们就不能怪他缺乏。然而，在这法庭上，宽容的任何消极作用，都应当化为正义的功用，这不大容易，但是更为高尚。尤其是在这个人身上发现的这种心灵黑洞，正转变成社会可能堕入的深渊。"正是在这节骨眼儿上，他又提起我对妈妈的态度，重复他在辩论中所讲过的话。但是，他谈论这个话题，比谈论我的罪行要冗长得多，简直太长了，最后我已经毫无感觉，只觉得这天上午酷热难耐。这种状况，至少一直到检察官停下为止。他沉吟了片刻，接着又说道——这次声音低沉而又坚信不疑："还是这个法庭，先生们，明天就将审判一桩滔天大罪：一件弑父凶案。"依他之见，这样穷凶极恶的谋杀，完全超出了人类的想象。他期望人类的正义定会严惩不贷。而且，他要直言不讳，这桩罪恶所引起的他的憎恶，几乎不逊于他面对我丧母的冷漠态度所感到的憎恶。同样依他之见，一个在精神上杀害了自己母亲的人，比起一个亲手杀害生身之父的人，都是以同样罪孽自绝于人类社会。不管怎样，前者为后者的行为做好准备，在一定程度上宣告后者的行为，并且使之合情合理。他又提高声音说道："先生们，如果我说坐在被告席上的这个人，跟这个法庭明天要审判的弑父者同样罪不可赦，我确信你们不会认为我的想法大胆得过分了。他也必须受到应有的惩罚。"说到这里，检察官擦了擦汗水反着光的脸。最后他说，他的职责履行起来很痛苦，但是坚决恪尽职守。他断言我不承认这个社会的基本准则，也就跟社会毫无瓜葛了，我不懂得人心的起码反应，更不可能求助于人心。"我向你们要求这个人的首级，"检察官说道，"而我怀着轻松的心情，向你们提出这个要求。因为这种职业生涯，我从事已久，如果说也时而要求处死罪犯的话，那么今天非同以往，我感到这种艰难的职责获取了报偿，得以平衡，并受到双重启迪：一方面意识到要遵从一种不可抗拒的神圣命令；另一方面，是我面对一张除了残暴什么也看不出来的面孔所产生的深恶痛绝。"

检察官重又坐下，全场肃静了好半天。我感到又闷热又惊愕，头昏脑涨。这时，庭长轻咳了两声，语调非常低沉地问我，是否什么要补充说明的。我是很想说几句，站起身来，一开口就没头没脑，说我不是有意要打死那个阿拉伯人。庭长回答说，这是一种表述，可是到现在他也抓不住为我辩护的要领，因此在听取我的律师陈述之前，最好先听听我来说明我的行为的动机。我说得很快，有点儿语无伦次，并且意识到自己挺出丑，我说当时的行为是阳光引起的。大厅里有人笑起来。我的律师耸了耸肩膀，庭长随即就让他发言了。可是，他却声称时间已晚，而他要讲好几小时，请求推迟到下午。法庭同意他的请求。

下午，大电扇还一直搅动着大厅里浊重的空气，而陪审员手上的五颜六色的小扇子则全朝一个方向摇动。我的律师的辩护词，在我听来似乎永远也讲不完。不过，有一段时间，我听他讲了，只因他说："不错，我杀了人。"接着，他继续以这种口气，每当说到我时，就总讲"我"如何如何。我感到非常奇怪，便朝一名法警俯过身去，问他这是为什么。他让我别说话，过了一会儿，他才解释说："所有辩护律师都这样做。"可是我想，这又是力图把我排除在案件之外，把我缩成零，在一定意义上取而代之。不过，现在想来，当时我离开那座审判大厅已经很远了。况且，我觉得我的律师未免滑稽可笑。他为挑衅的行为辩护，很快就讲完了，然后也大谈起我的灵魂。但是，他给我的感觉是远不如检察官那么能言善辩。"我也同样，"他说道，"仔细观察了这个灵魂，然而跟检察院的这位杰出代表截然相反，我却有所发现，可以说我读到了一部翻开的书。"他从中看出我为人正派，按时上班，工作任劳任怨，忠于聘用我的公司，受到所有人的喜爱，而且同情别人的苦难。在他看来，我是一个模范儿子，尽心尽力长期赡养自己的母亲。最后，我把老母亲送进养老院，希望她能过上我的经济条件达不到的舒服生活。"先生们，我是在奇怪，"他又说道，"竟然围绕着这家养老院去做文章。因为归根到底，如果必证证明这类机构的功能与重大价值，那只需指出正是国家本身予以资助。"他独独不提葬礼的事儿，我就感到这是他辩护词的一个缺失。所有这些长篇大论，所有这些时日，这样一个小时又一个小时，一天又一天，没完没了地谈论我的灵魂，让我产生一种印象：一切都变成了我看着眩晕的无色无臭的水流。

到头来，我只记得，在我的律师继续发言的时候，一个卖冰的小贩所吹的喇叭声，穿过法院的一个个厅室，从大街一直传到我的耳畔，引起如潮的回忆涌入我的脑海：在一种不再属于我的生活中，我曾经找到我那些极其可怜、极难忘怀的欢乐，诸如夏天的气味、我喜爱的街区、黄昏时分的某种天色、玛丽的欢笑和衣裙。于是，我在这里所做的无用功，便从心头涌上来，堵住我的喉咙，我只盼望尽快结束，以便回到牢房睡大觉。因此，我的律师最后高声呼吁，我都没有怎么听见：他说一个诚实的劳动者因一时糊涂而失足，陪审员先生们不会不给他留一条活路，他请求考虑减刑的情节，说我已经背负着这桩罪过，要悔恨终生，这是对我最可靠的惩罚。法庭宣布休庭。我的律师坐下来，一副精疲力竭的样子。可是，他的同人纷纷走过来，同他握手。我听见他们说："真精彩，亲爱的。"其中一位甚至拉我做证。"嗯，怎么样？"他对我说。我表示赞同，不过，我的恭维言不由衷，只因我实在太累了。

这工夫，外面天色渐晚，也不那么炎热了。我听见街上传来的一些声响，就能推断出薄暮的温馨。我们所有人都在那里等待。而我们一起所等待的事，仅仅涉及我一人。我再次扫视了审判厅。一切如旧，跟头一天相同。我又同那个身穿灰色外衣的记者，以及那位自动木偶女人的目光相遇。这让我想到在审案过程中，自始至终我没有用目光寻找玛丽。我并不是把她忘记了，只是事情应付不过来。我瞧见她坐在塞莱斯特和雷蒙中间。她向我打了个小手势，仿佛表示"总算完了"，我看到她那略显不安的脸上挂着笑容。但是，我感到自己的心扉已关闭，甚至未能回应她那微笑。

全体审判人员回来就座。庭长快速地向陪审团念了一系列问题。我听到有"犯有杀人罪"……"预谋犯罪"……"可减轻罪行的情节"。陪审员都出去了，我也被带到一间小屋等待。我的律师前来看我，他的话特别多，跟我说话时表现出空前的信心和亲热的态度。他认为整个案件会完事大吉，我坐上几年牢，或者服几年苦役，事情也就了结了。我问他，万一判得太重，是否有机会上诉撤销原判。他回答说不可能。他的策略是辩方不提出结论性的意见，以免引起陪审团的反感。他还向我解释说，不能随随便便不服判决，提起上诉。我觉得这是显而易见的，也就接受了他的观点。冷静地考虑一下，这也是理所当然的事。不如此，那又得无谓耗费多少公文状纸。"不管怎样，"我的律师又对我说道，"上诉的路是通的。但是我确信，一定会从轻判决。"

我们等了很久，估计有三刻钟。终于响起了铃声。我的律师同我分手时说道："陪审长要宣读对控辩双方辩论的评语。要等宣读判决词的时候，才会让您进去。"一阵开关房门的声响。一些人奔跑着上下楼梯，听不出离我远近。继而，我听见审判厅里一个低沉的声音宣读了什么。铃声再次响起，隔离室的门已然打开，迎面袭来的是法庭的寂静，一片沉寂，我看到那个年轻记者避开目光时所产生的奇异感觉。我没有朝玛丽那边望去。时间不容许，因为庭长用一种怪异的方式对我说，以法兰西人民的名义，我将在广场上被斩首示众。我这才觉得明白了我在所有人脸上所看到的表情。我相信那是一种敬重。法警对我的态度格外和蔼。律师的手按住我的手腕。我再也不想什么了。庭长却问我，有没有什么话要讲。我想了想，随后便答道："没有。"于是，就把我带出法庭了。

五

　　我拒绝接见神甫，这已经是第三回了。我跟他无话可说，也不想说话了，反正过不了多久就能见到他了。眼下我所关心的，就是如何逃脱上断头台的命运，弄清楚能否绝处逢生。给我调了牢房。躺在这间牢房里，我能望见天空，也只能看见天空。我就整天整天观望天空的脸色，从白昼到黑夜色彩的衰变。我头枕双手等待着。我心里不知道琢磨了多少回，那些死刑犯中是否有这样的例子：他们在无情的断头机启动之前，忽然逃脱了，冲破了警戒线，消失得无影无踪。于是我责怪自己，当初怎么就没多注意看看描写处决犯人的作品。人生在世，总应该关心这些问题。人有旦夕祸福，真难说会出什么事儿。我同所有人一样，倒是读过报纸上刊登的报道。但是肯定有专著，我却从来没有兴趣找来看看。我在那类书中，也许能看到讲述越狱的章节。那么我就会了解，至少在转动的轮子停止的情况下，在这种不可抗拒的预谋中，偶然与运气，仅此一次，就改变了某种事态。仅此一次！在一定意义上，我认为这对我就足够了。余下的事，由我的心去摆平。报纸经常谈论一种亏欠社会的债，主张必须偿还。然而，这并不能启发想象力。一种越狱的可能性才是重要的，要跳出害人的常规，要狂奔，给希望提供全部机会。自不待言，希望，就是在奔跑中被一颗飞来的子弹击倒在街头。可是，想来想去，这种奢望连一点点可能性都没有，一切都禁止我有这种非分之念，断头台也把我牢牢钳住。

我再怎么善良，也不可能接受这种草菅人命的确认。因为，这种确认所依赖的判决，与判决自宣读之时起坚定的执行之间，都存在着一种荒唐的不相称。事实上，判决词不是在十七点钟，而是拖延到二十点钟才宣读的，这就很可能大变样了，而这一判决是由一些更换了内衣的男人做出的，并且基于法兰西人民（或者德国人民、中国人民）这样一种模糊的概念，我就明显感到，这一系列事实大大削弱了如此重大决定的严肃性。然而我又不得不承认，这种决定一旦做出来，就变得确定无疑了，就跟我的身体狠狠撞击的这面墙壁同样真实存在。

在这种时候，我想起了妈妈给我讲过的关于我父亲的一段往事。我没有见过父亲。我对这个人所了解的全部具体情况，也许只是当时妈妈给我讲的这段往事：他去看处决一个杀人犯的场面。他有了这种想法就感到不舒服了，但他还是去了，回来便呕吐，吐了大半个上午。因此，我有点儿讨厌父亲。现在我才明白，去观看处决犯人是极其自然的事。我怎么就没有看出来，还有什么比处死人更重要的呢，而归根结底，这是一个男人唯一真正感兴趣的事！我若是能有出狱的那一天，只要有执行死刑的场面，一定会去观看。现在我认为，我不该想到这种可能性。因为，这样一种念头，看到自己悠闲自在，一天早晨站在警戒线的外边，也可以说站在另一侧，成为围观者，看了之后就可能呕吐，一想到这些，一种掺了毒的喜悦便涌上心头。当然，这样想并不理智。我不该浮想联翩，做出这类假设，因为片刻之后，我就感到冷彻骨髓，赶紧钻进被窝里，蜷缩成一团，牙齿咯咯打战，怎么也抑制不住。

自不待言，人不可能总那么理智。譬如说，也有那么几回，我还制定起法案来。我改革刑罚制度，特别注意到，关键是给被判极刑的人一次机会。一千次机会哪怕只给一次，这就足以能理顺许多事情。因此，我认为可以造出一种化合药剂，死囚（我想到的是死囚）服下去便可毙命，这是十拿九稳的。囚犯了解这一点，这也是条件。因为，我考虑再三，心平气和地权衡，仍然看到断头台的缺陷就是不给受刑者任何机会，绝对不给。总之，一旦判处死刑，就必死无疑了。这便是铁案，一锤定音，公认的协议，不能再翻案。如果断头机意外失灵，那就得重新执行。因此，令人讨厌的是，受刑者还得祝愿机器运转正常。这就是我所说的缺陷。从某种意义来讲，的确如此。然而，从另外一种意义来看，我又不能不承认，一种好的组织的全部奥秘正在于此。总而言之，死刑犯不得不在精神上进行合作。不出事故，一切正常运转，才符合他的利益。

　　我也不得不指出，在这些问题上，此前我的看法并不正确。有很长一段时间，我也以为不知道是何缘故断头台必须一级一级登台阶上去。我想这是受 1789 年大革命的影响，我是指在这些问题上，别人教给我或者让我看到的一切影响了我。但是，有一天早晨，我忽然想起报纸上刊登的一幅照片，报道一次引起轰动的处决场面。其实，设施特别简单，断头机就直接放置在地面，要比我想象的窄小得多。也真够怪的，我怎么没有早点儿想起来。照片上的断头机给我印象很深，像一台精密的机器，做工完美，亮晶晶的。人对不了解的东西，总要产生夸张的想法。相反，我应该看出，一切都很简单：断头机和走过去的人处于同一水平面上。他走到断头机前，就像同一个人会面。这也是令人烦恼的事。登上断头台，仿佛是登天，想象力可以紧紧抓住这种幻觉。然而，又是断头机毁掉这一切：不声不响就被处死了，未免有点丢脸，但是非常精准。

　　还有两件事，时刻萦绕在我的心头，即黎明和我的上诉。但是我还是保持理智，尽量不去多想。我躺在床上，凝望天空，竭力对天空产生兴趣。黄昏时分，天空变成绿莹莹的。我再次克制一下，以便扭转思路。

我倾听心跳声。实在无法想象这心跳声伴随我这么久，竟会戛然而止。我从未有过名副其实的想象力，但我仍然设想心跳声不再延伸到我的头脑的瞬间情景。然而徒劳。黎明或者我的上诉还是挥之不去。到头来我便心中暗道：最理智的做法就是不要强迫自己了。

我知道，他们通常黎明时分来提人。总之，我这些夜晚，总是专心等待这样一天的黎明。无论什么事，我向来不喜欢猝不及防。一旦出事儿，我更愿意有所准备。因此，除了白天睡一会儿，最终我就不睡觉了，整夜整夜耐心等待天窗上诞生曙光。最难熬的就是天将亮而未亮的时候，我知道这正是他们采取行动的时间。[①] 午夜一过，我就等待并窥伺着。我的耳朵从未捕捉过这么多声响，从未辨别出如此细微的声音。在一定程度上，我甚至可以说，在这段时间里，我的运气还算不错，始终没有听见脚步声。妈妈经常说，人走背字也绝不会事事倒霉。我身陷囹圄，对妈妈的说法深以为然，因为天空出现了彩霞，新的一天溜进了我的牢房。本来听见脚步声逼近，我就可能紧张得心脏爆裂。即使有最细微的窸窣声，我也急忙冲到门口，耳朵甚至贴在门上，气急败坏地等待，直到听见自己的呼吸，又不免惊恐，听出声音那么嘶哑，活像一条狗在喘息，好在我的心脏没有爆裂，我又赢得了二十四小时。

整个白天，就由我的上诉占据。现在想来，我是充分发掘了这个念头。我估量所能取得的效果，从我的思考中获取最大的收益。我总是做出最坏的设想：我的上诉被驳回。"好吧，我就死定了。"比别人早死，这是显而易见的。然而，众所周知，这样活在世上也不值当。说到底，我岂不晓得，活三十岁还是活七十岁，这都无所谓，因为不管是哪种情况，还有别的男男女女将活在世上，几千年就是这样过来的。总之，这

①　法国司法惯例，早晨六点，警察到家里拘捕嫌疑犯，这也是突审犯人的时间。

再清楚不过了。不管是现在还是再过二十年，反正死的是我。此时此刻，我这样推理思考，让我稍微感到局促不安的是，想到还有二十年要生活，我所感到自身的这种大跨度的跳跃。不过，这种跳跃我只好遏止，不去想象二十年后还得到死期，我又会有什么想法。既然必有一死，那么如何死，什么时候死，也就无关紧要了，这是显而易见的。因此（难办的就是不要疏忽"因此"这个词所表达的推理的整个逻辑），因此，我就应该接受我的上诉被驳回的事实。

这时，唯有这时，才可以说我有了权利，能以某种方式谈论第二种假设了：我获取了减刑。麻烦的是，我的血液和肉体一阵狂喜，刺痛我的双眼，必须克制一点儿这样剧烈的冲动。我必须竭力压抑这声欢叫，竭力规劝自己。即使做出这种假设，也必须保持放松自然的态度，以便在第一种假设中，我更可能认命顺从。我还真抑制住了冲动，从而赢得了一小时的平静。这毕竟不可小觑。

恰恰在这样的时刻，我再次拒绝接待神甫。我正躺在床上，看天空变成淡淡的金黄色就猜出临近夏日的黄昏。我刚把上诉抛置脑后，得以感受全身血流正常流动了。我没有必要见神甫。好长时间以来，我第一次想到了玛丽。已有好些日子，她没有给我写信来了。那天晚上，我思考这事儿，心中不免暗道：也许她厌烦了，不想做一名死刑犯的情妇了。我倒是也想到，也许她病倒了，或者死掉了。这样想也符合事物的规律。我们二人的肉体关系，现在已然断绝，除此之外别无任何联系，彼此也不思念，我怎么可能知道她的近况呢。况且，从这一刻起，我再回忆玛丽，也就与自己没有关系了。她已经死了，我再也不关心她了。我觉得这很正常，我也同样完全理解，我死后就会被人遗忘。他们跟我再也没有任何关系了。我甚至不能说，想到这种情况心里会难受。

恰巧这时候，监狱神甫走了进来。我一看到他，浑身不由得打了个冷战。他发觉了，对我说不要害怕。我对他说，他平常不是这个时候来。他就回答说，这次是完全友好的探视，同我的上诉毫无关系。他坐到我的小床上，请我坐到他身边。我谢绝了。不过，我感到他的态度非常和蔼。

他把两只小臂搁在膝上，低头注视着自己的双手，坐了好一会儿。他那双手很纤细，但结实有力，让我联想到两只敏捷的野兽。他慢悠悠地搓着双手，头始终垂着，就这样待了许久许久，一时间我恍若忘记他的存在了。

突然，他抬起了头，目光直视我，对我说道："您为什么拒绝我来探望呢？"我回答说我不信上帝。他想了解我对此是否有把握，我便说我没有必要考虑：在我看来这不算是个重要问题。于是，他身子朝后一仰，背靠到墙上，双手平放在大腿上。那样子几乎不是在同我说话。他指出，人有时候自以为有把握，其实则不然。我却一言不发。他瞧着我，问道："您是怎么想的？"我回答说是有这种可能。不管怎样，也许我把握不准自己真正感兴趣的事，但是对自己不感兴趣的事却完全有把握。他跟我谈的，恰恰是我不感兴趣的事。

神甫移开目光，但始终没有改变坐姿，他问我是不是因为过分绝望才这样讲。我向他解释我并不绝望，只是害怕，这也非常自然。"那么上帝会帮助您的，"他指出，"落到您这样境地的人，凡是我认识的，最后全皈依了上帝。"我承认这是他们的权利。这也表明他们有时间去那么做。至于我，我不需要帮助，也恰恰没有时间去关心我并不感兴趣的事。

这时，他有点儿恼火，双手摆了一下，又挺直身子，抚了抚教袍的皱褶。他整理完了，就对我说话，并以"我的朋友"相称：他这样同我交谈，并不是因为我被判处了死刑；依他之见，我们世人无不被判处了死刑。然而，我却打断了他的话，对他说这不能同日而语，而且，无论如何，这不可能成为一种安慰。"当然了，"他表示赞同，"但是，您今日不死，他日也必死无疑。到那时，还是面对同一个问题。您要如何应付这种可怕的考验呢？"我回答说："到那时，我也会丝毫不差地像此刻这样应付。"

听到这话，他当即站起身，直视我的眼睛。这种把戏我领教多了。我经常跟埃马努埃尔或者塞莱斯特以此取乐，总的来说，是他们先移开目光。神甫也擅长此道，我立刻就明白了这一点：他的眼睛一眨也不眨，他对我说话时声音也毫不颤抖："难道您就不抱任何希望了吗？难道您活着的时候，就想着您要完完全全死去吗？""对。"我回答道。

于是，他垂下脑袋，重又坐下。他对我说，他是可怜我。他认为一个人这样生活是不可能忍受的。而我仅仅感到，我开始烦他了。我也移开目光，走到天窗下面，肩头倚在墙上。我不大注意听他讲话了，只听见他又开始问我了。他讲话的声音显得不安而急切。我明白他动了感情，也就多用心听了。

神甫对我说，他确信我的上诉能够获准，但是我必须卸掉一桩罪孽的重负。在他看来，人类的正义微不足道，而上帝的正义才至关重要。我则指出，正是前者判处了我死刑。他回答我说，即便如此，也并不能洗刷我的罪孽。我就对他说，我不晓得什么是罪孽，他们只告诉我我是罪犯。我犯了罪，就付出代价，别人就不能再向我提出任何要求了。这时，他又站起来，我便想，在如此狭小的牢房里，他若想活动，别无选择，要么坐下，要么站起身。

我两眼盯着地面。他朝我走了一步，又停住了，仿佛不敢往前走了。他那目光透过铁窗望着天空。"您错了，我的儿子，"他对我说道，"可以向您提出更多的要求。也许可以向您提出这样的要求。""什么要求呢？""可以要求您瞧一瞧。""瞧什么？"神甫扫视一下四周，他回答的声音，让我突然听出他十分疲惫了："我知道，所有这些石头都渗出痛苦。每次看到这些石头，我都深感惶恐不安。然而，我从内心深处了解，你们当中最悲惨的人，也看见过从石头的幽暗中显现出来一张神圣的面孔。要求您瞧的就是这张面孔。"

我上来一点儿情绪，说一连几个月，我都瞧着这些石墙，我所熟悉的程度，远远胜过世上任何人、任何东西。很久以前，也许我曾在这上面寻找过一张面孔。但是那张脸闪耀着阳光的色彩、欲望的火焰——那正是玛丽的面孔。我寻找过，但是徒劳无益。现在，已经结束了。不管怎样，这石墙只渗出水来，我没有看见出现任何东西。

神甫一脸忧伤地看了看我。现在我干脆背靠墙壁，额头接住流泻下来的阳光。他讲了什么话，我没有听清，他又急速地问我是否允许他拥抱我。"不。"我答道。他转过身去，走向另一面墙壁，缓缓地抬手按在上面，喃喃说道："您就如此热爱这片大地吗?"我一言不发。

神甫背向我站了许久。有他待在眼前，我感到压抑和恼火。我正要请他离开，不要管我，他却转过身来，突然爆发，冲我高声说道："不，我不能相信您说的话。我确信您一定盼望过另一种生活。"我回答说这是自然，不过这比起盼望发财，盼望游泳能游得快些，或者有一张更好看的嘴来，也不见得更为重要，都可以归为同一类事。可是，他截住我的话头，想要问问我怎么看另一种生活。于是我冲他嚷道："就是我在那种生活里能够回忆这种生活的生活。"紧接着又对他说，我已经烦了。他还要跟我谈上帝，可是，我却走到他跟前，试图最后一次向他解释，我剩下的时间不多了。我不愿意把这点儿时间耽误在上帝身上。他还尽量转移话题，问我为什么称他"先生"，而不称他"我的父亲"。这话又把我的火儿拱起来，我回答说他不是我的父亲：他到别人那里充当父亲去吧。

"不，我的儿子，"他把手放在我的肩上，说道，"我和您在一起。但是，您有一颗迷失的心，但还认识不到这一点。我将为您祈祷。"

　　这时候，也不知道为什么，我心中有什么东西爆破了。我开始扯着嗓子叫喊，我还辱骂他，告诉他不要祈祷。我揪住了他那教袍的领口，将我内心里的东西全倾泻到他身上，同时连蹦带跳，掺杂着痛快和气恼。他那样子那么确信无疑，对不对？然而，他确信的那些事，任何一件也不如女人的一根头发。他甚至不能确定自己活在世上，既然他活着跟个死人一样。我呢，看样子两手空空，但是我能把握住自己，把握住一切，比他有把握，我能把握住自己的生命，把握住即将到来的死亡。对，我只有这种把握了。可我至少掌握了这一真理，正如这一真理掌握了我一样。从前我是对的，现在还是对的，我总是对的。我以某种方式生活过，也完全可以换一种方式生活。我干过这事儿，而没有干过那事儿。我没有做某件事儿，却做了另一件事儿。还怎么样呢？我生活的整个过程，就好像在等待这一时刻和这个黎明：终将证明我是对的。无论什么，什么都不重要，我也完全清楚为什么，他也同样了解为什么。在我所度过的这荒诞的一生中，一种捉摸不定的灵气，从未来的幽深之处朝我冉冉升起，穿越尚未到来的岁月，而这股灵气所经之处，便荡平了我生活的同样不真实的那些年间别人给我的各种建议。其他人的死亡，一位母亲的爱，跟我有什么大关系？神甫的上帝，别人选择的生活，他们选中的命运，跟我又有什么大关系？既然唯一的命运注定要遴选我本人，并且随同我也遴选像他那样自称我兄弟的千千万万幸运者。他是否明白呢？所有人都是幸运者。其他人也一样，有朝一日也会被判处死刑。他也同样会被判处死刑。如果说他被指控杀了人，却因为他在母亲的葬礼上没有流泪而被处决，这又有什么关系呢？萨拉马诺的狗抵得上他的妻子。那个自动木偶式的矮小女人，跟马松娶的那个巴黎女人，或者跟渴望我娶她的玛丽，都同样有罪。雷蒙和比他更好的塞莱斯特，都同样是我的好哥们儿，这又有什么关系呢？玛丽今天把嘴递给另一个默尔索，又有什么关系呢？他这个也被判处死刑的人，究竟明白不明白，从我未来的幽深之处……这番话我喊叫出来，已经喘不上气了。不过，看守们已经从我的手中拉开神甫，并且向我发出威胁。神甫则让他们冷静下来，并且默默地注视了我片刻，满眼都是泪水。接着，他转身离去了。

他一走，我也就恢复了平静。我筋疲力尽，扑倒在小床上。想必我睡着了，因为醒来时满脸映着星光。乡野的万籁一直传到我耳畔。夜的气味、大地的气息和海水的盐味清凉了我的太阳穴。这沉睡的夏夜美妙的静谧，如潮水一般涌入我的心田。这时候，黑夜将尽，汽笛阵阵鸣叫，宣告航船起程，驶往现在与我毫无关系的世界。很久以来，我第一次想到妈妈。我似乎明白了，为什么她到了生命的末期还找了个"未婚夫"，为什么她还玩起重新开始的游戏。在那边，在那边也一样，在一些生命行将熄灭的养老院周围，夜晚好似忧伤的间歇。妈妈临死的时候，一定感到自身即将解脱，准备再次经历这一切。任何人，任何人都无权为她哭泣。我也同样，感到自己准备好了，要再次经历这一切。经过这场盛怒，我就好像净除了痛苦，空乏了希望，面对这布满征象的星空，我第一次敞开心扉，接受世界温柔的冷漠。感受到这世界如此像我，总之亲如手足，我就觉得自己从前幸福，现在仍然幸福。为求尽善尽美，为求我不再感到那么孤独，我只期望行刑那天围观的民众都向我发出憎恨的吼声。

鼠
疫

▲

译　序

真理原本的面目

李玉民

这部《鼠疫》，通常论来，是象征小说，哲理小说。不过，作者在文中界定得更为具体："这部纪事体小说"，他还强调指出，采用"历史学家的笔法"。生怕读者误解似的，叙述者（最后里厄承认是他本人，作者的替身）特意说明这一点。不妨原话引用，像路标一样立在这里，指引我们阅读：

> 由塔鲁倡导而组建起来的卫生防疫队，应给以充分客观的评价。这也就是为什么叙述者不会高歌称颂人的意愿和英雄主义，适当地重视英雄主义也就够了。但是，他还继续以历史学家的笔法，记述当时鼠疫肆虐，给我们所有同胞造成怎样破碎而又苛求的心。

所谓"给以客观的评价""适当地重视英雄主义"，粗看也许是虚笔谦抑，泛泛承让，恐非作者真实的意图。历史学家的笔法，也并不意味着不能颂扬英雄主义，尤其像塔鲁这样一批志愿者，协助里厄这样一些尽职的大夫，一起抗击鼠疫，坚持十个月，随时随地都有被感染的生命之虞，他们的行为怎么就不能被歌颂呢？事关对这部小说整体的理解，我不免半信半疑，仍怀着一般人的阅读心理，期待着在这场大灾大难中，看到可歌可泣的故事，却又被迎头浇来一盆冷水，只见叙述者进一步解释：

> 　　不错，如果人真的非要为自己树立起榜样和楷模，即所谓的英雄，如果在这个故事中非得有个英雄不可，那么叙述者恰恰要推荐这个微不足道、不显山露水的英雄：他只有那么一点善良之心，还有一种看似可笑的理想。这就将赋予真理其原本的面目，确认二加二就是等于四，并且归还英雄主义其应有的次要地位，紧随幸福的豪放欲求之后，从来就没有超越过。同样，这也将赋予这部纪事体小说应有的特点，即叙述过程怀着真情实感，也就是说，不以一场演出的那种恶劣手法，既不恶意地大张挞伐，也不极尽夸饰之能事。

　　这大大出乎我的意料，不树立英雄的楷模也就罢了，如若树立，怎么也轮不到格朗这个窝囊废呀，总该是顶天立地的硬汉塔鲁吧。这还是次要的。经过仔细琢磨，我觉得这段话分量相当重，以加缪严谨的文风，不会是戏言妄语，看来郑重其事，似乎在宣告这部小说的宗旨和原则，提出了自己的标准。

　　首先，小说，就不该是约定俗成的英雄颂歌。这部小说的所有人物，包括表现突出的里厄大夫和塔鲁等，无不是群体中的普通一分子，哪个也没有被塑造成为高大的英雄形象，这就颠覆了乱世出英雄的传统，也颠覆了所谓"英雄"的概念。英雄主义何以该回到次要地位，作者一句话就道破了：英雄主义"从来就没有超越"寻求"幸福的豪放欲求"，换言之，这是其固有的功利性使然。那么谁来占主要地位呢？当然就是所有普通人物了。说到底，《鼠疫》通篇讲的就是这个问题。

其次，"这就将赋予真理其原本的面目"，这句话值得好好掂量，疑似更为重大的颠覆，而且颠覆到真理的头上了。"原本的面目"，莫非我们所认识的真理，并没有见到本相？这里又不是确指哪一条真理，而且泛指一切真理，简短一句话，好大的口气。言下之意，虽未得其详，但是，我们凭借经验，不妨揣度一下：一提起真理，自然联想到"放之四海而皆准"，何其高远，何其圣洁，与我们的日常生活，仿佛相距十万八千里！这表明至少在我的心目中，真理已经神圣化了，偶像化了。那么，怎么才是"原本的面目"呢？且看书中这样一段话：

必须以这种或那种方式进行斗争，绝不能跪下求饶。问题全在于控制局面，尽量少死人，少造成亲人永别。为此也只有一种方法，就是同鼠疫搏斗。这个真理并不值得赞扬，这只是顺理成章的事。

面对肆虐的鼠疫，绝不能跪下求饶，任其摆布，不管以什么方式，必须与之搏斗，这就是《鼠疫》通篇彰显的真理，而这个真理，在作者看来"只是顺理成章的事""并不值得赞扬"。

以上两点——"归还英雄主义其应有的次要地位"和"赋予真理其原本的面目"，有一个共同点，就是去伪存真，去其神圣性，去其偶像色彩，存留本真，将这种高不可攀的大词宏旨，拉低到常人理解的水平，"顺理成章"，也就是合乎常情常理。

这是本书的两大关目，关联着人与世界的方方面面：以鼠疫为象征的命运、苦难、上帝、信仰、生与死、爱情、亲情、社会、道德、善恶、怜悯、良心、责任、抗争等，这一切，不再是抽象的思想概念，而与书中人物息息相关，需天天面对，时刻处理。

奥兰，一座几十万居民的城市，本来人人正常生活，各自忙碌，互不相干，却突然闹起鼠疫，全城封闭，一切就全变了。全城仅仅演绎着集体的历史，个人命运不复存在了。鼠疫这个象征物，最容易让人联想到小说写作的历史背景，第二次世界大战时期在欧洲泛滥的法西斯主义。不过，这种象征显然预留了很大空间，大大淡化了具体所指。罗兰·巴特发出批评的声音，对此就有微词，加缪在答复中有这样一段话：

> 《鼠疫》，本意是希望读出多重含义，但是从内容来看很明显，是欧洲抵抗纳粹的斗争。证据就是这个敌人没有指明，而在欧洲各国，人人都能指认出来。……《鼠疫》，在一定意义上，超越了一部抵抗的纪事体小说。但是可以肯定，它还不失为这样一部作品。

加缪一方面强调鼠疫的多重含义，另一方面又坚持这部作品的历史背景和抵抗纳粹的斗争。这并不矛盾。具体所指，这是不言而喻的，倒是"读出多重含义"更为难能可贵。象征如果过分贴近时代背景，随着时间的推移，象征意义就萎缩褪色了。加缪创作《鼠疫》时，想必有意模糊了象征的确指和泛指的界限，结果预留的空间与日俱增，能和读者的想象互动。因此，将近七十年过后，那段历史虽然不会被忘记，但是这种多重意义的象征，则由时间和纷扰的世界增添了新的内容。也许这就是为什么《鼠疫》历经大半个世纪，非但没有被人遗忘，反而越传越广，越来越受到学界的重视和读者的喜爱，单在法国本土，销售量就高达五百万册，成为不可多得的长销的畅销书。作为一部哲理小说，这真是个奇迹，须知从哪方面看，《鼠疫》都不具备一般畅销书特定的要素。

正如叙述者所坦言的："这场鼠疫运行良好，如同一种谨慎而无可挑剔的行政管理""根本没有任何引人入胜的东西可以报道"，没有"类似老故事中的那种鼓舞人心的英雄，或者不同凡响的行为""不像大火那样壮观而又残酷"，就连瘟疫初起时，萦绕在里厄大夫头脑中的"那种激情澎湃的壮观景象"，也荡然无存了；尤其这场灾难持续时间长，单调到了极点，人所遭受的痛苦本身，"当时就丧失其感人的特点"。

由此可见，作者本人就承认，鼠疫期间发生的故事单调得很，既不壮观也不感人，那么这部小说凭什么进入畅销的经典行列呢？我们还需要从文本中寻求答案：

> 叙述者的态度倾向于客观，以求杜绝歪曲事实，尤其杜绝昧良心的话。他几乎不肯为求艺术效果而改变什么，仅仅照顾到叙述大体连贯的基本需要。正是这种客观性本身指导他现在要说，那个时期的巨大痛苦，最普遍又最深重的痛苦，如果说是生离死别的话，重新描绘鼠疫那个阶段，如果说在思想上是责无旁贷的话，也同样是千真万确的。

这里进一步说明了历史学家的笔法，特别强调客观性，不为追求艺术效果而改变事实。作者重申的这种写作态度，足以保证本书的宗旨和原则一以贯之，即我所说的通篇彰显的两大关目：普通人物唱主角，恢复真理原本的面目。这种创作理念，在《西西弗神话》这样的哲学著作中无法实践，于是加缪说："你要想成为哲学家，那就写小说吧。"讲这话是有背景的，与其说是劝告别人，不如说是自勉。

我们知道，加缪的"三部荒诞之作"，即中篇小说《局外人》、剧本《卡利古拉》和哲学随笔《西西弗神话》，于 20 世纪 40 年代初相继发表，自成荒诞理论体系。按说，哲学论述与文学形式这样相互支撑和印证，效果已经相当可观了。然而，这个体系总括来说，只论述演绎了荒诞性，尚缺乏与之相制衡的反抗，于是有了第二个作品系列：长篇小说《鼠疫》（1946）、剧本《正义者》（1950）和厚重的理论力作《反抗者》（1951）。这就是以反抗为主题的另一个"三位一体"系列。

第一个系列以"荒诞"为主题，还缺少一个鲜明生动、震慑人心的荒诞象征。荒诞的象征，在《西西弗神话》中流于抽象，在《局外人》中流于模糊，在《卡利古拉》中流于单弱，因而需要一个振聋发聩、能引起万众惊怖而猛醒的荒诞象征。同样，还缺少一个人物众多、情节跌宕起伏的长篇复杂故事，需要创造一种刺激人神经，强迫人思考的创巨痛深的特殊氛围。《鼠疫》就这样应运而生了。

鼠疫这个瘟神，在人类历史上多次行妖作怪，大范围肆虐制造的恐怖惨景，史书多有详细记载，给人类留下不可磨灭的恐怖印象。单单"鼠疫"这两个字，就能先声夺人，一旦作为荒诞的象征出现，就成为不二之选。

在《鼠疫》中，这个瘟神不减当日威风，果然有惊人之举，要独霸几十万居民的奥兰城，就先发制人，放出成千上万只疫鼠，满街乱窜，发出吱吱哀叫，猝死在行人脚下。恐怖气氛与日俱增，老鼠在城中逐渐灭绝，便轮到人应征充当疫兵了。围城中的一切都听瘟神的调遣，都围着瘟神运转，这便是典型的荒诞世界了。

人一旦意识到世界荒诞，即便没有感染上疫症，也平添了心病，这就是身陷围城、心陷绝境的征兆。人什么都不能自主了，完全丧失了自我，那么人还剩下什么，还能做什么呢？

在此之前，他们绝不肯将自己的痛苦跟不幸混为一谈，可是现在，他们却接受了这种混淆。他们没了记忆，也没了希望，就立足于当下了。

其实，在他们眼里，一切都变为当下了。实话实说，鼠疫剥夺了所有人爱的能力，甚至剥夺了友爱的能力。因为，爱要求一点儿未来，而我们只剩下一些当下的瞬间了。

是的，头几个星期，大家还很激愤，还盼望这种集体受难早些结束。然而，鼠疫猖獗日甚一日，无休无止，瘟神的战车来回碾压，什么情爱友爱，什么记忆希望，什么社会、道德、信仰、怜悯心、责任感，一切都碾得粉碎。普遍的沮丧情绪，安于绝望的心态，比绝望本身还要糟糕。"只剩下一些当下的瞬间了"，这不就等于坐以待毙吗？

坐以待毙是大部分人的倾向，就连"新派伦理学家"都宣扬只能跪下求饶，无论做什么都于事无补。帕纳卢神父则表明基督教的观点，阐明鼠疫"发自天意"，是对世人的惩罚，"永恒之志通过死亡、惶恐和呼号的途径，引导我们走向本原的沉寂和生命的前提"，换言之，基督教徒只能表达笃信，余下的事，上帝自有安排。

其实，这种倾向只是表面现象；谁也不甘心等待上帝的安排，"任何人都没有完全听天由命""甚至自以为相信上帝的帕纳卢也不相信"。奥兰城的秩序既然由死亡来节制，这就迫使人思考，是否还有别的选择。就连组织祈祷周的帕纳卢神父，在布道时也明确指出，"反思"的时刻到了。他说道：

> 进行劝导，伸出友爱之手，靠这种办法督促你们向善已经过时了。今天，真实情况就是一道命令。而救赎之路，现在就由红色长矛向你们指明，并且推动你们上路。我的弟兄们，上帝的仁慈最终就表现在这方面，即赋予一切事物以两面：善与恶，愤怒与怜悯，鼠疫与救赎。就连危害你们的这场灾难，也是对你们的教育。给你们指明道路。

帕纳卢神父这段话，无意中指出一个荒诞的问题：鼠疫就是救赎，就是对世人的教育。我们可以抛开他讲这话的动机、前提和结论，拿来比较一下书中有识者的思想和行为，却是一个很有趣的殊途同归的事例。同帕纳卢神父相对应的两个不信上帝的人，则是两个极有见识、极清醒的人物：一个是干劲十足、以治病救人为己任的里厄大夫，一个是极力反对死刑的社会活动家、全身心投入抗击鼠疫的斗士塔鲁。全城人落入鼠疫的围墙里，笼罩在死亡的阴影下，人心大崩溃的时候，塔鲁和里厄却心有灵犀，很快就走到一起，为了同一种斗争。

　　抗击鼠疫的这两个灵魂人物，因鼠疫而走到一起，也是殊途同归，各有各的反抗史。两个人的几次谈话，越谈越深入，由里厄的叙述和塔鲁的记事铺衍缀补，无一不切中荒诞这个主题意旨。同样，帕纳卢的两场布道，则从侧面乃至反面衬托了荒诞主题。这些表现荒诞——反抗主题的大脉络贯穿全书，串联起众多人物的命运：殊途同归，最终都投入了这场斗争。

　　书中最不可思议的，又最顺理成章的事，就是社会上各色人等，原本不是一路人，甚至是敌对者，却都陆续汇聚到里厄和塔鲁的反抗旗帜下了。这正是荒诞的象征，鼠疫所起到的教育作用。但是教育的结果，却与帕纳卢神父布道所期望的恰恰相反，不是抽象的弃恶向善，而是奋起同死亡做斗争。

　　鼠疫这个荒诞象征，其示范效应产生了奇迹，如影传形，如镜示相，幻化出了魔之形，恶之相，肆虐于社会的各个领域，挤压掉人生的空间，使得所有人，无论所谓的“善”人还是“恶”人，都无路可逃，不想死就只有拼死一搏了。这场斗争越惨烈，就越能激发人抗争，就连有案底的社会不安定分子、鼠疫期间走私发财的科塔尔，就连社会秩序的卫护者、总以审视的目光看别人的初审法官奥东，乃至传统宗教的代表人物帕纳卢神父，都纷纷投入了这场战斗。正如里厄那样，"在同现实世界进行斗争，自认为走在通往真理的路上"。

让人人都"走在通往真理的路上"，这就是加缪讲"想成为哲学家就写小说"这句话的初衷吧。同样，这也正应了上文提到的两大关目："赋予真理其原本的面目""归还英雄主义其应有的次要地位"。作者确实没有为求艺术效果而改变什么，结果顺理成章，原本面目的真理更容易被人理解和掌握，而不贴英雄标签的人物事迹也更贴近现实生活。正是基于这些品质，小说《鼠疫》拓展了并且形象生动地演示了荒诞——反抗的主题，在荒诞的现实世界的多层面上，全方位地给人以启发。

加缪创作了两部荒诞哲理小说，出版时间相隔仅四年，虽然命题相同，粗略比较一下，跨度还是相当大的。《局外人》唯一的主人公默尔索，在荒诞现实中是个独醒者，而《鼠疫》中的里厄、塔鲁等人物，则构成了一个反抗的群体，代表了广泛的社会阶层。《局外人》讲的是一个小职员因过失杀人，最终被判处死刑的故事，情节并不复杂，是渐进式的：默尔索最初不以为然，不料却一点一点被绞进荒诞的司法程序中，没有辩白的机会；一旦判决，就成为铁案了。默尔索是"他所生活的那个社会的局外人"。《鼠疫》则讲述一个席卷几十万居民的特大事件，是突发式的：一场持续十个月的大瘟疫，颠覆了一座城市的行政管理、社会秩序、人心情感、道德良心、责任担当等社会和人生的方方面面，谁都不能置身于这种荒诞现实之外，哪怕是偶来的局外人和社会的边缘人物。从气氛的角度来说，前者主人公一贯冷漠超脱，情节也相应进展徐缓，除了结尾爆发一下，通篇基本平铺直叙，直到行刑前夕，也平静地迎接死亡。后者则截然相反，鼠疫突袭，一下子就把所有人置于紧张而惶惶不安的氛围中，疫城危难，与外界隔绝，死亡的数量和恐怖日益激增；人人性命不保，面对死亡的威胁，纷纷起来抗争，情节起伏跌宕，交织着极痛深悲和义愤的场景。

不过，比较起来，最值得注意的，还是《局外人》所无暇顾及，或者说《鼠疫》所增益的内容，即给人以极大启示，直叩道德人心的部分。这部分内容在文中分量很重，探索了人的幽微的心曲，揭示了荒诞绝非纯粹的外境，内患与外境也有着千丝万缕的联系，且看作者如何阐释。

首先，如何看待把他们聚拢在一起的鼠疫，自然是他们实际行为的前提。这个群体的灵魂人物，里厄和塔鲁的看法具有代表性，他们不赞同帕纳卢神父所谓"集体惩罚"的观点，但是认为"鼠疫有其裨益，能让人睁开眼睛，逼人思考"，尤其是"有利于一些人的思想升华"。鼠疫所象征的荒诞现实，还有其"裨益"，甚至利于"思想升华"，正是因为荒诞的现实，无论是天灾还是人祸，能促使人脱离浑浑噩噩的状态，睁开眼睛看世界，认真思考所面临的残酷的现实。作者的这种观点是一贯的，与《局外人》同时创作的剧本《卡利古拉》，整出戏只表现一件事：皇帝卡利古拉接连的疯狂举动，就是要迫使他周围的人睁开眼睛，看清这个荒诞世界。至于"思想升华"，其实也不难理解：古今中外，有多少杰出人物都经历了苦难的磨炼，在文学领域经常被提起的俄国作家陀思妥耶夫斯基，就是一个鲜明有力的例证。加缪又何尝不是如此，他出身贫寒，"我是穷人""我过去是，现在仍然是无产者"。也正是这种困苦的环境，磨砺出他那伸张正义的性情和坚持真理的勇气。

思想升华与反抗密不可分，可以说互为因果。《鼠疫》中的这些人物，首先要确认自己是否身陷鼠疫的危害之中，是否应该冒着生命危险与之斗争。里厄和塔鲁身世、职业均不同，但各自一直在同现实世界做斗争，清醒地感到自己走在通往真理的路上。在组建志愿卫生防疫队、填补行政管理空缺的问题上，二人一拍即合："看到鼠疫给人带来的灾难和痛苦，除非是疯子、瞎子或者懦夫，才会任其摆布。"里厄这样回答塔鲁的问题，表明他不欣赏帕纳卢的"集体惩罚"的观点，治病救人，才是他行医的理念。

　　二人十分平静地谈论着人生中这些天大的问题，以极平常的语气讲出生活的这些真理。顺便提一句，全书凡是涉及这类真知灼见，从不激昂高调，始终保持这种道家常的语气。下面，仅就这段谈话所提及的几点，看一看在荒诞这个主题上，作者是如何阐明道德人心的。

　　面临大灾大难，信仰问题就会凸显。里厄和帕纳卢，一个医生，一个神父，本来似应"道不同，不相为谋"，最终还是走到了一起。神父宣称"应该热爱我们不理解的东西"，医生则答以"誓死也不会爱这个让孩子受折磨的世界"，但是，他们都在尽心尽力"为拯救人而工作"，唯独这一点才重要，表明他们能超越信仰，超越渎神和祈祷的事，一起同病痛和死亡做斗争。二人达到心灵的契合，里厄握住帕纳卢的手，平静地讲了一句震撼人心的话："现在，就连上帝也不可能将我们分开。"

　　不用大词阐述宏旨，这是加缪的创作特点。里厄和帕纳卢终生坚守的，一个是职业的信仰，一个是宗教的信仰，而真正信仰的前提，作者并没有用大爱的字眼来表述。唯有大爱，才能超越信仰的分歧，在大灾大难中，表现出了理解和宽容。里厄这样评价帕纳卢："内里要比表象优越""他讲道好，做得更好"。帕纳卢自从参加了卫生防疫组织，就再也没有离开过医院和鼠疫传染区，在击退鼠疫的前夕以身殉难。

　　鼠疫猖獗时期，消除了人的价值判断。所有出路都关闭了，人很容易就全盘接受眼前的一切，无论做什么都不再有所选择，这就是丧失了信仰。当然，真正坚定的信仰是不会因外境而丧失的，就像里厄、塔鲁、帕纳卢等人这样，而在这种特定的境况下，反抗就成为他们共同的信仰。

这种信仰具有极大的包容性，吸引来有案底的边缘人物科塔尔、自认为是疫城局外人的巴黎记者朗贝尔、主张判决的威力胜过法律的初审法官奥东先生等一干人。同样，在鼠疫这种特定的境况下，反抗也成为不同价值观的唯一取向。这就是上面那段对话的基本内涵。

反抗成为唯一的价值取向，但是各人的动机却不尽相同，毕竟心怀大爱的人在世间属凤毛麟角。就连塔鲁也直言，他的动机出于"理解"的道德观。理解一词词义明确，又很宽泛，出自塔鲁之口，必有特殊的含义，如果不联系他的身世，就很难抓准意思。塔鲁的父亲是法官，在塔鲁看来，父亲一上法庭和刑场，就变了一个人；那种表现"正经应该称为最卑鄙的谋杀"。于是，他十八岁那年离开优裕的家庭，体验了贫困的滋味，为谋生干过各种行业，不想成为"鼠疫患者"，便成为社会活动家。他认为他所生活的社会是建立在死刑的基础上的，就同社会做斗争，极力反对死刑。为了达到一个不再杀人的世界，他与志同道合的人一起，投入欧洲各国的斗争，自以为走在正确的路上，尽心尽力在同鼠疫做斗争，最终才醒悟，自己一直是鼠疫患者，即使抱着良好的愿望，即使好人也难免杀人，"因为他们就生活在这种逻辑中"，一举一动都可能致人死亡。塔鲁说道：

　　即使拯救不了人，起码也尽量少给他们造成伤害，有时甚至给他们做点好事。这就是为什么，我决定拒绝一切直接或间接的、有理或无理的杀人行为，也不为杀人的行为辩解。

　　同样，这也是为什么，这场瘟疫没有教会我什么，只让我明白必须和你们一起同瘟疫斗争。我基于可靠的知识了解，鼠疫，每人身上都携带，因为，任何人，是的，世上任何人都不能免遭其害……一个正派人，就是几乎不把疫病传染给任何人的人……但是现在，我心甘情愿本本分分做人，我学会了谦虚。我只想说，大地上还有灾难和受害者，一定得尽可能拒绝，不要跟灾难同流合污……我听到过那么多高谈阔论，脑袋几乎给弄晕乎了，那些高谈阔论也足以使其他一些人晕头转向，结果同意去杀人，从而也使我明白了，人的不幸源于他们没有使用清晰的语言。于是我决定讲话和行动都要明明白白，以便走在正道上。

这段话基本概括了塔鲁所谓"理解"的道德观，尤其概括了他那波澜壮阔而又旋流沉淀的社会活动与政治生涯，这也是他一再说的"生活的事我无所不知"。在一定程度上，这也正是加缪自身经历的写照，是他用明明白白的话总结出来的人生大道理，做正派人的准则。

"本本分分做人"，塔鲁经历了坎坷的半生，才总结出这条做人的道理，看起来挺容易，做起来就会碰到层出不穷的阻碍和诱惑。生活在当代社会的逻辑中，做一个"正派人""不要跟灾难同流合污"，仅就这两点，能认真坚守，确实千难万难，拿塔鲁的话说，"真得有意志，还要绷紧神经"。生活逻辑就是这么荒谬：做好人难，不做坏人更难。换言之：做点好事容易，难的是不做坏事。在实际生活中，漫说是无意，就是有意损害别人的事也司空见惯，见多不怪了。

由此可见，鼠疫、灾难、死亡（包括良心的泯灭，道德的沦丧）、邪恶势力，所有荒诞的东西、负能量，可以说无处不在，总能把人搞得晕头转向，难以"本本分分做人"了。这就是为什么，塔鲁敢于断言："鼠疫，每人身上都携带"，只因"任何人都不能免遭其害"。这不仅从生活经验上，而且从荒诞哲学意义来看，也同样切中事理。在《鼠疫》的结尾部分，那位患哮喘病的老人总结似的讲了一句话："说到底，鼠疫究竟是什么呢？鼠疫就是生活，不过如此。"破题的话，就这么简单，随口由那位形同局外人的老患者讲出来，既出人意料，又在情理之中。他得知他十分钦佩的塔鲁也被瘟神带走了，不免感叹道："最优秀的人总是先走。这就是生活。"他对塔鲁的赞语是："他可从来不讲空话废话。"还有一赞："他那个人，知道自己想要什么。"那么，塔鲁想要什么呢？塔鲁明确表示："我关心的是了解如何成为圣人，不信上帝能否成为圣人。"这里的"圣人"概念，没有汉语中为人师表的意义，也不同于基督教中的圣徒，姑且可理解为在生活中保持"圣洁"的人，不携带鼠疫病菌的人。按照里厄的揣度，塔鲁认为人无权处死任何人，可是受害者又难免会成为刽子手，因而他生活在矛盾之中，从未萌生过希望，为此才想要当圣人，"通过为别人服务获取安宁"。那么，在塔鲁的眼中，谁像圣人呢？他想到那位患哮喘病的老人，生活那么有规律，讲话还有哲理性，或许他就是个圣人，"如果神圣性就是习惯的总和的话"。不过，他真正佩服的只有两个人，在他的心目中，唯独里厄母子达到了圣人的高度。他对里厄大夫的赞扬不必赘述，对里厄老太太的评价倒值得一提。

塔鲁在纪事中着重指出，里厄老太太为人非常低调，无论表达什么事，都用简单的语句。每天傍晚，她总爱坐在窗前，面对清静的街道，身子微微挺直，双手安闲地放在膝上，目光总那么凝注，渐渐融入暝色中。她在塔鲁面前从未拿出具体例证，但是从她那一言一行中，塔鲁能辨别出善良的光芒。纪事中还谈到一个事实：老太太从不思索就洞察一切，"她与沉默和阴影相伴，却始终能停留在任何光明的高度，哪怕是鼠疫的亮度"。塔鲁正是在这里透露了他的一点隐私："我母亲就是这样，我喜爱她身上这种同样的低调，她正是我一直想要回到身边的人。八年了，现在我还不能说她去世了……"这道出了加缪的心声。这些母亲，以其低调和光明的高度，都同样体现了"原本的真理"，思想的升华，都同样体现了能与鼠疫抗衡的正气、正能量。

李玉民 2014 年 9 月于北京花园村

用另一种囚禁状况表现某种囚禁状况，犹如用某种不存在的事物表现任何真实存在的事物，都同样合情合理。

——丹尼尔·笛福[1]

---

[1] 丹尼尔·笛福（Daniel Defoe，1660—1731），英国作家，著名长篇小说《鲁滨孙漂流记》（1719）的作者。

第一部

一

20 世纪 40 年代发生在奥兰 ① 的奇特事件构成了本部纪事的素材。通常认为，这些事件不该发生在那里，情况有点儿反常。初次领略，奥兰的确是一座普通城市，只不过是阿尔及利亚滨海的一个法国海外省的省会。

应当承认，这座城市，从本身看来挺丑陋，表面看上去倒很平静，必须观察一段时间，才能发现它同各个地域许多其他商埠的差异。譬如说，一座城市既没有鸽子，也没有树木，没有花园，既看不见鸟儿扑打的翅膀，也听不到树叶沙沙的声响，总之，这样毫无特色的地方，让人怎么想象呢？在这里，四季的嬗变仅仅在天空显现。只有清爽的空气、小贩从郊区运来的大批花篮才带来春天的消息：那是在市场上兜售的春天。整个夏季，炎炎烈日烧烤着干透了的房舍，给墙壁蒙上一层灰蒙蒙的灰烬。于是，家家户户只能关紧了百叶窗，躲在阴影里生活。到了秋天则相反，大雨滂沱，满街裹着泥浆的洪流。

要了解一座城市，简便的办法就是探索居民如何劳动，如何爱并如何死亡。也许是受气候的影响，在我们这座小城里，所有这些事情都同

---

① 奥兰 (Oran)，阿拉伯称其为瓦赫兰，是当时法国殖民地阿尔及利亚奥兰省的省会。

时进行，处于同样状态，既狂热又驰心旁骛。也就是说，大家都感到百无聊赖，又得尽量习以为常。我们的同胞都很有干劲儿，但总是为了发财致富。他们对经商的兴趣尤为浓厚，照他们自己的说法，他们首先经营的是买卖，自不待言，他们也同样喜爱寻常的乐趣，他们爱女人，爱看电影，爱泡海水澡。不过，他们却十分理智，这类消遣只留待星期六晚上和星期天，而一周的其他日子，就力求多多赚钱。傍晚他们离开办公室，定时到咖啡馆相聚，再沿着同一条林荫大路散步，或者待在自家的阳台上。年纪最轻的人，欲望强烈，但是短暂；而年纪最大的人，坏毛病至多也不过是参加滚球协会的活动、联谊会的宴会，到俱乐部打牌，碰运气大赌两把。

想必有人会说，这些并不是我们的城市所特有的，总体来说，我们同时代的人莫不如此。如今，看到人们从早干到晚，余下的时间就去打牌、喝咖啡、闲聊，这样的生活恐怕再正常不过了。然而，也有些城市，有些地区，那里的人时而会臆想别的事。一般来说，这并不能改变他们的生活，只不过，总还有过臆想，这就比什么都强。奥兰则相反，看来是一座没有臆想的城市，亦即一座纯粹现代的城市。因此，也就没有必要具体描述我们这里相爱的方式。男人和女人，要么在所谓的做爱的行为中，快速地相互餍足，要么在婚约中二人长相厮守。这两种极端之间，往往找不到折中。这也算不上独特。在奥兰如同在别处一样，大家都没有时间，缺少思考，不得不相爱而又浑然不觉。

我们这座城市更为独特的，还是人临死可能碰到的难题。用"难题"二字也不甚恰当，说不舒适或许更确切些。生病从来就不是惬意的事儿，但是有些城市，有些地方，生了病会有人照顾；在一定程度上，可以顺其自然。一个病人就需要温馨呵护，喜欢有所依赖，这是人之常情。然而在奥兰，气候这么极端，生意这么繁忙，景观这么乏味，傍晚时分消失得这么快，而寻欢作乐又是这等水平，这一切都要求有一个健康的身体。一个人生了病，就陷入了孤独。那么再想一想一个要死的人，简直就是掉进陷阱，被几百堵热得噼啪作响的墙壁困住，而与此同时，全体居民都在打电话或者在咖啡馆里谈汇票，谈提货单和贴现。说来不难理解，即使在现代社会中，生活在一个酷热干燥的地方，死神突然闯来，人临终的时候境况该有多么艰难困窘。

我指出这样几点，也许足以让人对我们的城市有一个概念。眼下说到什么，都不宜夸大其词，只应该强调市容和生活状态都平淡无奇。不过，只要习惯了，也不难打发时日。既然这座城市容易让人习惯，那么就可以说无往而不利了。当然，从这个角度看，生活就不那么趣味盎然了。但是在我们这里，至少没有出现过混乱。本城的居民为人直率、友善而活跃，总能赢得旅游者应有的敬重。这座城市既无美景，又没有草木和灵魂，最终似乎让人感到安宁，在这里的人终于可以进入梦乡。不过，还应当说句公道话：这座城市镶嵌在无与伦比的美景中，坐落在一块光秃秃的高地中央，而高地则环绕着阳光灿烂的山峦，整个对着风景如画的海湾。说到遗憾可能只有一点，就是城市的格局背对着海湾，因此不可能眺望海景，必须越过山峦去寻找。

说到此处，恐怕大家不难理解，我们的同胞做梦也想不到这年春天会发生这么多变故，我们也是随后才明白，这些变故正是我们打算在这里记述的一系列严重事件的先兆。这些事实，在一些人看来非常自然，另一些人则相反，认为并不足信。但是，不管怎样，一名纪事作者无法考虑这些矛盾的说法。他的任务仅仅是说："这事发生了。"只因他知道，这事确实发生了，事关一地全体居民的生命，而且，还有数千名目击者会由衷地认为，他讲述的情况完全属实。

再者说，叙述者——到时候都会了解他是何许人，如果不是事出偶然，他得以收集相当数量的第一手材料，如果不是势在必行，他裹进了他打算讲述的所有这些事件里，那么，他就不大可能开发这样一种事业。正因为有了这些条件，他才名正言顺地做起了历史学家的事。当然，一位历史学家，即便是业余的，也总要掌握一些资料。本书的叙述者手头自然也有资料：首先是他亲眼看见，其次是别人的见证，既然他担当了角色，就得去收集这部纪事所有人物的心声，最后便是辗转落入他手上的文字资料。他心中自有准谱儿，到了适当时候就进行筛选，充分利用这些资料。他还打算……好了，也许该放下这些评论和谨慎的言辞，到了直接叙事的时候了。头几天的情况，要讲得稍微详细一些。

二

四月十六日上午，贝尔纳·里厄大夫走出诊所，在楼梯平台中间绊着一只死老鼠，他当即一脚踢开，并没在意，就下楼去了。可是到了街上，他忽然想到那只老鼠不该死在那地方，于是返回，要告知门房。面对米歇尔老先生的反应，里厄大夫就更加明确地感到他的发现异乎寻常。乍一碰到这只死鼠，他只是觉得有些蹊跷，而门房却把这视为一种诬蔑。门房决不容忍，断言这楼里绝没有老鼠。里厄大夫则向他保证说，二楼的楼道上就有一只，大概死了。可是白费唇舌，米歇尔先生还是坚信不疑：这楼里没有老鼠，而这只老鼠，一定是有人从外面带进来的。总之，是一场恶作剧。

当天晚上，贝尔纳·里厄站在楼道里，要摸出钥匙来，才好上楼回家，他忽然发现一只大老鼠从楼道的幽暗深处溜出来，身子摇摇晃晃，皮毛全湿了。老鼠停下来，似乎要保持平衡，随即跑向大夫，又停下来，原地打了个转儿，轻轻叫了一声，最终倒地，从半张的嘴里咯出血来。

大夫瞧了它半晌，上楼回家了。

他想的不是那只老鼠，而是念念不忘那咯出的血。他妻子病了有一年了，准备次日动身去一家山区疗养院。他见妻子按照他的嘱咐躺在他们的卧室里。旅途劳顿，她要养足精神。她笑脸相迎，说道：

"我感觉很好。"

大夫端详在床头的灯光下转向他的脸庞。妻子三十岁了，尽管一副病容，可是在里厄看来，这张脸始终保持着青春，也许是这嫣然一笑驱走了其余的一切。

"能睡就多睡会儿，"里厄说道，"护士明天十一点来，我送你们去车站，赶十二点的火车。"

他亲了亲妻子微微潮湿的额头。那笑容一直送他到门口。

第二天，即四月十七日，早上八点钟，大夫出门，被门房拦住。门房指责有人搞恶作剧，又把三只死鼠撂在楼道中间。老鼠浑身是血，估计是用大号老鼠夹子捕杀的。门房拎着死鼠的爪子，在门口守了好一会儿，想用冷嘲热讽来激那些坏蛋现出原形。然而一无所获。

"哼！那些家伙，"米歇尔先生说道，"早晚会让我给逮住。"

里厄大为不解，决定去城边街区巡诊，那里住着他的最穷困的患者。这些街区清理垃圾要晚得多，他的汽车在飞扬的尘土中，驶过一条条笔直的街道，车身几乎擦着撂在人行道边上的垃圾箱。大夫在这样驶过的一条街上数了数，有十二只死鼠扔在烂菜叶和肮脏的破布片中间。

大夫探视的第一个患者正躺在床上。房屋临街，既是卧室，又当餐厅。患者是个西班牙老人，饱经风霜的脸上布满了皱纹，他面前的被子上，放着两个盛满鹰嘴豆的小锅。大夫进来时，这位老哮喘患者正半坐在床上，他见大夫进来，身子便往后一仰，想调一调高低不平的急促喘息。他妻子拿来一个小盆。

"嗨，大夫，"患者在打针时说道，"它们跑出来了，您看到了吧？"

"是啊，"他妻子也说道，"邻居拾到三只。"

老人搓着手。"它们跑出来了，所有垃圾箱里都看得见，是饿的！"随后，里厄无须费力就观察到，全街区的居民都在议论老鼠。

他巡诊完便回了家。"有您一封电报，送楼上了。"米歇尔先生说道。大夫问他，是否又见到了老鼠。"哎！没有，"门房回答，"要知道，我的眼睛盯着呢。那些蠢猪没那个胆子了。"

电报告知里厄，他母亲于次日到达。在儿媳去疗养院期间，老太太来料理儿子的家务。大夫走进家门，见女看护已经到了，又见妻子穿好了套裙，略施了脂粉，正站在那里。里厄冲她笑了笑。

"好哇，"他说道，"很好。"过了片刻，到了火车站，里厄将妻子安置在卧铺车厢里。他妻子瞧着车厢："这对咱们也太贵了，是吧？""有这个必要。"里厄回答。"听说闹老鼠，是怎么回事儿？""我也不清楚，怪得很，不过，事情会过去的。"接着，他说得很快，请求妻子原谅，他本该好好照顾她，可是对她太粗心了。他妻子连连摇头，似乎向他表示快别说了。他还是补充一句："等你回来，一切都会好的。咱们从头再来。""对，"妻子两眼焕发出光彩，附和道，"咱们从头再来。"过了一会儿，妻子转过身去，背朝他张望窗外。月台上，人人都匆匆忙忙，不顾避让而碰在一起。火车头蒸汽的嘘嘘声音一直传到他们的耳畔。他呼唤妻子的名字，等她转过身来，便看见她泪流满面。

"别这样啊。"里厄轻声劝道。妻子泪汪汪，重又浮现笑容，只是还有点儿僵硬。她深深吸了一口气："你走吧，一切都会好起来。"里厄紧紧拥抱妻子，继而回到站台，隔着车窗的玻璃，现在只能看见妻子的笑容了。"千万照顾好自己呀。"里厄说道。可是，妻子听不见他说话了。在站台的出口处附近，里厄遇见了奥东先生，手拉着小儿子的预审法官。

大夫问他是否要动身去旅行。奥东先生身材瘦长，穿一套黑礼服，五分像从前所谓的上流社会人士，五分像殡仪馆的掘墓人。他声调亲热，回答简短："我来接奥东太太，她去看望我的家人回来。"火车汽笛长鸣。"老鼠……"法官说道。里厄朝火车启动的方向望了一眼，随即又转向出站口，他应了一句："是的，也没什么大不了的。"当时的情况，他记得最清楚的，也只是一名列车员经过，腋下夹着一箱死鼠。

当天下午，开始接诊时，里厄接待了一个年轻人，据说是记者，上午就来过诊所。年轻人名叫雷蒙·朗贝尔，矮个头儿，肩膀宽阔，一副果敢的神情，明亮的眼睛透着聪明。他穿一身运动装，看样子生活挺富裕。他开门见山，表明他为巴黎一家大报馆调查阿拉伯人的生活状况，想了解他们的卫生情况。里厄告诉他，他们的卫生情况不佳，但是深谈之前，他想了解记者是否能如实报道。

"那当然了。"记者答道。

"我是想说：您能百分之百进行谴责吗？"

"百分之百，不行，这得实话实说。不过，照我的估计，这样的谴责也不会有什么根据。"里厄心平气和，说这样的谴责确实没什么根据，而他提出这个问题，无非是想知道朗贝尔的见证文章能否做到毫无保留。"我只接受毫无保留的见证。因此，我也不会用我的资料支持您的见证。""这是圣茹斯特①的话。"记者微笑道。里厄也不提高嗓门儿，说他对此一无所知，但是认为这是一个厌世的人所用的语言，不过，这个人与其同胞也有同好，自身也决意拒绝不公正和退让。朗贝尔耸了耸肩

---

① 圣茹斯特（Saint-Just，1767—1794），法国革命家。青年时便接受平均主义思想，法国大革命爆发，他组织国民自卫队，有为穷人和农民的事业而奋斗的雄心壮志。曾当选为国民公会主席，写成《共和国宪法提纲》，为公有制的平等社会奠定了理论基础。他支持罗伯斯庇尔的主张，甚至比罗伯斯庇尔还要激进。在热月政变中，他和罗伯斯庇尔一起被送上断头台（1794年7月27日）。

膀，注视着大夫："我觉得理解了您的意思。"他站起身，最后说道。大夫送他到门口："我感谢您能这样对待事物。"朗贝尔有点儿不耐烦的样子。"好吧，"他说道，"我理解，请原谅，打扰您了。"大夫同他握手，并且对他说，现在城里发现大批死老鼠，以此为题写一篇报道，也许会相当吸引人。"哦！"朗贝尔欢叫了一声，"这事儿我有兴趣。"十七点钟，大夫又出诊了，在楼梯上同一个男人打了个照面。

　　此人仍然年轻，侧影显得笨重，大脸膛，眼窝深陷，两道浓眉。里厄遇见过他几次，那是在这幢楼顶层的西班牙舞蹈演员的家中。此人名叫让·塔鲁，他正有滋有味地抽着一支香烟，聚精会神地观赏脚下台阶上一只老鼠垂死的抽搐。他抬眼以灰色的眼睛稍微多看了一下大夫，向他问好，还说老鼠都跑出来可是件怪事。"对，"里厄答道，"不过，到头来就该让人恼火了。""在某种意义上，大夫，只在某种意义上是这样。类似的现象，我们从未见过，仅此而已。而我觉得这挺有意思，对，实在有意思。"塔鲁伸手往后拢了拢头发，又瞥了一眼现在不再动弹的老鼠，然后冲里厄微微一笑："不过，大夫，不管怎么说，这是门房该管的事儿。"说到门房，大夫正巧碰到米歇尔老头背靠在楼门口旁边的墙上，平常充血的脸上又添了不胜其烦的表情。"不错，这我知道，"他回应向他表示有新发现的里厄，"现在一见到就是两三只了。而且，在别的楼房里，也是同样的情况。"

　　他的样子很沮丧，又愁容满面，还下意识地搓着脖颈儿。里厄问他身体可好。门房当然不能说情况不妙，眼下只是感到食欲不振。依他之见，这是精神作用。全是老鼠搅的，等它们死绝了，情况就会大大好转。

　　可是，又过了一天，四月十八日早晨，大夫去车站接母亲回来，看到米歇尔先生面容更加憔悴了：从地下室到阁楼，十来只老鼠死在楼梯上。邻近楼房的垃圾箱全丢满了死耗子。里厄的母亲听到这个消息，没有流露出一丝惊讶的神色。

"这种事儿不新鲜。"老妇人身材矮小，满头银发，一双黑眼睛十分温柔。"又见到你真高兴，"她说道，"老鼠绝破坏不了见面的喜悦。"里厄点头称是；千真万确，跟母亲在一起，无论什么事，总好像很容易解决。

里厄还是给本城灭鼠办公室打了电话，他认识那位主任。他问主任是否听说，大批大批老鼠跑出洞来死去。梅西埃主任早就听说了，而且在他那与码头相距不远的办公室里，有人发现了五十来只老鼠。不过，他心里还在琢磨，事情是不是严重了。里厄也说不准，但是他认为灭鼠办公室应当采取措施。

"是啊，"梅西埃说道，"要有指令。你若是觉得真有这个必要，那我可以请求指令。"

"怎么说也有这个必要。"里厄说道。

他的清洁女工刚才也告诉他，她丈夫干活的那家大工厂里，也收集了好几百只死老鼠。

总而言之，差不多正是这个时期，我们这些同胞开始担心了。因为，从十八日起，各家工厂和库房，着实清出来数百只老鼠的尸体。有时候，也不得不结果那些残喘时间太长的老鼠。然而，从城边街区一直到市中心，凡是里厄大夫所经过的地方，凡是我们的同胞聚居的地方，等待清理的死鼠都堆在垃圾箱里，或者长串排在阴沟里。正是从这天起，晚报大量报道这件事，质问市政府打不打算行动，准备采取什么紧急措施，以确保市民免遭这场令人憎恶的鼠害的侵扰。市政府毫无打算，根本没有准备采取任何措施，不过，市议会倒是先开会讨论。指令下达给灭鼠办公室，每天清晨集中清理死鼠。清理完了，由办公室的两辆卡车将死鼠拉到垃圾焚化场焚烧。

不料，随后几天，形势越发严峻了。收集到的死鼠的数量与日俱增，每天清晨都要清理更多的死鼠。到了第四天，老鼠开始成批出洞，死在外面。它们从储藏室、地下室、地窖和阴沟里爬出来，列成长队，蹒跚前行，晃晃悠悠地来到光亮的地方，在原地打转儿，然后死在人们面前。夜晚，无论在走廊还是小巷，都能清晰地听见它们垂死的轻微叫声。到了早晨，在城郊街区，只见死鼠堆在阴沟里，尖嘴巴还挂着血丝。有的泡得胀起来，开始腐烂；还有的躯体僵硬，胡须仍然翘着。在市区，走在楼道或者院子里，也能见到三五成堆的死鼠。甚至行政机构的大厅里、学校操场上、咖啡馆的露天座地面，有时也有零星的老鼠跑去死掉。我们的同胞在最热闹的地方发现死鼠，无不大惊失色。阅兵场、林荫大道、海滨林荫路，也不时受到玷污。清晨清理了死鼠之后，整个白天，全城又逐渐发现死鼠，而且数量越来越多。夜晚散步者走在人行道上，不止一人感觉踩到了刚死的还有弹性的小动物的尸体。就好像我们的楼房扎根的大地本身长了疖子，在体内积满了脓血，现在终于排放出来了。我们这座小城，原先多么平静。瞧一瞧就知道，它现在有多么惊愕，几天工夫就闹得天翻地覆，如同一个原本健康的人，黏稠的血液循环突然紊乱起来！

事态严重到了极点，就连朗斯多克情报所（负责收集并发布各种题材的情报资料），也在免费的无线电广播节目中宣布，仅在二十五日一天，就清理并焚化了六千二百三十一只老鼠。这个数字赋予了全城每天有目共睹的景象一个清晰的概念，遂加剧了居民的恐慌情绪。此前，大家只是抱怨一个颇令人厌恶的偶发事件，现在却发现，这种现象隐含着威胁性，可是其规模还无法确定，其根源也无从探究。唯独那个患哮喘病的西班牙老人仍旧搓着双手，一再重复："它们跑出来了，它们跑出来了……"显示出老年人的一种喜悦。

到了四月二十八日，朗斯多克情报所又宣告，大约清理出八千只死鼠，全城焦虑不安的气氛便达到了顶点。有人要求采取根本措施，有人指责市政当局，而在海边有房子的人，已经说起要去那里躲避一段时间。幸好第二天情报所又宣布，死鼠现象突然消失，灭鼠办公室收集到的死鼠的数量微不足道。全城人终于松了一口气。

就在当天中午，里厄大夫在楼前停了汽车，看到老门房从街道的另一端走过来，只见他耷拉着脑袋，双臂和双腿都叉开，走路特别吃力，活像一个牵线的木偶。老人挽着一位神甫的胳臂，大夫认识，那正是见过几次面的帕纳卢神甫，一位博学而活跃的耶稣会会士，在这座城市享有盛名，甚至在不关心宗教的人中间也受到敬重。里厄等待二人过来。米歇尔老头眼睛发亮，喘息却发出咝咝的声响。他感觉不舒服，原想出去走走，不料他的脖颈儿、腋下和腹股沟突然疼痛难忍，迫不得已回来，请帕纳卢神甫搀扶一下。

"生成了几个肿块，"米歇尔老头说，"我走动挺费劲儿。"

大夫从车门伸出手，用手指抚摩米歇尔伸给他的脖子根部；里面形成了一个类似木节的肿块。

"您回去躺下，量量体温，下午我去给您看看。"

老门房一走，里厄就问帕纳卢神甫对这场鼠患的看法。

"唔！"神甫答道，"恐怕是一场瘟疫。"他那双眼睛在圆眼镜后面笑吟吟的。

里厄吃完午饭，拿起疗养院通知他妻子到达的电报又看了一遍，忽然听到电话铃响了。是一位老主顾打来的；那人在市政府当职员，长期患有主动脉狭窄症，因家境贫寒，里厄免费为他治疗。

"是我，"那人说道，"您还记得我吧。不过，这次是为别人。您快点儿来一趟，我邻居家出事儿了。"

听电话里气喘吁吁的声音，里厄就联想到门房，决定随后再去看看他。过了几分钟，里厄就到了城边街区菲代尔伯街，走进一幢矮楼。在阴凉而气味难闻的楼梯中间，他遇到了约瑟夫·格朗，即下楼来接他的那个职员。此人年约五旬，蓄留着黄黄的小胡子，身材细高，有点儿驼背，双肩狭窄，四肢则又瘦又长。

"稍好些了。"他走到里厄跟前说道，"可是那会儿，我还以为他活不了啦。"

他擤了擤鼻涕。上到三楼，即最高一层，里厄看到左侧的房门上用红粉笔写着："进来吧，我上吊了。"

他们进了屋。绳子从吊灯垂下来，正对着下面一张翻倒的椅子，桌子则推到角落里。不过，那根绳子空吊着。

"我及时把他解下来了。"格朗说道。尽管使用的语言极其简单，他却似乎总在字斟句酌，"当时也巧了，我刚好出门，就听见有响动。我一看见房门上写的字，怎么跟您说呢，我还以为是搞恶作剧呢。不过，他发出的呻吟声，听着很怪，甚至可以说挺可怖的。"

他搔着脑袋："看起来，这样的自杀方式一定很痛苦。我自然就进去了。"

他们推开房门，在门口面对一间非常明亮，但家具简陋的屋子。一个圆滚滚的矮个儿男人躺在铜床上，他呼吸很吃力，充血的眼睛注视着来人。大夫停下脚步，从那人喘息的间歇中，似乎听出垂死老鼠的嗞嗞叫声。然而，屋里各个角落没有一点儿动静，里厄朝床边走去。此人没有从多高的地方跌落，摔得也不重，脊椎支撑住了。当然，还有点儿窒息。有必要拍一张 X 光片。大夫给他注射了一针樟脑油，说是几天之内就能痊愈。

"谢谢了，大夫。"这人以窒息的声音说道。

里厄问格朗是否报告了警察局，这位职员的神态未免有点儿尴尬——

"没有，"他说道，"哦！没有。当时我想，最紧迫的……"

"当然了，"里厄截口说道，"那由我去办吧。"

可是这时，床上的病人躁动起来，抬起身子阻止，说他很好，没必要去报告。

"您冷静些，"里厄说道，"这算不上案件，请相信我，我必须去做个声明。"

"噢！"对方哀叹。

他随即将身子往后一仰，开始饮泣。这阵工夫，格朗一直摩挲着胡子，这时他走到床前，劝道："好了，科塔尔先生。要尽量理解。可以说，大夫有这个责任。譬如说，万一您想不开，又要……"可是，科塔尔边流泪边说道，他再也不会干这种傻事儿了，那也是一时糊涂，现在他只求让他清净。里厄开出药方。"就这样说定了，"里厄说道，"不谈这事儿了，三两天后我再过来瞧瞧。不要再干傻事儿了。"来到楼梯平台，里厄对格朗说，他不得不去报警，但是要求警长过两天再来调查。"今天夜里还得监视他。他有家人吗？""我没见过他的家人。不过，我可以亲自守夜。"格朗摇着头又说，"您应当注意到，我都谈不上认识他。但是总得互助嘛。"经过走廊的时候，里厄还不由自主地观察各个角落，问格朗，在他这个街区，老鼠是否彻底消失了。这名职员对此一无所知。确实有人跟他说过鼠患的事儿，但是，他没大留心这个街区的传闻。"我操心别的事儿呢。"格朗说道。里厄便同他握手告别，急着要去瞧瞧门房的病情，然后就给妻子写信。

报贩叫卖晚报，吆喝着老鼠停止侵扰了。然而，里厄看到病人情况不妙，只见老门房半个身子探到床外，一只手按住腹部，另一只手搂着脖子，正在呕吐不止，恨不能把五脏六腑都呕出来，一口一口往垃圾桶里吐出浅红色胆汁。门房长时间用力呕吐，已经上气不接下气，重又倒在床上。他的体温还高达摄氏三十九度五，颈部淋巴结和四肢都肿起来，肋侧两块浅色黑斑不断扩大。现在他开始哀怨内脏疼痛了。

　　"真是火烧火燎的，"他说道，"这可恶的东西，从里边烧我。"他那煤烟色的嘴唇，说话已经吃音了；他那对转向大夫的金鱼眼因头痛而漾出了泪水。他妻子惴惴不安地看着一言不发的里厄。"大夫，"她终于问道，"这是什么病啊?""什么病都有可能。但是现在还确诊不了。今天晚上以前，不要吃东西，服用清洗肠胃的净化剂。让他大量喝水。"门房恰恰渴得要命。里厄回到家，便打电话给他的同行里夏尔——本城最有名望的一位医生。"没有，"里夏尔说道，"我没有发现任何异常情况。""没有高烧和局部组织发炎?""哦！那倒有两例，淋巴结异常肿大。""极不正常吗?""嗯，"里夏尔答道，"所谓正常，您也知道……"晚上，门房一直都在说胡话，高烧四十摄氏度，还在抱怨老鼠。里厄试用固定性脓肿处理，用松节油烧灼时，门房号叫着："噢！这些可恶的东西！"淋巴结越肿越大，摸着像木质的一样坚硬。门房的妻子吓坏了。"夜里您要守着，"大夫对她说，"情况不好就叫我。"第二天，四月三十日，天空晴朗，湿度较大，微风习习已有暖意，从最边远的郊区带来鲜花的芳香。早晨街上的喧闹声似乎比往常更热闹，也更欢快，我们的小城经历了一周惶恐隐忧，这天总算解脱出来，全城呈现出春回大地的景色。里厄本人接到妻子的回信，也放下心来，便怀着轻松的心情下楼，来到门房家中。到了清晨，体温果然降下来，只有三十八摄氏度了，病人还很虚弱，仍躺在床上，但是能报以微笑了。"病好转了，对吧，大夫?"病人的妻子问道。

　　"还有待观察。"

不料，到了中午，体温一下子蹿升到四十摄氏度，时时陷入谵妄状态，重又呕吐起来。脖子的淋巴结一碰就痛，门房的头也仿佛要尽可能远离身体。他妻子坐在床脚，两只手放在被子上，轻轻地握着病人的双脚。她注视着里厄。

"听我说，"里厄说道，"必须把他隔离，进行特殊的治疗。我给医院打电话，叫救护车来把他送走。"

两小时之后，上了救护车，大夫和门房的妻子俯身注视病人。病人满嘴生出蕈状赘生物，只能说出片言只语："老鼠！"他脸色铁青，嘴唇蜡黄，眼皮则呈铅灰色，呼吸急促，气息断断续续。他被淋巴结肿痛折磨得身子散了架，蜷成一团的躯体深深陷入担架里，就好像要用担架将他包裹起来，又好像地下深层有什么东西在不断地召唤他。门房在无形的重压下断气了。他妻子哭道：

"就没有希望了吗，大夫？"

"他死了。"里厄说道。

三

门房之死，可以说标志着一个令人困惑的征象重重的时期的终结，同时标志着另一个相对更加困难的时期的开始：前期的惊异逐渐转化为惊慌失措了。我们的同胞，从此心知肚明了，而他们万万没有想到，我们的小城会成特定之地：老鼠纷纷出洞死在阳光之下，门房一个个死于怪病。从这个角度看，他们总体判断失误，必须纠正思想了。如果一切就此了结，那么毫无疑问，习惯又会重占上风。然而，我们的同胞中另有些人，并不当门房，也不穷困，他们却要步其后尘，走上米歇尔先生带头走过的那条不归路。正是从这一刻起，恐惧，以及恐惧带来的思考，便开始大行其道。

不过，在详细讲述这些新发生的事件之前，叙述者认为有必要介绍一下，另一位见证人对前面描述的时期的看法。此人名叫让·塔鲁，在本书开头部分已经出现过，他于几周前才到奥兰定居，住在市中心的一家大旅馆里。看样子他收入颇丰，生活过得相当滋润。本城居民虽说逐渐跟他混熟了，但是谁也说不清他来自何地，又为何来到这里。在所有公共场所都能见到他的身影。刚一开春，他就频频去海滩，经常游泳，显然非常开心。他为人宽厚，总面带笑容，似乎喜好所有正当的娱乐，却又不沉溺其中。事实上，大家了解到他的唯一习惯，就是经常结交在本城为数颇多的搞舞蹈和音乐的西班牙人。

不管怎么说，让·塔鲁的这些笔记，也算得上这个困难时期的纪事。不过，这一纪事非常独特，倾向性很强，偏爱记录烦琐的小事。粗看起来，我们会以为塔鲁刻意把人和事物放大来看。在全城一片惶恐之中，他竭力以历史学家的笔法，记录那些不能称其为历史的事情。对这种偏爱，有人可能会感到惋惜，并怀疑他的心肠未免冷酷。尽管如此，这些笔记还是为这个时期的纪事提供了大量次要的细节，而这些细节自有其重要性，其怪异本身又能阻止人们匆忙判断这个有趣的人物。

让·塔鲁到达奥兰的当天，就开始做笔记了。从一开头，笔记就表明一种奇特的满足感，自得于置身一座本身就如此丑陋的城市之中。在笔记上能看到他对装饰在市政厅门前的那对铜狮的详细描绘，以及对城中无树木、房舍不美观和全城荒谬的布局的宽厚评论。塔鲁还插入了他在电车里和街道上所听到的谈话，但是没有加以评论，只有一次稍靠后一点儿的谈话例外，这次谈到了一个名叫"康普斯"的人，塔鲁加入了电车上两名售票员的谈话。

"康普斯那人，你很熟悉。"一名售票员说道。

"康普斯？一个留着黑胡子的大高个儿吗？"

"正是，当时他在铁道上扳道岔。"

"对，没错儿。"

"唉，他死了。"

"啊？什么时候的事儿？"

"闹鼠患之后。"

"咦？他得了什么病？"

"不知道，是发高烧。况且，他的身体不够强壮，腋下长了脓肿。他没有挺住。"

"可是看起来，他跟大家一样。"

"不一样，他的肺虚弱，那是因为他参加了俄尔甫斯乐队，总吹短号，那很伤肺。"

"嗯！"另一名售票员总结一句，"人有了病，就别吹短号了。"

记录下来这种对话之后，塔鲁心中不解，如此明显伤身体的事，康普斯为什么全然不顾，仍要参加军乐队呢，有什么深层次缘由促使他冒着生命危险，为主日游行伴奏呢？

后来，塔鲁窗户对面的阳台上经常出现的一个场景引起了他的兴趣，似乎给他留下深刻印象。他的客房对着一条横向的小街，街上墙壁的阴凉处总有几只猫躺着睡觉。每天午饭过后，天气很热，全城人都昏昏欲睡的时候，街对面的阳台上便有一个小老头儿出现，一头白发梳得很整齐，上下一身军装式样的打扮，身子挺直，神态严肃。他呼唤那些小猫："猫咪，猫咪。"声音温和但是疏远。小猫只是抬一抬蒙眬的睡眼，还不想动弹。老人便撕碎白纸，往街上抛撒，小猫受到这群白蝴蝶的吸引，就走到街道中央，迟疑地伸出爪子，去抓最后飘落的纸片。这时，小老头就朝小猫吐痰，又狠又准，如果有一口痰击中目标，他就嘿嘿笑起来。

最后，塔鲁似乎终于迷上了这座城市的商业特色：市容，忙碌，甚至娱乐，仿佛都取决于生意的需要。这种独特性（这是笔记上的用语）赢得了塔鲁的称许，他的一句赞语甚至以感叹句结尾："终于开了眼！"这位旅行者这段时间所做的笔记，唯独在这地方显露了个性。但是很难简单地判断其含义和严肃性。同样情况，塔鲁讲述旅馆的收款员由于发现一只死鼠便记错了一笔账，然后他的字迹比平时潦草，加上这样一段话："问题：怎么办才能避免浪费时间呢？答案：在时间的长河中体验。方法：在牙科医生的候诊室里，坐在一张不舒服的椅子上度过几天；星期天在自家阳台上待上一下午；听一场讲自己不懂的语言的讲座；选择路程最长、最不便利的线路乘火车旅行，在车厢里当然还得站着；在剧院的售票处前排队却不买票等。"思想这样跳跃，东拉西扯之后，笔记紧接着又开始详细描绘本城的有轨电车，如车辆小船似的外形、无法辨认的颜色，以及司空见惯的肮脏，而收束这种观察的一句"真是出类拔萃"却说明不了任何问题。

不管怎样，塔鲁对鼠患还是提供了如下情况：

"今天，街对面的那个小老头儿不知所措了。街上的猫全不见了，它们受不了从各条街发现的大量死鼠的刺激，确实消失得无影无踪。依我看，问题不在于猫吃不吃死老鼠，还记得我家的猫就讨厌死鼠。不管怎么说，那些猫可能蹿进了地窖，而那小老头儿却六神无主了。他的头发梳得不是那么光溜儿了，也没有那么大精神头儿了。看得出来，他心神不宁。过了片刻，他便回屋了。不过，他还是吐了一口痰，吐向虚空。

"今天，在城里行驶的一辆电车停车了，只因在车上发现了一只死老鼠，也不知道是怎么跑上去的。两三位妇女下了车。有人将老鼠扔下去。电车又开走了。

"在旅馆里，守夜的伙计是个诚实可信的人。他对我说，发现这么多老鼠，他料想会有灾难，'当老鼠弃船而去……'。我回应说，船有灾难的情况，那是千真万确的。可是城市发生这种情况，却从来没有证实过。然而，他却深信不疑。我问他，依他之见，可能降临什么灾难。他说不知道，灾难是无法预见的。不过，果真发生地震，他一点儿也不会感到惊讶。我承认有这种可能，于是他问我，这是否引起我的不安。

"'我唯一感兴趣的事情，'我对他说道，'就是找到内心的安宁。'

"他完全理解了我的意思。

"在旅馆的餐厅里，有一家人非常有趣。父亲瘦高个儿，穿一身硬领的黑装。他从正中谢顶，左右两侧各有一绺灰发。他那对小圆眼睛冷酷无情，鼻子细溜儿，嘴巴咧得很宽，活像一只驯养的猫头鹰。他总是头一个走到餐厅门口，闪身避开，让他娇小如黑鼠的妻子先行，自己再进去，身后跟随着一儿一女，是穿戴得像两条训练有素的狗似的两个小孩。到了餐桌，他要等妻子落了座，自己才坐下，而两只小狗这才终于能爬上椅子了。他跟妻子儿女说话全称呼'您'，对妻子彬彬有礼地冷嘲热讽，对两个继承人则要求唯他的话是从。

"'妮科珥，您的表现实在太反常啦！'

"小女孩就要流下眼泪。这是必不可少的。

"今天早晨，小男孩异常兴奋，想在餐桌上聊聊闹老鼠的事儿。

"'餐桌上不要提起老鼠，菲利普。我禁止您今后再讲这个词儿。'

"'您父亲说得对。'小黑鼠说道。

"两只小狗便埋头吃食了，猫头鹰随即点点头，但是这种表示感谢的动作却毫无意义。

"有他这样的好榜样也不顶事，全城人还是大谈特谈这场鼠患。报纸也大量报道。地方报纸专栏通常内容十分庞杂，现在整栏文章矛头都直指市政府：'我们的市政官员难道没有觉察出来这些老鼠的腐尸可能带来多大危害？'旅馆经理开口闭口也不再说别的事了。也正是这件事让他特别恼火。一家体面的旅馆，电梯上竟然发现老鼠，这在他看来简直不可思议。我便劝解地对他说道：'大家都落到了这一步。'

"'问题正在于此，'他回答说，'现在我们跟大家都一样了。'

"正是他向我谈到这种出乎意料的高烧的头一批病例，及其引起的惶惶不安。旅馆的一名收拾客房的女工就染上了这种病。

"'但是可以肯定，这不是传染病。'他赶紧说明一句。

"我就对他说，我并不在乎。

"'哦！我明白。先生同我一样，也是宿命论者。'

"我根本没有阐明过类似观点，况且我也不是宿命论者。我对他说了这种意思……"

正是从这时起，塔鲁就在笔记中开始稍微详细地谈论这种已经引起公众不安的莫名的高烧。他记述道，在老鼠绝迹之后，那个小老头儿终于又见到了那些猫咪，并且耐心地校正他吐痰的准头儿；随后他又补充说，这种高烧患者已能列出十余例，大部分已经病逝。

最后，塔鲁给里厄大夫勾勒的肖像，我们也作为资料在此转录。叙述者认为这幅肖像相当忠实于本人：

"看样子有三十五岁。中等身材，肩膀壮实，近乎长方脸。深色的眼睛率性十足，但是下颌突出。高鼻梁非常端正。黑头发剪成寸头。嘴角呈弓形，厚厚的嘴唇几乎总是紧闭着。晒黑的肌肤，黑色汗毛，总穿一身深色衣服，但是同他很搭配，整个样子有点像西西里农民。

"他走路步子很快，沿人行道往下走步伐不变，可是到街对面，重又上行时，十有八九他会轻轻一跃，跳上人行道。他开车时心不在焉，车拐弯之后，方向箭头也往往不放下来。从不戴帽子。一副见多识广的样子。"

四

塔鲁记载的数据准确无误。里厄大夫明白这种病来者不善，他将门房的尸体隔离起来，给里夏尔打了电话，询问腹股沟淋巴发炎的症状。

"这回我一点儿也弄不明白了，"里夏尔说道，"死了两个人，其中一个从发病到死亡只有四十八小时，另一个也才三天工夫。那天早晨，我离开第二位患者时，他的症状完全好转了。"

"如有其他病例，请您通知我一声。"里厄说道。

他还给几位医生打了电话。这样调查下来便得知，几天之内就有二十个相似的病例，几乎全都是致命的。于是，他就请求里夏尔——奥兰医师协会主席，务必隔离新发现的病人。

"我实在无能为力，"里夏尔说道，"这些措施必须由省里做出决定。再说了，您怎么就知道有传染的危险呢？"

"我没有任何凭据，但是症状实在令人担心。"

然而，里夏尔认为"他没有这种资格"，他所能做的，也只是跟省长谈谈。

可是，在这期间，天气转坏了。门房死后的第二天，云雾弥漫天空，短暂的暴雨一阵阵冲荡全城，雨后又骤然溽热熏蒸。就连大海也丧失了那种幽深的蓝色，在雾蒙蒙的天空下换上了银白色或铁灰色刺眼的闪光。这年春天的湿热，倒让人盼望夏季的烈焰。建筑在高地上的这座城市，形同蜗牛，几乎不向大海敞开，保持着一种死气沉沉的呆滞状态。在城里排成长列的灰泥墙壁中间，在两侧灰尘污暗的橱窗街道之间，在脏兮兮的黄色有轨电车里，人人多少感到成了这种天气的囚徒。唯独里厄的那位哮喘的老患者战胜了哮喘，好好享受这样的气候。

"跟蒸笼一样，"他说道，"这对支气管炎有好处。"

的确像在蒸笼里，不折不扣的一次高烧。全城发了高烧，至少这是里厄大夫那天早晨挥之不去的印象，当时他赶往菲代尔伯街，调查科塔尔自杀未遂的事件。然而在他看来，这种印象不合乎情理。他归咎为心情烦躁，又思虑重重，认为要赶紧理一理自己的思绪。

里厄到达时，警官还没有到。格朗在楼梯口等他，他们决定先到格朗家。他家正敞着房门。市政府的这名职员住两室的套间，陈设十分简单。引人注目的只有一个白木搁板，上面摆着两三本词典，还有一块黑板，能依稀看出上面未擦干净的"花径"二字。据格朗说，科塔尔夜里睡得很好，可是早晨醒来时，他的头疼得厉害，对什么都没有能力反应。格朗显得很疲惫，也很烦躁，在屋里踱来踱去，翻开又合上放在桌子上的一个装满手稿的大文件夹。

这工夫，格朗告诉大夫，他跟科塔尔并不熟悉，估计他薄有家财。科塔尔是个怪人。长期以来，他们没有什么关系，只是在楼梯上相遇时打个招呼。

"我同他仅仅谈过两次话。几天前，我走到这楼梯平台上，带回来的一盒粉笔撒了一地，有红粉笔和蓝粉笔。恰巧这时，科塔尔出门，来到楼道，便帮忙拾粉笔。他问我拿这些彩色粉笔做什么。"

格朗就向他解释说，自己想把拉丁文捡起来。他在中学学到的那些知识，毕业之后全都淡忘了。

"是的，"格朗对大夫说，"有人明确告诉我，学习拉丁文很有用，能更好地理解法语语词的含义。"

他就这样，将拉丁文单词写在黑板上，有性、数、格变化的词，以及变位的动词的词尾部分，就用蓝粉笔重写一遍，永远不变的词根，就用红粉笔抄写。

"我不知道科塔尔是不是真听明白了，看样子他挺感兴趣，还向我要一根红粉笔，让我觉得有点意外，但是毕竟……我当然不可能猜想到，他要粉笔是用来实现他的计划。"

里厄问他第二次谈话是什么内容，这时警长带着秘书来了，想先听听格朗的陈述。大夫注意到，格朗每次谈到科塔尔，总是称他"绝望者"，甚至还一度用了"自绝"的说法。他们讨论了自杀的动机，在选择用语上，格朗就显得钻牛角尖了。最后，他们就认可了"内心忧郁"的字眼儿。警长还问，从科塔尔的态度上，是否丝毫也看不出所谓"他的决定"。

"昨天，他来敲我家房门，"格朗回答，"是向我讨火柴。我把自己用的一盒给了他。他向我表示歉意，并说邻里之间……随后他又向我保证，好借好还。我跟他说留着用吧。"

警长还问这位职员，是否觉得科塔尔挺古怪。

"我觉得他古怪，是因为他的神情是要跟我攀谈。可是，当时我正工作呢。"

格朗转向里厄，神情有点尴尬地补充一句：

"是一件私事儿。"

这时，警长要去见见病人。但是里厄认为，最好先打声招呼，让科塔尔对警长的探访有个思想准备。里厄走进科塔尔房间时，只见他仅仅穿着一件淡灰色法兰绒衣服，从床上坐起来，目光转向门口，一副焦虑不安的神色。

"是警局来人啦，嗯？"

"对，"里厄回答，"您也不要紧张。有两三道手续，您履行完了也就安心了。"

可是，科塔尔却回答说，那一点儿事也不顶，他不喜欢警察。里厄显得不耐烦了。"我也不是多喜欢他们。办事归办事，痛快并准确回答他们的问题，就完事大吉了。"科塔尔不吱声了，大夫反身走向门口，又被那小个子男人叫住，只得又回到床边，被他抓住双手。"他们不会动一个病人，一个上过吊的人吧，对不对，大夫？"

里厄注视他片刻，终于向他保证，事情跟这种情况一点儿边都不沾，况且，还有他在场，一定会保护自己的病人。科塔尔的神经似乎放松了一点儿，于是，里厄请警官进来。

首先就向科塔尔宣读了格朗的证词，又问他能否具体谈谈他的行为动机。科塔尔眼睛没有看警长，仅仅回答说："内心忧郁，觉得这样就很好了。"警长又追问他还想不想这么干了。科塔尔激动起来，回答说不想了，只渴望别人让他清净些。

"我要提醒您注意，"警长的口气有点儿恼火，说道，"是您打扰了别人的清净。"不过，在里厄的示意下，事情也就到此打住。"您想想看，"警长出门时，感叹道，"自从这种高烧引起大家议论以来，要管的事就太多了……"警长问大夫，这次情况是否严重，里厄说他一点儿也摸不着头绪。"是天气作祟，不过如此。"警长下了结论。当然是天气作祟。白天越往前，拿什么东西就越黏手，而里厄每出一次诊，就感到恐惧增添一分。就在那天傍晚，城边街区那个老病号的一个邻居，正用手压住腹股沟，满嘴胡话，还呕吐不止。比起门房来，他的淋巴结要大得多，其中一个开始流脓了，很快就像烂水果那样破裂。里厄回到家，给省药品储备库打电话。他在当天的工作笔记上仅仅提了一句："答复缺货。"可是，别的地方又出现类似的病例，请他出诊了。显而易见，必须切开脓疱。用手术刀两下就划个十字，淋巴结便流出脓血。病人流血，仿佛五马分尸。而且，腹部和小腿上也出现了黑斑，一个淋巴结流尽了脓，随即重又肿胀起来。病人死去时，大多笼罩在熏天的臭味中。

在鼠患期间，报纸连篇累牍地报道，现在却不置一词了。这是因为老鼠死在街头，而人则死在家里。报纸只注意街头发生的事件。好在省政府和市政府开始反思了。只要每位大夫诊治不超过两三个这种病例，谁也想不到要行动起来，这种状况就会持续下去。然而，只需有个人想到做一做加法，情况就大不一样。相加的数字令人触目惊心。仅仅数日，死亡的病例就成倍增长，而关心这种怪病的人，一眼就能看出，这是一场名副其实的瘟疫。正是在这种时候，比里厄年长得多的一位同行卡斯泰尔来看望他了。

"当然了，"卡斯泰尔对里厄说，"您知道是怎么回事儿吧，里厄？"

"我正等待化验的结果。"

"我呢，我就知道，也用不着等什么化验。有一段时间，我在中国行医见过，二十年前，我在巴黎也见过几例。只不过当时还没太敢给他们的病定名。公众舆论，那可是神圣的：切勿恐慌，千万不可恐慌。还有，正如一位同行所讲：'这不可能，众所周知，瘟疫已然从西方灭绝了。'对，众所周知，除了死者。好了，里厄，您跟我一样清楚，究竟是怎么回事儿。"

里厄还在思索。他站在诊室的窗口，眺望搂抱海湾的悬崖的岩头。天空虽为蓝色，但是，随着午后时间的流逝，光泽也渐趋暗淡了。

"是的，卡斯泰尔，"里厄说道，"真是难以置信，但这很像闹了鼠疫。"卡斯泰尔站起身，朝门口走去。"您知道别人会怎么回答我们，"老大夫又说道，"鼠疫在温带地区，多少年前就根除了。""根除了，根除是什么意思？"里厄答道，同时耸耸肩膀。"说得是呢。不要忘记：不过二十年前，巴黎还发生过。""没错儿。但愿今天不会像当年闹得那么严重。说起来，真是难以置信。"

五

"鼠疫"这个词，刚才第一次说出来。记述到这里，暂且不提站在窗前的贝尔纳·里厄，先让叙述者解析一下，里厄大夫何以游移不决又深感意外，他对事态的反应的程度虽有差异，却跟我们大多数同胞的反应一样。的确，天灾人祸是常见之事，不过，当灾难临头之际，世人还很难相信。人世间流行过多少次瘟疫，不下于频仍的战争。然而，无论闹瘟疫还是爆发战争，总是出乎人的意料，猝不及防。里厄大夫跟我们的同胞一样，也是猝不及防。必须这样来理解他的游移不决。也必须这样来理解他在担心和信心之间摇摆不定。面对一场爆发的战争，人们总是这么说："这仗打不久，这么打也太愚蠢了。"毫无疑问，一场战争肯定是愚蠢到家了，但是愚蠢并不妨碍战争会持续很久。人若是不总为个人着想，那么就会发觉，原来愚蠢是常态。在这方面，我们的同胞又跟所有人一样，他们考虑自身，换言之，他们是人本主义者：他们不相信灾祸。灾祸无法同人较量，于是就认为，灾祸不是真实的，而是一场噩梦，总会过去的。然而，并不是总能过去，噩梦接连不断，倒是人过世了。首先就是那些人本主义者，只因他们没有采取防范措施。我们的同胞，论罪过也并不比别人大，只不过他们忘记了应当谦虚，还以为自己无所不能，这就意味着灾难不可能发生。他们继续经营，准备旅行，发表议论。他们怎么能想到鼠疫要毁掉他们的前程，打消他们的出行和辩论呢？他们自以为自主自由，殊不知只要还有灾难，永远也不可能自主自由。

里厄大夫在他的朋友面前，即使承认散居的几个患者在毫无征兆的情况下刚刚死于鼠疫，但是他仍认为不存在闹瘟疫的危险。不过，人当了医生，毕竟了解病痛，也多了点儿想象力。里厄大夫凭窗眺望这座并无变化的城市，隐约感到心头萌生出不安的情绪，即面对未来的一种轻微的沮丧。他在头脑里极力搜集自己对这种病症所了解的情况。一些数据在他的记忆中飘忽显现，他心中暗道，人类过去经历过三十来次鼠疫大流行，大约死了一亿人。一亿人死亡，是个什么概念呢？在战争当中，就连死一个人是怎么回事儿，也还不甚了了。既然一个人丧命，只有目睹其死亡，才有一定分量，那么，一亿具尸体，排列在历史的长河中，凭想象也无非是一缕青烟。里厄大夫忆起了君士坦丁堡流行的那场鼠疫，据普罗科匹厄斯 [①] 记载，当时一天工夫就有上万人丧生。一万名死者，就是一家大型影院观众的五倍。要搞搞清楚就应该这样做。将五家这样影院的观众集中在门口，带到城里的广场上，全部屠杀，将尸体堆起来，这样就能看得稍微清楚些。至少，在这无名尸堆上，还可以分辨出几张熟悉的面孔。自不待言，这是无法实现的，况且，谁能熟悉上万张面孔呢？就连普罗科匹厄斯那种人也计算不出来，这是常识。七十年前，广州闹瘟疫，在传染给居民之前，就有四万只老鼠死于鼠疫。然而，在1871年，还没有办法统计老鼠，只能大致估计，显然很容易出差错。不过，一只老鼠身长三十厘米，那么，四万只老鼠如果首尾相连的话，就会长达……

可是，里厄大夫已经不胜其烦。他听之任之，又不该如此。几个病例，尚不至于构成一场瘟疫，只要采取措施就可以了。一定得把握住已知的症状。昏迷与虚脱，眼睛发红，口腔污秽，头痛，腹股沟淋巴结炎，

[①] 普罗科匹厄斯（Procopius，约490—562），拜占庭历史学家，其著作分为三部分：《战争》（八卷）、《建筑》（六卷）和《秘史》。在《波斯战争》第二卷中，他描述了君士坦丁堡于542年流行的鼠疫。

极度口渴，谵语，身上出现斑块，体内有撕裂痛感，这些症状显现之后……这些症状显现之后，一句话重又到了里厄大夫的嘴边。而这句话，在他这医疗手册中罗列这些症状之后，恰恰可以作为结束语："脉搏变得特别细弱，稍一动弹就可能导致死亡。"不错，有了这些症状，病人就命悬一线了，总有四分之三的病人——这个数据很确切——会按捺不住，要做这种不易觉察的动作，从而加速死亡。

里厄大夫一直在凭窗眺望。玻璃窗外，天光明净，春意盎然。玻璃窗里面，"鼠疫"这个词还在室内回响。这个词不仅具有科学所赋予的含义，还拥有一幅幅长长排列的图景：这些图景非同寻常，和这座黄灰色的城市很不协调，尤其此刻，这座城市还颇有生气，虽算不上热闹，倒也挺嘈杂，总的来说，一片祥和的气氛——如果说"祥和"与"死气沉沉"可以并用的话。而且，如此安定、与世无争的清平世界，也能轻而易举地抹掉瘟疫的陈旧图景，如雅典闹瘟疫时飞鸟绝迹[①]；中国的城市到处是奄奄一息的病人；马赛的苦役犯将浑身流脓血的尸体叠摞在坑里[②]；普罗旺斯地区筑起高墙[③]，以便阻遏鼠疫的狂飙；雅法[④]及其令人憎恶的乞丐；君士坦丁堡医院里硬地面上放置着潮湿腐烂的床铺，用钩子将病人一个一个拖走；黑死病肆虐时期（据记载，黑死病由热那亚双桅战船从中国带至马赛，1347 年至 1353 年在欧洲传播，致使两千五百万人丧命，约占欧洲总人口的四分之一），医生都戴着口罩，仿佛戴着面

---

① 史实见古希腊伟大的历史学家修昔底德（Thucydides，约前 460—约前 400）的著作《伯罗奔尼撒战争史》，雅典曾流行鼠疫（前 430—前 427）。

② 1720 年至 1722 年，马赛流行鼠疫。

③ 1720 年至 1721 年，法国闹鼠疫，普罗旺斯地区死了十二万人。为防止传染扩散，在罗讷河和迪朗斯河交汇口的锡斯特龙，筑两米高的"鼠疫墙"，长达一百公里。

④ 雅法（Jaffa），原为巴勒斯坦的阿拉伯城市，位于特拉维夫郊区，现属以色列。1799 年，拿破仑军攻占领雅法，适逢瘟疫流行，法国军卒大量死亡。随军画家格罗（1771—1835）曾作画《拿破仑看望雅法城的鼠疫患者》（1804），描绘了当时的场景。

具参加狂欢节；米兰活着的人在墓地里交欢；在惊恐万状的伦敦，车水马龙，都载着死尸，无论白天还是夜晚，到处都回荡着持续不断的号叫。不，这些图景还不够强烈，不足以扼杀这一天的安宁。从玻璃窗外，突然响起一辆看不见的有轨电车的叮当声，一瞬间便打破了残忍和痛苦的景象。唯独在星罗棋布的灰暗房舍尽头的大海，才能证明世间还存在着令人不安和永不消停的东西。里厄大夫眺望海湾，遥想当年卢克莱修 [①] 描述的柴堆，那是雅典人因遭受瘟疫的袭击而在海边架起来的。雅典人趁黑夜将尸体运去，但是柴堆不够用，送葬的人便争夺位置，拿着火把大打出手，宁可打得头破血流，也不愿抛弃他们的亲人的遗体。不妨想象一下，面对平静而幽暗的大海，搏斗的火把吐着红舌，火星四溅，在夜晚噼啪作响，而恶臭的浓烟升腾飞向关注世间的苍天。大家都不免担心……

然而，这种令人眩晕的景象，一碰到理性就破灭了。不错，"鼠疫"这个词已经说出口了，不错，就在此刻，瘟疫正折磨、击倒一两个牺牲品。可是，这有什么，说停就停了。眼下应当做的，就是应该承认的事实便明确承认，果断驱逐不必要的疑虑，采取切合实际的措施。接下来，鼠疫就会停止流行，因为鼠疫不能单凭想象或者假想存在。如果鼠疫停止流行了——这种可能性最大，那么就万事大吉了。万一情况恶化，那也能够掌握，看看有没有办法先控制住，然后再战而胜之。

里厄大夫打开窗户，市井的喧嚣突然涌入。从邻近的车间传来锯木机的声响，无休止地重复短促而尖厉的声音。里厄振作起精神。确实性

---

① 卢克莱修（Lucretius，约前93—前55），拉丁诗人和哲学家。唯一的著作，六卷长诗《物性论》，用六音步格写成，表述希腊伦理学派创始人伊壁鸠鲁的原子论，证明灵魂是物质的，由极细微的原子组成，与躯体同生共死，旨在使人摆脱对宗教的恐惧。末卷描述了雅典鼠疫（前430）。

就在那里，在每天的劳作中。其余的一切都系于游丝，系于微不足道的举动，不可在这里面恋栈。做好本职工作才是关键。

六

里厄大夫正这样浮想联翩，忽听有客人来访。来访者是约瑟夫·格朗，这名市政府职员虽然工作庞杂，仍然定期被委派到统计处协管户籍。统计死亡人口自然也就成了他的分内之事。他生性乐于助人，答应把统计结果抄一份，亲自送到里厄家中。

大夫瞧见格朗同他的邻居科塔尔走进来。这名职员手上挥动着一张纸。

"数字增加了，大夫，"格朗宣称，"四十八小时里，死了十一人。"

里厄跟科塔尔打了招呼，问他感觉如何。格朗解释说，科塔尔执意要向大夫表示谢意，同时也深表歉意，给大夫添了这么多麻烦。不过，里厄已经在注意看统计表了。

"好吧，"里厄说道，"也许应该下个决心，叫出这种疾病的名称了。迄今为止，我们总是原地踏步。我要去化验室，你们跟我一起走吧。"

"对呀，对呀，"格朗跟在大夫身后，边下楼边说道，"是什么东西，就该叫什么名称。那么，这种病的名称是什么呢？"

"我还不能告诉您，况且，您知道了也没好处。"

"您瞧，"职员微笑道，"说出来还真不那么容易。"

一行三人朝阅兵场走去。科塔尔一直默默无语。街上的行人多起来。我们这地方，黄昏来去匆匆，在落下的夜幕前步步退后，晚星初现，跃上还相当明亮的天际。片刻之后，街道上路灯点亮，映衬出一片幽暗的天空，而谈话的声音也似乎提高了声调。

"请原谅，"到了阅兵场的街口，格朗便说道，"我得去乘有轨电车了。晚上的时间，对我是神圣的。正如我家乡那里常说的：'今天的事绝不要推到明天……'"

里厄已经注意到格朗——这个出生在蒙特利马尔^①的人——有一种喜欢引用家乡俗谚的癖好，随后再续上毫无出处的陈词滥调，就像什么"梦幻的时刻""仙境一般的灯火"。

"唔！真的，"科塔尔也说道，"晚饭后，就休想把他从家里拉出来。"

里厄问格朗是否为市政府工作。格朗回答说不是，他是为自己干活。

"哦！"里厄又随口问了一句，"有进展吗？"

"已经干了好几年，当然有进展，尽管从另一个意义来讲，进展不算很大。"

"简单说吧，究竟是什么事？"里厄停下脚步问道。

格朗嘴里呜噜呜噜说着，同时正了正他两只大耳朵上的圆帽。里厄十分模糊地听出来，事关个性发展的问题。不待里厄反应过来，职员已经离开他们，重又上行，沿着榕树下的马恩林荫大道迈着小碎步快速走了。他们二人走到化验室门口，科塔尔对大夫说他很想去见他，当面向他讨教。里厄正搜索衣兜找那张统计表，就约他去诊所，随即又改变主意，说他明天要去他们的街区，傍晚可以过去看他。

同科塔尔分手时，大夫发觉他心里还想着格朗，想象格朗遭遇鼠疫，当然不是眼下这场肯定不会太严重的鼠疫，而是历史上规模最大的一次鼠疫。"他这种类型的人，哪怕遭逢那种大瘟疫，也能幸免于难。"记得他读过的书上有记载，鼠疫往往绕过体质弱的人，摧毁身体强壮者。大

---

① 蒙特利马尔（Montélimar），法国东南部德龙省城市，坐落在罗讷河河谷地区，是法国的水果之乡。

夫再往下想，就觉得这个职员的样子有点儿神秘兮兮的。

初看起来，格朗的行为举止，跟市政府小职员的确毫无二致。细高个头儿，总挑选过分肥大的衣服，穿在身上晃里晃荡，幻想他这样会穿得长久些。如果说他那下排牙齿大多还幸存的话，上排牙齿却已掉得精光。他微笑时，主要是上嘴唇翻起来，嘴里因此现出黑洞。他这样一副尊容，再加上修道院修士的走路姿态，善于溜墙根，悄悄进门，还有一股酒窖味和烟味，浑身上下猥猥琐琐，一看便知，想象不出他会在别的什么职位，只能坐在办公桌前，专心核对城里浴室的税收，或者为年轻的文秘收集资料，以便起草规定清除生活垃圾的新收费标准的报告。即使在毫无偏见的人看来，他天生就是这块料，只配临时在市政府干些辅助工作，在平庸而又不可或缺的岗位上，每天挣六十二法郎三十生丁。

他在就业登记表上"专长"一栏里也确实是这样填写的。二十二年前，他获得了学士学位，没有经费深造，便接受了这个工作，据他说，上司给了他希望，很快就能"正式任职"，只需考核一段时间，看看他处理本城行政管理中各种棘手问题的能力。后来，又有人向他保证，他肯定能升为文秘，过上富裕生活。当然，约瑟夫·格朗工作的动力并不是雄心大志，他用苦笑来保证这是实情。不过，靠正当的方式来保证自己的物质生活，又有可能做自己喜爱的事情而问心无愧，这种前景足以令他心仪神往。如果说当初，他接受了推荐给他的这份工作，那也是有拿得出手的理由，可以说是忠于一种理想。

这种临时的状态已持续多年，生活费用涨得厉害，而格朗的工资，虽经过几次普调，仍然还很微薄。他向里厄抱怨过，他的事似乎没人予以理会。这里正表现出格朗的独特之处，至少显示了他的一个特征。其实，他本可以提出主张，即使不要求他没有把握的权利，至少要求兑现向他做出过的保证。可是，首先，当初聘用他的办公室主任早已作古，再说，他这个职员眼下也想不起来，当时对他的许诺的确切说法。最后，也是最主要的一点，就是约瑟夫·格朗找不到合适的话来表达。

正是这一特点，把我们这位同胞描绘得活灵活现，里厄也注意到了这一点。也正是碍于措辞，他才一直酝酿而写不出申诉书，也没有顺应情况走走门路。按照他的说法，他尤其觉得不能使用"权利"二字，这是他没有信心的，也不能使用"许诺"二字，这可能意味着他是要讨债，从而带有胆大妄为的色彩，同他卑微的职位不相称。另一方面，他又不肯使用"照顾""请求""感激"一类的字眼，认为这有失他个人的尊严。我们这位同胞找不到恰当的词语，就这样继续履行他这默默无闻的职务，直到有了一把年纪。况且，同样按照他对里厄大夫所讲的，他在实际当中发觉，他的物质生活有了保证，不管怎样，只要量入为出就能凑合过去。因此，他承认市长爱讲的一句话很正确——本城那位当市长的大企业家高调宣称：归根结底（他特别强调这个词，因其负载着这种论断的全部分量），从未见饿死过一个人。不管怎么说，约瑟夫·格朗所过的近乎苦行僧式的生活，归根结底，也确实让他彻底摆脱了这类忧虑。他得以继续斟酌他的词语。

在一定意义上，他的生活完全可以称为楷模。无论在本城还是其他地方，像他这样总有勇气保持美好情感的人，真可谓凤毛麟角。他流露出来的少许内在的东西，就的确表明如今大家不敢承认的善意和忠诚。他承认爱自己的侄儿和姐姐，丝毫也不脸红，姐姐是他在世的唯一亲人，每两年他要回法国探望一次。他承认一想起年幼时丧失的双亲，就伤感不已。他也不讳言尤其喜爱所住街区的一口钟，每天傍晚五点钟就回荡着悠扬的钟声。然而，要想表达如此简单的激情，随便一个词，他都得绞尽脑汁考虑。这种表达的障碍，最终成为他的最大心病。"噢！大夫，"他说道，"我多么希望学会表达啊。"每次遇见里厄，他都要这样重复一遍。

这天傍晚，大夫目送这个职员离去时，突然明白了格朗想要表达的意思：他必是在写一本书，或者类似的东西。里厄终于来到了化验室，至此这个念头才让他放下心来。他知道这种感觉颇为荒谬，但他就是无法相信——在一座连普通公务员都有可称道的癖好的城市，鼠疫会真的蔓延开来。准确来说，他还想象不出在鼠疫猖獗的地方，这些癖好能占据什么位置，因此他判断，鼠疫在我们的同胞之间，没有流行的前景。

七

第二天，里厄力争召开的卫生委员会会议，虽被认为时机不对，省政府还是同意了。

"不错，居民都感到不安，"里夏尔承认，"而且，这样街谈巷议，什么事都夸大了。省长对我说：'你们要开会就赶紧开，但是不要声张。'况且，他确信这不过是一场虚惊。"

贝尔纳·里厄开车捎上卡斯泰尔，一道去省政府。"您知道吗，省里没有血清了。"卡斯泰尔对里厄说道。"知道了，我给省药库打过电话。药库主任十分震惊。必须从巴黎调运过来。""但愿用不了多长时间。""我已经发过去电报了。"里厄回答。省长很热情，但是有点儿焦躁。"先生们，我们开会吧，"省长说道，"要不要我概括地谈一谈形势？"里夏尔认为没有必要，医生都了解，问题仅仅在于应当采取什么措施。"问题在于，"老卡斯泰尔突然冒出一句，"要弄清这是不是闹鼠疫。"两三位医生欢呼响应，其他医生似乎犹豫不决。省长却猛然一抖，下意识地转身望望门口，仿佛要察看一下门是否关严，有没有让这句耸人听闻的话传到走廊去。里夏尔则朗声说道，依他之见，切勿惊慌失措：这不过是高烧伴随腹股沟淋巴结肿大的并发症，现在只能讲到这个程度，而无论在科学上还是生活里，任何假设都是很危险的。老卡斯泰尔沉静地咬着发黄的小胡子，抬起明亮的眼睛，看了看里厄，然后，他那和善的目光又移向与会者，指出他非常清楚这是鼠疫，但是要正式确认，势必就得采取无情的措施。他深知正是有这种顾忌，他的同行才往后退缩。因此，为使他们安心，他情愿接受不是鼠疫的说法。省长坐不住了，声称不管怎么说，这样论事推理总归不是好办法。

"这样论事推理的办法好不好不是关键，"卡斯泰尔说道，"只要能引人思考。"

里厄一言不发，有人就询问他的见解。他说："这是一种伤寒性高烧，而且还伴随腹股沟淋巴结炎和呕吐。我曾做了腹股沟淋巴肿块切片，送去化验，化验结果是辨认出了传播鼠疫的粗矮形杆菌。要全面判断，还必须说明，这种杆菌有些变异，不大符合传统的描述。"

里夏尔强调指出，正是这种情况导致犹豫不决，至少还得等待几天前开始的批次化验的统计结果。

"如果有一种细菌，"里厄沉默片刻，又说道，"三天工夫就能使脾脏肿大三倍，使肠系膜神经结肿成橘子那么大，里面充满了糊状物，那就恰恰容不得犹豫了。各个传染源日益扩大。疾病按照这样的速度传播，如果不能被遏止的话，那么用不了两个月，就能夺走全城一半人的生命。因此，你们称这为鼠疫或者增长性热症，都无关紧要。关键只有一点，你们必须阻止它屠杀全城半数居民。"

里夏尔认为，无论怎样，都不应该描绘得一团漆黑，况且，病症的传染性还未得到证实，因为那些患者的亲人还很健康。

"可是，还有别的人死了，"里厄指出，"当然了，传染性从来就不是绝对的，不然的话，那就要呈几何级数无限增长，人口就会以惊人的速度锐减。这不是把什么都描绘得一团漆黑，而是要采取防范措施。"

这时，里夏尔想要总结一下当前形势，提醒大家注意，这场疫病如果不能自动终止，那么为防止蔓延，就必须实施法律规定的严厉措施；为此，也就必须公开承认是闹了鼠疫，而说鼠疫又不能绝对肯定，因此还得认真考虑。

"问题并不在于了解——"里厄仍然坚持，"法律规定的措施是否严厉，而在于确认这些措施是否必要，以防止全城半数居民丧生。余下的事情属于行政范畴，而我们的体制恰恰设置了省长这一职位，以便处理行政问题。"

"当然了，"省长说道，"不过，我需要你们正式确认这是一场鼠疫。"

"即使我们不确认，"里厄说道，"鼠疫照样存在，可能害死全城半数居民。"

里夏尔有点儿烦躁了，插言道：

"事实上，我们这位同行认定是鼠疫，他对综合征的描述就是明证。"

里厄回应说，他描述的不是综合征，而是他亲眼所见。他亲眼所见，正是腹股沟淋巴结炎，黑斑，进入谵妄状态的高烧，四十八小时之内就毙命。里夏尔先生能否肯定，不采取严厉的预防措施，瘟疫也会停止，他能否为此担负责任？

里夏尔迟疑了，他注视着里厄，说道：

"坦率地告诉我您的想法，您确认这是鼠疫了吗？"

"您这样提问题不恰当。这不是措辞的问题，而是争取时间的问题。"

"您的想法，"省长说道，"会不会是这样，即使没有闹鼠疫，也应该实施鼠疫流行期间所规定的预防措施呢？""如果非要我有一个想法，那的确是这样吧。"医生们商议起来，里夏尔终于说道："那好，我们就负起责任，行动起来，就当这种疾病真是鼠疫。"这种说法赢得了热烈赞许。"您也是这种看法吧，我亲爱的同行？"里夏尔问里厄。"怎么个说法无所谓，"里厄回答，"我们就这样说吧：我们绝不能就当全城半数居民不会死于非命，因为这样无作为，那些人就可能遭殃。"

在普遍阴郁的情绪中，里厄离开了。不大工夫，他就行驶到了城郊，闻到油炸食品的香味和尿臊气，只见一个腹股沟血淋淋的女人，朝他转过身来，发出惨死的号叫。

八

会议后第二天，高烧病症又跨进一步，甚至见报了，但只是轻描淡写，蜻蜓点水似的报道一下。到了第三天，里厄总算见到了省政府的布告。白纸小布告，匆匆张贴在城里最不显眼的角落，从内容上很难看出当局在正视这种形势。采取的措施也并不严厉，似乎特别迁就那种渴望——不要引起舆论的忧虑。政府的这项法令开头确也宣告，奥兰地区出现了几例危险的高烧症，眼下尚难确定是否传染。这些病例还不够典型，不能真正引人不安，毫无疑问，居民自会保持冷静。然而，省长也采取了一些防范措施；而这种谨慎的态度，谅能获得全体市民的理解。这些措施旨在阻遏瘟疫的任何威胁，理应得到理解并得以贯彻。因此，省长一刻也不怀疑，全体民众一定会通力合作，支持他的个人努力。

布告接着公示总体的措施，其中包括往阴沟里喷射毒气来科学灭鼠，严密监视饮用水的水源。布告要求居民保持极严格的清洁卫生，还敦请跳蚤携带者到各市立诊所检查身体。此外，每个家庭都有义务申报经医生确诊的病人，并同意将其送进医院特设病房隔离。隔离病房配置齐全，能在最短时间取得最大的疗效。还有几个附加条款，规定对病人的卧室和公共交通车辆进行消毒。余下的内容，仅限于要求患者家属检查一次身体。

里厄大夫猛一转身，离开布告栏，返回他的诊所。约瑟夫·格朗正等着他，一见他回来就又举起胳臂。

"是的，"里厄说道，"我就知道数字又上升了。"

昨天，城里又有十来个病人殒命。大夫对格朗说，也许傍晚还能见面，因为他要去看看科塔尔。

"您安排得好，"格朗说道，"您去瞧瞧，对他准有好处。我发觉他人变了个样儿。"

"怎么回事儿？"

"他变得有礼貌了。"

"从前他没有礼貌吗？"

格朗迟疑了一下。他不能说科塔尔原先不礼貌，这种说法不够公正。他那个人内向，沉默寡言，样子稍显粗野。总待在房间里，到一家小饭馆用餐，外出也相当诡秘，这便是科塔尔的全部生活。他的公开身份，则是葡萄酒和白酒代理商。他时而接待三两位来访者，想必就是他的客户了。晚上，他有时去他家对面的影院看电影。我们这位职员甚至还发现，科塔尔似乎最爱看警匪片。无论在什么场合，这名代理商总是那么多疑，落落寡合。

据格朗讲，这一切都大变了。

"我不知道该怎么说，可是，我有这种印象，您瞧，他力图同别人和好，想跟所有人套近乎。他经常跟我说话，约我一起出门，我不好意思总是拒绝。再说，他也引起我的兴趣，归根结底，我救过他一命。"

从自杀未遂那天起，科塔尔就再也没有接待过任何来访者。在街道上，在商店里，他总找机会，争取每个人的好感，还从未有谁跟食品杂货店老板交谈时像他那样和蔼可亲，听香烟店老板娘说话像他那样听得津津有味。

"那个香烟店老板娘,"格朗指出,"有一副蛇蝎心肠。这话我跟科塔尔一讲,他就回应说我错了,那女人还有好的方面,要善于发现才对。"

科塔尔请过格朗两三回,去城里豪华饭店和咖啡馆。其实,他开始成为那些地方的常客。"那是好去处,"他说道,"而且,旁边都是有身份的人。"格朗还注意到,餐馆招待员对这位代理商格外殷勤,他发现科塔尔留下过分慷慨的小费,也就明白了其中的缘故。对别人回报给他的热情,科塔尔显然非常敏感。有一天,饭店前堂领班帮他穿上外衣,送他出门时,科塔尔就对格朗说:

"这小伙子不错,他可以证明。"

"证明什么?"

科塔尔迟疑了一下:"就是嘛!证明我不是个坏人。"

此外,他的情绪变化无常。有一天,食品杂货店老板显得不那么热情,他回到家中就暴跳如雷。"这个坏蛋,他得跟其他人一起玩完。"他反复骂道。"什么其他人?""其他所有人。"在香烟店里,格朗甚至还目睹了一幕匪夷所思的场景。在一场热闹的谈话中间,老板娘谈到前不久逮捕了一个人,在阿尔及尔引起轰动。被捕的是一家商贸公司的年轻职员,他在海滩上杀害了一个阿拉伯人。

"这些败类,如果通通关进牢房,"老板娘说道,"那么好人就能松口气了。"

可是,她不得不打住话头,只因对面的科塔尔突然激动起来,冲出店铺,连句抱歉的话也不讲。格朗和老板娘愣在原地,瞪眼看着他跑掉。

后来,格朗还要里厄注意科塔尔性格上的其他变化。科塔尔一直持有自由主义观点,他的口头禅便是明证:"大鱼总得吃小鱼。"不过,近来一段时间，他就只买奥兰正统派报纸，还在公共场所阅读，不免让人觉得他是有意炫耀。同样，他自杀未遂后卧床，能下地没过几天，就求格朗去邮局，给他的一个远房姐姐汇去一百法郎，每月他都给姐姐汇去这样一笔钱。可是，当格朗正要走时，他又请求道：

"给她汇去两百法郎吧，给她一个惊喜。她认为我从来想不到她，其实我非常爱她。"

最后还有一件事，科塔尔跟格朗有过一次奇特的谈话。格朗每天晚上都忙自己的小营生，科塔尔迷惑不解，就向他提了好多问题，他不得不回答。

"好哇，"科塔尔说道，"您在写书。""也可以这么说，不过，这比写书要复杂。""唔！"科塔尔感叹道，"我很想做您那样的事儿。"格朗一脸惊讶的神色，科塔尔就结结巴巴地说，成为艺术家，大概能解决许多问题。"为什么呢？"格朗问道。"就是因为比起别人来，艺术家享有更多的权利，这是人所共知的事。别人能容忍他更多的事情。"

"没别的，"张贴出布告的那天早晨，里厄对格朗说道，"都是老鼠惹的祸，他和许多人一样，被闹得晕头转向，就是这么回事。要不然，他就是害怕发高烧。"

格朗则回答："我可不这么看，大夫，您要是想听听我的想法……"灭鼠车从他们的窗户下面驶过，发出响亮的排气声。里厄住了口，直到能让对方听得见了，他才漫不经心地问格朗的想法。对方神色凝重，注视着里厄，说道——"这个人做了什么亏心事，不免自责。"

大夫耸了耸肩膀。还是那位警长说得好，还有许多别人的事要办呢。下午，里厄同卡斯泰尔会晤。血清还没有运到。"话又说回来，"里厄问道，"血清能顶用吗？这种杆菌很怪异。""唉！"卡斯泰尔说道，"我与您的看法不同。这些生物总显得很独特，但实质上是同样的。""这不过是您的假设。事实上，对此我们却一无所知。""当然了，这是我的假设。而且，这也会成为大家的共识。"这一整天，里厄大夫都感到，他每次想起鼠疫就有点头晕的现象更加厉害了。到头来，他不得不承认自己是害怕了。他两次走进人满为患的咖啡馆。他也和科塔尔一样，需要人与人之间的温暖。里厄觉得这样未免愚蠢，但是这倒帮他想起，他曾答应去看望那位代理商。

傍晚时分，大夫一进门，就看到科塔尔坐在餐桌前面，走进去发现桌上摊开放着一本侦探小说。不过，天色已晚，昏暗中恐难阅读。此前的片刻，科塔尔一定是仍然坐着，在朦胧的暮色中沉思默想。里厄问他身体怎样，科塔尔一边重新坐下，一边咕哝着说他身体不错，如果能肯定没人管他的事儿，他的身体会更好。里厄便向他指出，人不能总这样独处。

"唉！不是那个意思。我是指有些人专爱找你的麻烦。"里厄没有应声。"请您注意，不是说我的情况。我正看这部小说。一天早晨，一个不幸的家伙突然被捕。有人关注他的事，他却毫不知情。大家在办公室里议论他，把他的名字登记在卡片上。您认为这公正吗？您认为别人有权这样对待一个人吗？"

"这也要看情况，"里厄回答，"从一方面看，的确，别人永远没有这种权利。不过，这一切都是次要的。人总不能长期关在家里。您必须出去走走。"科塔尔似乎焦躁起来，说他整天在外面转悠，如有必要，全街区的人都可以为他做证。甚至出了这个街区，他也有不少熟人。"建筑师里戈先生，您认识吧？他就是我的朋友。"房间里越来越暗了。城郊的这条街道逐渐热闹起来，外面响起一阵低沉而轻快的欢呼声，迎接路灯点亮的时刻。里厄走到阳台上，科塔尔也跟了过去。我们这座城市每天晚上都如此。周围各个街区刮起微风，吹来窃窃私语、烤肉的香味。欢乐与喧闹，因吵吵嚷嚷的青年涌上街头而渐渐充斥整条街道。夜晚，看不见的轮船高声鸣叫，大海的浪涛和人流的涌动汇成喧嚣，这是里厄从前熟悉并喜爱的时刻，今天却由于他了解的种种情况让他感到压抑了。

"您能给我们打开灯吗？"他对科塔尔说。一旦回到光亮中，这个矮个儿男人就直眨眼睛，注视着里厄："请告诉我，大夫，我若是病倒了，您能接收我到您工作的医院吗？""有何不可呢？"于是，科塔尔又问道，是否有过先例，逮捕在诊所或者医院里治病的人呢。里厄回答说，这种情况见过，不过，这完全要看病人的病情了。"我呢，"科塔尔说道，"我信得过您。"继而，科塔尔问大夫，能否搭他的车进城。到了市中心，街上的行人已不如先前那么密集，灯火也渐趋稀少了。还有儿童在自家门口玩耍。大夫应科塔尔的要求，把车停在一群孩子的前面。那些孩子吵吵闹闹，正玩跳房子游戏。其中一个男孩，黑头发梳得平平的，头发的分开线很直，只是小脸蛋很脏，他那双明亮的眼睛，吓唬人似的盯着里厄。大夫移开目光。科塔尔站到人行道上，同大夫握手道别，这位代理商嗓音沙哑，说话吃力。有两三次，他回头扫视一眼。

"人人都谈论瘟疫。真闹瘟疫了吗，大夫？""人总要议论纷纷，这非常自然。"里厄回答。"有道理。而且，一旦听说死了十来个人，就会以为到了世界末日了。我们可不要这样。"

马达已经隆隆响起来，里厄一只手握住变速杆。这时，他又瞧了瞧那个神情严肃而平静、一直凝视着他的孩子。突然间，也没个过渡，那孩子咧嘴冲他笑起来。

"那我们要怎么样呢？"大夫问道，同时也冲孩子笑笑。科塔尔一把抓住车门，用哽咽的声音气急败坏地嚷道："要地震，一次真正的地震！"然后撒腿跑掉。次日没有发生地震，里厄奔波了一整天，跑遍了全城各个角落，同病人家属会谈，同患者本人讨论。里厄还从未感到职业的担子这么沉重。在这之前，患者非常配合他的治疗，有什么话都跟他讲。现在，大夫第一次觉得他们有所保留，表现出一种恐惧，对他们的病症讳莫如深。这是一场搏斗，眼下他还不习惯。晚上将近十点钟，他的汽车停到老哮喘病患者的楼门前，这是他今天出诊的最后一站。他从座位上起身都特别吃力，不免磨蹭一会儿，望了望昏暗的街道、黑洞洞的天空中时隐时现的星星。

老哮喘病患者半卧在床上，正数着从一只锅放进另一只锅里的鹰嘴豆，看样子呼吸通畅些了。他喜形于色，欢迎大夫来探视。"怎么着，大夫，闹起霍乱来啦？""您从哪儿听说是霍乱？""报上刊登的，电台里也广播了。""不对，不是霍乱。"

"不管怎么说，"老人非常兴奋，"那些有头有脸的人物，哼，他们说得也太过火了！"

"千万不要这样想。"大夫说道。

他给老人检查了身体，现在，他坐到这间简陋的餐厅的中央。不错，他是害怕了。他知道单在这个城郊街区，就有十来个病人等待他明天上午去诊治，他们一个个因患腹股沟淋巴结炎而佝偻着身子。在动手术切开淋巴结的患者中，仅两三例病情有好转。可是，大多数病人都得住院，而他深知，医院对穷人意味着什么。"我不愿意让他去给他们当试验品。"一个病人的妻子曾对他这样说。他不去给他们当试验品，那就得死在家中，仅此而已。采取的措施远远不够，这一点十分明显。至于"特设"病房，他也很熟悉：那是两间亭阁，匆忙移走原先的病人，门窗缝隙完全堵死，周围还设置了防疫警戒线。瘟疫流行，如不能自动终止，那么政府所臆想的这些措施也不可能战而胜之。

然而，这天晚上，政府公报仍旧很乐观。第二天，朗斯多克情报所公布，公民对省政府采取的措施反应平静，已有三十余病人登记。卡斯泰尔给里厄来过电话：

"那两幢亭阁里有多少床位？"

"共有八十张。"

"全城的病人，肯定不止三十名吧？"

"有些人害怕，来不及申报的人最多了。"

"丧葬没有人监视吗？"

"没有。我给里夏尔打过电话，提出必须采取全面措施，不要讲空话，必须筑起一道真正的屏障，阻止瘟疫蔓延，否则就什么也别干。"

"他怎么说？"

"他回答我说，他无权决定。依我看，人数还要往上升。"

果不其然，三天时间，两幢亭阁就满员了。里夏尔似乎得知要把一所学校改成附属医院。里厄等待运来疫苗，并给患者切开淋巴结排脓。卡斯泰尔重又埋头查阅他那些古书，长时间泡在图书馆里。

"老鼠死于鼠疫或者十分相似的瘟疫，"他下了结论，"老鼠传布了数万只跳蚤，如不及时消灭，跳蚤传播疾病的速度肯定要以几何级数增长。"

里厄没有应声。

这个时期，天气似乎固定不变了。最近几场大雨积成的水洼，也被太阳吸干了。蔚蓝的天空阳光灿烂，流光溢彩，热气初升中回荡着飞机的轰鸣。在这样的季节，一切都让人心旷神怡。然而，四天当中，高烧症状天天飞跃，死亡病人依次为十六例、二十四例、二十八例和三十二例。到了第四天，当局宣布在一家幼儿园里开设附属医院。此前，我们的同胞总以玩笑话掩饰内心的不安，现在走在街上，就显得更加沮丧，更加沉默寡言了。

里厄决定打电话给省长：

"措施还不够啊。"

"我有统计数据，"省长说道，"这些数据确实令人担忧。"

"何止令人担忧，而且非常明显了。"

"我即将请求总督府发布命令。"

里厄当着卡斯泰尔的面挂了电话：

"发布命令！那还得有想象力啊！"

"血清怎么样？"

"这周能运到。"

省政府通过里夏尔请里厄写了一份报告，呈送给殖民地首府，恳请发布命令。里厄在报告中描述了临床状况，并提供了数据。同一天，统计有四十个死亡病例。省长自称，他要承担起责任，从次日起就强化已经制定的措施。强制性申报与隔离措施继续有效。病人的住所必须封闭起来并进行消毒，病人亲属必须接受检疫隔离，而埋葬死者的事宜则由市里组织，具体规定另行公布。过了一天，血清由飞机空运而至，可以满足眼下治疗的需要，如果瘟疫蔓延就不够用了。里厄得到电报答复：应急血清库存告罄，现已重新开始生产。

就在这段时间，春天从四周郊区抵达城里市场。成千上万朵玫瑰花，凋谢在沿人行道摆摊的卖花人篮子里，甜丝丝的花香在全城飘浮。表面上毫无变化：有轨电车一如往常，高峰时刻挤得满满的，其余时间空空荡荡，又十分肮脏；塔鲁依旧观察那个小老头儿，而那个小老头儿还是瞄准小猫吐痰；格朗每天晚上回家，干他那神秘的营生；科塔尔四处转悠；而预审法官奥东先生，仍然率领全家人散步；那位老哮喘病患者还继续倒腾他的鹰嘴豆；时而能遇见那位记者朗贝尔，还是一副沉静而对事物感兴趣的样子。夜晚，街上熙熙攘攘，还是同样的人群，电影院门前照样排起长队。况且，瘟疫仿佛减退了，一连数日，每天统计只有十来个死亡病例。接着，数字又像箭似的，骤然上升。死亡人数重又达到了三十来例的那天，贝尔纳·里厄看着官方电文，省长递给他电文时还说了一句："他们害怕了。"只见电文上写道："宣布鼠疫流行。全城封闭。"

第二部

一

从这一刻起，才可以说鼠疫成为我们大家的事了。此前，我们的同胞——尽管这些怪异的事件让他们深感意外和不安——每人还坚守日常的职位，各尽所能，继续自己的工作。毫无疑问，这种情况本应该继续下去。然而，门户一旦关闭，大家才发觉所有人，包括叙述者在内，大家都落入同样境地，必须同舟共济。正是这样，譬如说，跟心爱的人离别这样一种个人的情感，从头几周起始，就突然变成了全体民众的情感，并同恐惧的心理一起，变成了这种长期流亡生活的主要痛苦。

的确，全城封闭所造成的最明显的后果之一，就是将一些没有思想准备的人置于突然分离的境况。那些母亲和子女、夫妻和情人，几天之前，还以为是一次暂时分离，他们在火车站月台上拥抱吻别时，也只是叮嘱三两句，确信过几天或者几周就又见面了，沉迷在人的愚蠢的自信中，并没有把这次离别放在心上，满脑子还是日常事务，讵料猛然发现，这一别就遥遥无期，再难重逢，也无法通音信了。因为，在省政府公布法令之前几小时，就已经封城了，自然照顾不了每个人的情况。这场疫病突然入侵的头一个后果，可以说就是迫使我们的同胞今后的所作所为再也不带个人情感了。法令开始实施那天，头几个小时，省政府就应接不暇，大批申请者，有的打电话，有的找官员，都陈述各自的境况，而那些境况都同样值得关心，也同样不可能予以考虑。实际上，我们需要好几天才能明白过来，我们落到了毫无回旋余地的境地，什么"通融""照顾""破例"等词语都丧失了意义。

就连写信这样无足轻重的要求也被拒绝了。一方面，这座城市也确实没有了通常的交通工具，得以同全国其余地方相联系；另一方面，又一道法令颁发了，严禁信件往来，以防瘟疫通过信件传播。开头，有几个人还算幸运，跑到城门口，恳求守门的哨兵帮忙，将信件送出城去。那也只是在瘟疫流行的最初几天，当时哨兵还觉得出于同情心，给人点儿方便是很自然的事。然而，过了一段时间，还是同样那些哨兵，他们确信了事态的严重性，就再也不肯承担这种难以估计后果的责任。起初，还准许打长途电话，结果电话亭给挤爆了，而且长时间占线，所以一连几天就完全中断电话通信。继而严格限制，只有在所谓的紧急情况下，即有人死亡、出生和结婚时才能通长途电话。因此，我们就剩下电报这个唯一的通信手段了。由智慧、感情和肉体紧密相连的一些人，现在无可奈何，只能从由十个词组成的电文的大写字母中，寻觅昔日情投意合的迹象。电文中实际的可用语式很快就被搜罗净尽，因而长期的共同生活，或者痛苦的恋情，很快都高度概括，定期以"我好""想你""爱你"等现成用语交流。

然而，我们当中有些人，依旧执意写信，为了同外界联系，坚持不懈地想方设法，但是最终总要流于虚幻。我们想象出来的办法，即使有的得手了，也是一去杳无音信，下落不明。一连数周，我们只得重写同样一封信，重抄同样的呼唤，这样做了一段时间之后，最初从我们内心掏出来的有血有肉的肺腑之言，无不丧失其内涵，变成空洞的词语了。就这样，我们机械地把这些语句抄了又抄，试图用这些僵死的话语来传递我们艰难生活的信号。到头来，我们便觉得电文格式化的呼唤要胜过这种执拗而枯燥乏味的独白，这种同墙壁的毫无反应的对话。

况且几天下来，任何人也出不了城已成明显的事实，有的人就想询问，在瘟疫前走的人是否获准返城。省政府考虑了数日，答复说可以返城，同时又明确指出，返城的人无论什么理由都不能重新离开：他们可以自由来，却不能自由走了。就是这样，也还是有一些家庭——但为数极少——轻率地对待当前的事态，把谨慎抛到九霄云外，一心想重新见到亲人，就趁机回来了。不过，已成鼠疫囚徒的人很快就明白，他们这样做就是把亲人置于危险境地，只好忍受离别之苦。在瘟疫最猖獗的时候，只有一个事例表明，人的情感超越了对死亡折磨的恐惧。但这一事例并不像有人期待的那样，是两个热恋的情侣，凌驾于痛苦之上，相互投向对方的怀抱，只不过是老大夫卡斯泰尔及其老伴儿这对结婚多年的老夫老妻。在发生瘟疫的几天前，卡斯泰尔太太去了一座相邻的城市。说起来，这对夫妇甚至算不上世间幸福家庭的典范，叙述者也不无根据地说，时至今日，这对夫妇十有八九不能确信满意他们的结合。这次分离来得突兀，时间又延长了，这倒让他们认识到，他们彼此远离就无法生活，而比起这种猛然憬悟的事实，鼠疫就微不足道了。

这纯粹是例外。在大多数情况下，离别只应跟瘟疫同时结束，这是显而易见的。对我们所有人而言，构成我们生活的情感，我们自以为了如指掌（前文已经说过，奥兰人感情淳朴），现在却换上一副新面貌。有些丈夫和情人，原先完全信赖自己的妻子和女伴，现在却发现自己心生嫉妒。有些男人自以为在爱情上十分轻浮，现在又找回忠贞不贰了。有些做儿子的，生活在母亲身边却视而不见，现在看到母亲的脸上多一条皱纹，便勾起种种回忆，感到极大的不安和悔恨。这种突然的分离无可指责，前景又难以预料，我们不免无所适从，也无所作为，现在只能沉浸在回忆中，整天思念恍若还在眼前却已经远在天涯的亲人了。事实上，我们要忍受着双重的苦痛，首先是我们内心的痛苦，然后就是在我们的想象中，在外的儿子、妻子或情人的离愁别恨。

如果换成别种环境，我们的同胞就可能找到出路，过一种更加外在的、更活跃的生活。然而，鼠疫一流行，他们就同时空闲下来，只能在死气沉沉的城里打转，日复一日地沉浸在令人沮丧的回忆里，因为他们漫无目的，闲时总是经过同样的街道，而在这么小的城市，这些街道也恰恰是他们昔日跟眼下在外的家人一起走过的地方。

因此，鼠疫给我们的同胞带来的头一种印象，就是流放感。叙述者确信，他在这里可以代表所有人写下他当时的感受，因为这是他跟许多同胞的共同体验。不错，时刻压在我们心头的这种空虚，真真切切的这种冲动，即非理性地渴望回到过去，或者相反，想加快时间的步伐，还有记忆的这些火辣辣的利箭，这些正是流放感。有时我们真要胡思乱想起来，欢喜地等待亲人回家的门铃声，或者上楼梯的熟悉的脚步声，于是这种时候，我们就情愿忘掉火车停运的事实，设法守在家里，等待旅人通常乘坐夜班快车可能回到我们街区的时刻；自不待言，这类游戏不可能持久。到了一定时候，我们总会清醒过来，发现火车不会开到这里了。我们这才明白，我们的分离注定要旷日持久，应该尽量设法打发时间。从这时起，我们才算回过头来，安于我们这种囚徒般的生活状况，一头扎进我们的过去。我们当中即使有几个人试图生活在未来中，他们也很快就得放弃，至少很快就意识到那样做不可能，他们会体验到想象力最终会给相信未来的人所造成的伤害。

尤其是我们所有同胞很快就舍弃了他们可能养成的习惯，甚至在公共场合，也不再推算他们离别的时间了。这是何故呢？只因最悲观的人会先确定分别的时间，比如半年。他们事先就尝尽了这六个月的离别之苦，好不容易攒足了勇气，准备好经受这场考验，绝不会软弱，拼尽全身最后的气力，也要顶住这么漫长时日的煎熬；讵料，有时会遇见一位朋友，会在报上看到一则公告，头脑里瞬间产生一点怀疑，或者突然一亮，便让他们萌生这样的念头：归根结底，确定疫病流行不会超过六个月，这并没有什么根据，也许要拖上一年，或者更长时间。

这时，他们的勇气、意志和忍耐力，就会轰然坍塌，他们觉得掉进这深洞，再也不可能爬上去了。结果他们势必强制自己，再也不去考虑他们终将解脱的日期，再也不面向未来，可以说一直低垂着眼睛过日子了。不过，这样谨慎的态度，这种跟痛苦耍滑头、高挂免战牌的做法，自然是得不偿失。他们不惜一切代价也要避免这场精神崩溃的同时，实际上也就舍弃了十分常见的时机，不能躲进将来同家人团聚的欢乐景象中而忘掉鼠疫。他们就是这样，跌落在顶峰和深渊之间，上不上下不下，飘浮在那里，哪儿像活着，只是一天天毫无方向地混日子，沉湎于枯燥乏味的回忆，形同漂泊的幽灵，想要汲取点力量，也只能接受扎根在痛苦的土壤里了。

因此，他们感受着所有囚徒和所有流放者的极痛深悲，仅仅靠一种毫无用处的记忆活着。就连这个他们不断思念的过去，也只有悔恨的味道了。他们也确实很想往这过去中添加些什么，添加上他们现在期盼的男人或女人当初在一起时，悔不该能做到而未做的一切——同样，无论在什么状况下，甚至在他们的囚徒生活相对好过的时候，他们也总把离家的亲人扯进来，而他们当时的处境总不能让他们满意。我们对现时丧失耐心，又敌视过去，放弃未来，活似受人世间法律或仇恨的制裁过着铁窗生活的人。最终，想要摆脱这种无法忍受的休闲，唯一的办法，就是在想象的空间，重新开动火车，让顽固地保持沉默的门铃每小时都重复鸣响。

即使是流放，在大多数情况下，那也是流放于自己家中。而叙述者体会到的，虽然只是全城居民的流放，他也不应该忘记像记者朗贝尔或其他一些人。他们则相反，离别的痛苦还要变本加厉，只因他们在旅行中意外遭遇鼠疫而滞留在这座城中，既远离难以相见的亲人，又远离自己的家乡。在通常的流放中，他们是最深度的流放，因为，他们固然同所有人一样，为拖长的时间而惶惶不安，但同时还牵挂着空间，他们落难在疫区，要眺望遥远的家乡，就不断撞到相阻隔的一道道高墙。每天无论什么时候，我们看到在尘土飞扬的城中游荡的人，无疑正是他们：那是他们在默默呼唤唯独他们才熟悉的黄昏，以及他们家乡的清晨。于是，燕子的飞翔、暮晚的露水，或者太阳时而遗忘在冷清街道上的几抹光线，诸如此类的难以捉摸的征象、令人困惑不解的信息，都在供养着他们的思乡病。这个总能为人解困的外部世界，他们却闭眼不看，固执地耽于他们那些过分逼真的幻景，竭尽全力追寻一片故土的景象：某种形态的光束、两三座山峦、钟爱的树木和女子的面容，凡此种种所构成的一种环境，在他们看来是任何东西都取代不了的。

最后，还要特意谈谈情侣们，这是最有意思的话题，由叙述者来讲讲，也许更为适合。情侣们还得受其他许多忧虑的折磨，必须指出其中一种便是自责。他们落到这种境况，的确能以一种更加强烈的客观态度审视自己的情感了。在这种境况里，他们还看不出自己的缺点，这种现象恐怕少之又少。他们想要凭想象准确地勾画出暌违的情人的举止行为，却感到难以如愿，从而第一次有了机会发现自己的缺点。他们不由得哀叹，自己竟然对情人的时间安排不甚了了；他们责备自己多么轻率，忽视去了解，而佯装相信对一个恋人来说，心上人的时间安排并不是所有快乐的源泉。正是从这时候起，他们才能很容易地回顾自己的爱情，并审查其中的不足。在平时，不管有意识还是无意识，我们人人都懂得，没有什么爱情是不可自我超越的，然而，我们却情愿让爱情停留在平庸的状态，还或多或少地感到心安理得。可是，在回忆中，要求就更高了。我们遭受的这场无妄之灾袭击全城，后果十分严重，不仅给我们带来一种不公正的、本可以令我们愤慨的痛苦，而且还怂恿我们自寻烦恼，从而诱使我们甘心接受痛苦。转移人们的注意力并把水搅浑，这正是瘟疫肆虐的一种方式。

如此一来，人人都得单独面对苍天，一天一天混日子。这种普遍的消沉，久而久之就可能磨砺人的性格，但是眼下却开始让人变得目光短浅了。譬如说，我们有些同胞就干脆屈从于另一种奴役，甘受晴天和雨天的支配。看那样子，他们似乎第一次直接受到当时天气的影响。金色的阳光寻常的一次光顾，就让他们兴高采烈，可是一碰到下雨天，他们的脸上和思想上也都阴云密布了。几周之前，他们还能避免这种软弱的表现，不至于这样不理智地受制于天气，因为那时候，他们不是单独面对这个世界，而且在一定程度上，和他们一起生活的人置身于他们的天地的前面。反之，从这一刻起，他们显然听任变幻无常的老天的摆布了，也就是说，他们无论伤心痛苦还是心存希望，都没有来由了。

处于这种极度孤寂的境地，最终谁也不指望邻居来相助，每人都独守自己的忧虑。我们当中如果偶然有人想交交心，或者谈一谈自己的感受，那么对方无论如何回应，大多时候总要伤害他。于是他发觉对方和他所讲的风马牛不相及。他所表达的，确是他多日思虑和苦楚的由衷之言，他想要传递的形象，也是在等待和情欲之火上长时间炖出来的。对方则相反，想象这是一种常见的激情、市场上叫卖的痛苦、系列化的忧伤。对方不管出于善意还是恶意，应答的话总是显得虚假，这样的交谈还是放弃为好。或者，至少那些忍受不了沉默的人应该如此，而其他人，既然找不到真正的心灵语言，他们就不得不退而求其次，采纳市场的语言，说话也模仿那些老生常谈，模仿那种普通关系和社会新闻的风格，这差不多就是每天的新闻了。在这方面也同样，切肤之痛往往用谈话中的陈词滥调来表达了。唯有付出这种代价，鼠疫的囚徒们才可能博得门房的同情，或者引起他们听众的兴趣。

然而，还有最重要的一点：这些流放者的思虑不管多么痛苦，空虚的心不管多么沉重，仍可以说在鼠疫流行的初期，他们是幸运者。就在民众开始惊慌失措的时候，这些流放者的心思确实完全转向了他们等待的人。在全城居民遭难之际，他们却受到了爱情的自私心理的保护，即使想到鼠疫，也仅仅限于这场瘟疫有可能把他们的离别变成永诀。这样一来，他们就给瘟疫的核心地点带来一种有益于健康的分心，被人视为冷静应对的态度。他们本已绝望，反倒不会惊慌失措了：他们的不幸也有益处。譬如说，他们当中如有人被疫病夺走性命，那也几乎总是在不知不觉中走完生命的历程。他在心里长时间跟一个幻影交谈，从这种谈话中抽出身来，也没有过渡，就直接投入大地的极厚重的沉寂中。任何感受他都来不及体验了。

二

这种流放突如其来，正当我们的同胞设法适应时，鼠疫却给城门上了岗哨，迫使驶向奥兰的船只中途改变航向。自从封城以来，没有一辆车驶入城里。而且从那天起，在大家的印象里，汽车都开始兜圈子了。站在地势高的林荫大道上眺望，也觉得港口呈现一种奇特的景象。往常那么繁忙，成为沿海首屈一指的港口，猛然间萧索冷清了。接受隔离检疫的几艘轮船还停泊在那里，但是码头上的大吊车已经闲置，翻斗车都侧翻在轻便轨道上，酒桶和麻袋零散地堆着，无处不表明贸易也因鼠疫而瘫痪了。

这些非同寻常的景象即使呈现在面前，我们的同胞似乎也很难理解灾难临头了。固然有分离和恐惧这样共通的感觉，但是，大家还继续把个人的忧虑放在首位。大多数人对打破自己的习惯，或者损害自己的利益的事尤为敏感。他们对此会生气，甚至恼火，可是，这种情绪对抗不了鼠疫。譬如说，他们头一个反应就是谴责当局。报纸刊登了这类批评（"难道不能考虑放宽一点所采取的措施吗？"），省长的答复相当出人意料。此前，无论报社还是朗斯多克情报所，哪家也没有收到过官方关于疾病的统计数据。现在，省长每天都向情报所提供统计数据，由该所每周发布一次。

即使如此，也没有立即引起公众的反应。鼠疫流行第三周，公布的死亡人数为三百零二人，却也没有让人产生什么联想。一方面，也许这些人并不全死于鼠疫；另一方面，城里居民谁也不了解平常每周的死亡人数。全城有二十万居民。大家都不清楚这种死亡率是否正常。正是这种精确的数字，从来也没有人关心，尽管数字所表明的意义非常明显。也可以说，公众缺乏的是比较的基点。只有时间一长，目睹死亡人数不断增加，公众舆论才能认识事实。果然，第五周死亡三百二十一人，第六周又升至三百四十五人。至少数字增长颇有说服力，但是增长的幅度还不够大，我们的同胞在不安的情绪当中，仍保持原来的印象，觉得这无疑是个严重事件，但不过也是暂时现象。

正因为如此，他们照常遛大街，在露天座上泡咖啡馆。总体来说，他们并不是胆小鬼，在谈话中，哀叹的时候少，开玩笑的时候多，装出满不在乎的样子，开朗地接受这显然是暂时的不便。总算保住了体面。然而，到了月底，差不多就在那个祈祷周（下文还要谈及），我们城市的面貌则发生了更为重大的变化。首先，车辆交通和食品供应，省长采取了限制措施。食品供应限量，汽油实行配给制。甚至还要求全市节约用电。只有生活必需品，才由陆路和空运运达奥兰。这样，行驶的车辆眼见日益减少，直到可以忽略不计了。豪华商店随时都会关门歇业，而其他商店的橱窗里，也挂出了无货的告示，但是顾客照样在门前排着长队。

就这样，奥兰城换上了一副奇特的面貌。步行的人数激增，即使在低谷时间，也有许多人因商店休业或因办事处关门，而无事可干，都拥上大街，挤进咖啡馆。眼下，他们还没有失业，而是休假。譬如说，将近下午三点钟，奥兰天清气朗，给人一种欢庆节日的假象：全城车辆暂停通行，商店关门，以便保证群众的游行队伍畅行无阻，居民拥上街头参加狂欢。

电影院当然不会放过这一全民放假的好时机，生意十分红火。只可惜，影片在全省停止周转。两周之后，各家影院只好交换影片放映。再过一段时间，电影院最终就反复放映同一部影片了。可是门票收入并未减少。

最后再说咖啡馆，多亏这是一座酒业贸易居首位的城市，拥有大批库存货物，咖啡馆可以敞开供应顾客。老实说，大家的酒量大增。一家咖啡馆贴出这样的广告："葡萄美酒能灭菌。"烈性酒能预防传染病的这种思想，大家已经觉得很自然了，公众舆论现在就更加坚信不疑了。每天深夜两点钟，从咖啡馆里清出来大批大批的醉鬼，满街全是，他们在街头传播乐观的言论。

不过，所有这些变化，在一定意义上都异乎寻常，而且形成得那么迅疾，不容易让人视为正常和持久的现象。结果我们还一如既往，将个人的情感置于首位。

关闭城门两天之后，里厄正从医院出来，不期遇见科塔尔。科塔尔仰脸迎上去，一副心满意足的神气。里厄祝贺他好气色。

"是啊，身体完全好了，"矮个儿男人说道，"请您告诉我，大夫，这该死的鼠疫，嗯！这还真开始成气候了。"

大夫承认是这样，对方颇为庆幸地说道："这场鼠疫没什么理由现在就停止。看来全都得乱套了。"

他们俩一道走了一会儿。科塔尔讲述，他那街区有家大型食品杂货店，囤积了大量食品，准备卖高价，要将那个老板送医院时，发现他的床下堆满了罐头食品。"他死在医院里了。鼠疫嘛，可不会付钱。"科塔尔满脑子故事，有真的也有假的，无不涉及鼠疫。例如，据说有一天早晨，在市中心，一个男人显出了感染鼠疫的症状，他犯了病，胡言乱语，一头闯到街上，碰见一个女人便一把搂住，叫嚷说他患上了鼠疫。

"好哇，"科塔尔指出，他那亲热的语调同他讲的事实很不协调，"可以肯定，我们全都得发疯啦！"

当天下午，约瑟夫·格朗也同样最终向里厄大夫讲了心里话。他看到摆在写字台上的里厄太太的照片，又瞧了瞧大夫。里厄回答说，他妻子去了外地治病。"从一定意义来讲，"格朗说道，"这也是一种运气。"大夫回应说，这当然是一种运气，但愿他妻子能够康复。

"唔！"格朗说道，"我理解。"

自从里厄认识他以来，这是头一次听到他侃侃而谈。他尽管仍然考虑用词，但几乎总能找到合适的词语，说出来的话好像早已深思熟虑。

他年纪轻轻就同一个穷苦邻家的姑娘结了婚。他为了结婚，甚至辍了学，找了一份工作。无论雅娜还是格朗，都从未走出他们的街区。他到家里去看她，而雅娜的父母有点笑话这个沉默寡言而又笨拙的求婚者。雅娜父亲是铁路工人，他休息的时候，总是坐在窗口的一个角落，两只大手掌平放在大腿上，若有所思地观望街上的人来车往。母亲总在忙家务活，雅娜当帮手。雅娜身形那么瘦小，格朗看见她穿行马路时，心里总是惴惴不安。来往车辆在他看来都大得要命。有一天，在一家圣诞节礼品店前，雅娜望着橱窗艳羡不已，身子往后朝他一仰，说道："真好看呀!"格朗握住她的手腕。他们俩就这样定了终身。

这个故事后来的情况，据格朗说就很简单了。跟所有人一样：二人结了婚，还有点相爱。格朗有了工作，工作特别忙，也就把爱情置于脑后。雅娜也得干活，因为办公室主任并没有履行诺言。讲到这里，必须有点想象力，才能明白格朗所讲的意思。工作一累，他回家就随随便便了，越来越沉默寡言，没有支持他年轻的妻子维系他还爱她的念头。一个工作忙碌的男人，家境贫苦，前程逐渐渺茫，坐在晚饭桌边一句话没有，在这样一个小天地里，就没有激情欲火的位置。也许，雅娜内心已经苦不堪言，然而，她还是留下来：人有时会长期忍受痛苦而不觉得。一年一年这样过去。后来，她走了，当然不是独自一人走的。"当初我很爱你，但是现在我累了……我离开也不是高高兴兴的，但是，不见得非需要幸福才重新开始。"雅娜给他写了信，内容大致如此。随后，就轮到约瑟夫·格朗痛苦了。他也本可以重新开始——里厄就向他指出了这一点。可是没办法，他就是不自信。

不过，格朗还一直思念雅娜。他很想做的事，就是给雅娜写一封信，为自己辩解。"然而，下笔很难，"他说道，"我想了很久了。只要还相爱，我们不说话相互也理解。可是，人并不总是相爱。到了一定时候，我本应该想出适当的话语留住她，可惜没有做到。"格朗用方格子手帕擤了擤鼻涕，接着又擦了擦胡须。里厄一直注视他。

"请原谅，大夫，"这位老兄说道，"可是，怎么讲呢? ……我信得过您，和您在一起，我还能说一说。不过一说话，我就爱激动。"

显而易见，格朗的神思，从这闹鼠疫之地飞出去十万八千里。傍晚，里厄给妻子发了一份电报，说全城封闭，他身体很好，她应该继续注意疗养，他想念她。封城三周后，里厄刚走出医院就见到一个等候他的年轻人。"想必您还能认出我来。"里厄看他似曾相识，但还有些迟疑。"在这些事件爆发之前，"对方又说道，"我来拜访过，向您了解阿拉伯人的生活条件。我名叫雷蒙·朗贝尔。""唔！对呀，"里厄说道，"怎么样，现在您可有报道的好题材了。"对方的情绪却有点烦躁。他说不是为这事来的，这次是想请里厄大夫帮个忙。"实在抱歉，"他补充道，"我来到这座城市，一个人也不认识，而我们报社在这里的通讯员，可惜又是个笨蛋。"里厄提议一道去市中心一家诊所一趟，他有些事情要交代。他们下行穿过黑人街区的小街。将近黄昏时分，从前这个时辰，市里那么喧闹，现在却冷清得出奇。军号数声，冲上还布满金色霞光的天空，无非表明军人还有模有样在尽职。街道陡峭，两侧排列着摩尔式房舍的蓝色、赭石色和紫色的墙壁，工人沿坡而下，朗贝尔说话过程中情绪很激动。他的妻子留在巴黎，老实说，还算不上他妻子，但也是一码事儿。刚一封城，他就给妻子发去了电报。起初他以为，这不过是一个突发事件，只是设法跟她联系。他在奥兰的同行都告诉他，他们谁都无能为力。邮局一句话就把他打发走，省政府的一名女秘书还对他嗤之以鼻。他足足排了两小时的队，才得以发一份电报，仅仅写上："一切均好，不久见。"

然而，今天早晨一起床，他突然萌生了这个念头：说到底，他终究不知道这情况会延续多久，于是决定离开。由于他是被推荐来的（干他这行的有种种便利），因此，他够得上省政府办公室主任，对主任说他和奥兰没有关系，他留在这儿也不是个事儿，他来到此地也纯属偶然，理应准许他离开，哪怕为了出去要他接受隔离检疫。主任对他说完全理解，但是谁也不能破例，还得等着瞧，但是总体来说，形势很严峻，现在什么也决定不了。

"可是，不管怎么着，"朗贝尔争辩道，"我不是本城居民，是外乡人啊。"

"当然了，不过，说来说去，我们还得盼望瘟疫不要久拖下去。"

最后，主任还试图劝慰朗贝尔，让他也要注意到他在奥兰能发现一篇有趣报道的题材，如果全面考虑，任何变故都有好的一面。说到这里，朗贝尔耸了耸肩膀。这时，他们走到了市中心。

"这实在愚蠢，大夫，您能理解。我不是为了写报道才生在世上的。我生在这世上，也许是为了和一个女人一起生活。难道这不合情合理吗？"

里厄则说不管怎样，这听起来倒合乎情理。

在市中心的林荫大道上，已不见往常那样熙熙攘攘的人群。只有寥寥几个行人，匆匆忙忙走向远处的住所。谁的脸上也没有一丝笑容。里厄心想，这是当天朗斯多克情报所发布通告的结果。过了一天一夜，我们的同胞就能重新燃起希望。可是当天，这些数字在头脑里还是太清晰了。

"这是因为，"朗贝尔又突兀地说道，"她和我相识不久，而我们又情投意合。"

里厄没有接话。

"看来我打扰您了，"朗贝尔又说道，"我只是想问问您，能否给我开一份证明，确诊我没有感染上这种可恶的病症。我认为这也许能帮上我的忙。"

里厄点了点头，他接住跌向他两腿间的一个小男孩，轻轻扶他站稳。二人接着往前走，到了阅兵场。一圈儿榕树和棕榈树垂下的树枝纹丝不动，挂满了灰尘，一片暗灰色；围在中央的一尊共和国雕像也灰头土脸，脏兮兮的。二人在雕像下站住。里厄一只接着一只跺着脚，要震掉蒙在鞋面上的一层白灰。他瞧了瞧朗贝尔，只见记者戴的毡帽略微滑向脑后，扎着领带的衬衣扣子都解开了，脸上的胡子没有刮干净，一副执拗而赌气的神情。

"您要相信，您的心情我理解，"里厄最后说道，"不过，您讲的理由没有什么说服力。我不能给您开这份证明，因为事实上，我并不知道您是否感染上这种病症，还因为，即使您还没有感染上，我也无法证明您出了我的诊所，直到您走进省政府这段时间，就不会受到感染。况且，即使……"

"况且，即使？"朗贝尔问道。

"况且，即使我给您开了这份证明，您也未必用得上。"

"为什么？"

"就因为在这座城市里，像您这种情况的有数千人，然而，不可能都放他们出城。""如果他们本身没有感染上鼠疫呢？""这种理由不充分。我知道，这场变故很荒谬，但是涉及我们所有人。那就得既来之，则安之。""可我又不是这儿的人！""唉，从现在开始，您同大家一样，就是这里的人了。"对方不免恼火了："这是个人道的问题，我敢向您发誓。也许您还体会不了，两个情投意合的人就这样分离意味着什么。"

里厄没有立即应声。继而，他说自认为体会到了。他竭尽全力渴望朗贝尔同他的妻子团圆，渴望天下有情人都能相聚，但是，还有政令和法律，还有鼠疫，他的职责所在。要做他应做的事情。

"不对，"朗贝尔痛楚地说道，"您理解不了。您满口大道理，是在抽象概念中打圈子。"

大夫抬起双眼，望着共和国雕像，说他并不知道自己讲的是不是大道理，但他讲的是明显的事实，这两者不见得非是一码事儿。记者正了正他的领带：

"这么说，我就得另做打算了吧？瞧着吧，"他带着一种挑战的口吻又说道，"我一定得离开这座城市。"大夫说他仍能理解，但是这就与他无关了。"哎！这事同您有关系，"朗贝尔突然嚷起来，"我来找您，就因为在这些决策中，您起了很大作用。于是我就想到，您促成的决定，至少您可以破一次例吧。可是您什么也听不进去。您不考虑任何人。您根本就不管分离的人。"

里厄承认，在一定意义上，的确如此，当时他不愿意考虑这些。"唔！我明白了，"朗贝尔说道，"您要说公共服务了。然而，公共利益是由个人幸福构成的。"

"好了，"大夫仿佛思想溜了号儿，回过神儿来说道，"见仁见智，不必判断孰是孰非。真的，您不该发火。假如您能摆脱这种困境，我会由衷地感到高兴。只是有些事情，职责不允许我去做。"

对方不耐烦地点了点头。

"是啊，我不该发火。我这样也耽误了您好多时间。"

里厄请他不要记恨，今后会把活动的情况告诉他。肯定在某一方面，他们能够走到一起。突然间，朗贝尔显得困惑了。

"这一点我相信，"他沉吟一下，又说道，"我的相信都是不由自主的，也不管您对我说的这些话。"

他迟疑了一下：

"不过，我不能赞同您的做法。"

他往前额拉了拉毡帽，快步走开了。里厄看着他走进让·塔鲁所住的旅馆。

望了一会儿，大夫摇了摇头。这个记者这么急切地追求幸福，自有他的道理。然而，朗贝尔指责他，有他的道理吗？"您生活在抽象概念中。"在他的医院里，鼠疫的胃口倍增，平均每周要夺走五百人的生命，而他在医院里度过的这些日子，难道真是抽象概念吗？固然，在灾难中，确实有抽象和不现实的成分。可是，当抽象概念开始要你命的时候，势必就得认真对付这种抽象概念了。而里厄恰恰知道，这并不是轻而易举的事。譬如说，他所负责的这所附属医院（这种医院已有三所）领导起来就不容易。诊室对面的一间屋，他已改成患者接收室。室内挖了一个盛满消毒水的池子，池子正中用砖砌起来一座小平台。患者先抬到平台上，全身迅速脱光，衣服全投进池子里。患者全身洗净擦干，换上医院的粗布衬衫，再送到里厄的诊室治疗，然后才住进病房。一所学校的防雨操场也不得不利用起来，总共能容纳五百张病床，现在几乎全住满了。每天上午，里厄亲自主持接纳病人入院，给病人接种疫苗，切除腹股沟淋巴结肿块，再核实一遍入院病人的统计数字，下午再回来诊治患者。直到晚上，他才能出诊，回到家中已是深夜了。昨天夜里，母亲将儿媳的电报交给里厄时，她发现做大夫的儿子双手发抖。

"是的，"里厄说道，"不过，坚持下去，我就不会这么紧张了。"

里厄身体健壮，能吃苦耐劳。其实，他还没有感到疲倦。不过，有些头痛的事，例如出诊，就变得让他难以忍受了。确诊疫病发烧，就意味着必须尽快移走病人。于是，确实就开始了抽象的难题，因为患者家属知道，只有等痊愈或者死掉，才能再见面了。"行行好吧，大夫！"洛雷太太央求道。她就是塔鲁下榻的那家旅馆清扫女工的母亲。这话是什么意思？他当然有怜悯之心。可是，这样对任何人都没有益处。必须打电话。很快就传来救护车的铃声。起初，邻居们还打开窗户瞧一瞧。后来，他们就急急忙忙关上窗户了。于是，就开始了抗争，哭天抹泪，劝说，总之进入抽象环节。这些人家因高烧和焦虑而成为火药库，上演了一幕幕疯狂的场面。最终病人还是被拉走。里厄这才可以离去。

最初几次，里厄只是打电话通知，不等救护车开到，就奔向别的病人家。可是大夫一走，家人就关上房门，他们宁肯同鼠疫相厮守，也不愿和患病的亲人分离，他们已知道分离的结果是什么了。喊叫，勒令，警察介入，接着动用武力，破门掳走病人。在头几周里，里厄只好留下来，一直等到救护车开到。后来，每位医生出诊时，就由一名志愿督察陪同，里厄就得以从一个患者家庭赶到另一个患者家庭。但是，最初那段时间，每天晚上都像今天晚上这样，他走进洛雷太太的家门，只见小套间装饰着扇子和假花。患者的母亲接待他，强颜一笑对他说道：

"但愿不是大家谈论的那种高烧。"

里厄掀起被子和衬衫，默默观察病人腹部和大腿上的红斑。那是肿大的淋巴结。母亲看着两腿之间的情景，不由得惊叫起来。天天晚上如此，母亲面对子女腹部呈现的所有致命的症状，无不失魂落魄，大声呼号；天天晚上如此，多少手臂揪住里厄的胳臂，徒费多少唇舌，接连许诺，接连哭泣；天天晚上如此，救护车的叮当铃声引起歇斯底里的发作，而这种发作跟所有痛苦一样，全都于事无补。天天晚上总这样千篇一律，经过这段长时间的出诊之后，里厄也不抱任何期望了，只能面对长长的一连串无休无止地更新的相同场景。不错，鼠疫，作为抽象概念，实在单调得很。发生变化的也许只有一件事物，那就是里厄本身。那天傍晚，在共和国雕像脚下，里厄就有了这种感觉，他一直望着朗贝尔走进去的旅馆的正门，心里仅仅意识到艰难的冷漠开始充塞他的头脑。

在这过劳的几周之后，在这全城人涌上街头兜圈子的所有暮晚之后，里厄方始醒悟，他无须再抵御怜悯之心了。当怜悯成为无用之物时，大家就都鄙弃它了。大夫在这些疲惫不堪的日子，在自己这颗慢慢封闭的心灵的感受中，找到了唯一的安慰。他知道自己的任务会因此而轻松些。这就是为什么他很欣慰。母亲等到深夜两点钟才见他回家，他用茫然的目光注视她，她心里不禁难过，而她叹息的，恰恰是里厄当时可能收到的唯一宽慰。要同抽象概念做斗争，就必须有几分样子。但是，这怎么可能触动朗贝尔呢？对朗贝尔而言，抽象概念就是一切与他的幸福相对立的东西。里厄也知道，从某种意义来讲，这位记者并没有错。但是他同样知道，抽象概念有时比幸福更为强势，在这种时候，也仅仅在这种时候，就一定得予以重视。这正是要在朗贝尔身上发生的情况，后来朗贝尔也向他交了心，他才得以了解详情。里厄就是这样，在一个新的层面上，关注着每个人的幸福与鼠疫的抽象概念之间沉闷的斗争，而正是这种斗争，在这个漫长的时期，构成了我们城市的全部生活。

三

不过，这些人视为抽象概念，另一些人则看作真实情况。鼠疫流行的头一个月，到了月底，由于疫情明显反弹，又由于帕纳卢神甫做了一次情绪激昂的讲道，形势的确阴云密布了。帕纳卢神甫，就是救助过刚患病的门房米歇尔老头的那位耶稣会会士，他因经常在奥兰地理学会的简报上撰文而闻名，又是学会里碑铭复原工作的权威。他还以现代个人主义为题，做了一系列讲座，因而比一位专家拥有更广泛的听众。他在讲座中热忱捍卫天主教的一种严格教义：这种教义既远离现代的放纵生活，也远离旧时代流行了几个世纪的愚昧主义。他面对听众的时候，总是无所顾忌，讲出严酷的事实。因此，他也声名远扬。

且说这个月的月底，本市教会当局决定，要以他们特有的方式同鼠疫斗争，组织一周的集体祈祷。这种公众的宗教活动，最后以于礼拜天奉行一场隆重的弥撒来收尾，以祈求曾感染上鼠疫的圣徒圣罗克① 来保

---

① 圣罗克（Saint Roch，约 1295—约 1327），生于法国南方城市蒙彼利埃，据传他前往罗马朝圣途中，治好了鼠疫患者。后感染上疫病，便独自待在森林里，一位天使来给他治疗，一条狗给他送面包，终于痊愈。15 世纪产生许多圣罗克慈善会，显示了对他的崇拜。

佑。帕纳卢神甫应邀在活动期间布道。他对奥古斯丁和非洲教会的研究独具匠心，在修会中占有特殊地位。这半个月以来，帕纳卢神甫不得不撂下自己的研究工作。他天性热情洋溢，毅然决然地接受了这一使命。早在这场布道之前，城里就议论开了，而在这个时期的历史中，他的布道也以其特有的方式标志出了一个重要日期。

许多人参加了祈祷周，这并不表明奥兰的居民平时都格外虔诚。譬如说，礼拜天上午，海水浴就同弥撒进行激烈的竞争。这同样也不表明他们受到神明启迪，突然皈依了宗教。须知一方面，既封城又封港，不可能再去海滩游泳了；另一方面，他们的思想，正处于一种极其特殊的状态：他们从内心深处不肯接受这种打击他们的突发事件，但同时又明显感到发生了什么变化。不过，许多人还一直抱有希望：瘟疫会很快停止，他们和家人能幸免于难。因此，他们还感觉不到必须如何如何。在他们看来，鼠疫纯粹是个不速之客，既然来了，总有一天要走的。他们害怕归害怕，但是并不绝望：时候还没有到，他们不该把鼠疫视为他们的生活方式，他们还没有忘记鼠疫之前他们所能过的日子。总而言之，他们还在期盼。他们对待宗教也像对待其他许多问题一样，鼠疫赋予他们一种特殊的思维方式，既不冷漠，也无激情，可以用"客观"一词来界定。参加祈祷的人，大多数认可一名信徒在里厄大夫面前讲的话："不管怎么说，这也不可能有什么害处。"这就是个很好的例子。就连塔鲁本人也在笔记中记下，在类似的情况下，中国人就敲锣打鼓送瘟神，然后他也指出，根本就不可能知道事实上鼓声是否比预防措施更有效。接着，他仅仅补充这样一句：必须弄清楚是否存在瘟神，这个问题才能迎刃而解，而我们在这方面无知，有多少见解也都是无稽之谈。

不管怎样，在祈祷周期间，本市大教堂信众几乎总是座无虚席。起初几天，许多居民还停留在大教堂门廊前的棕榈园和石榴园里，聆听一直涌上街头的祝圣和祈祷的声浪。逐渐有人带了头，外面的听众才决定进去，怯怯的声音掺进了全场应答轮唱的颂歌中。而这个礼拜天，大批民众蜂拥而入，大教堂正殿满了，都排到了门前的台阶和广场上。前一天就开始乌云满天，雨下得很大，站在外面的人都打开了雨伞。帕纳卢神甫登上讲坛的时候，教堂里飘散着焚香和湿衣服的气味。

帕纳卢神甫中等身材，但是很敦实。他两只大手抓住木栏，俯依在讲坛前沿，只能看到他那厚实的黑色形体，顶着满面红光的脸颊，戴着一副钢丝边眼镜。他嗓音洪亮，充满激情，能传出去很远。一上来他就抛出一句激烈的话，铿锵有力地抨击全体听众："弟兄们，你们在受苦受难；弟兄们，你们这是咎由自取。"全场一阵骚动，一直波及广场上的人。

从逻辑来看，他接下来说的话似乎同他这句悲愤的开场白并无紧密关系。可是越往下听他的演说，我们的同胞才越明白神甫演说的方法巧妙，这句话就仿佛猛然一击，和盘托出他这场讲道的主题。果然，帕纳卢抛出了这句话，紧接着就引述《出埃及记》中有关埃及发生鼠疫的段落，并且说道："这种灾难在历史上头一次出现就是要打击上帝的敌人。法老违抗天意，于是鼠疫就迫使他屈膝。有史以来，上帝降以灾难，让那些狂妄者和盲目者都匍匐在他的脚下。"

外面的雨更狂了，在因急雨噼啪敲窗的声音而凸显的绝对肃静中，神甫讲出最后这句话，声音极其响亮，有几名听众略微犹豫一下，便不由自主地滑下座椅，跪到跪凳上。其他一些人以为应当效仿，结果陆陆续续，不大工夫，全场听众都跪下了，寂静中只听见几张椅子的吱嘎声响。这时，帕纳卢神甫又挺起身子，深吸一口气，调门越来越高，继续说道："如果说今天，鼠疫降临到你们头上，那是因为反思的时刻到了。义人自不必恐惧，而恶人却理应颤抖。世界好似无比巨大的麦场，灾难如同连枷，无情地击打人类这片麦子。直到麦粒脱离麦秸。麦秸要多于麦粒，被召去的人也要多于上帝的选民，而这场灾难并不是上帝的初衷。这个世界同邪恶妥协的时间太久了，这个世界依赖上天宽容的时间也太久了。只要痛悔一下，就可以为所欲为。要表示痛悔，人人都觉得游刃有余。时候一到，肯定就会有悔恨的感觉。不过，在那之前，最简便的做法就是放任自流，余下的事就由仁慈的上帝去处理了。要知道，这种状况不能持续下去了。上帝那张慈悲的面孔，太久太久地俯视这座城市的居民，等得厌倦了，他那永恒的希望化为失望，已经移开了目光。我们失去了上帝的光明，就这样长期陷入鼠疫的黑暗啦！"

　　大堂里有人像急躁的马那样，打了一声鼻息。神甫停顿了一下，放低声调接着说道："《圣徒传》[①] 上能看到这样一段话：在亨伯特国王 [②] 统治伦巴第 [③] 时期，意大利遭受鼠疫的大浩劫，幸免于难者少得可怜，仅仅够埋葬死者。鼠疫肆虐最凶的地方，当属罗马和帕维亚。一个善良的天使显形了，他命令恶神手持狩猎的长矛，去敲击各家各户，每家挨几下敲击，就要抬出多少死人。"

　　帕纳卢说到此处，伸出两只短粗的手臂，指着教堂前广场的方向，仿佛让人透过摇曳的雨幕看什么东西，他朗声说道："弟兄们，如今在我们街道上奔跑的，是同样的死亡追猎。你们瞧啊，这个鼠疫的瘟神，他像撒旦那样漂亮，像疫病本身那样闪光，就停在你们的屋顶上方，右手执红色猎矛，抬到有他的头那么高，左手指着你们哪家的房舍。此时此刻，他的手指也许正指向您家的房门，长矛击打着房门的木板；此时此刻，鼠疫瘟神走进您的家，坐到您的房间里，等待您回去。瘟神守在

---

① 《圣徒传》，意大利圣徒传记作家雅克·德·沃拉金（Jacques de Voragine, 约 1228—1298）的著作。

②　即亨伯特一世（Humbert Ⅰ，?—约 1048），意大利萨伏依伯爵，萨伏依王室的创立者。

③　伦巴第，意大利北部地区，当时的首府为帕维亚。

那里，耐心等待，十分专注，就像人世的秩序那样胸有成竹。他那只手要朝你们伸去，世间任何力量，即使人类的科学——你们要记清，即使人类的科学也无济于事，无法使你们免遭打击。你们将在血淋淋的痛苦的打麦场上，被打得血肉横飞，最终连同麦秸一起被抛弃。"

神甫讲到此处，越发展现这场灾难的悲惨景象。他又提起那根在城池上空盘旋的长矛：随意打击，落下又起来时血淋淋的，总之将鲜血和痛苦散布开来，"以便播种，准备收获真理"。

这一和谐复合长句讲完之后，帕纳卢神甫停了一下，他的头发披散在前额上，浑身颤抖，而双手又将这颤动传给讲台。接着，他的声音低沉下来，但以责备的口吻说道："是的，反思的时刻到了。你们原以为，只要礼拜天来拜拜天主就够了，其余的日子就可以任性妄为了。你们还曾想，随便跪拜跪拜，就足以救赎你们罪恶的放肆行为。然而，上帝可不是这样不冷不热的。这种若即若离的关系，不足以赢得上帝的无限慈爱。他希望看到你们的时间更长些，这才是他爱你们的方式，老实说，这也是爱的唯一方式。这就是为什么，上帝等你们等不来，实在厌倦了，就让灾难来光顾你们，正如有史以来，灾难光顾了所有罪恶深重的城市那样。现在你们懂得了什么是罪孽，正如古代的该隐[1] 及其儿子们、大洪水之前的人们、所多玛和蛾摩拉[2] 两城的居民、法老和约伯，以及所有受到天谴的人，无不懂得了什么是罪孽。自从封城的那一天起，你们就跟灾难一起被关在城墙之内，你们也就跟所有上述那些人一样，换了一副新眼光看待人和事物了。现在，你们终于懂得了，必须归到根本

---

[1]　该隐（Cain），《圣经·旧约》中人物，亚当和夏娃的长子，他出于嫉妒，害死弟弟亚伯。耶和华因此将他赶出伊甸园，并诅咒他的子孙。

[2]　据《圣经·旧约》记载，约旦河谷地的两座古城，所多玛和蛾摩拉因民风淫乱，被天火焚毁。

上来。"

这时，一股潮湿的风潜入了大堂，大蜡烛的火焰随风偃卧，发出细微的噼啪声响。蜡烛黑烟、咳嗽和喷嚏的浓烈气味，直朝帕纳卢神甫的面门升腾。神甫讲道巧发奇中，备受听众赞赏，他又以平静的声调说道："你们当中许多人，我也知道，心里正在琢磨我这样讲是何用意。我就是想要你们认识真实情况，要你们尽管听了我讲的这番话，也会感到庆幸。进行劝导，伸出友爱之手，靠这种办法督促你们向善已经过时了。今天，真实情况就是一道命令。而救赎之路，现在就由红色长矛向你们指明，并且推动你们上路。我的弟兄们，上帝的仁慈最终就表现在这方面，即赋予一切事物以两面：善与恶，愤怒与怜悯，鼠疫与救赎。就连危害你们的这场灾难，也是对你们的教育，给你们指明道路。"

"很久以前，阿比西尼亚①的基督教徒，从鼠疫中看出神谕获得永生的一种有效途径。没有感染上疫病的人务求一死，就用患者的被单裹住全身。当然了，这种狂热的救赎不值得提倡，表明急于求成，令人遗憾地近乎自命不凡了。不应当比上帝还要急切，凡是操之过急的行为，违反上帝一劳永逸建立起来的永恒秩序，就必然走向异端。不过，这种例子至少包含着教训，能独独让更有远见卓识的人看出，任何痛苦的深处都蕴藏着这种美妙的永恒之光。永恒之光照亮通往解脱痛苦的朦胧的道路，显示出坚持不懈变恶为善的天意。今天也是一样，永恒之光通过死亡、惶恐和呼号的途径，引导我们走向本原的沉寂和生命的前提。我的弟兄们，这就是我要带给你们的无限慰藉，而你们从这里带走的，不仅仅是谴责你们的话语，也是安抚你们的忠言。"

---

① 阿比西尼亚（Abyssinia），原为古希腊对埃及以南地区的通称，13世纪为在埃塞俄比亚地区建立的国家名称。阿比西尼亚是最古老的基督教国家之一。

大家感到帕纳卢神甫话已讲完。外面雨也停了。阳光和雨意相交织的天空向广场洒下更为清新的光芒。街道又响起人声话语、车辆滑行的声音，一座苏醒的城市的全部语言。听众都在轻手轻脚地收拾随身带来的物品，发出隐隐的骚动声响。然而，神甫又开口讲话了，他说在阐明鼠疫发自天意，以及这场灾难所包含的惩罚性质之后，作为结束语，如再施展雄辩的口才，去触及如此悲惨的话题，那就太不合时宜了。他认为他所讲的每句话，大家都应该听得明明白白。他只是提醒一点，马赛鼠疫大流行之际，编年史作家马蒂厄·马雷① 就曾抱怨，自己深陷地狱，那样活着既无救护也无希望。此言差矣！马蒂厄·马雷是个睁眼瞎！与其相反，帕纳卢神甫从未像今天这样感到赐予所有人的这种天助和基督教的希望。他不顾任何希望而期望，我们的同胞尽管经历了这些凄惨的日子，听到了垂死者的哀号，他们仍然向上天表达唯一的话：基督教徒的笃爱。余下的事，上帝自有安排。

四

这场布道，对我们的同胞是否产生了效果还很难说。预审法官奥东先生就明确对里厄大夫说，他认为帕纳卢神甫的陈述"绝对无懈可击"。然而，并不是人人都持如此明确的看法。只不过，一些人听了这场布道，此前一种模糊的想法就清楚多了：他们因为一种莫名的罪过，被判处了一种难以想象的监禁。于是，一些人就接着过他们的小日子，尽量适应这种幽禁的生活；另一些人则相反，此后他们只有一个念头，设法逃出

---

① 马蒂厄·马雷（Mathieu Marais，1665—1737），法国编年史作家，著有《摄政时期和路易十五统治时期回忆录》。

这座监狱。

一开始，大家都接受了与外界隔绝的措施，无论什么麻烦，只要是暂时性的，仅仅打破他们的某些习惯，他们也都会同样接受。可是，他们猛然意识到，这是一种非法监禁，囚禁在夏日开始毕剥火热的天空之下，他们隐约感到，这种禁锢威胁到了他们整个生活，因此到了傍晚，他们随着凉爽而恢复了精力，往往就会有绝望之举。

首先，不管是不是巧合，反正从这个礼拜天开始，我们的城市产生了一种相当普遍、相当深度的恐惧，能让人看出，我们的同胞真的开始意识到自身的处境了。从这个角度看，我们在城里的生活氛围有些改变了。不过，老实说，究竟是氛围还是心理发生了变化，这倒是问题之所在。

讲道后没过几天，里厄前往城郊街区，跟格朗一路议论这件事，夜幕中撞到一个摇摇晃晃却不往前走的男人。恰好这时，越来越迟点亮的路灯突然亮起来。这两位散步者身后亮亮的路灯的灯光，霎时间射到那人身上，只见他紧闭双眼，无声地大笑，那张惨白的脸庞大大咧开，流下豆大的汗珠。他们二人闪身走过去。

"是个疯子。"格朗说道。里厄刚才抓住他的胳臂拉他走过去，就感到这个职员紧张得发抖。"过不了多久，我们的城墙里就只有疯子了。"里厄说道。他身心疲惫，觉得嗓子眼儿发干。"咱们喝点儿什么吧。"二人走进一家小咖啡馆。只有柜台上方点亮着一盏灯，发红的灯光中空气滞重，不知是何原因，顾客们说话都压低了声音。出乎大夫的意料，格朗在柜台上要了一杯烧酒，一饮而尽，并说他是海量。随后，他就想要出去。到了外面，里厄恍惚觉得夜色中充斥着哀吟。在路灯上方，漆黑天空的某处，隐隐有呼啸之声，让他想起那无形的灾难正持续搅动着暑热的空气。

"幸好，幸好。"格朗说道。

里厄心里揣摩他要表达什么意思。

"幸好，"对方又说道，"我有事儿干。"

"是啊，"里厄附和道，"这样才好。"

里厄决意不再听那呼啸之声，问起格朗事儿做得是否满意。

"还行，我认为自己走在正道上。"

"您还得干很久吗？"

格朗显得上来了精神头儿，声调里渗出烧酒的热度。

"我也不知道。其实，问题不在那儿，那不是问题，不是。"

在昏暗之中，里厄猜想他一定挥舞着手臂。他似乎准备说什么，话突然来到嘴边，便滔滔不绝地讲起来：

"喏，大夫，我希图的就是，有朝一日，我的手稿能交到出版商手上，而出版商看完了，就站起身来，对他的手下人说：'先生们，脱帽致敬吧！'"

这种表白突如其来，大大出乎里厄的意料。里厄恍若看见他这朋友做出脱帽的动作，手放到头顶，手臂再伸向前方。上空那奇怪的呼啸之声仿佛变本加厉了。

"是的，"格朗说道，"务求完美。"

里厄不大了解文学领域的风俗，但是他却觉得事情不会如此简单，举例来说，出版商在自己的办公室里，恐怕就不会戴着帽子。不过，事实如何，实在很难说，里厄最好不置一词。他又情不自禁，倾听鼠疫的神秘喧声。二人走进了格朗居住的街区，这里地势比较高，微风习习拂面，使他们顿感清爽，也一扫市井的喧闹。这工夫，格朗还不停地讲，而里厄并没有完全听懂这位老兄所讲的内容，只听明白这部作品篇幅已经很长了，作者为求完善，修改润色，冥思苦想，是一个备受煎熬的过程。"多少个夜晚、多少个星期，只为推敲一个词……有时候，就单单一个连词。"说到这里，格朗停住了，他揪住大夫外衣的一颗纽扣，从他牙齿不齐的嘴里，磕磕绊绊挤出这些词语：

"您听明白了，大夫。严格来说，在'但是'和'而且'之间选择，还是相当容易的。在'而且'和'接着'之间斟酌，就已经难些了。碰到'接着'和'然后'，难度就更大了。但是最难处理的，肯定就是究竟该不该用'而且'。"

"是啊，"里厄说道，"我明白。"

说着，里厄又往前走去，格朗一时不知所措，重又跟了上来。

"请原谅，"格朗嗫嚅道，"真不知道今晚我怎么了。"

里厄轻轻拍了拍他的肩膀，对他说很愿意帮忙，而且对他所写的故事也很感兴趣。格朗这才显得略微放心，走到楼门口，他犹豫了一下，接着邀请大夫上去坐坐。里厄接受了。

他们走进房间，格朗请他坐到一张桌子前，只见桌子上堆满了手稿，页面字体很小，密布涂改的道道。

"对，就是这个，"格朗看到里厄询问的目光，便说道，"对了，您要喝点儿什么？我还有些葡萄酒。"

里厄谢绝了。他的目光投在手稿上。

"您别看，"格朗说道，"这是我写的第一句话，可让我吃了苦头，吃尽了苦头。"

格朗自己也同样在注视所有这些稿子，他的手似乎不可抗拒地被一页稿子吸引过去。他拿起那页稿子，凑到没安灯罩的电灯近前，照得透过光亮来。稿纸在他的手中颤动。里厄注意到这个职员的额头沁出了些微汗水。

"您坐下吧，"里厄说道，"念给我听听。"

对方看了看他，带几分感激地微微一笑。

"好吧，"格朗说道，"我觉得自己也有这种愿望。"

他又略微等一等，眼睛一直盯着那页稿纸，然后才坐下来。与此同时，里厄也倾听着城中一种隐隐的喧声，那似乎在回应鼠疫的呼啸。此时此刻，他的感官异常灵敏，能捕捉到在他脚下延展的这座城市的动静，城池所形成的封闭世界的动静，及其在夜间压抑的凄惨的哀号。格朗低沉的声音传到耳畔："五月一天明媚的清晨，一位曼妙多姿的女骑士，骑着一匹英俊的阿勒桑牝马，奔驰在布洛涅森林公园①的花径上。"随即再次静寂了，静寂中又传来受难的城市模糊不清的声响。格朗已经放下那页稿子，但目光仍逗留在那稿子上。过了半晌，他才抬起眼睛，问道：

"您看怎么样？"

里厄回答说，这个开头引起他的兴趣，想看下文。但是对方却兴奋地说，这种观点不够中肯。他用手掌拍了拍手稿。

"这些不过是大致的轮廓。等我一旦能够完全表达出我所想象的情景，那么，我的句子就会有遛马的那种节奏：一、二、三，一、二、三，余下的写起来就容易多了，尤其是那种幻象，一开始就浮现在眼前，简直可以说：'脱帽致敬！'"

真能达到那种境界，他还有很长的路要走。他绝不会同意将这个句子原样不动就送交印刷所。因为，有时他对这句子虽然还颇为满意，但是心里清楚，这句话同现实还不完全贴切，而且在一定程度上，这种流畅的句式，即使相距甚远，也毕竟算得上陈词滥调。这至少是格朗所讲的意思，而恰巧这时，窗下传来一些人奔跑的声音。里厄站起身来。

"您会看到我修改好的稿子。"格朗说道，随即转向窗口，补充一句，

---

① 布洛涅森林公园，坐落于巴黎西部用来跑马休闲的大型园林。

"等这一切全结束时。"

这时，又响起急促的脚步声。里厄已经下了楼，来到街上，忽见两个人从他面前匆匆而过。看样子，他们是奔向城门。在暑热和鼠疫的夹击之下，我们有些同胞确实昏了头，想要胡作非为，企图蒙混过关，逃出城去。

五

还有一些人，如朗贝尔，也试图逃离这种开始惊慌失措的氛围，但是他们更执着，也更灵活，即使不能说更为得计的话。开头那段时间，朗贝尔继续走官方的门路。按照他的说法，他始终认为，只要坚持，没有办不成的事，从某种角度来看，遇事能排除万难，这正是他的职业特点。于是，他拜访了大批官员，以及通常公认为神通广大的人。但是，在这件事情上，他们那种神通却根本不顶用了。这些人大多是行家，在银行、出口、柑橘或酒类贸易等事务上，都有精准的看法，说得头头是道；他们在诉讼或保险方面所掌握的知识不容置疑，且不说他们还有过硬的文凭、明显的助人的诚意。甚至可以说，他们所有人给人最深的印象，就是助人为乐的诚意。

不过，朗贝尔抓住每一次机会，向他们每个人陈述自己的理由。他的论据的基调，就是一直强调他是外地人，因而他的情况应给予特殊考虑。这位记者的对话者，通常都乐意接受这一点。但是一般来说，他们也要向他指出，同样情况的人也有相当数量，因此，他的事情并不如他所想象的那样特殊。对此，朗贝尔可以回应说，这丝毫也改变不了他论据的实质，而对方就回答说，这改变了一点什么，给行政当局增添了困难，当局必须反对任何特殊照顾的措施，以免开个受人骂名的先例。按照朗贝尔向里厄大夫推荐的分类法，这样推理的人构成形式主义类。此外，还能碰到能说会道类，他们会安慰申请者，说这种状况绝不会持久，他们还推出一大堆好主意，以搪塞申请者要他们做出决定的要求，安慰朗贝尔时断言这仅仅是个暂时的麻烦。再就是有权有势类，他们请来访者留下概述自己情况的材料，说一旦对他的情况做出决定就会通知他。还有浅薄轻言类，他们就向他推销住房债券，或者提供经济型食宿公寓的地址。至于按部就班类，则要求他填写卡片，然后归类存档；忙忙碌碌类只是无奈地举起双臂；嫌麻烦类则转过脸去不予理睬；最后就是墨守成规类，他们人数最多，指点朗贝尔去找另一个办公室，去跑另一个门路。

　　这位记者到处拜访求助，跑得疲惫不堪，总是坐在仿皮漆布蒙面的长椅上等待，面对着宣传免税国库券或参加殖民军队的大幅广告。他也经常出入一个个办公室，那一张张面孔跟拉板文件柜和档案架一样容易猜测，从而认清了一个市政府或省政府究竟是怎么回事。正如朗贝尔带几分辛酸地对里厄说的那样，这也有一样好处：这一阵折腾向他掩盖了真实情况。鼠疫的蔓延，在他的脑子里基本没有概念了。且不说这样一天天过得更快，而全城处于这种境况，可以说每过一天，只要还没死，每个人都接近一点他所受折磨的终点了。里厄不得不承认这一点不错，但是觉得未免过分推而广之。

　　朗贝尔偶尔也萌生了希望。他收到了省政府寄来的一张空白调查表，请他据实填写。调查表要了解他的身份、家庭状况、过去和现在的经济来源，以及所谓的"履历"。他得出的印象是，这份调查登记旨在收集可能被遣返原地的人的情况。从一个办公室搜罗来的含混不清的消息，也证实了这种印象。经过几次目标明确的探访之后，朗贝尔终于摸到了寄出调查表的部门，那部门的人便告诉他，收集这些资料是为了

"以防万一"。

"以防万一怎样呢？"朗贝尔问道。

于是，对方就向他说明，万一他感染上了鼠疫，丧了性命，他们一方面可以通知他的家庭；另一方面，也要弄清楚医疗费用是由市里财政负担，还是由死者的亲属偿付。显而易见，这表明他还没有同盼他回去的女人彻底分离，社会还在关心他们。这当然算不上一种安慰。更值得注意的是，朗贝尔也同样注意到了，在灾难最猖獗的时候，政府的一个办事机构还能以什么方式继续办公，还像往常那样自作主张，最高当局却往往不知道，而这样做的唯一理由是：这个办事机构就是为了办这种事而设立的。

接下来的这个阶段，对朗贝尔来说最好过也最难过。这是一个麻木迟钝的阶段。他已经跑遍了所有办事处，走了所有门路，这方面暂时路路不通。于是，他就闲逛，从这家咖啡馆出来，再进另一家咖啡馆。每天早晨，他坐在露天座上，面对一杯常温啤酒，读一份报纸，希望从报上发现这场疫病即将结束的一些征象，还观看街上来往行人的面孔，但是又把头扭开，憎恶他们那种愁眉苦脸的表情，无数次读过对面各商家招牌、业已停售的名牌开胃酒的广告之后，他便站起身来，沿着市里的黄色街道游逛。孤独的散步者，泡咖啡馆，泡完咖啡馆再去饭馆，朗贝尔就这样混到晚上。恰巧一天傍晚，里厄看见这位记者来到一家咖啡馆门前，犹豫要不要进去。他似乎终于下了决心，走到餐厅里面落座。咖啡馆接到当局指令，这正是尽量晚些亮灯的时刻。暮色好似灰暗的水流，漫进了餐厅，而天空的晚霞映射在玻璃窗上，大理石餐桌的桌面在开始暗下来的厅里隐隐发亮。咖啡馆里空荡荡的，朗贝尔坐在那里，活似一个游魂。见此情景，里厄不禁想，这正是他失魂落魄的时刻。不过，也是在这种时刻，所有被囚禁在这座城里的人，都同样感到了失落无助，必须有所行动，以求早日解脱。里厄转身走开。

　　朗贝尔也时而到火车站长时间逗留。站台入口封死了，但是候车大厅还开放，从站前可以进入。有时天气太火热，候车大厅倒很阴凉，就成了一群乞丐落脚的地方。朗贝尔走进去，辨读旧的列车时刻表、禁止吐痰的布告牌，以及列车警方的规定。看罢，他就到一个角落坐下。大厅里十分昏暗。一个旧铁炉，已经闲置了数月，周围的地面还残留从前浇水的"8"字形水渍。墙壁上张贴着几份广告，宣传到邦多勒[①]和戛纳能过上自由自在的幸福生活。朗贝尔在此接触到了一种在极度贫乏中能找到的可怕自由。在这种时候，他最不忍看到的，至少据他对里厄所讲，就是巴黎的景象。古老建筑的石墙和一处水景、王宫的鸽子、火车北站、先贤祠一带行人稀少的街区，以及他当初深爱而不自知的一座城市其他几个地方，现在总是萦绕在朗贝尔的心头，妨碍他去干任何具体的事情。里厄只是认为，朗贝尔将巴黎的这些景象等同了他爱人的形象。且说那一天，朗贝尔告诉大夫，他喜欢凌晨四点钟醒来，想念自己的城市，大夫听了，不难从自身的体验来解释，他那是思念他留在那里的女人。的确，这正是他在想象中占有她的时刻。凌晨四点，一般什么也不干，就是睡觉，即使那是一个负情的夜晚。不错，凌晨这一时刻就是睡觉，这样可以安心些，只因一颗不安的心最大的欲望，就是时刻占有自己所爱的人，或者天各一方的时候，让她沉入无梦的睡眠中，直到团聚的那天才醒来。

---

① 邦多勒同戛纳一样，是法国南方城市，濒临地中海，是海水浴疗养胜地。

六

　　帕纳卢神甫讲道之后不久，天气骤热，时值六月末了。布道的那个礼拜天的标志，就是迟来的一场大雨，而次日，夏季突如其来，弥漫在天空和房舍的上方。先是刮起一阵灼热的大风，持续一整天，吹干了墙壁。太阳挂在高空，固定不动了。整个白天，强光和热浪不断倾泻，淹没了全城。除了拱廊街道和住户的房间之外，全城似乎无处不被置于极度耀眼的光芒之下。太阳在街道各个角落追逐我们的同胞，他们一停下来，就遭受光鞭的抽打。这初夏的酷热恰逢瘟疫的死亡人数直线上升的时候，每周多达近七百人，一种沮丧的情绪笼罩了全城。在城郊各街区，在平坦的街道和带平台的房舍之间，热闹的场景消退了，而在这个街区，原先大家总在门口活动，现在家家户户都大门紧闭，百叶窗关严，无法断定他们这样做是抵御鼠疫还是太阳。不过，有些住宅里传出了呻吟声。从前出现这种情况，往往能看到一些好事者待在街上窥听。可是，预警惕厉这么长时间之后，人心似乎变硬了，在生活中，走路时，听见旁边有呻吟声，无不当作人类的自然言语。

　　城门口发生了斗殴，宪兵不免动用武器，从而造成动乱的隐忧。在斗殴中肯定有人受伤，传到城里就说死了人，什么事情都被炎热和恐惧夸大了。不管怎样，不满情绪确实在不断增长，行政当局担心事态发展到不可收拾的地步，便认真考虑应采取的措施，以防止处于水深火热的民众起来造反。各家报纸刊登政府重申禁止出城的法令，并威胁违令者要受牢狱之苦。多支巡逻队全城巡视。在晒得滚烫的空荡荡的街上，往往先闻嗒嗒的马蹄声，然后才看见骑警从两边门窗紧闭的房舍之间通过。巡逻队远逝了，满负疑虑的寂静，又重重压到这座受威胁的城市上。时而还能听到短促的枪声，那是特别行动队遵照最新的法令，捕杀可能传播跳蚤的猫和狗。这种短促的枪声，越发加重了全城警戒的气氛。

我们的同胞身陷这种炎热和寂静之中，一颗心已惊恐万状，看什么事都极其严重了。显示四季变化过程的天空颜色和大地气味，第一次拨动每个人的敏感神经。人人都明白，也不由得胆战心寒，溽暑会助长瘟疫的蔓延，与此同时也都看到，夏季已经牢牢站住了脚。傍晚时分，雨燕在城市上空的鸣叫格外细弱，配不上这个地区天际日益开阔的六月暮晚。运到市场的花卉已不是蓓蕾，全部盛开了。早市一过，人行道上的尘埃中落满了花瓣。大家都清楚地看到，春天衰竭了。它也曾风光一时，在万紫千红的花间飞舞，耗尽了精力，现在气息奄奄，受鼠疫和暑热的双重压力缓缓死去。在我们所有同胞的眼里，这夏日的天空，这些蒙上尘土和烦闷而变得灰白的街道，比起全城每天死亡上百人的沉重数字，也具有同样的威胁性。烈日当空，这些适于睡觉和休闲的时刻，不再像从前那样，邀人去水中嬉戏或去享受床笫之欢，而是恰恰相反，在这封闭而沉寂的城市里显得空虚了。这些时刻已然丧失了欢乐季节的那种古铜色。鼠疫猖獗时期的太阳，晒褪了一切色彩，驱逐了全部欢乐。

这正是疫病所引起的一种巨变。夏季来临，我们的同胞通常都会兴高采烈。于是，城池朝大海敞开胸怀，将城中的青年倾泻到海滩。今年则相反，毗邻的海洋成为禁区，人们再也无权享受海水浴了。在这种情况下该怎么办呢？仍然是塔鲁，展开了我们当时生活的最真实的画面。自不待言，他关注着鼠疫总体的进展，准确地记录了由广播电台标出的瘟疫的一个转折点，即广播电台不再公布每周死亡几百人，而是每天死亡的人数：九十二人、一百零七人、一百二十人。"报纸和当局在跟鼠疫斗智，他们自以为这样就从鼠疫的手中夺取了分数，因为一百三十要大大小于九百一十。"塔鲁也提到瘟疫的催人泪下或惊心动魄的场景。例如，在一个百叶窗紧闭的冷清街区，住在他楼上的那个女人突然打开一扇窗户，嗷嗷大叫两声，随后又放下百叶窗，关住房间里的浓重黑暗。此外，他还记录了为防止感染鼠疫，许多人口含薄荷片，以致药店已经脱销了。

塔鲁也继续观察他最关注的人物。据他说，那个捉弄猫的小老头儿，生活也很悲惨。原来，一天早晨，忽听几声枪响，正如塔鲁所记载的那样，这回吐出的是几口铅弹，大部分猫咪被打死了，余下的都仓皇逃出这条街。当天，那小老头儿按时走到阳台上，不免露出惊异之色，他俯下身寻觅，目光一直搜索到街道尽头，又耐着性子等了一阵，用手轻轻敲着阳台的铁栏杆。他仍然等着，撕了一些小纸片，返回房间，又出来望望，守了半晌，这才突然消失不见了，怒冲冲地进屋，随手关上了落地窗。接下来几天，同样的场面反复出现，不过可以看出，那小老儿脸上哀伤和惶惶然的神情越来越明显了。一周之后，塔鲁就白白等待了，再也不见那个每天按时出现的人了。窗户固执地紧闭着，将一种很好理解的忧伤关在里面。"闹鼠疫期间，禁止朝猫吐痰"，这是塔鲁的笔记所做的结论。

另一方面，塔鲁每天晚上回到旅馆，在过厅里总能遇见那个守夜人。此人脸色阴沉，在过厅里来回踱步，逢人便提醒说，他早就预见到降临的灾难。塔鲁承认听他预言过会有一场灾难，但是也提醒他当时说的是一场地震，这位老守夜人便回答说："唉！真要是地震倒好了！剧烈震动那么一下，就再也没人谈论了……只是清点一下遇难者、幸存者，也就完事大吉了。可是，这种传染病也太歹毒啦！即使身体没有感染上的人，也有了心病。"

旅馆经理这块心病也不轻。开头阶段，由于封城，旅客不能离去，便滞留在旅馆。可是，随着疫病逐渐拖长，许多人就宁愿住到朋友家去了。由于同样原因，原先全部住满的客房，退房之后就都空出来了，也就是说本市不来新旅客。留在旅馆的客人寥寥无几，塔鲁算是一个，而经理只要有机会就提示塔鲁，如果不是为了照顾最后几位顾客，他早就关门歇业了。他经常问塔鲁，估计这场瘟疫可能闹多长时间。塔鲁回答："据说，寒冷能阻止这类疾病扩散。"经理一听就慌了神儿："可是，这里的气候，先生，从来就没有真正寒冷过。不管怎么说，我们还得熬好几个月呀。"而且他也确信，以后会有很长时间，游客要避而不来本市。这场鼠疫毁了旅游业。

猫头鹰奥东先生短时间内没有露面，后来重又在餐馆里现身，但是身后只跟随两只很乖的小狗。据了解到的情况，他妻子曾回娘家照顾并安葬母亲，现在正接受检疫隔离。

"这种处理我不赞同，"经理对塔鲁说道，"隔离不隔离，她都很可疑，因此，他们全家人都脱不了干系。"

塔鲁请他注意，照此观点，人人都可疑了。然而，对方一口咬定，他对这个问题的看法坚定不移。

"不对，先生，无论您还是我，都没有问题。他们才可疑。"

不过，奥东先生不会因为这点小变故就改弦易辙，这次鼠疫算是白费了工夫。他还是照老样子，走进餐厅，自己落座之后才让孩子坐下，对他们说的话还总是那么讲究，又那么满含敌意。只有小男孩样子变了。他跟姐姐一样，全身黑装，但是躯体有点儿往横里长，仿佛是他父亲缩小的影子。旅馆守夜人不喜欢奥东先生，他就对塔鲁说过：

"哼！那家伙，全身穿戴好了就等死吧。这样也免得再换寿衣了，可以直接进棺材了。"

帕纳卢神甫的讲道，塔鲁也做了笔记，并且附有如下的评论："我理解这种赢得好感的热忱。灾难初起和结束时，有人总要耍耍嘴皮子。灾难初起的时候，习惯还未丧失，等到灾难结束时，习惯又已经恢复了。只有在灾难最严重的时候，大家才实事求是，也就是说保持沉默了。等着瞧吧。"

塔鲁最后还记载，他同里厄大夫长谈过一次，但只是提及谈话的效果很好，顺便强调里厄老太太那双淡栗色的眼睛，并以此奇怪地断言，如此善意迎人的眼神，总是比鼠疫更有力量，最后还大段大段地记录了接受里厄治疗的那位老哮喘患者。

他们那次谈话之后，塔鲁还跟大夫去看望了那位病人。那老人搓着手，嘿嘿冷笑着迎接塔鲁。他背靠枕头坐在床上，眼前放着两锅鹰嘴豆："嘿！又来一位。"他看见塔鲁，便说道，"这世界颠倒了，医生比病人还多。怎么样，传染得很快吗？神甫说得对，那是罪有应得。"塔鲁事先也没有打声招呼，次日又去了。

如果相信塔鲁的笔记，这位老哮喘病人当初经商，开了个服饰用品商店，干到五十岁那年，认为自己干够了。于是，他躺倒不干，就再也不起来了。其实，他这哮喘病站着更好些。他享有一小笔年金，得以轻轻松松活到七十五岁。他见不得钟表，家里的确连一块也没有。他常说："一块表，又贵，又是个蠢物。"他估摸时间——尤其估摸他唯一看重的吃饭的时刻——全凭着那两个锅子。他早晨醒来，一个锅就装满鹰嘴豆，他一粒一粒将鹰嘴豆捡到另一个锅里，动作既专心又合节拍。他就是这样一锅一锅倒腾豆子，标志一天时间的划分。"每倒腾完十五锅，我就该吃饭了。这非常简单。"

此外，他妻子说的话如果属实，那么他很年轻的时候，就表现出了这种志向的征兆。的确，无论什么，工作、朋友、咖啡、音乐、女人，还是散步，他一概都不感兴趣。他从未出过城，只有一次例外；那天，他为了办家里的事，不得不去阿尔及尔，可是从奥兰上火车，刚开出一站就下车了，实在不敢冒险再往远走了。结果一来返程火车，他就上车回家了。

这位老人见塔鲁对他的蜗居生活显出惊异的神色，他就大致这样解释道：根据宗教的说法，人在前半生走上坡路，后半生走下坡路，而在走下坡路的过程中，人度过的每一天，就不再属于自己了；这些时日随时都可能被剥夺，因此不能用来做任何事情，最好什么也不干才是正理。况且，他也不害怕自相矛盾，因为没过一会儿，他就对塔鲁说，上帝肯定不存在，如果存在的话，那些神甫就没有用了。不过，塔鲁随后听了他的一些想法，也就明白了这种哲学跟他这教区经常募捐引起他的情绪密不可分。塔鲁描绘这位老人形象的最后一笔，就是一种似乎发自内心的祈愿，老人也多次向他的对话者表示：他希望活到很老再死。

"难道他是个圣徒？"塔鲁暗自思量。接着，他便回答："是的，如果神圣性就是习惯的总和的话。"

与此同时，塔鲁还力图详细地描述疫城一天的情景，从而让人准确了解在这年夏季，我们同胞的营生与生活状况。塔鲁写道："除了醉汉，没有人欢笑了，醉汉又笑得太过分。"接着，他便开始描述：

"清晨，微风习习，吹拂着城中还冷清的街道。这种时刻介于夜间的死亡和白天的垂危之间，似乎鼠疫也暂时缓一缓劲儿，喘一喘气儿。所有店铺都关着门，有几家店铺门前还挂上'鼠疫期间停止营业'的牌子，表明过一会儿不会跟其他店铺一起开门了。一些报贩背靠着街角，还睡眼惺忪，没有叫卖新闻，只是把报纸全交给路灯，那种举动无异于梦游者。过一阵，他们就要被始发的有轨电车惊醒，便会上车散布到全城，高举着印有醒目大字'鼠疫'的各家报纸。'鼠疫秋天还会流行吗？'B教授回答说：'不会。''死亡一百二十四人，这是闹鼠疫第九十四天的

统计。'

"纸张供应日渐趋紧，有些期刊不得不削减篇幅，尽管如此，还是有一家新报，《鼠疫信使报》创刊了，其宗旨就是'以十分严格的客观态度，向我们的同胞报道鼠疫的进展或消退的情况，提供有关鼠疫前景的最具权威的判断；设立多种栏目，以支持所有准备同这场灾难做斗争的知名或不知名人士，振作民众的士气，传达当局的指示，总之，聚拢同心同德者，有效抗击残害我们的病魔。'而事实上，过不了多久，这家报纸就仅限于刊登广告，宣传新制的预防鼠疫的特效药了。

"早晨将近六点钟，在各家商店开门之前一个多小时，所有报纸就开始兜售给在商店门前排队的人，然后再在开往城郊街区的拥挤的电车上兜售。有轨电车成为城里唯一的交通工具，车的脚踏板上和护栏都挤满了乘客，行驶得非常艰难，然而车上的景象很奇特，所有人都背对背，以免相互传染。车一到站，大批男人和女人便一拥而下，急急忙忙走开，离群独自活动。只因情绪恶劣，吵架频频发生，这也变成了一种慢性病。

"首发一批电车经过之后，全城逐渐醒来，最早开门营业的啤酒店，柜台上都摆放一块牌子，注明'咖啡无货''自备白糖'等字样。各家商店接连开门，街上热闹起来。与此同时，太阳升起，七月的天空由于溽暑熏蒸而渐呈铅灰色。正是这种时候，那些闲极无聊的人都跑到大街上。大多数人似乎以摆阔为己任，用以预防鼠疫。每天快要到十一点钟，总有青年男女在主要大街上招摇过市，让人感到在大灾大难当中，他们身上滋长起来的那种及时行乐的欲望。如果瘟疫继续蔓延，那么道德观念也会随之松弛，古代米兰人在墓前纵欲的场面，又将在我们这里重演。

"正午时分，各家饭馆转瞬间都已客满。没有找到座位的人，很快就三五成群，聚集在各家饭馆门前。溽暑熏蒸，热气太盛，蒙蔽了天空的光亮。烈日烤得街道噼啪作响，等待座位的人就躲在路边大型遮阳篷下。饭馆人满为患，只因饭馆大大简化了食物定量供应的问题，但是丝毫也不能消除疾病传染的忧虑。顾客不惜花费时间，耐心地擦拭餐具。不久前，有些餐馆还张贴布告：'本店餐具已经开水消毒。'可是，店家逐渐放弃了任何广告，反正顾客不管怎样都得来用餐，花多少钱都心甘情愿。喝酒就点高档酒，或者号称高档的酒，添加价位最高的菜，开始挥金如土了。据说也有惊慌失措的场面发生在一家餐馆里：一名顾客突感不适，面失血色，急忙站起身，脚步踉踉跄跄，很快夺门而去。

"将近下午两点钟，全城街巷逐渐空了。这是寂静、灰尘、阳光和鼠疫在街上相会的时刻。热流顺着高大的灰色房舍不断地倾泻。这是漫长囚禁的几小时，一直到火辣辣的暮晚降临在这座人口稠密而喧闹的城市。在暑热的最初几天，也不知道为什么，傍晚时却冷冷清清。可是现在，稍有点儿凉爽，即使不是一种希望，也还是带来一点轻松。于是，所有人都出门，来到街上，说说话来消愁解闷，相互斗嘴，或者彼此垂涎，而在这有晚霞的七月天空下，到处是情侣和喧哗的城市，又逐渐转入烦躁不安的夜晚。然而，每天晚上，总有一位接受神谕的老人，头戴毡帽，打着大花结领结，奔波在林荫大道上，不停地重复：'上帝伟大，皈依上帝吧。'可是白费唇舌，大家匆匆忙忙，反而投向他们不了解的，或者他们认为比上帝更紧迫的事物。起初，他们以为鼠疫也跟别的疾病一样，宗教还稳坐其位。讵料，他们一旦明白这场灾难很严重，便想起了寻欢作乐。于是，白天满面的愁容，到了尘土飞扬的灼热黄昏，就化为失控的冲动和张狂的放荡，这种狂热席卷了全城市民。

"我也不例外，同他们一样。有什么了不得的！对于像我这样的人，死亡根本不算什么。这次变故给了他们及时行乐的理由。"

七

塔鲁在笔记中所讲的这次晤谈，还是他主动向里厄提出来的。那天晚上，里厄大夫等待塔鲁的时候，目光恰巧落到母亲身上，老太太正静坐在餐室角落的椅子上。她操持完家务，就总是这样打发时日，双手并拢，搭在双膝上等待着。里厄甚至不敢确定她那是在等待儿子。不过，他一回到家，母亲脸上的表情就有所变化。她因操劳一生而刻满缄默的脸似乎又全活跃起来。继而，她重又陷入静默状态。那天晚上，她凭窗观望已无行人的街道。夜晚的路灯，有三分之二不开了，相距很远才亮一盏，往城市的夜影中投下微弱的光亮。

"在闹鼠疫期间，要一直这样管制街道照明吗？"里厄老太太问道。"很有可能。""这种状况，但愿不要一直拖到冬天。拖那么久可就太愁人了。""是啊。"里厄附和一声。他见母亲的目光落到他的前额，心下明白自己这些日子操心和劳累过度，脸又瘦了一圈儿。"今天，情况还不好吧？"里厄老太太又问道。"唔！还跟往常一样。"

还跟往常一样！换言之，从巴黎新运到的血清，效果还不如第一批，统计的死亡人数还在上升。除了鼠疫患者家属，还不可能给其他人打预防针。要普遍打针预防，就必须大批生产血清。腹股沟淋巴肿块，大多不会自行溃破，好像已经到了硬化期，折磨得病人痛苦不堪。前一天，市里就发现两例新型鼠疫原来是腺鼠疫，现在又有了变异的肺鼠疫。[①]当天在一次会议上，疲惫不堪的医生和不知所措的省长面对面，他们请

---

① 鼠疫有两种类型：腺鼠疫由跳蚤传播，肺鼠疫通过呼吸和唾液传播。

求并获准采取新的措施，以防止通过口传染的肺鼠疫。还像往常那样，老百姓都一直蒙在鼓里。

里厄瞧了瞧母亲。母亲美丽的栗色眼睛勾起他那么多年的温情。

"你害怕了吗，母亲？"

"到了我这年纪，就没有什么可怕的了。"

"一天一天的时光这么漫长，我又不能待在你身边。"

"我等着你也一样，反正知道你准回来。你不在身边的时候，我就在想你在干什么。你有她的消息吗？"

"有哇，她最近还打来电话说，一切都好。不过我也知道，她这样说是要让我放宽心。"

这时门铃响了。里厄冲母亲笑了笑，便去开门。楼梯平台上光线昏暗，塔鲁看上去活像一只大灰熊。里厄请客人坐到他的写字台前，他本人则站在扶手椅后面。二人之间隔着写字台，上面的台灯是屋里唯一打亮的电灯。

"我知道，"塔鲁开门见山，说道，"我跟您谈话可以直来直去。"

里厄默认了。

"再过半个月或一个月，您在此地就毫无作用了，事态的发展超出您的能力。""是这样。"里厄说道。"卫生防疫工作组织得糟透了。你们既缺人手，又赶不及时间。"里厄再次承认这是事实。"听说省政府正考虑创建一种民间卫生组织，规定健康的人都要参加一般性的救护工作。""您的消息很灵通啊。不过，民众已经大大不满了，省长还在犹豫。""为什么不招募志愿者呢？""招募过，可是报名的人寥寥无几。""通过官方渠道进行，自己都有点儿不大相信。他们缺乏想象，始终不能跟灾难相匹敌。而他们所能想象出来的药方，只能勉强治治鼻炎吧。我们若是袖手旁观，他们那样干准得完蛋，也连累我们一起玩完。"

"这很可能,"里厄说道,"还应当说,他们也想到了囚犯,派去干所谓的粗活。""我更喜欢让自由人去干。""跟我的想法一样。不过,说到底,为什么呢?""对死刑我深恶痛绝。"里厄看着塔鲁,问道:"想怎么办?""想这么办,我有个计划,组织志愿卫生防疫队。请授权给我担当此任吧,咱们就把行政当局撂到一边。况且,行政当局穷于应付,已经焦头烂额了。差不多到处都有我的朋友,他们可以构成第一批骨干。不用说,我也要加入。"

　　"当然可以,"里厄说道,"您早就料到了,我准会欣然接受。谁都需要帮助,尤其是干这行的。我来负责说明这种想法,让省里接受。再说了,他们也别无选择。不过……"里厄沉吟了一下,"不过,这种工作可能有生命危险,这一点您完全清楚。不管怎么说,我必须先提醒您。您认真考虑过了吗?"塔鲁那双灰色的眼睛注视着里厄。"您怎么看帕纳卢的讲道呢,大夫?"问得非常自然,里厄也很自然地回答:"我久在医院里生活,不可能欣赏集体惩罚的想法。不过,您也知道,基督教徒有时就这么说说,心里从来没有真正这样想。他们内里要比表象优越。""可是,您也跟帕纳卢神甫一样认为,鼠疫有其裨益,能让人睁开眼睛,逼人思考?"大夫不耐烦地摇了摇头。"如同这世上所有疾病。其实,这世上疾病的实际情况,也同样符合鼠疫。鼠疫有利于一些人的思想升华,但是,看到鼠疫给人带来的灾难和痛苦,除非是疯子、瞎子或者懦夫,才会任其摆布。"

　　里厄只是稍微提高点声调。塔鲁那边就摆摆手,似乎让他冷静。里厄便微微一笑。"是啊,"里厄耸了耸肩膀,说道,"不过,您还没有回答我问的话呢。您认真考虑过了吗?"塔鲁动了动身子,好在扶手椅上坐得舒服些,他的头探到灯光下。"您相信上帝吗? 大夫?"问题同样提得十分自然。不过这次,里厄犹豫了。"不相信,可是,这又能说明什么呢？我身处黑夜之中，想尽量看清楚些。好久以前我就不再认为，不相信上帝有什么独特的了。""恐怕这就是您跟帕纳卢神甫的区别吧？""我并不这么看。帕纳卢是一位学者。他看到死人的场面不多，这就是为什么他以真理的名义说话。然而，随便一个低级的乡村教士，在他的教区为信徒做过临终圣事，听到一个垂危者的喘息，他就会跟我的想法一样，想要阐明鼠疫的优点之前，先会去照顾深受苦难的人。"

里厄站起身，他的面孔现在处于昏暗中。

"咱们不谈这事了，"他说道，"既然您不愿意回答。"

塔鲁坐在扶手椅上没有动，微笑道：

"我能用一个问题回答您吗？"

大夫也微笑起来。

"您就喜欢故弄玄虚，"他说道，"您就问吧。"

"是这样，"塔鲁说道，"您本人，既然不相信上帝，为什么能表现出如此高的献身精神呢？您回答的话，也许能帮助我回答您的问题。"

大夫没有从暗影里出来，说他已经回答过了，他若是相信有一位万能的上帝，那就不必治病救人，让上帝来救苦救难好了。然而，这世上任何人也不相信存在这样一位上帝，没有，甚至自以为相信上帝的帕纳卢也不相信，因为任何人都没有完全听天由命，在这方面，至少他，里厄，在同现实世界进行斗争，自认为走在通往真理的路上。

"唔！"塔鲁说道，"这就是您干这行的理念吧？""差不多吧。"大夫回答，同时又回到灯光之下。塔鲁轻轻吹了声口哨，大夫瞧了他一眼，说道："是的，您心里在嘀咕：还真够傲气的。可是，请相信我，我只有必要的骄傲。我不知道前面等待我的是什么，也不知道这一切结束之后还会发生什么情况。眼下，有这么多病人，应该给他们治好病。治好之后呢，他们要思考，我也要思考。但是，最急迫的还是治病，我竭尽全力保护他们，就是这样。"

"保护他们，反对谁呢？"

里厄转身面朝窗户，远远望见天际更为浓暗的长带，推测那必是大海。他仅仅感到疲倦，同时还在抗拒着突然萌生的一种不理智的渴望：同这个独特的、他对之有亲切感的人进一步交流。

"对此我一无所知，塔鲁，我向您发誓，对此我一无所知。我初入这行的时候，在一定程度上，想法还比较抽象，因为我有这种需要，而这一行也跟其他行业一样，是年轻人愿意谋求的。也许还有个缘故，像我这样工人家庭出身的人，要进入这一行尤其困难。此外，要眼睁睁看着人死去。您可知道，有些人真不想死啊？您可听见过一个女人临终时号叫'决不'吗？是的，我听见过。当时我就发觉，这种情况我看不下去。那时我还年轻，不免憎恶这个世界的秩序本身。后来，我就变得谦抑一些了。不过，我还始终看不惯人患病早早死去。此外我就不甚了了。但是，不管怎样……"

里厄住了口，重又坐下。他觉得口干舌燥。

"不管怎样？"塔鲁轻声问道。

"不管怎样……"大夫接着说道，不过还有点犹豫，他注视着塔鲁，"这种事，像您这样的一个人可以理解，对不对，可是，世界的秩序既然由死亡来节制，那么人不相信上帝，不抬头仰望上帝沉默的天空，而是竭尽全力同死亡做斗争，这样对上帝也许更好些。"

"不错，"塔鲁表示赞同，"我可以理解。但是，您的胜利永远是暂时的，不过如此。"

里厄的脸色似乎阴沉下来。"永远是暂时的，这我知道。这不成其为停止斗争的理由。""对，这不成其为理由。但是我不免想象，这场鼠疫对您可能意味着什么。""是啊，"里厄接口道，"意味连续不断的失败。"

塔鲁定睛看了大夫片刻，然后站起来，脚步滞重，朝门口走去。里厄随后赶上来，塔鲁似乎看着自己的脚，对他说道："这一切，是谁教会您的，大夫？"回答冲口而出："是苦难。"里厄打开书房的门，来到过道，他对塔鲁说也要下楼，去城郊街区看一名患者。塔鲁提议陪他一同去，大夫接受了。二人在过道口遇见里厄老太太，里厄把塔鲁介绍给母亲："是一位朋友。""哦！"里厄老太太应声说，"非常高兴认识您。"等老太太走开，塔鲁又回过身去看她。他们来到楼梯平台上，大夫怎么也打不亮定时廊灯。楼梯一片漆黑。大夫心中暗道，这会不会是一项节电新措施的结果。但是无从知晓。已经有一段时间了，无论住户还是城里，什么都出毛病了。或许只怪那些门房以及我们全体同胞，什么事上都马马虎虎。不过，大夫没有时间往深里追究，只因身后又响起塔鲁的声音："还有一句话，大夫，哪怕您觉得可笑：您完全正确。"里厄耸了耸肩膀，在黑暗中只对着自己了。"真的，对此我不甚了了。那么您呢，您了解什么呢？""唔！"对方回答，一点儿也不显得激动，"我要了解的事情不多了。"大夫停下脚步，而跟在后面的塔鲁收不住脚步，在梯阶上滑了一下，急忙抓住里厄的肩膀。

"您认为自己了解全部生活了吗？"里厄问道。

同样平静的声音，从黑暗中传来：

"不错。"

二人来到街上，这才知道时间相当晚了，也许有十一点了。全城一片寂静，只闻轻微的窸窣之声。很远处响起一辆救护车的铃声。二人上了小轿车，里厄发动马达。

"明天，"里厄说道，"您必须到医院打预防针。在进入这段经历之前，最后再确定一下，要知道，您有三分之一的机会能幸免于难。"

"这种估计毫无意义，大夫，这一点您跟我同样清楚。一百年前，一场鼠疫大流行，夺走了波斯一座城市全体居民的性命，唯独一人得以幸免，恰恰是一直忠于职守的那个洗尸体的人。"

"他保住了他那三分之一的机会，不过如此，"里厄说道，声音突然变得低沉了，"说起来，在这方面，咱们还得从头学起。"

现在，他们驶入城郊，车灯照亮空荡荡的街道。他们停下来，里厄在车的前面问塔鲁是否愿意进去，塔鲁回答愿意。一抹天光映现出他们的脸。

"对了，塔鲁，"里厄说道，"您管这种事，出于什么动机？"

"我也不知道。也许是我的道德观吧。"

"什么道德观？"

"理解。"

塔鲁转身朝向那幢房子，里厄看不见他的脸了，一直到他们走进患哮喘病老人的家中。

八

从第二天起，塔鲁就投入工作，拉起第一支小队，随后，其他许多小队也陆续组建起来。

不过，叙述者谈到这些卫生防疫组织的重要性时，无意夸大其词。我们的许多同胞，如今若是处于叙述者的位置，的确会经不住诱惑，难免夸饰这些组织的作用。但是叙述者宁愿相信，过分抬高义举，最终会间接地大力颂扬罪恶。因为，这会让人猜想，义举十分罕见，才显得如此可贵，而邪恶与冷漠则是人的行为更常见的动力。这样一种看法，叙述者不能苟同。世间的罪恶，几乎总是来自愚昧无知，善意如不明智，就可能跟邪恶造成同样的损害。人性中善的成分还是多于恶的成分，但事实上，问题并不在这里。人的无知只有程度之分，这就是所谓的美德与恶行了。最可恨的恶行就是愚昧无知的行为，自以为无所不知，因而自赋权力杀人。杀人凶手的心灵是蒙昧的，而没有真知灼见和明察秋毫，也就谈不上真正的善良和崇高的仁爱。

因此，对由塔鲁倡导而组建起来的卫生防疫队，应给予充分客观的评价。这也就是为什么叙述者不会高歌称颂人的意愿和英雄主义，适当地重视英雄主义也就够了。但是，他还要继续以历史学家的笔法，记述当时鼠疫肆虐给我们所有同胞造成怎样破碎而又苛求的心。

献身于卫生防疫组织的人，他们那样做，其实也算不上丰功伟绩，只因他们知道那是唯一可做的事情，不下决心去做反倒是不可思议的。这些组织促进我们的同胞深入了解鼠疫，并在一定程度上说服他们相信，既然病魔降临，那就责无旁贷，必须与之斗争。鼠疫就这样变成了某些人的职责，正因为如此，也就真正暴露其本相，即成为所有人的事情。

这很好。然而，我们不会因为一位小学教师教学生二加二等于四，就大肆赞扬他。也许可以称赞他选择了这种高尚的职业。这么说吧，塔鲁和其他一些人做出了选择，证明二加二等于四而不是相反，这是值得夸奖的，但是也应当说，这种良好的愿望是他们共有的，那位小学教师，以及心胸跟那位小学教师一样的所有人莫不如此，数量要比我们想象的多得多，这实在是人类的光荣，至少这是叙述者的信念。况且，叙述者也非常清楚地看到，有人可能向他提出质疑，说是这些人毕竟冒了生命危险。然而，历史总会出现这样的时刻，敢于说出二加二等于四的人被判处死刑。小学教师也完全清楚这一点。问题并不在于了解这样推理会受到奖励还是惩罚，而在于认清二加二是否等于四。至于我们同胞中当时冒了生命危险的那些人，他们要确定自己是否身陷鼠疫的危害之中，自己是否应该与之斗争。

本市许多新派伦理学家，当时竟然说，无论做什么都无济于事，只能跪下求饶。可是，塔鲁和里厄以及他们的朋友，可能做出这样或那样的回答，但是结论始终限于他们所知道的这样一点：必须以这种或那种方式进行斗争，绝不能跪下求饶。问题全在于控制局面，尽量少死人，少造成亲人永别。为此也只有一种办法，就是同鼠疫搏斗。这个真理并不值得赞扬，这只是顺理成章的事。

这就是为什么，老卡斯泰尔满怀信心，就地取材，不遗余力地生产血清，这正是自然而然的事情。他和里厄都希望，利用在本城传播的鼠疫细菌培养液生产血清，它能比从外面调运来的血清疗效更直接，因为本地细菌跟通常确认的鼠疫杆菌略有差异。卡斯泰尔期待他的首批血清很快就能生产出来。

同样，跟英雄毫不沾边的格朗，现在就负责卫生防疫组织的秘书处工作，这也是自然而然的事情。塔鲁组建起来的小分队的一部分，在人口稠密的街区，已经扎实地开展防疫保健工作。他们力图引入必要的卫生措施，统计有多少顶楼和仓库还没有经过消毒。另一部分则随同医生巡诊，负责运送鼠疫患者，后来，在专职人员短缺的情况下，他们就开车运送病人和尸体。所有这一切，都必须登记，进行统计，格朗就做这一工作。

从这个角度看，比起里厄或者塔鲁来，叙述者认为格朗更具有代表性，他真正代表了推动卫生防疫工作的这种笃定的美德。他毫不犹豫，当即就接受了，显示他那特有的良好愿望，但求在细小的工作中发挥作用。他年纪也太大，干不了别的活儿了。从十八点到二十点的时间，他可以奉献出来。里厄向他表示衷心感谢，他不免惊诧，说道："这又不是最难做的事。既然闹了鼠疫，就必须自卫，这是明摆着的事。嘿！无论什么事儿，若是都这么简单该有多好!"还是不忘他的口头禅。晚上，有时格朗登记完卡片之后，里厄就跟他聊聊。最后，他们还把塔鲁拉进来，格朗显然谈兴越来越浓，对两个伙伴讲了心里话。而这两位也饶有兴趣，关注格朗在鼠疫期间坚持做的这种耐心的工作。他们俩也同样，最终也从中找到了一种精神的放松。

"那位女骑士怎么样啦?"塔鲁时常这样问格朗。格朗也是一成不变地回答:"她骑马小跑，她骑马小跑。"同时艰难地微笑着。一天晚上，格朗说他最终放弃了"曼妙多姿"这个修饰词，今后要用"身材修长"来形容他的女骑士。"这样更具体。"他还补充道。还有一次，他把修改好的开篇第一句话念给两位听众:"五月一个明媚的清晨，一位身材修长的女骑士，骑着一匹英俊的阿勒桑牝马，奔驰在布洛涅森林公园的花径上。"

"看上去，她这样更好些吧，"格朗说道，"我更喜爱'五月一个清晨'，如果写成'时值五月份'，小跑就显得有点儿拖沓了。"

接着，"英俊的"这个修饰语，也让他颇犯踌躇。据他说，这没有什么表现力，他要思索出一个字眼，让他想象中的非常神气的牝马一下子就生龙活现。"肥壮"一词不贴切，这倒写实，但是略带贬义。有一阵，他想用"光彩夺目"，但是又不大合节奏。一天晚上，他得意扬扬地宣布找到了:"一匹黑色阿勒桑牝马。"黑色含蓄地表示"俊雅"，这当然还是他的看法。

"这可不行。"里厄说道。

"怎么不行呢?"

"阿勒桑①指的不是马的品种，而是毛色。"

---

① 法文为 alezane，来自西班牙语 alazan，意为"栗色""枣红色"。

"什么颜色？"

"嗯，一种颜色，反正不是黑色。"

格朗显得很伤心。

"谢谢，"他说道，"幸好有您在身边。您也看到了，这有多难啊。"

"'华贵'这个词，您觉得如何？"塔鲁说道。

格朗看着塔鲁，想了想，说道：

"可以，可以呀！"

于是，他的脸上又逐渐绽开笑容。

又过了几天，他承认"花径"的"花"字把他难住了。他只熟悉奥兰和蒙特利马尔，不知道布洛涅森林中开花的路径是怎样的情景，有时他就请教这两位朋友。如果较真的话，那些路径给里厄或塔鲁的印象，从来就没有开满鲜花。可是，这位职员坚信不疑，倒让他们俩动摇了。见他们模棱两可，格朗不免诧异。"只有艺术家懂得观赏。"有一次，里厄大夫发现他异常兴奋。他用"开满鲜花的小径"替代了"花径"。他连连搓着双手。"那些鲜花，终于看得见，闻得到香味了。脱帽致敬吧，先生们！"他得意扬扬地朗诵这个句子："五月一个明媚的清晨，一位身材修长的女骑士，骑着一匹华贵的阿勒桑牝马，奔驰在布洛涅森林公园开满鲜花的小径上。"然而，这样高声一朗诵，句子末尾表示属格的三个"de①"字，就凸显出不和谐了，格朗也不免结巴起来。他神情沮丧，干脆坐下了。继而，他请求大夫准许他先走。他需要再考虑考虑。

后来获悉，正是在这个时期，格朗在办公室工作时显得有点儿心不在焉，恰逢市政府工作人员减少，又要应对繁重事务的时候，他这

---

① 法语用"de"表示属格，汉语则译为"的"，但往往省略。这句话末尾的分句，如果把三个"de"全译出来，则应是"奔驰在布洛涅的森林公园的开满鲜花的小径上"，故显拖沓而不和谐。

种表现实在令人遗憾。他的不专心影响了工作，办公室主任严厉责备了他，并且提醒说，他领薪水就应该完成工作，而他恰恰没有完成。"您在工作之余，"主任说道，"好像参加了卫生防疫组织的志愿服务。这与我无关。但是，您的本职工作，就关系到我了。在这种危难的时刻，您要发挥作用的首要方式，就是做好本职工作。否则的话，其他什么都谈不上。"

"他说得对。"格朗对里厄说道。

"是啊，他说得对。"大夫附和道。

"可是，我总走神儿，不知道如何改好这句话的末尾，摆脱这种状态。"

他曾考虑删去"布洛涅"，认为删掉了大家也都能明白所指。但是那样一来，句子中原本与小径相连的词，就同"鲜花"更紧密了。他也曾琢磨这样写是否可行："开满鲜花的森林公园小径。"然而，将"森林公园"置于中间，隔开修饰语和名词，在他看来未免生硬，有肉里扎根刺儿的感觉。有些晚上，他那样子确实显得比里厄还要疲倦。

是的，他疲惫不堪，全副精力耗在推敲词语上了。但是他也毫不松懈地继续着卫生防疫组织所需要的累计和统计工作。每天晚上，他都把卡片填完整理好，并画出相应的曲线，花这种慢功夫，尽量准确地标示出事态的变化。他也时常去某家医院，找到里厄，在办公室或者医务室要一张桌子，坐下来摊开材料，就跟他在市政府办公一模一样，只是医院里弥漫着消毒水和疾病本身的气味，空气浊重，他得摇晃纸张才能挥干墨迹。这期间，他诚心诚意克制自己，不再想他的女骑士，只做好他手头的事情。

不错，如果人真的非要为自己树立起榜样和楷模，即所谓的英雄，如果在这个故事中非得有个英雄不可，那么叙述者恰恰要推荐这个微不足道、不显山露水的英雄：他只有那么一点善良之心，还有一种看似可笑的理想。这就将赋予真理原本的面目，确认二加二就是等于四，并且归还英雄主义应有的次要地位，其紧随幸福的豪放欲求之后，从来就没有超越过。同样，这也将赋予这部纪事体小说应有的特点，即叙述过程怀着真情实感，也就是说，不以一场演出的那种恶劣手法，既不恶意地大张挞伐，也不极尽夸饰之能事。

这至少是里厄大夫看报或听广播时的想法。外界通过空运和陆路，送来了救援物资，与此同时，也通过报纸和广播，给这座疫城送来呼吁和鼓励：每天晚上，电波或报纸负载着大量同情或赞赏的评论，纷纷涌入这座孤城。那种史诗般的，或者学校颁奖演说词式的腔调，每次都让里厄大夫不胜其烦。他当然知道，这种关怀不是虚情假意。但是这种关怀只能用约定俗成的语言来表达，使用通常描述人与人休戚与共关系的套话。可是，这种语言用以说明格朗每天努力做的小事就不适合，譬如说，讲不明白在鼠疫肆虐中，格朗的所作所为意味着什么。

到午夜时分，空荡荡的城市一片死寂，里厄大夫已过分压缩睡眠时间，但他有时临上床还是要打开收音机。于是，陌生而友爱的各种声音穿越数千公里的距离，从天涯海角传来，相当笨拙地试图表示他们道义上的声援，这一点也确实做到了，但同时也表明他们完全无能为力，任何人都不可能分担自己看不到的痛苦："奥兰！奥兰！"越过重洋的呼唤也是枉然，里厄日夜惕厉也是枉然，不久又要振振有词，高谈阔论，越发加深格朗与演说者这两个陌路人之间的本质隔阂。"奥兰！是啊，奥兰！不然，"大夫想道，"相爱或者共生死，别无出路。他们远在天涯。"

九

　　值此灾难正聚集全部力量，准备猛扑并彻底摧毁这座城市之际，在鼠疫达到高峰之前，还需要讲述一下像朗贝尔这样的最后一些人，为找回自己的幸福，为在这场自身保卫战中能从鼠疫的魔爪下安然脱身，他们做了怎样绝望而又单调的长时间的努力。他们正是以这种方式抵御威胁他们的奴役。尽管从表面看来，这种拒绝方式并不比别种方法有效，但是叙述者却认为，这种方式自有其意义，即使在其自负和矛盾中也证实了在危难时刻我们每人心中的那份自豪感。

　　朗贝尔在抗争，以阻止鼠疫将他吞没。他确认不可能通过合法途径出城之后，就曾对里厄说过，他决心另辟蹊径。这位记者首先向咖啡馆伙计探路子。咖啡馆伙计总是消息非常灵通。不过，他询问了几个，主要了解到这种行为要受到非常严厉的刑事处罚。有一回，他甚至被视为外逃的煽动者。直到他在里厄家中遇见了科塔尔，事情才有一点进展。那天，朗贝尔又同里厄谈论他跑行政部门徒劳的尝试。几天之后，科塔尔在街上遇见朗贝尔，他对待这位记者的态度十分爽快，现在他同谁交往都是这种态度。

　　"还是一无所获？"科塔尔问道。

　　"是啊，一无所获。"

　　"那些行政部门指望不上，那就不是为了理解人而设立的。""不错。现在我正另找路子呢。很难啊。""唔！"科塔尔接口道，"我明白。"他认识一个团伙，见朗贝尔有些诧异，就解释说他早就出入奥兰各家咖啡馆，交了些朋友，了解到有一个组织就经营这类业务。其实，科塔尔已经入不敷出，就参与了配给物品的走私活动，贩卖价格不断上涨的走私香烟和劣质烧酒，渐渐发了一笔小财。

"您有把握吗?"朗贝尔问道。"有哇，既然有人向我提议了。""那您怎么没有趁机出城呢?""不要疑神疑鬼，"科塔尔一副直率的样子，说道，"我没有趁机出城，是因为我还不想走。我自有我的道理。"他沉吟一下，又说道："您就不问问我是什么道理吗?""想必这与我无关。"朗贝尔说道。"从某种意义来讲，确实与您无关。但是，从另一种意义上……总之，唯一明显的事实，就是自从我们这里闹起鼠疫，我感觉好受多了。"朗贝尔听了他这番话，便问道："怎么跟那个组织联系呢?""哦!"科塔尔应声说道，"这可不容易，您跟我走吧。"这时正是下午四点钟。天气闷热，城市慢慢变成烤炉。各家商铺全放下了遮阳帘，街道上也不见行人了。科塔尔和朗贝尔专挑带拱廊的街道走，许久谁也没有讲一句话。这正是鼠疫匿影藏形的时刻。这种寂静、色彩和活动的消亡，既可以是夏天的特征，也可以是瘟疫的征象。空气这么滞重，不知是满载着威胁，还是弥漫着灰尘和灼热。必须观察和思索，才能跟鼠疫联系起来。因为，鼠疫只能通过负面的征兆呈现出来。譬如说，跟鼠疫气味相投的科塔尔就向朗贝尔指出，城里的狗已经绝迹了，而在正常的情况下，狗找不到阴凉的地方，就侧卧在长廊口喘息。

二人走上棕榈大街，穿过阅兵场，再下坡走向海军街区。左侧一家墙壁涂成绿色的咖啡馆，门前斜撑着黄色帆布遮阳帘。科塔尔和朗贝尔走进去，擦了擦额头上的汗水，走到绿色铅皮桌面的桌子前，拣两张公园租用的那种折椅坐下来。餐厅里一个顾客也没有。苍蝇嗡嗡地飞来飞去。有点儿倾斜的柜台上，放着一只黄色鸟笼，笼里一只鹦鹉栖在架子上，全身羽毛耷拉着，一副垂头丧气的样子。挂在墙上的几幅旧画画着战争场面，上面满是污垢和厚厚的蜘蛛网。所有铅皮桌面上，包括朗贝尔面前的那张，都有正在阴干的鸡粪，弄不清是从哪儿来的，直到传来一阵响动，从幽暗的角落忽然跳出一只神气的大公鸡才算真相大白。

这工夫，气温似乎还在上升。科塔尔脱掉外衣，敲了敲铅皮餐桌。从里面出来一个矮小的男子，仿佛全身都裹在长长的蓝围裙里，他从远处一瞧见科塔尔就立即打声招呼，趋步走上前，飞起一脚踢开那只公鸡，在咯咯咯的鸡叫声中间两位先生点什么。科塔尔要了白葡萄酒，然后就打听一个叫加西亚的人。据那矮子说，已有好几天没见他来咖啡馆了。

"您看他今天晚上会来吗?"

"哎!"对方回答，"我又不是他肚子里的虫儿。对了，您了解他通常来的时间吧?"

"了解，不过，也不是特别重要的事，只是想给他介绍个朋友。"

这伙计在围裙上擦了擦那只湿手。

"嘿! 先生也做买卖?"

"对呀。"科塔尔回答。

矮子用鼻子吸了一口气:"那好吧，请今天晚上再过来吧。我让孩子去找他。"二人离开时，朗贝尔问科塔尔做什么买卖。"当然是走私啦。他们通过各个城门，将走私物品偷运进来，再高价卖出去。""哦，"朗贝尔说道，"他们有同伙吧?""这还用说。"到了晚上，遮阳帘已经卷上去了，鹦鹉在笼子里学舌。铅皮餐桌围坐着只穿衬衣的男人。其中一人，一见科塔尔进来便站起身，他草帽扣在脑后，白衬衣敞着怀，露出焦土色的胸膛，黝黑的脸膛，五官倒还端正，那双黑眼睛很小，一口牙齿雪白，手上戴着两三枚戒指，看样子有三十来岁。

"你们好，"那人说道，"咱们到柜台上喝几杯。"他们默默喝过了三巡。于是，加西亚提议:"咱们出去走走吧?"他们出了门，下坡走向码头，加西亚问他们找他有什么事。科塔尔回答说，想把朗贝尔介绍给他，确切地说并不是为了做生意，只是为了他所说的"出门"。加西亚抽着烟，径直往前走。他提了一些问题，提到朗贝尔时就称"他"，仿佛没有发觉这个人就在眼前。

"出门干什么?"加西亚问道。

"他妻子在法国本土。"

"唔!"

沉吟片刻，又问道:

"他是干哪行的?"

"记者。"

"干这行的人话很多。"

朗贝尔沉默不语。

"他是朋友。"科塔尔说道。

三人默默往前走。到了码头，入口处设置了大栅栏，禁止入内。他们便朝一家小酒馆走去，那里卖油炸沙丁鱼，香味一直飘进他们的鼻孔。

"不管怎样，"加西亚下了结论，"这事不由我来干，是拉乌尔经管。我得找到他才成。找他可不容易。""哦!"科塔尔赶忙问道，"他躲起来啦?"加西亚没有回答。快走到小酒馆了，他停下脚步，转身第一次面对朗贝尔。"后天十一点，在海关营房的拐角，在城里的制高点。"他表示要走了，但是又转身，对两人说道:"要收费用。"这是要敲定了。"那当然了。"朗贝尔同意。过了一会儿，记者向科塔尔致谢。"哎! 不必谢，"科塔尔爽快地回答，"很高兴能为您效劳。再说了，您是记者，早晚您会还上我这份情的。"

两天之后，朗贝尔和科塔尔前往城中的高地，沿上坡路穿过一条条没有树荫的大街。海关营房有一部分已改成诊疗所，大门前聚集了一群人，有的是希望探视病人而不可能获准的，有的则是来打听瞬息万变的消息。不管怎样，既有人群聚拢，就必然人来人往，加西亚自然考虑到这一点，才约定在此处跟朗贝尔见面。

"真是怪事儿，"科塔尔说道，"就这么执意要走。大体来说，这里发生的事儿相当有趣。""对我则不然。"朗贝尔回应道。"唔！当然了，是冒些风险。不过，在闹鼠疫之前，要穿过车辆特别多的十字路口，毕竟也同样危险。"这时候，里厄的汽车在他们身旁停下。塔鲁开车，里厄好像半睡半醒的。里厄醒来，介绍他们彼此认识。"我们俩认识，"塔鲁说道，"都住在同一家旅馆。"里厄请朗贝尔上车，捎他回城。"不用，我们在这里有约会。"里厄注视着朗贝尔。"没错。"记者又说道。"啊！"科塔尔惊问道，"大夫也知道啦？""预审法官来了。"塔鲁看着朗贝尔，发出警告。科塔尔大惊失色。果然是奥东先生，他沿着斜坡街道下来，步伐沉重，走向他们这几个人，到了他们跟前时摘下帽子。"您好，法官先生！"塔鲁先打招呼。法官回礼，也向车里的人问好，又瞧了瞧站在后面的科塔尔和朗贝尔，一脸严肃地向这二人点头致意。塔鲁就向他介绍记者和拿年金的人。法官仰首望了望天，叹息一声，说这真是一个伤心惨目的时期。

"塔鲁先生，有人对我说，您担当起预防措施的实施工作。对此我不大苟同。大夫，您认为这场疫疾会蔓延开吗？"

里厄回答说但愿不会蔓延。法官附和道，总得抱有希望。上天的意图神秘莫测，塔鲁又问他，这场灾难是否给他带来额外的工作。

"正相反，我们所说的普通法①案件减少了。现在我要预审的案子，全是严重违犯新法规的。而旧法律还从来没有像今天这样得到遵守。"

---

① 普通法，在欧美法系中由习惯与判例形成，通行全国，普遍适用，故称普通法，又称一般法。

"这就表明，"塔鲁说道，"比较而言，旧法律似乎更好些，必然会这样。"

法官神态变了，不再凝望天空而遐想。他现在目光冷峻，审视起塔鲁。

"那又怎么样呢？起作用的不是法律，而是判决。对此谁也无能为力。"

等法官一走，科塔尔便说道："这家伙可是头号敌人。"

汽车启动了。

不大工夫，朗贝尔和科塔尔就看见加西亚到了。他走过来，没有同他们打招呼，说了一句"还得等等"，就算问好了。他们周围的一群人，大多是妇女，都在一片沉默中等待。几乎每个妇女都挎着一个篮子，空抱着能转交给患病亲人的希望，甚至妄想那些亲人能享用这些食品。大门口设了武装岗哨，不时有一声怪叫从营房发出，穿过院子传到大门口。于是，人群中一张张焦虑的脸转向那诊疗所。

这三人正在观看这种场景，忽听背后一声"你们好"，语调清晰而低沉，引得他们转过身去。天气这么热，拉乌尔穿戴得还是非常整齐，身穿深色双排扣西服，头戴卷边呢帽。他身材高大，强壮，脸色相当苍白，灰色的眼睛，嘴唇紧紧抿着。他说话又快又明确。

"咱们下坡往城里走，"拉乌尔说道，"加西亚，你就自便吧。"

加西亚点着一支香烟，看着他们走远。朗贝尔和科塔尔跟上居中的拉乌尔的步伐，三人走得很快。

"加西亚向我说明了，"拉乌尔说道，"这事办得到。您总归要花上一万法郎。"

朗贝尔回答说他可以接受。

"明天，请跟我用午餐吧，到海军的西班牙餐馆。"

朗贝尔说一言为定，拉乌尔同他握手，第一次冲他微笑。拉乌尔走后，科塔尔说抱歉，第二天他没空，况且，朗贝尔也用不着他陪同了。

第二天，我们这位记者走进西班牙餐馆，所经之处，人人都扭头看他。这是一间阴暗的地下室，上面一条黄色小街被太阳晒枯干了。顾客多为西班牙长相的男人。拉乌尔坐在餐厅里头的一张餐桌前，向记者打了个手势，朗贝尔立即朝他走去，那些顾客脸上好奇的表情就随即消失，又都埋头用餐了。拉乌尔的同桌有一个瘦高个男人，满脸胡楂儿，头发稀疏，长一副马面，而肩膀奇宽，衬衣袖子卷起来，露出两条布满黑毛又细又长的胳臂。给他介绍朗贝尔时，他点了三下头。拉乌尔提到他时，没有道出他的名字，只说"我们的朋友"。

"我们的朋友认为可能帮上您的忙。他会让您——"

拉乌尔住了口，只因女招待过来，问朗贝尔点什么菜。

"他会让您跟我们的两个朋友接上头，那两个朋友再介绍您认识我们买通的城门哨兵。这还不算完，必须由哨兵本人判断有利的时机。最简易的办法，就是您到一个哨兵家住几个晚上，那住宅离城门很近。不过，先得由我们的朋友介绍您同他们接洽。等一切安排妥当之后，也由他来跟您结算费用。"

这位马面朋友再一次点点头，同时不断地咀嚼他切碎的西红柿拌甜椒沙拉。继而，他开了口，略带西班牙口音，约朗贝尔在第三天早上八点钟到大教堂门廊下见面。

"还得等两天。"朗贝尔指出。

"这事就是不容易办啊，"拉乌尔说道，"必须联系上那些人。"

马面又点了点头，朗贝尔颇不情愿地同意了。午餐余下的时间，就试着寻找个话题。朗贝尔一发现马面是足球运动员，谈话就变得极为容易了。朗贝尔本人也经常踢球。于是，他们聊起法国甲级联赛[①]、英国职业球队的价值和 W 战术[②]。午饭结束时，马面完全活跃起来，他用"你"来称呼朗贝尔，力图要朗贝尔相信，一支球队的最佳位置莫过于前卫。他说道："你也清楚，前卫，就是助攻进球的角色。助攻进球，这才叫踢球。"朗贝尔一直踢中锋，同意他的观点。他们的讨论却被收音机的广播节目打断了。先是播放几支低沉的抒情乐曲，接着广播宣布，昨天鼠疫死亡人数为一百三十七人。顾客中谁也没有反应。马面耸了耸肩膀，站起身来。拉乌尔和朗贝尔也随之起身。

临走时，前卫用力地跟朗贝尔握手。

"我叫贡萨雷斯。"他说道。

朗贝尔觉得，这两天时间无比漫长。他到家拜访里厄，对他详细讲述了自己活动的情况。然后，他陪大夫出诊，到了疑似患者的家门口就同大夫分手了。走廊响起奔跑和说话的声音：有人跑去告诉患者家人大夫到了。

"但愿塔鲁不会迟到。"里厄喃喃说了一句。

他一脸倦容。

"瘟疫传染得太快了吧？"朗贝尔问道。

里厄回答说不是这个原因，统计曲线的上升甚至有所减缓。只不过，抗击鼠疫的手段还不够多。

"我们物资匮乏，"他说道，"世界上所有军队，一般都用人力弥补物力不足。然而，我们也同样缺乏人力。"

"外地不是支援来医生和防疫人员嘛。"

---

① 法国足球甲级联赛于 1932 年 9 月 11 日开赛，共有二十支职业球队参加。
② W 战术，即排三个前锋和两个内锋，形成 W 字形，故名；而两名中场球员和三名后卫，形成 M 字形，故这一战术亦称 WM 战术，二十世纪三四十年代流行于欧洲。

"不错，"里厄回答，"来了十位医生、一百来个医护人员。表面来看，人数很多，但是，照眼下的疫情，也只能勉强应付局面。如果瘟疫再蔓延，人手就不够了。"

里厄侧耳细听居民楼里的声响，接着对朗贝尔微笑道："对了，您应当抓紧，一举成功。"朗贝尔的脸上掠过一片阴影。"您也知道，"他声音低沉，说道，"并不是这种局面促使我走的。"里厄回答说他知道，但是，朗贝尔还是说下去："我自认为不是懦夫，至少大部分时间如此。我也有过机会证明这一点。只是有些念头，现在无法忍受了。"大夫直视朗贝尔，说道："您一定能跟她重逢。""也许吧，但是，我忍受不了这种念头，想到这会持续下去，而这期间她会变老。人一到三十就开始衰老，什么都得抓紧。不知道您是否能理解。"里厄喃喃说他觉得理解得了，这时，塔鲁兴冲冲赶到。"我刚才请帕纳卢加入我们的行列。""什么反应？"大夫问道。"他考虑了一下，就说可以。""我很高兴，"大夫说道，"我很高兴了解此事。他讲道好，做得更好。""人人都如此，"塔鲁说道，"只要给他们机会。"塔鲁微微一笑，朝里厄眨了眨眼睛。"我这一生要做的事儿，就是给别人提供机会。""请原谅，"朗贝尔说道，"我得走了。"约定是在这星期四，朗贝尔差五分八点钟，来到大教堂的门廊下。空气还相当清爽。天空还形成了几小朵圆团状的白云，过一会儿，就要被上升的热流一下子吞噬。晒干的草坪上倒还散发着微潮的气息。太阳升到东边房舍的后面，仅仅晒热了广场上全身镀金的贞德雕像的头盔。一座自鸣钟响了八下。朗贝尔在空荡荡的门廊下踱了几步。教堂里隐约传出歌唱的圣诗，混杂着老酒窖和焚香的香气。唱圣诗戛然而止。十来个黑色的矮小身形出了教堂，开始小跑回市里去了。朗贝尔开始不耐烦了。又有一些黑色的身形登上大台阶，朝门廊走来。朗贝尔点着一支香烟，随即又想到这里也许不准吸烟。

八点一刻了，大教堂里弹起管风琴，乐声低回。朗贝尔走进幽暗的侧殿，过一会儿他才看清，刚才从他面前走过的那些黑影现在正聚集在正殿的一个角落，对着一座临时搭起的祭台，台上新安放了一尊圣罗克雕像，也是本市一家雕刻工作室赶制出来的。那些黑影跪在雕像前，仿佛蜷缩成一团，在灰暗中依稀可见，好似一个个凝固的影子，略比他们在其间飘浮的烟雾颜色深一点。管风琴弹奏的变奏曲，在他们上方回环流转。

朗贝尔走出教堂，瞧见贡萨雷斯已经走下大台阶，朝市里走去。"我还以为你走了，"他对记者说，"这很正常。"

他解释说，他在附近还有一个约会，约在八点差十分，他白等了二十分钟，未见他几个朋友来。

"肯定有什么事绊住了。干我们这种营生的，不是总那么顺手。"

他提议次日同一时间到烈士纪念碑前见面。朗贝尔叹了口气，将呢帽往脑后一推。

"这没什么，"贡萨雷斯笑嘻嘻地总结说，"你想想看，在球场上要经过多少配合，要推进，传球，才能破一次门。"

"当然了，"朗贝尔还是有话，"可是，一场球只踢一个半小时。"

奥兰的烈士纪念碑矗立在唯一能望见大海的地点：那是一条散步的大道，与俯瞰港口的悬崖平行，而且相距不远。第二天，朗贝尔先到约会地点，仔细阅读阵亡将士名单。过了几分钟，两个男子走到近前，若不经意地看了他一眼，然后走开，俯到散步大道一侧的栏杆上，仿佛全神贯注，观赏空空如也的码头。他们俩一般高，都穿着同样的短袖海魂衫和蓝色长裤。记者走开一点，坐到一张椅子上，可以从容打量他们。他这才看清楚，他们肯定超不过二十岁。这时候，他看见贡萨雷斯一边朝他走来，一边还表示歉意。

"那就是我们的朋友。"贡萨雷斯说道。他把记者带到两个青年面前，介绍给他，一个叫马塞尔，一个叫路易。从正面看上去，他们俩长得很像，朗贝尔认为他们是哥儿俩。

　　"行了，"贡萨雷斯说道，"现在，大家都认识了。想法儿把事儿办好吧。"

　　马塞尔或者路易便说道，两天之后，轮到他们上岗，值勤一周，一定得找个最合适的日子。他们有四个人把守西城门，另外那两个是职业军人。不考虑把他们拉进来，他们不可靠，况且，那又要增加费用了。不过，值勤期间，有些夜晚，那两个伙伴要去他们熟悉的一家酒吧的后屋，消磨一会儿时间。马塞尔或者路易当即提议，朗贝尔住到他们位于城门附近的家中，等人来接他。这样，出城就畅通无阻了。不过，事情必须抓紧，因为近来听说，城外也要加设岗哨了。

　　朗贝尔同意了，他把仅余的香烟又取出几支请人。那二人中还未开口的那个就问贡萨雷斯，费用问题是否解决，能否收些定金。

　　"不行，"贡萨雷斯说道，"没有这个必要，他是朋友。费用在出发时结清。"

　　大家商定再见一次面。贡萨雷斯提议，第三天到西班牙餐馆吃晚饭。饭后，可以直接去两名哨兵的家中。"头一个夜晚，"他对朗贝尔说道，"我同你做伴。"第二天，朗贝尔上楼回客房时，在旅馆楼梯上迎面遇见塔鲁。"我去见里厄，"塔鲁对他说，"您愿意一道去吗？""我一直拿不准会不会打扰他。"朗贝尔迟疑一下，回答说。"我看不会，他常向我提起您。"记者又想了想，说道："听我说，晚饭后，你们若是有点儿时间，晚点儿也无妨，你们俩就来旅馆酒吧。""这要看他和疫病的情况了。"塔鲁回答。不过，到了晚上十一点，里厄和塔鲁果然走进狭小的酒吧。

　　三十来人一个挨一个，都高声说话，他们二人刚从疫城的寂静中来，有点儿晕头转向，不觉停下脚步。看到这里还供应烧酒，他们就明白了为什么这么吵闹。朗贝尔坐在柜台一端的高凳上，向他俩打招呼。他们坐到朗贝尔两侧，塔鲁平静地一把推开身边一个喧哗的家伙。

"你们喝烧酒没事儿吧?""没事儿，"塔鲁回答，"正相反。"里厄闻了闻杯中酒，一股苦涩的草药味。周围这样喧闹，根本没法儿交谈，不过，朗贝尔似乎一门心思在喝酒。大夫还判断不出来他是否醉了。这个狭小的酒吧摆放着两张桌子。一名海军军官占了一张，他左拥右抱着两个女人，这时他正给一个红脸胖子讲述开罗流行的那场斑疹伤寒瘟疫。"那些营地，"他说道，"给原住民建造的营地，搭了帐篷安置患者，周围设岗哨，拉起防疫线，如有家人想偷偷往里送土方药，哨兵就会朝人开枪。那种做法很冷酷，但是完全正确。"另一张桌子围坐着几个衣着讲究的青年，他们的谈话难以捕捉，淹没在置于半空的电唱机所放《圣詹姆斯医院》的乐曲节奏中。

"您还满意吧?"里厄提高嗓门问道。"这事儿快了，"朗贝尔回答。"也许就在这个星期。""真遗憾。"塔鲁嚷了一句。"为什么?"塔鲁瞧了瞧里厄。"唔!"里厄说道，"塔鲁这样讲，是因为他想您在这里很可能对我们有用处。不过我呢，非常理解您要走的愿望。"塔鲁也请大家喝一杯。朗贝尔从高凳上下来，第一次面对面看着塔鲁。"我对你们有什么用?""有用啊，"塔鲁说着，手不慌不忙地伸向酒杯，"就到我们的卫生防疫队里来。"朗贝尔又恢复他那习惯性的钻牛角尖的神态，重又登上他那高凳。"这些卫生防疫队，在您看来没用吗?"塔鲁问道，他喝了几杯酒，定睛看着朗贝尔。"很有用。"记者回答，他也喝了一口酒。里厄注意到朗贝尔的手在发抖，心想他肯定醉了，对，完全醉了。

第二天，朗贝尔第二次走进西班牙餐馆，从一小伙人中间穿过去: 那些人把椅子搬到门口，享受热气开始减退的绿荫下的金色黄昏。他们抽的叶子烟气味呛人。餐厅里几乎空无一人。朗贝尔走向最里面，还是坐到他和贡萨雷斯初次见面的那张桌子。他对女招待说要等人。现在是十九点三十分。外面那些人又陆续回到餐厅落座。开始给各餐桌上菜了，低矮的扁圆拱顶下，一片刀叉撞击的声响和低沉的人声话语。已经二十点了，朗贝尔一直在等待。电灯亮了。又来了一些顾客，坐到他这张餐桌了。他点了晚餐的菜肴。二十点三十分，他吃完了饭，仍不见贡萨雷斯的影子，也不见那两个青年来。他一连吸了几支香烟。餐厅里的顾客渐渐走空了。外面，夜幕很快降临。海上吹来的一阵暖风，微微掀动落地窗的帘子。到了二十一点，朗贝尔发现餐厅已空无顾客了，女招待惊讶地看着他。于是，他付了钱，走出餐馆。对面一家咖啡馆还开着门。朗贝尔坐到柜台前，眼睛盯着那家餐馆的门口。到了二十一点三十分，他就走回旅馆，一路上怎么也想不出法子。没有地址，就找不到贡萨雷斯，他不免心慌意乱，不承想又得重新开始找各种门路。

夜色中不时有一辆救护车疾驰而过，正是这种时刻，朗贝尔发觉，正如后来他对里厄大夫所讲的那样，在这段时间，他的全部心思放在找一条通道，以便穿过把他和妻子隔开的城墙，竟然在一定程度上忘记了妻子。但是，也正是在这种时刻，所有出路再次被堵死之后，他在自己的欲念中心又找回了妻子，而且痛苦爆发得如此突然，让他不由得开始跑向旅馆，要逃避这种五内俱焚的灼痛，殊不知这种灼痛就附在他身上，吞噬着他的太阳穴。

次日一大早，他又去见了里厄，问他如何找到科塔尔。

"我所能做的事，"朗贝尔说道，"只有跟那个团伙重新接上头。"

"明天晚上您来吧，"里厄说道，"塔鲁要我邀请科塔尔，我也不知道是何缘故。他大约十点钟到，您就十点半来吧。"

第二天，科塔尔来到大夫家时，里厄正跟塔鲁讨论在他的诊所里出现的一个意外治愈的病例。

"十人当中的一人。他就是运气好。"塔鲁说道。

"哦！好哇，"科塔尔插言道，"那就是没有感染上鼠疫。"

这两位明确告诉他，治愈的恰恰是这种病症。"既然治好了，那就不可能是鼠疫。你们跟我同样清楚，鼠疫是不治之症。""一般来说是这样，"里厄说道，"可是，稍微不信这个邪，就能获得意外的惊喜。"科塔尔笑起来。"看起来不是这样。今天晚上公布的数字你们听到了吗？"塔鲁友善地看着这个享有年金的人，说他知道数字，形势很严峻，但是这能证明什么呢？这证明还必须采取更为特殊的措施。"哎！你们已经采取了。""对，但是，人人还必须为自身采取这些措施。"科塔尔不明白，注视着塔鲁。塔鲁则说，消极无作为的人太多了，而瘟疫是大家的事，人人都应该尽自己的责任。卫生防疫志愿组织敞开面向所有人。"这是一种观念，"科塔尔说道，"但是观念什么也不顶。鼠疫太强大了。""究竟如何，我们会知道，"塔鲁以耐心的语气说道，"等我们把所有办法都试过之后。"这工夫，里厄一直在写字台上抄写卡片。塔鲁的目光始终盯着在椅子上躁动不安的科塔尔。"为什么您不来同我们一起干呢，科塔尔先生？"科塔尔忽地站起身，一脸被触怒的神态，拿起他的圆帽，来了一句："我不是干这行的。"接着，他又操起虚张声势的口气，"况且，这样闹鼠疫，我的日子过得挺滋润，我看不出自己为什么要掺和进去，出手遏制鼠疫。"塔鲁拍了拍额头，好像恍然大悟："哦！真的，我倒忘记了，没有这场灾难，您就会被捕了。"科塔尔浑身一激灵，赶紧抓住椅背，就好像会跌倒似的。里厄停下抄写，也注视着科塔尔，一副又严肃又关切的表情。"这事儿是谁告诉您的？"这位拿年金的人嚷道。塔鲁显出惊讶的神色，说道："就是您本人啊。至少，大夫和我都是这么理解的。"科塔尔一时盛怒，说话含混不清，无法理解了。塔鲁见状，就补充说道：

"您也不要冲动，无论大夫还是我，都不会去告发您。您那段事与我们无关。再说了，那些警察，我们从来就不喜欢。好了，您还是坐下去吧。"

这位年金享有者瞧了瞧椅子，犹豫了一下，这才又坐下了。过了半晌，他叹了口气。

"这是一段老皇历了，"他承认道，"不知怎么他们又翻出来。我还以为早就忘了呢，不料有个人讲了。他们传唤了我，并且对我说案子调查结束之前，要我随叫随到。当时我就明白，他们最终会逮捕我。"

"事儿还挺严重的？"塔鲁问道。

"这要看您怎么说了。反正不是人命案。"

"会判坐牢还是服苦役？"

科塔尔显得万分懊丧。

"坐牢嘛，那还算我运气……"

然而，片刻之后，他语气激烈，又说道：

"那是个过错，谁都会犯错。可是，一想到要因此被抓走我就受不了，受不了离开我的家、离开我的生活习惯和我熟悉的人。""啊！"塔鲁问道，"您想到上吊自杀，就是这个缘故？"

"是啊，当然，干了一件蠢事。"里厄这才头一次开口，对科塔尔说，自己理解他那种忐忑的心情，但是到时候，也许什么都会解决。"唔！我知道，眼下我无须担心什么。""看起来，"塔鲁说道，"您不会参加我们的志愿队。"对方则用手摆弄着帽子，朝塔鲁抬起游移不定的目光。"不要怨恨我。""当然不会。不过，"塔鲁说道，"您至少也不要故意传播细菌哪。"

科塔尔争辩说，他并不希望发生鼠疫，而灾难就这么降临了，如果这暂缓了他那案子，总归不是他的过错。这时朗贝尔来到门口，这位年金享有者正铿锵有力地补充道：

"况且，我也认为，你们会一事无成。"

朗贝尔得知，科塔尔并不晓得贡萨雷斯的住址，不过，总还可以再去那家小咖啡馆。二人约定次日见面。里厄表示渴望了解情况，朗贝尔就请他和塔鲁到客房去找他，周末晚上什么时候去都成。

次日早晨，科塔尔和朗贝尔去了那家小咖啡馆，给加西亚留话，晚上见面，如有事不能赴约，就改为第二天。当天晚上，他们俩没有等来加西亚。第二天，加西亚终于来了，他默默地听朗贝尔讲述事情的经过。这些情况他还不了解，但是他知道，有些街区核查户口，实施二十四小时封锁。贡萨雷斯和那两个青年大概未能通过路障。不过，他所能做到的事，就是帮他们重新联系上拉乌尔。自不待言，这事儿两天之内是办不到的。

"看起来，"朗贝尔说道，"一切又得从头开始了。"到了第三天，在一条街的街角见面，拉乌尔证实了加西亚的推测：地势低的街区实施了封锁。必须重新联系上贡萨雷斯。两天之后，朗贝尔和这位足球运动员一起吃午饭。"蠢到这分儿上，"贡萨雷斯说道，"早就应该约定一个联系的办法。"朗贝尔也是这种看法。"明天早晨，咱们到那两个小伙子家里去，尽量全安排妥当。"

第二天，那两个小伙子不在家，于是留了话，约他们次日中午在中学广场见面。朗贝尔下午回旅馆，他那副表情让碰见他的塔鲁十分惊诧。

"事儿不顺吗？"塔鲁问他。"总是得从头开始。"朗贝尔回答。他重申了原先的邀请："你们晚上来吧。"晚上，两个人走进客房时，朗贝尔正躺在床上。他起身往准备好的杯子里倒酒。里厄接过递给他的那杯酒，问记者进展是否顺利。记者回答说他又重新转了一大圈，回到原点，很快就要最后一次赴约了。他喝了口酒，又加了一句：

"不用说，他们不会去的。"

"也不能把这当成一种规律。"

"你们还不明白。"朗贝尔答道，同时耸了耸肩膀。

"明白什么?"

"鼠疫。"

"啊!"里厄惊叹一声。

"是的，你们还不明白，这就表现在总是周而复始。"

朗贝尔走到房间一个角落，打开一台小型留声机。

"什么唱片?"塔鲁问道，"我听过吗?"

朗贝尔回答说是《圣詹姆斯医院》。

唱片放到中间，就听见远处传来两下枪声。"在打一条狗或者一个逃逸者。"塔鲁说道。不大工夫，唱片放完了，而一辆救护车的鸣叫声越来越清晰，越来越大，从旅馆的窗下呼啸而过，随后鸣声渐小，最终消隐了。"这张唱片没什么意思，"朗贝尔说道，"而且算起来，今天我听了有十遍了。""您就这么爱听吗?""不是，我就这么一张。"过了片刻，朗贝尔又说道，"我还是要对你们讲，这就表现在总是周而复始。"他问里厄防疫队组建进展如何。已有五支防疫队投入工作，还希望组建几支。记者坐到床上，仿佛专心检查自己的指甲。里厄在端详他那侧面的身影：躯体蜷缩在床边，显得短粗而健壮。他猛然发现朗贝尔也在注视他。

"要知道，大夫，"朗贝尔说道，"你们的组织，我也想了很多。我没有跟你们一起干，也有我自己的理由。说起别的方面，我认为我还能够奋不顾身，我参加过西班牙内战 ①。"

---

① 西班牙内战发生在 1936 年至 1939 年间。1936 年 2 月，西班牙左翼人民阵线在国会选举中获胜，成立联合政府。右翼势力与反动军官勾结在一起，由佛朗哥等发动叛乱，并得到德国和意大利法西斯政权的大力支持。国际进步力量则积极支持西班牙政府，组织国际纵队同西班牙人民并肩作战。1939 年 3 月 28 日，马德里陷落，共和政府失败，西班牙开始了佛朗哥的法西斯独裁统治。

"站在哪一边?"塔鲁问道。"站在战败者的一边。但是事后,我也思考了一下。""思考什么?"塔鲁问道。"思考勇气问题。现在我知道,人能有壮举,但若是不能有崇高的情感,我也不感兴趣。""我倒觉得,人无所不能。"塔鲁说道。

"不然,人就是不能长期忍受痛苦或者享受幸福。凡是有价值的东西,人都无能为力。"

朗贝尔注视着他们,接着又说道:

"喏,塔鲁,您能为爱情而死吗?"

"说不好,但是我觉得,现在不能。"

"果然。您能为一种理念而死,这一眼就看得出来。而我呢,已经厌倦了为理念而死的人。我不相信英雄主义,知道那很容易做到,也了解死了很多人。我所感兴趣的是,人要为自己的所爱而活着、而死去。"

里厄专心听完记者的这番话,他目不转睛,看着朗贝尔,语气和蔼地说道:

"人不是一种理念,朗贝尔。"

记者跳下床,激动得满脸通红。

"这是一种理念,而且从背离爱的时候起,就成为一种短视的理念了。恰恰如此,我们再也不能爱了。我们只好认了,大夫。等待我们变得能够爱的时候吧,如果真的不可能爱了,那也不要硬充英雄,我们就等待全体解脱吧。我呢,也就不再往深里想了。"

里厄站起身,脸上突然显露出倦怠的神色。

"您说得对,朗贝尔,说得完全有理,而我无论如何,也决不会让您背离您要做的事情,我觉得这是正确的,是好事。然而,我还是应该告诉您:这一切与英雄主义无关,而是诚挚的问题。这种理念也许会惹人发笑,但是同鼠疫做斗争,唯一的方式就是诚挚。"

"诚挚是指什么呢？"朗贝尔问道，表情也忽然变严肃了。

"我不知道诚挚通常指什么。但是就我的情况而言，我知道诚挚就是做好本职工作。"

"哼！"朗贝尔恨恨说道，"我不知道什么是我的本职工作。我选择爱情，也许确实走错了路。"

里厄面对面看着他。

"不，"里厄有力地说道，"您没有走错路。"朗贝尔若有所思地注视着他们。"你们二人，你们做这一切，想必不会有任何损失。如此这般，站到好的一边很容易。"里厄干了杯中酒。"好了，"他说道，"我们还要办事儿。"他走出去了。塔鲁正要跟出去，好像又改变了主意，转身走向记者，对他说道："里厄的妻子远在数百公里之外，正在一家疗养院里疗养，这情况您知道吗？"朗贝尔不禁吃了一惊，可是塔鲁已经走了。次日一大早，朗贝尔就给里厄大夫打电话："我愿意和你们一起干，直到我有了办法出城为止，您肯接受吗？"电话线另一端一时沉默不语，继而说道："接受，朗贝尔。我要谢谢您。"

第三部

　　整整一周时间，鼠疫的囚徒们就这样拼命挣扎。看得出来，其中有些人，如朗贝尔，甚至臆想他们还像自由人一样行动，还可以自主选择。然而，到这一时刻，到了八月中旬，可以说实际上鼠疫已经席卷了一切。因此，个人命运已不复存在，唯有一段集体的历史，即鼠疫和所有人的共同感受。感受最深的莫过于骨肉分离和放逐感，以及其中包含的恐惧和反抗。因此，叙述者认为，值此暑热和疫情达到高峰之际，应当描述一下总体形势，举例说明我们活着的同胞的过激行为，描述一下死者埋葬的情景和情侣分离的苦痛。

　　正是这一年的中期，大风刮起，一连数日扫荡这座疫城。奥兰城居民特别惧怕大风天，因为城池坐落在高地上，毫无天然屏障。狂风可以长驱直入，灌进大街小巷，势不可当。数月之久，没下一滴雨，全城覆盖着一层灰尘的薄壳，被大风掀起来，尘土和纸片随风飞扬，势如浪涛，击打着日渐稀少的散步者的腿脚。只见他们用手帕或手掌捂住口鼻，弓着身子在街上疾行。暮晚时分大家不再聚在一起，为了尽可能延长生命，恐怕每一天都可能是末日。现在只能遇见一小股一小股的人，脚步匆匆，赶回家或者走进咖啡馆。因而刮大风那几天，暮色降临得快些，街巷空荡荡的，只有风持续不断地悲鸣。始终看不见的大海波涛汹涌，卷起一股海藻和盐的气味。这座不见人迹的城市，被尘土染成白色，充斥着海水的气味，回响着风的呼啸，当时就像一座苦难的孤岛那样哀吟。

　　此前，鼠疫肆虐，城郊街区的受害者大大多于市中心区，因为城郊人口密集，居住条件差。不料，鼠疫突然发威，逼近商业区，也在市中心立足了。居民指责狂风把传染病的细菌运送过来。"大风把事情全扰乱了。"旅馆经理如是说。且不论究竟如何，市中心街区的居民心知肚明，现在轮到他们头上了，无怪乎深夜里，他们越来越频繁地听到救护车鸣叫着从他们家窗下驶过，那正是鼠疫悲切而轻慢的召唤。

即使在城内，当局也想到将疫情格外严重的街区隔离开来，只准许执行必要公务的人员出入。一直生活在这些街区的人，都不免认为这项措施是故意捉弄他们，不管怎样，相比之下，他们就把其他街区的居民视为自由人了。而其他街区的居民身处艰难时刻，一想到还有比他们更不自由的人，倒觉得有一种安慰了。"总有囚禁得比我们还严的人"，这样一句话概括了当时唯一可能心存的希望。

差不多就在这期间，火灾也频频发生了，尤其在靠近西城门的娱乐街区。据了解，那是检疫隔离期满的人纵的火，他们死了亲人，遭到不幸的打击，一时神经错乱，便放火焚毁自己的房子，幻想将鼠疫葬于火海。这种举动极难制止，火灾频仍，又借狂风之势，将整片整片的街区时刻置于危险之中。当局对房屋全面消毒，足以排除传染的危险，怎么宣传也无济于事，只好颁布法令，严惩头脑简单的纵火者。让那些不幸的人望而却步的当然不是会坐牢的想法，而是所有居民都确信坐牢就等于判死刑的考量，这也事出有因：根据统计数字，市监狱里的死亡率极高。居民确信这一点当然不是毫无依据。由于显而易见的原因，鼠疫似乎特别喜欢袭击习惯过集体生活的人群，如士兵、修道士、囚犯等。有些囚徒虽然单独关押，但监狱毕竟是一个群体。就说本市监狱，狱卒也和囚犯一样要向疫病进贡，便是一种明证。从鼠疫的角度来高瞻，监狱所有人，从典狱长一直到生命不值一钱的囚犯，无不判了死刑，也许这是破天荒第一次，一种绝对的公正统治了监狱。

当局力图将等级制度引入这片被碾平的地界，打算授勋给死在监狱岗位上的看守，不过这是枉费心机。既然已颁布了戒严令，从某种角度看，监狱看守可以被视为征召入伍的军人，于是他们死后便被授予了军功章。然而，即使囚犯们没有提出任何异议，军界可不怎么看好，并且理直气壮地指出，这会在公众的头脑里造成令人遗憾的混乱。当局接受了他们的要求，认为最简便的办法，就是给死去的监狱看守追授抗疫奖章。但是，对于头一批人，错已铸成，又不能收回已授予他们的军功章，军界就仍然坚持己见。另一方面，所谓的抗疫奖章，也有其弊病，不能像授军功章那样激励士气，因为在闹瘟疫期间，获得这种奖章不足为奇。结果人人都不满意。

况且，监狱系统的行政管理不可能像教会的高层，更不能像军事当局那样运行。市内仅有两座修道院，修道士实际上已经分散开，临时住进虔诚信徒的家中。同样，每当可能实施，军营便派出小分队，驻扎到学校和公共大楼里。因此，这场疫病看似迫使居民像围城中的人那样万众一心，但同时也摧毁了传统的关系，把个人重又投入孤独的状态。这就造成了全城恐慌。

可以想见，这些情况集中显现，再借助风势，也在一些人的头脑里引起大火。夜间，各个城门重又遭受袭击，而且事件发生多起，但这次肇事者却是几小股武装分子。双方交火，打伤了几个人，有几个人闯出城去。于是，城门加强了守卫，很快就遏制了逃跑的企图。然而，这种企图困在城里又足以煽起动乱之风，导致了几桩暴力事件。有些房舍失了火，或者由于防疫原因而查封，就被人抢劫一空了。其实，这些行为很难讲是有预谋的。在大多情况下，突然有了机会，本来正派的人就顺势做出应受谴责的行为，而且当场就有人效仿。就这样出现一些胆大妄为的人，冲进正在燃烧的房屋，根本不顾因痛苦而傻愣在一边的房主人。

许多围观的人一见房主都不管不问，也就跟着冲进去。于是就出现这种场景：在这条昏暗的街道上，只见火光中幢幢黑影四处逃散，而那些黑影又因将熄的火焰的影映，或因肩扛物品或家具而变得奇形怪状。正是这些突发事件迫使当局将瘟疫状态视同戒严，并且实施相应的法令，枪毙了两个盗窃犯，但是此举能否起到杀一儆百的效果值得怀疑，因为瘟疫死了那么多人，枪毙两个也没人注意，这无异于沧海一粟。事实上，类似的场景时常重演，也不见当局想要管管的样子。实行宵禁是唯一给人留下深刻印象的措施。夜里十一点开始，全城便化作石头，沉没在一片黑暗中。

在挂着月亮的天穹下，城里排列着一面面灰白色的墙壁、一条条笔直的街道，从未映现过黝黑的树影，从未被游荡者的脚步声或犬吠声打扰过清净。这座寂静的庞大城池，就完全化为死气沉沉的一堆高大的立方体，中间夹杂着一尊尊默默无言的雕像：唯独这些早已被人遗忘的慈善家，或者永远禁锢在青铜躯壳里的古代伟人，还试图通过他们的石雕或铁铸的假面具，向人昭示世人光彩逐渐褪去的形象。在厚重的天幕下，在毫无生气的十字街头，这些平庸的偶像高高居于宝座上，这些冷漠的凶煞，相当形象地展现了我们进入的僵化不变的统治，起码展现了这个世界的最后秩序，即由鼠疫、石头和黑夜最终窒息一切声音的大墓地。

而且，黑夜也侵占了每个人的内心，这些真实情况，也像转述的关于丧葬的传说，都不能让我们的同胞放心了。因为，丧葬问题必须谈谈，叙述者不揣冒昧，心里明知这可能引起别人对他的指责，而他唯一能为自己辩解的理由，就是丧葬贯穿那个时期的全过程，在一定程度上，他也跟所有同胞一样，被迫关心丧葬问题。不管怎么说，他对葬礼的仪式不感兴趣，恰恰相反，他更喜欢跟活人社会打交道，譬如说海水浴。不过，总体来说，海水浴早已取缔，活人社会终日惶惶不安，恐怕不得不退让给死人社会。这是一目了然的现状。当然了，人总还可以尽量视而不见，蒙上眼睛，拒绝面对，然而，明显的事实自有巨大的威力，最终总要荡涤一切。譬如说，您所爱的人需要埋葬的那天，您有什么办法拒绝去参加葬礼吗？

说起来，我们的葬礼起初的特点就是草草了事！所有程序都简化了，就一般而言，殡仪馆那一套统统取消。患者死在远离家人的地方，还打破习惯，禁止夜间守灵，因此，晚上死的人独自过夜，白天死的人立时埋葬。当然要通知家属，但是大多数情况下，家属也不能随意走动，而是因在患者身边生活过仍在检疫隔离。如果家属不曾与死者同住，那么他们就按照指定的时间到达，随棺木一道前往公墓，届时死者的遗体已经擦洗干净入殓了。

我们姑且假定，这道程序就在里厄大夫主持的附属医院进行。学校主楼后身有一个走廊出口，对着那条走廊的一大间屋原本堆放杂物，现在暂放一口口棺木。家属赶到那条走廊，看到的只有一口已封盖的棺木。当即进入最重要的程序，由死者家属在文件上签字。随后便把盛有遗体的棺木抬上车，有时还是真正的灵车，有时则是改装的大型救护车。家属便登上一辆还准许运行的出租车，于是，两辆汽车开往墓地，沿着城郊街道疾驶，到达城门口。宪兵拦下车队，在官方颁发的通行证上盖了印章。没有这张通行证，就得不到我们同胞所说的最后归宿。宪兵们闪开一条路，两辆车开到方形墓地停下来，只见有许多等待填满的墓穴。一位神甫迎候，因为取消了教堂里的追思仪式。在祈祷声中抬出棺木，拴上绳索，拖到墓穴边放下去，触到墓穴底部之后，神甫便摇晃着圣水瓶洒下圣水，紧接着，第一铲土就落到棺盖上弹起来。救护车稍微提前一点开走进行消毒，随着一铲铲土填下去，撞击的声响渐渐低沉，家属也都挤进出租车。一刻钟之后，他们又回到家中。

由此可见，丧葬的全过程，确实以最快的速度完成，又冒最小的风险。毫无疑问，至少在初期，这样做伤害了家人的亲情。然而，在闹瘟疫期间，就不可能考虑这么多了：为了效率，一切都舍弃了。希望体面地安葬亲人，这种意愿比大家想象的还要普遍，如果说那种安葬法起初给民众的精神造成苦恼，那么幸而过了不久食品供应成为最难解决的问题，居民的注意力便为之转移，忧虑这种更急迫的事了。大家想要吃饭，就得排队，走各种门路，办各种手续，精力全被占用了，也就没有闲工夫去想周围的人如何死法、自己有一天死了怎么办。这样一来，物资匮乏原本是坏事，随后又显出其裨益来。大家都看明白了，如果不是鼠疫这样蔓延，本来什么事都可以心满意足。

　　就连棺木也越用越少，裹尸布和公墓的穴位也供不应求。必须另想办法。始终从效率出发，最简便之法，似乎就是分批举行葬礼，如有必要，灵车就连续多次往返于医院和墓地之间。例如，里厄主持的医院便是如此，这一阵可供支配的只有五口棺材，一旦盛满遗体，便装上救护车运至墓地。铅灰色的尸体从棺木里移到担架上，停放在临时改为停尸间的库房里。腾出来的棺材喷洒灭菌液消毒之后，再运回医院，接着重新送葬，根据需要，多少次都不在话下。可见，丧葬的组织工作有条不紊。省长表示相当满意。他甚至还对里厄说，看历史记载，从前发生鼠疫，尸体堆在火车里，由黑人运走；比较起来，说到底，这里要好多了。

　　"是的，"里厄说道，"同样是埋葬，但是我们不同，我们为死者做了卡片。这种进步是不容置疑的。"

　　尽管行政工作取得了这些成绩，现在这种丧葬程序的特点还是令人不快，省政府迫不得已，不准亲属参加葬礼了，只能容忍他们来到公墓的门口，但这也不是官方的规定。因为，就连葬礼的最后程序，情况也稍有变化。公墓最里端有一片空地，长满了乳香黄连木，在那里挖了两个大坑：一个男尸坑，另一个是女尸坑。从这个角度看，政府还算尊重社会习俗，只是过了很久之后，为形势所迫，才丢弃这最后一点廉耻，顾不得体面了，无论男女，都胡乱一起掩埋了。所幸这种极端的混乱，仅仅标志这场灾难到了尾声。在我们所关注的那个阶段，男女分葬还存在，省政府也特别坚持这种分葬法。每个大坑的底部，垫了厚厚一层生石灰，总在沸腾冒烟。坑边的生石灰堆成小山，溢出的气泡升到空气中便啪啪爆裂。救护车一趟一趟运送完毕，担架排列起来，让一具具略微弯曲的赤裸尸体滑落到坑里，差不多相互挨着，这时，就给尸体覆盖上生石灰，再填一层泥土，厚度适可而止，还要给后来的宿客留下空间。次日，家属应邀前来在登记簿上签字，这表明人与其他生灵，例如与狗之间，可能存在的差异：人始终可以核查。

所有这些勤务都需要人手，而人手始终处于告急的边缘。这些护士和掘墓人，起初都是政府员工，后来便临时聘用，他们许多人都死于鼠疫。不管采取何等防护措施，总有一天要受到传染。不过，真要仔细想想，最令人惊奇的是，在瘟疫流行期间，自始至终也不缺少干这行的人手。最紧张的阶段出现在鼠疫达到高峰之前不久，里厄大夫当时的忧虑也不无道理。无论是干部，还是他所说的粗活工，人力都捉襟见肘。然而，正是从那时候起，鼠疫真正席卷全城，猖獗到极点，完全打乱了经济生活，反而带来了解忧的后果——造成了大量失业人员。在大多数情况下，失业者不是聘用干部的来源，但是应招干粗活的则大有人在。的确，也正是从那时候起，显见贫困比恐惧更厉害，尤其是在干的活儿越危险报酬越高的情况下。各个卫生组织都有一份求职者名单，位置一旦空出来，立即通知名单上靠前的求职者，他们肯定会招之即来，除非在此期间他们也腾出了在世间的位置。要不要利用有期徒刑或无期徒刑犯人干这种活儿，省长犹豫了很久，现在就能避免采取这种极端措施了，他认为只要有失业者就可以等等再说了。

一直到八月底，我们死难的同胞还能勉勉强强被送到最后的归宿，虽然谈不上体面，至少还算有点章法，当局也就心安理得，总归尽职尽责了。不过，必须稍微提前谈谈后来的局势，才能介绍一下当局不得不采取的极端手段。实际上，从八月份起，鼠疫就保持着高压态势，死难累积的人数，大大超出了我们小小公墓所能接纳的容量。即便拆掉部分围墙，扩出来地段埋葬死者，也还是杯水车薪，必须从速另谋良策。起初决定夜间埋葬，这就一下子省了许多麻烦，不必有所顾忌了。救护车里可以越来越多地堆放尸体了。不料还是被一些行人看到了，他们在宵禁之后，不顾任何法令，还在城郊街区游荡（或者一些去上班的人），有时就遇见一长列白色的救护车疾驶而过，夜晚冷清的街道回响着低调的车铃声。急匆匆地，尸体全被扔进坑里，不待晃动的死者静止下来，一铲铲生石灰便扔下去，砸在他们的脸上：坑越挖越深，泥土掩埋的尸坑已不辨姓名了。

然而，时隔不久，又不得不另寻出路，扩大地盘。省政府一个决定就剥夺了墓主的永久居住权：遗骸挖出来送到火葬场。紧接着，死于鼠疫的人也都送去火葬。于是，又得启用东城门外的旧焚尸炉。守卫的岗哨设置到更远的地方，好在市政府的一位职员提出建议，利用现已弃置的沿海岸悬崖行驶的有轨电车运送尸体，这就大大方便了当局的工作。为此，电车的车身和内部进行了改装，拆除全部座位，同时轨道改线延长，焚尸炉也就成了终点站。

整个夏末那段时间，阴雨连绵，每天深夜就能看见一辆辆没有乘客的奇特的有轨电车，沿着海岸峭壁摇摇晃晃地行驶。居民终于知道了那是怎么回事，尽管有巡逻队禁止闲人走上峭壁的路段，三五成群的人还是溜进俯瞰大海的岩壁之间，往经过的电车上抛鲜花。因此，在夏夜里，还能听见满载鲜花和尸体的电车咕隆咕隆行驶的声响。

每天凌晨前后，至少最初几天，一片令人作呕的浓烟笼罩了东城街区。医生一致认为，这种烟雾气味固然难闻，但是不会危害任何人。然而，这些街区的居民则坚信，鼠疫能乘烟雾空降袭击他们，当即威胁要迁移；当局只好建造复杂的管道系统排烟，总算让居民平静下来。只是大风天时，从城东刮来一股似有若无的气味，还在提醒他们身处一种新的生存境况，每天夜晚，鼠疫的烈焰都在吞噬它的作品。

这正是瘟疫的最严重后果，所幸随后疫情没有再加剧，否则可以想见，我们各个行政机构的才干、省政府的措施，甚至焚尸炉的焚化能力，也许都应付不了局面了。里厄知道，已有万不得已的预想方案，如抛尸大海，也不难想象尸体投下蓝色海面所溅起的巨大浪花。里厄也同样知道，统计数字如果继续上升，再怎么出色的组织也必定一筹莫展，省政府的措施就等于一纸空文，染病的人就会死在尸堆上，腐烂在街头，全城有目共睹，眼看着垂死者在广场上紧紧揪住活人不放，那种举动混杂着合乎情理的仇恨和愚昧透顶的希望。

不管怎样，正是这种明显的事实，或者这种直观的感受，维系着我们同胞的流放感和离别感。在这方面，叙述者也完全清楚，这里根本没有任何引人入胜的东西可以报道，譬如类似老故事中的那种鼓舞人心的英雄，或者不同凡响的行为，这多遗憾。须知最不引人入胜的事情，莫过于一场灾难了，光是持续时间较长这一点，大灾大难就够单调的了。鼠疫流行的那些可怕的日子，在经历者的记忆中，不像大火那样壮观而又残酷，倒像无休无止的来回践踏，所经之处一切都被碾得粉碎。

不，这场鼠疫跟里厄大夫的想象不一样，绝非瘟疫初起时萦绕他头脑的那种激情澎湃的壮观景象。首先，这场鼠疫运行良好，如同一种谨慎而无可挑剔的行政管理。因此，顺便说一句，叙述者的态度倾向于客观，以求杜绝歪曲事实，尤其杜绝昧良心的话。他几乎不肯为求艺术效果而改变什么，仅仅照顾到叙述大体连贯的基本需要。正是这种客观性本身指导他现在要说，如果说那个时期的巨大痛苦，最普遍又最深重的痛苦是生离死别的话，如果说重新描绘鼠疫的那个阶段在思想上是责无旁贷的话，那么这种痛苦本身在当时丧失了其感人的特点，也同样是千真万确的。

我们的同胞，至少是那些受离别之苦最深的同胞，是否习惯了那种境况呢？断言他们已经习以为常了恐怕不完全准确；若是说在身心两方面他们都饱受枯槁之苦，也许更加确切些。鼠疫流行的初期，他们还能清楚地记得失去的亲人，并且时时缅怀。然而，如果说他们能清晰地回忆起心上人的音容笑貌，回忆起始自哪一天他们开始铭记心上人的幸福时光，那么他们却想象不出就在他们思念的此时此刻，对方远在天涯可能在做什么。总而言之，那一阵子，他们记忆力很好，但是想象力不足。到了鼠疫的第二阶段，他们也同样丧失了记忆力。倒不是说他们忘记了那副面容，而是说那不再是有血有肉的面容——其实这是一码事儿，他们在内心深处已经看不见了。于是，在头几个星期，他们就喜欢抱怨在情事爱意中，他们只能跟影子打交道了，继而又发觉，这些影子还能变得更加干瘪，乃至连残留在记忆中的那点色彩也化为乌有。这样长久别离，到头来，他们再也想象不出他们曾耳鬓厮磨的这种柔情蜜意了，也想象不出怎么可能有个人曾经生活在他们身边，他们随手就能触摸到呢。

从这个角度来看，他们才算步入了鼠疫的法则，而这种法则越是平庸就越有效力。我们中间再也没人满怀豪情壮志了。所有人的感受都十分单调。"这种状况也该结束了。"我们的同胞总这样讲，也是因为在大灾期间，盼望集体受难结束完全是正常的，而实际上这也是人们所想所愿。不过，这种愿望讲出来，已没有了初期那种火辣或尖刻的情绪，只有我们还清楚的那几点可怜巴巴的理由。头几个星期所表现的那种激愤，已被一种沮丧的情绪所取代，而这种沮丧情绪，认作是听天由命恐怕有误，但也不失为一种暂时的默认。

我们的同胞已经随和顺从了，可以说已经适应了，只因不如此也别无他法。自不待言，他们对不幸和痛苦还有自己的态度，但是感觉不到椎心泣血之痛了。况且，就拿里厄大夫来说，他认为这恰恰就是不幸。安于绝望比绝望本身还要糟糕。从前，相分离的人算不上真正的不幸，他们的痛苦中还有一点灵光，而现在这种灵光也已然熄灭了。现在，无论在街头巷尾，在咖啡馆还是朋友家中，看他们那呆呆的、心不在焉的样子，看他们眼中那种百无聊赖的神色，就会明白正是借助于他们，整座城市就堪称一座候车大厅了。至于那些有职业的人，他们做事也按鼠疫调整了步调：谨小慎微而又无声无息，人人都低首下心。相睽违的人，第一次打消了心理障碍，跟人谈谈在异地他乡的亲人，并且使用大众的语言，还以瘟疫的统计数字的角度来审视他们的别离。在此之前，他们避之犹恐不及，绝不肯将自己的痛苦跟不幸混为一谈，可是现在，他们却接受了这种混淆。他们没了记忆，也没了希望，就立足于当下了。其实，在他们眼里，一切都变为当下了。实话实说，鼠疫剥夺了所有人爱的能力，甚至剥夺了友爱的能力。因为，爱要求一点儿未来，而我们只剩下一些当下的瞬间了。

当然，这一切没有什么是绝对的。即便分离者真的都到了这种地步，也还应该补充一句，并不是所有人都同时落到这种境况，因而一旦确定了这种新的姿态，由于灵光闪现，猛然醒悟，这些病态的人又重获一种更为时新、更为痛苦的敏感性。于是，分心消遣的时刻就有必要了，他们在这种时刻就当鼠疫已经结束，拟订了某种计划。他们一定得有点运气，意外地感到了毫无来由的一种嫉妒的咬噬。另一些人也会找到忽然再生的感觉，一周里有些天脱离麻木不仁的状态，当然是星期天，还有星期六下午，因为亲人在家的时候，这两个日子总是用来做习惯性的活动。再不然，到了暮晚时分，一股忧伤涌上心头，向他们警示，但是并不总能得到证实，他们即将恢复记忆了。对于信徒来说，傍晚正是反省的时刻，而这一时刻对于囚徒或者流放者特别难熬，只因他们内心空虚，毫无反省的依据。一时间，他们恍若身悬半空，继而，他们又返回麻木状态，被禁锢在鼠疫的淫威之中。

大家已然明白，这就等于放弃他们最为个性的方面。鼠疫初起那段时间，他们为一大堆自己十分看重的小事而苦恼不堪，生活中丝毫也不关心他人，一味体验着个人生活；现在则相反，他们的兴趣完全放在别人感兴趣的事情上，头脑里只有公众的想法了，就连他们的爱情，在他们的心目中，也化为极抽象的面貌了。他们自暴自弃，完全听任鼠疫的摆布，有时甚至但求长睡不醒，还不由自主地想道："腹股沟淋巴结炎，赶紧完蛋！"其实，他们已经处于睡眠状态，而整个这段时间，无非就是长眠。全城尽是醒着的睡眠者，他们难得有真正逃脱自己命运的时刻，只是寥寥数次，他们看似愈合的伤口，在夜间突然又开裂了。他们猛地惊醒，漫不经心地摸了摸创伤，恼怒地咬起嘴唇，刹那间重温了猝如新创的伤痛，同时又见到心爱的人惊慌失态的面孔。到了清晨，他们又回到灾难中，亦即复归抱残守缺的状态。

不过，有人会问，这些相睽违的人究竟像什么样子呢？说起来很简单，他们什么也不像。如果爱这么讲也行：他们像所有人，一副完全普通的模样。他们冷漠，躁动不安，跟全城协调一致。他们丧失了批评意识的表象，同时却获取了冷静的表象。譬如说，可以看到他们当中最聪明的人，也佯装跟所有人一样，表面上还构思虚无缥缈的希望，在报纸上或者无线电广播里寻找理由，相信这场鼠疫很快就会结束，或者读到一名记者闲得无聊，打着哈欠随手写的评论，就毫无根据地感到恐惧。除此之外，他们喝啤酒还是护理病人，终日懒洋洋的还是忙得疲惫不堪，整理登记卡片还是放放唱片，彼此并没有什么差异了。换言之，无论做什么，他们都不再有所选择了。鼠疫已消除了价值判断。这种情况可见之于他们的生活方式：他们不再注重购买的衣服或食品的质量了。大家都全盘接受一切了。

最后，可以这样说，分离的人没有了起初他们赖以自保的这种特权。他们已经丧失了爱情的自私性以及从中获取的益处。至少是现在，形势已明朗：这场灾难殃及所有人。我们所有人，在城门口响起的啪啪的枪声中，在印戳一下下敲出我们生死的节奏中，在一场场大火和一张张卡片中，在恐怖和行政手续中，都注定死得颜面尽失，但是登记在册。在滚滚的浓烟和救护车悠缓的铃声中，我们都啃着同样的流放的面包，都无意识地等待着同样忧心惨切的相聚和安宁。固然，我们的爱始终还在，但是派不上用场，成了负担，死沉死沉地附在我们身上，变成了如同罪恶和刑罚那样的不毛之地，完全化为一种毫无前景的耐性，一种执拗的等待。从这个观点来看，我们有些同胞的态度能让人联想到本城各处食品店门前所排的长队。同样，安于现状，同样，隐忍不言，既遥无尽头，又不抱幻想。这种感受还必须提升上千倍，才谈得上离别之苦，因为那是另一类饥渴，可以吞噬一切的饥渴。

不管怎样，假如想要准确把握本市相暌离者的精神状态，就必须再度回顾那些恒久不变的金色黄昏：在尘土飞扬中，暮色降临这座无树木的城市，男男女女涌上大街小巷。因为那景象十分奇特：平屋顶晒台仍然沐浴在残照中，但是升上去的不再是往常构成市井语言的汽车和机器的轰鸣，而仅仅是嘈杂的脚步声和低沉的话语，那是在沉重的天空里，成千上万双鞋按照瘟疫呼啸的节奏痛苦地移动，总之是无休无止地踏步，汇成令人窒息的声响，渐渐充斥全城，而且夜复一夜，赋予盲目的执着最忠实、最沉郁的声音，于是在我们心中，这种执着替代了爱情。

第四部

一

在九月和十月，鼠疫牢牢控制着这座委顿的城市。既然处于原地踏步的状态，那么全城数十万人，还是一周又一周没完没了地原地踏步。雾气、炎热和雨水，相继统御着天空。南来的椋鸟和斑鸠，一群群悄无声息地飞越高空，绕开这座城市，仿佛惧怕帕纳卢神甫所讲的连枷这种安在房顶呼呼作响的古怪木制工具。十月初，骤雨阵阵袭来，荡涤了街道。在这段时间，没有发生任何重大事件，依旧是大规模的原地踏步。

里厄和他的朋友们这时才发现他们疲惫到何等程度。实际上，卫生防疫队人员再也消化不了这种疲劳了。里厄大夫觉察出这一点，还观察到他的朋友们和他自己滋长了一种不寻常的冷漠态度。譬如说，他们这些人过去一直特别关注疫情的所有消息，现在却根本不闻不问了。朗贝尔已临时受命，领导不久前设在他下榻的旅馆中的检疫隔离室，有多少人接受观察，他全了如指掌。他也熟识紧急撤离办法的每个细小环节，那是他为突然显出疫病征兆的人而制定的。检疫隔离者注射血清后的反应数据无不铭刻在他的头脑里。然而，他却不能说出每周有多少人死于鼠疫，也确实不知道疫情发展的情况。而他不顾一切，仍然抱着即将出城的希望。

至于其他人员，他们日夜忙碌，既不看报，也不听广播。如果向他们宣布某一成果，他们也佯装很感兴趣，但是实际上听不听都无所谓，那种漠然的态度，令人联想起大战时期的战士，他们修筑工事累得精疲力竭，但求能支撑下去，每天尽到本分，不再期望决战、停战的那一天。

格朗还在继续进行疫情所必要的统计，当然不可能指明有全面的结果。比较起来，塔鲁、朗贝尔和里厄，显然都能吃苦耐劳，格朗则相反，身体向来不好，而他却几样工作一身担，既在市政府做助理工作，又兼任里厄的秘书，夜晚还要加班干自己的活儿。因此可以看到，疲于奔命是他的常态，他完全由两三个固定的念头支撑着，其中一个就是鼠疫过后打算休个长假，起码一星期，那样他就可以扎扎实实，兢兢业业，干他正在干的事儿了。有时他也会忽然动了情，于是主动跟里厄谈起雅娜，心里琢磨此时此刻她可能在什么地方，她若是看报，是否会想到他呢。而里厄从来没有跟他谈过自己的妻子，但有一天他却出乎意料，以十分平常的口气说起来。妻子发来一封封电报，总让他放心，他拿不准是否真如此，便决定发电报给那家疗养院的主任医师，询问他妻子的治疗情况。他收到回电获悉，女患者病情加重，但是疗养院保证尽一切努力，遏止病情恶化。而这条消息，他一直埋在心里，这次说出来不知道是为什么，也许是身心疲惫的缘故，要不怎么向格朗吐露心事呢。这名职员向他说起雅娜，然后就询问他妻子的情况，里厄也如实回答。格朗接着便说："您也知道，这种病现在完全可以治愈。"里厄表示同意，只是想说，他开始觉得分离时间不免长了，他若是在身边，也许能帮助妻子战胜疾病，而如今她一定感到十分孤单。随后他就住了口，格朗再问他什么，他的回答就含糊其词了。

其他人也处于同样的状态。塔鲁倒是更有耐力，不过，他的笔记还是表明，他那好奇心深度虽说未尝消减，却丧失其广度了。的确如此，看样子这个阶段自始至终他只对科塔尔感兴趣。他下榻的旅馆改为检疫隔离所之后，他就住进里厄家中。晚上，格朗或者里厄大夫说起统计结果，他不大注意听，马上转移话题，扯到他通常关注的奥兰人的生活细节上去。

至于卡斯泰尔，他来向里厄大夫宣布制成了血清的那天，他们二人就决定首先在奥东先生的小儿子身上试验，里厄刚巧接收这孩子住院，认为病情恐怕无药可医了；当时，里厄就向这位老朋友通报最新统计数据，不料却发现对方躺在他的扶手椅上，已经沉沉睡过去了。这张脸平时总那么温和而略带嘲讽，显出一副永远年轻的样子，现在突然放松了，只见一条流涎连接起微张的两片嘴唇，让人看出他的衰老之态，里厄不禁感到喉咙一阵发紧。

正是在感情如此脆弱之际，里厄才可能判断出自己的疲劳程度。他的敏感神经失控了。大多数时间，他的敏感受到约束，显得冷酷无情，因而逐渐衰微，将他抛给他再也掌握不住的冲动。他唯一的护身法，就是躲避在这种冷面硬心肠后面，收紧自身所形成的纠结。他很清楚，正因为有这种好方法，他才能干下去。此外，他并没有多少幻想，而劳累又夺走了他尚存的幻想，只因他心里明白，值此他看不见尽头的时期，他的角色不再是治病救人，而是做出诊断。发现病情，看到征兆，描述并记录下来，然后判为绝症，这便是他的任务。一些患者的妻子抓住他的手腕，哀号道："大夫，救他一命吧！"然而，他职责所在不是为了救命，而是命令隔离。他当即在人们的脸上看到了仇恨，这又能解决什么问题呢？"您的心肠太狠了。"有一天别人对他这样说。其实不然，他心肠很好。正因为有这样一副心肠，他才每天能坚持工作二十小时，眼看着生于世上的人一个个死去。正因为有这样一副心肠，他才能周而复始，每天从头做起。从此往后，他的好心肠刚刚够他维持工作。这样一副心肠，怎么还有余力救人一命呢？

不，他整天整天分发给人的，并不是救护，而是情报。自不待言，这称不上男子汉的职业。不过，说到底，这群人已经丧魂失魄，数量锐减，还容得谁有这份闲暇去从事男子汉的职业呢？感到疲劳还算是幸运。假如里厄真的精神头儿更足些，那么，到处弥漫的死亡气息很可能要使他黯然神伤。人总是据实看待事物，也就是根据公正的原则，又丑恶又可笑的公正原则。而其他人，那些患了绝症的人，他们也都明显感觉到了。在闹鼠疫之前，大家接待他，如同接待救命恩人。他给打一针，再给三片药，就把人给治好了，病人家属紧紧搂住他的胳膊，沿走廊给他带路。恭敬有加，但是也危险。现在则相反，他去患者家，要带着几名士兵，敲门必须用枪托人家才肯开门。他们恨不得拖着他，拖着全人类，跟他们一起同归于尽。唉！千真万确，人离不开人，他跟这些不幸的人同样陷入绝境，他离开他们时内心增长的这种怜悯的颤动其实他本人也理应得到。

　　至少在这漫长的几周时间，里厄大夫的种种思绪，同他处于分离者状态的念头纠缠在一起。他看出这些念头在他朋友们的脸上也反映出来了。不过，疲惫逐渐侵袭所有继续跟瘟疫进行这场斗争的人，最危险的后果并不在于漠视外界发生的事件以及别人情绪的变化，而在于自己疏忽松懈，放任自流了。当时他们表现出一种倾向，避免任何并非绝对必要、在他们看来力不能及的举动。这些人就是这样越来越忽略他们自己制定的卫生规则，忘记他们必须对自身多次消毒的某些规定，有时甚至没有采取预防传染的措施，就跑去看肺鼠疫患者，因为他们总是在最后一刻接到通知，要尽快赶往受到疫病感染的家庭，而他们出发前，再回到某个医疗点实施必要的消毒，想想就力不能支了。这才是真正的危险所在，须知正是跟鼠疫进行的这场斗争，才把他们置于最容易受感染的境地。总之，他们是在跟运气打赌，而运气不由任何人支配。

然而，在这座城内却有那么一个人，看样子既不疲惫不堪，也不灰心丧气，始终是一副心满意足的活跃形象。此人正是科塔尔。他继续我行我素，同时也跟别人保持关系。不过，他早有选择，经常去看塔鲁，只要塔鲁的工作安排得开。一方面因为塔鲁了解他的底细，另一方面也是因为塔鲁善于待人接物，对这个矮小的吃年金的人始终那么亲热。塔鲁虽然工作繁忙，却总是那么和气迎人，关心体贴，这真是一个经受住长年累月考验的奇迹。即使是有些夜晚，他累得身体要散了架，但第二天起来，他就重又精力旺盛了。"跟他这个人在一起嘛，"科塔尔就对朗贝尔说过，"就能聊得起来，只因他是个男子汉，说什么都能够理解。"

因此，在这个时期，塔鲁的纪事就逐渐集中到科塔尔这个人物身上了。塔鲁要根据科塔尔向他吐露的，或者按照他的理解，概述科塔尔的反应和想法。这一概述题为"科塔尔和鼠疫的关系"，在这本笔记中占了好几页，叙述者认为有必要在此做一简介。对这个矮小的吃年金的人，塔鲁总的看法可以概括为一句话："这个人物在成长。"而且看起来，他在好心情中成长。他对事态的这种变化谈不上不满。他在塔鲁面前，有几次用这样生动的话坦露他内心深处的想法："当然了，这种境况不见得好。但是至少，每个人都不能置身事外。"

"那是自然，"塔鲁附记道，"他跟其他人一样面临威胁，但问题恰恰是，他跟其他人处境一样。此外，可以肯定，他并不真的认为自己能感染上鼠疫。他似乎就依赖这种念头生活：一个人身患重病，或者有一种深度忧虑，也就同时免除了其他所有疾病或忧虑。这种想法还真不那么愚蠢。他就对我说过：'您注意到了吗，人不会兼得多种疾病。假如说，您患了重病或者不治之症，患了严重的癌症，或者名副其实的肺结核，就绝不会再感染上鼠疫或者斑疹伤寒，那是不可能的。还有一种情况就更不可能了，因为，您从未见过一名癌症患者死于车祸。'这种想法不管对错，总归能让科塔尔保持好心情。只有一件事他不希望发生，那就是同其他人分开。他宁肯同大家困在一起，也不愿意独自去坐牢。现在闹了鼠疫，就谈不上暗中调查、立档案、填卡片、秘密审讯并立即逮捕了。严格来说，这里没有了警察，也没有了新旧罪案和罪犯，只有坐以待毙的患者，等待着极其专断的特赦，其中就有那些警察。"因此，始终按照塔鲁的解释，科塔尔在看待我们的同胞所表现出来的惊慌与忧虑时，完全有理由带着那种既宽容又理解的得意神情，那种神态可以用一句话来表达："尽管说下去，在你们之前我经历过。"

"归根结底，不同其他人分开的唯一办法，就是问心无愧，我怎么对他讲也是枉然。他恶狠狠地注视着我，说道：'算了，照这样的话，谁跟谁也永远不会在一起。'接着又说道：'不信您就试试看，我先把话给您撂在这儿。能把人拢在一起的唯一办法，还得是给他们降下瘟疫。您好好看看自己的周围吧。'老实说，我完全理解他要讲的意思，理解如今的生活在他看来该有多么舒服。他怎么会看不出来所经之处人人都是他从前那样的反应呢？譬如说，每人都力图让所有人跟自己在一起；给一个迷路者指路，有时表现得很热心，有时又显得很不耐烦；大家都急忙赶往豪华饭店，置身其间并久久逗留而感到心满意足；乱哄哄的人群，每天都拥到电影院门前排队，剧院和舞厅也都人满为患，总之，人群如汹涌的潮水，冲进了所有的公共场所；一方面规避任何接触，另一方面又有渴求人的热情，把一些人推向另一些人，臂肘挨向臂肘，男性挨向女性。这一切，显然早在他们之前，科塔尔都体验过了。除开女人，只怪他那副尊容……我猜想他感到自己要去嫖妓时，临阵就会打退堂鼓，以免给人留下坏印象，以免以后坏他的事。

"总之，鼠疫成就他的好事。鼠疫碰到一个孤独而又不甘寂寞的人，就结成了同谋关系。显而易见，他是个同谋，一个欣喜若狂的同谋者。

他是所见一切的共犯，诸如这些惊魂的迷信、无缘无故的恐惧、毫无来由的恼怒；他们想尽量少谈鼠疫，却又有不停谈论的怪癖；他们得知这种病症初起的征兆是头疼，稍感头疼便惊慌失措，面失血色；最后还有，他们情绪极不稳定，神经脆弱，动辄发怒，将别人的疏忽视为冒犯，为短裤上失落一颗纽扣而伤心不已。"

晚上，塔鲁时常和科塔尔出去。后来，他在笔记中讲述，他们如何扎进暮色或夜色笼罩的黑压压一片的人群中，如何肩并肩投入一片黑白相间的群体，隔很远才有一盏路灯投下罕见的亮光，而他们陪伴大群人走向欢乐的场所，抱团取暖来抵御鼠疫的寒冷。几个月之前，科塔尔到公共场所要寻求的他梦寐以求而又得不到满足的奢侈豪华的生活，也就是荒淫无度的生活，现在成了全体市民的追求。于是物价飞涨，不可扼制，有人挥金如土，前所未见；正当大多数人缺少生活必需品的时候，奢侈品却从来没有像现在这样被大量消费。应无所事事者，即失业者的需求，可以看到各种赌博娱乐业成倍增加。塔鲁和科塔尔有时尾随一对情侣好半天，知道那些情侣从前极力掩饰他们的关系，现在却紧紧偎依在一起，固执地在街上游荡，穿越全城，根本不理睬周围的人，正是热恋中有点儿专注、旁若无人的情态。科塔尔未免动了情，感叹道："嘿！好快活的青年！"他说话声音提高了，在集体的狂热中也心花怒放了，豪爽丢下的小费在周围当啷作响，而偷情野合就在他们眼前进行。

然而，塔鲁却认为，科塔尔的这种态度没有夹杂着什么恶意。他这句"我在他们之前就经历过了"，主要表明不幸而非得意。"我相信，"塔鲁说道，"他开始喜爱上这些囚禁在天空和城墙之间的人了。譬如说，如果办得到，他会主动给他们解释，其实这并不那么可怕。他就言之凿凿地对我说过：'您能听到他们讲，这场鼠疫过后，我要干这事儿，这场鼠疫过后，我要干那事儿……他们非但不过安稳日子，反而毒化了自

鼠 疫 257

己的生活。他们甚至连自己的利益都闹不清楚。就拿我为例，我怎么能说：我被捕之后，要干这事儿呢？被捕是个开端，而不是终结。至于鼠疫嘛……您想听听我的看法吗？他们那么不幸，是因为不能顺其自然。我这可不是随便乱讲。'"

"的确，他不是随便乱讲，"塔鲁补充写道，"他准确地判断了奥兰居民的矛盾心理，说他们深深感到需要那种把他们拉近的热情，但同时又因为互不信任而疏远，不能真正地热诚相处。人人都清楚，不可能信赖邻居，邻人可能在您不知不觉中把鼠疫传染给您，趁您松懈就让您感染上这种疾病。谁有过科塔尔那种经历，见识过自己想结交的那些人当中可能有告密者，就能理解他这种感受。有些人很值得同情，他们生活中抱着这样的念头，鼠疫随时可能一把抓住他们的肩膀，而正当他们庆幸自己安然无恙的时候，也许鼠疫就准备行动了。就算有这种可能性，在恐怖的气氛中，科塔尔仍然自得其乐。只因早在他们之前，所有这些感受他都领教过，我认为面对这种前途未卜的折磨，他跟其他人的感受不可能完全相同。总之，他同我们这些还没有死于鼠疫的人在一起，就清楚地感到每日每时，他的自由和生活都处于毁灭的前夕。不过，他本人既然在恐怖中生活过，那么其他人也尝尝这种滋味，他认为是很正常的事。再确切点说，如果不是他独自一人承受，恐怖也就不显得那么沉重了。他错就错在这一点上，也比别人更难理解。不过，归根结底，也正是在这方面，他比其他一些人更值得我们去理解。"

塔鲁笔记的这段记述结尾讲的一件事表明科塔尔和鼠疫患者具有一种相同的独特心理。这段叙事大体上再现了这个时期的艰难氛围，因此，叙述者要予以足够的重视。

市歌剧院演出《俄尔甫斯和欧里狄克》[①]，科塔尔邀请塔鲁，二人一同去观赏。该剧团于发生鼠疫的春天来本市演出，不料困在城中，不得已同市歌剧院商定，每周重演一场。就这样，几个月以来，每到星期五，市歌剧院就回响起俄尔甫斯的咏叹调，以及欧里狄克无力的呼唤。然而，这出歌剧继续受观众的热捧，票房收入居高不下。科塔尔和塔鲁坐在最贵的包厢里，俯瞰着爆满的正厅，里面全是我们同胞中最优雅的人士。刚走进剧场的人，显然极力要引人注目，在乐师轻轻调音的时候，一个个身影出现在幕布前耀眼的灯光下，从一排座走向另一排座，姿态优美地躬身问候，在高雅交谈的低沉的嗡嗡声中，他们又找回几小时前在黑暗街道上还缺乏的自信。漂亮的衣着驱逐了鼠疫。

在第一幕，俄尔甫斯的咏叹如行云流水，引得几位穿长裙的女士优雅地评论他的不幸遭遇，接着小咏叹调又唱出爱情的主题。全场观众的反应热情而有分寸。观众几乎没有注意到，俄尔甫斯在第二幕的唱段中，引进了原作没有的颤音，哀婉的音调稍显过分，用眼泪恳请冥王的怜悯。他不由自主，做出一些不连贯的动作，连最老到的观众也认为是别出心裁，给歌唱演员增添了表现力。

直到第三幕，俄尔甫斯和欧里狄克的二重唱重头戏（也正是欧里狄克又脱离她心爱的人而返回阴间之时），几分出乎意料的情绪才传遍全场。男歌唱演员似乎专等观众的这种反应，再确切点儿说，他似乎认为观众席上发出的骚动证实了自己的感受，便选择这一时刻，以颇为滑稽可笑的动作朝台前脚灯走去，不顾古装扮相，张开双臂并叉开双腿，在

---

① 《俄尔甫斯与欧里狄克》，三幕歌剧。由德国作曲家格鲁克（1714—1787）作曲，1762年10月5日在维也纳首演。歌剧取材于古希腊神话传说：诗人和歌手俄尔甫斯善弹竖琴，琴声可使猛兽俯首、顽石点头。他的妻子欧里狄克死后，他追到阴间；冥后珀耳塞福涅被他的琴声所打动，答应他把妻子带回人间，但是一路上不准他回头。俄尔甫斯快要走到地面时，忍不住回头瞧瞧妻子是否还跟在身后，结果欧里狄克又重返阴间。

羊圈的布景中间瘫倒在地上；这种布景始终显得不合情节，而此刻在观众看来，第一次变得完全南辕北辙了。因为，与此同时，乐队演奏戛然而止，正厅的观众纷纷站起身，开始缓慢地离开剧院，起初还都默默无言，好似做完礼拜走出教堂，或者吊唁之后离开灵堂，女士们整理好衣裙，低着头往外走，男士们则拉着女伴的臂肘引路，以免绊到可折叠的加座。不过，随着人群移动逐渐加快，窃窃私语就变成了赞叹，大家拥向出口，争先恐后，最终挤作一团，叫嚷起来。科塔尔和塔鲁这时才起身，独自面对他们现实生活的一个场景：鼠疫以演员四仰八叉倒在地上的丑陋形象出现在舞台上，而大厅里以遗忘的扇子、红色座椅套耷拉下来的花边所显现的全部奢华，顿时变得虚设无用了。

二

九月份头几天，朗贝尔在里厄身边工作得很认真，仅仅请了一天假：那天他要到男子中学校门前，同贡萨雷斯和那两个青年见面。

那天中午，贡萨雷斯和记者站在约会地点，看见两个小青年笑呵呵地走来了。他们说上一次没有找到时机，不过这种情况应在预料之中。不管怎样，反正这周不行，不是他们值勤，还是耐心等到下星期。到那时还得重新安排。朗贝尔说，就是这话。贡萨雷斯提议下周一见面。不过，下次见面，就要安排朗贝尔住进马塞尔或者路易的家中。"你和我，我们约个时间见面，如果我没有去，你就直接去他们那里。有人会告诉你地址。"可是，马塞尔或路易当即说，最简单的办法，就是立刻带这位朋友去家里。他若是不挑剔的话，家里有足够四个人吃的东西。这样一来，他也就知道怎么走了。贡萨雷斯说这个主意非常好，于是他们就下坡走向港口。

马塞尔和路易住在海军街区的边缘，靠近通向悬崖大道的城门。那是一幢西班牙式的小房子，墙体很厚，外窗板上了油漆，几个昏暗的房间光秃秃的。兄弟俩的母亲，一位西班牙老太太，带着微笑的脸堆满皱纹，她端上来米饭。贡萨雷斯不免惊讶，城里已经买不到大米了。马塞尔说道："守着城门，总有办法弄到。"朗贝尔又吃又喝，贡萨雷斯说他真够朋友，而记者心里却在想他还要等上一周的时间。

实际上，他还得等两个星期，因为守城门站岗改为每两周轮换了，以便减少守城小队。这半个月，朗贝尔不间断地、不遗余力地工作，可以说一门心思，从清晨一直干到深夜。到了深夜，他一上床便沉沉睡去。原先闲得要死，现在累得要命，这样骤然变化，躺到床上一点儿劲儿也没了，立即便进入几乎无梦的黑甜乡。他很少提起即将逃离之举。只有一件事值得一提：过了一周，他向里厄大夫透露，前一天夜里，他第一次喝醉了。他从酒吧出来，突然感觉腹股沟肿胀，双臂绕腋窝转动也有点儿困难，心想必是感染上了鼠疫。当时他唯一可能做出的反应——后来他也跟里厄同样认为不够理智的反应——就是跑向本城的制高点，从那里的一个小场地虽然照样望不到大海，却能多看到点儿天空，他从城墙的上方，大声呼唤他的妻子。他回到住处，察看自己的身体，却没有发现一点儿感染的症状。这场虚惊，他实在难以启齿。里厄则说他非常理解人会有这种反应。他说道："不管怎样，人有时就可能产生这种愿望。"

"今天上午，奥东先生还向我提起您，"里厄在朗贝尔正要走时，突然又说道，"他问我是否认识您。他还对我说：'您劝劝他，不要跟那些走私团伙来往。他开始引起别人注意了。'"

"您讲这话是什么意思？"

"这话是说您必须抓紧。"

"谢谢。"朗贝尔说着，紧紧握住大夫的手。

走到门口，他又猛地转过身来。里厄注意到，自闹鼠疫以来，朗贝尔第一次面露微笑。

"您干吗不阻止我走呢？您有这种手段。"

里厄习惯性地摇了摇头，说这是朗贝尔自己的事，朗贝尔早已选定的幸福，而他里厄，没有什么理由去反对。在这件事情上，他感到自己没能力判断怎么样好，或者怎么样不好。

"在这种情况下，干吗又对我说赶快行动呢？"

"也许我也有这种愿望，为了幸福做点儿什么吧。"

第二天，他们俩一起工作，什么都不再谈了。到了下一周，朗贝尔终于住进了那幢西班牙式小房子。主人在公用房间给他搭了一张床。两个青年不回家吃饭，又嘱咐他尽量少出门，因此，大部分时间他独自一人待着，或者跟老太太说说话。老太太身体干瘦，但是闲不住。她穿一身黑衣裙，棕褐色的脸上布满皱纹，一头白发十分洁净。她终日沉默寡言，看着朗贝尔时只是用眼睛微笑。

她偶尔也问起来，朗贝尔就不怕把鼠疫传染给他妻子吗？朗贝尔认为，这是一件碰运气的事儿，但是传染的危险总归不大，如果留在这城里，他们就很可能永远分离了。

"她人好吗？"老太太微笑着问道。

"非常好。"

"漂亮吗？"

"我看漂亮。"

"唔！"老太太说道，"为的就是这个。"

朗贝尔寻思起来。当然为的是这个，但是又不可能仅仅为这个。

"您不相信仁慈的上帝吗？"老太太问道。她本人每天早晨都去做弥撒。

朗贝尔承认不相信，老太太就又说为的就是这个。

"一定得跟她团聚，您这样做得对。不然的话，您还会剩下什么呢?"

余下的时间，朗贝尔就沿着房间墙壁转悠，粗糙的灰泥墙光秃秃的，只能抚摩钉在上面的一把把扇子，再不就数数台毯垂下来的流苏有多少羊毛球。到了晚上，两个青年回家。他们的话不多，只讲现在还不是时候。吃罢晚饭，马塞尔弹起吉他，他们还喝一种茴香酒。朗贝尔一副若有所思的神情。

星期三，马塞尔回来说道:"就定在明天午夜。你准备好了。"同他们一起值班的两个人，一个感染上了鼠疫，另一个是同寝室的室友，也正在接受隔离观察。因此，这两三天，也只有马塞尔和路易两个人当班了。这天夜里，他们去安排好这次行动最后一些细节。第二天，就有可能出城了。朗贝尔表示感谢。老太太问他:"您满意了吧?"他说满意了，而心里却另有所思。

次日，天气闷热潮湿，让人喘不上来气。疫情大为不妙。西班牙老太太还照样那么安详。"这人世在造孽，"她说道，"必有天灾人祸!"朗贝尔也跟马塞尔和路易一样打着赤膊。然而，不管做什么，汗水总顺着他的两肩之间和胸膛往下流淌。百叶窗关着，屋里半明半暗，他们的上身看起来是棕色的;仿佛涂了一层油漆。朗贝尔一言不发，总在转悠。到了下午四点钟，突然间，他穿好衣服，说是出去一趟。

"注意，"马塞尔说道，"确定在午夜。什么都准备妥当了。"

朗贝尔先去里厄大夫家。里厄的母亲告诉朗贝尔，他去上城医院便能找见里厄。还是原来那群人，在医院的门岗前转来转去。"你们走开吧。"一名金鱼眼睛的中士对他们说道。那些人走开，但是又绕回来。"你们等也是白等。"中士又说道，他的军装已浸透了汗水。那些人也是这种看法，但是仍然守在那里，根本不顾能热死人的天气。朗贝尔出示了通行证，中士向他指明塔鲁的办公室。办公室的房门对着院子。朗贝尔迎面撞见从办公室出来的帕纳卢神甫。

白色小屋挺脏，散发着药味和潮湿被褥的气味，塔鲁坐在黑色木制办公桌后面，衬衫袖子卷着，他正用手帕擦拭臂肘上的汗水。

"还在这儿呢？"塔鲁问道。

"对，我想跟里厄谈谈。"

"他在大厅里呢。不去麻烦他就能解决问题，那就更好了。"

"为什么？"

"他太累了。我能办的事，就不找他了。"

朗贝尔瞧了瞧塔鲁，人又瘦了一圈儿。塔鲁也疲惫不堪，两眼发花，面容憔悴，那副健壮的肩膀也蜷缩成球状。有人敲门。一名男护士走进来，戴着白色大口罩。他将一沓病历卡放到塔鲁的办公桌上，只是说了"六个"，隔着口罩声音显得沉闷，说罢便离去了。塔鲁注视着记者，又将病历卡展成扇形给他看。

"病历卡挺精美，嗯？其实，这是昨夜死的人。"

他皱起眉头，重又叠好病历卡。

"我们只剩下一件事好干了，那就是做报表。"

塔鲁站起来，身子靠在办公桌上。

"您就要走了吧？"

"今晚，午夜时分。"

塔鲁说这消息他听了很高兴，让朗贝尔多多保重。

"您这可是由衷之言？"

塔鲁耸了耸肩：

"人到了我这年纪，势必讲真话。讲假话太累了。"

"塔鲁,"记者说道,"我想见见大夫。请原谅。"

"我知道。他比我有人情味。走吧。"

"并不是这个原因。"朗贝尔为难地说道。他欲言又止。

塔鲁瞧了他一眼,突然又冲他微微一笑。

他们沿着一条狭窄的走廊,穿过漆成浅绿色、映现水族缸般光线的墙壁,快要走到两道玻璃门时,只见门里有几个动作奇特的人影。塔鲁将朗贝尔让进一间满墙都是壁橱的小厅。他打开一个壁橱的门,从消毒器里取出两只脱脂纱布口罩,一只给朗贝尔,一只自己戴上。记者问戴上口罩顶不顶事儿,塔鲁回答说不顶事儿,但是能让人放心。

他们推开玻璃门,走进一间大厅,虽然天气炎热,窗户却仍旧紧闭。墙壁上方安有几台换气扇,螺旋形风叶嗡嗡作响,搅动着两排灰色病床上方浑浊而灼热的空气。低沉或尖厉的呻吟,从各个方位升起,汇成一种单调的怨声。几个身穿白大褂的男子,在安有铁栅栏的高窗射进来的耀眼阳光下慢腾腾地走来走去。这大厅里酷热难耐,朗贝尔一走进来就不自在,他好容易认出里厄,只见大夫俯向一个呻吟的形体,由两名站在床两侧的女护士协助按住病人叉开的双腿,正给患者切开腹股沟。里厄直起身子,一松手,让手术器械掉进助手递过来的盘子里,他伫立着半晌未动,注视着这个正接受包扎的患者。

"有什么新情况?"他问走到近前的塔鲁。"帕纳卢同意了,愿意接替朗贝尔在检疫隔离所的工作。他已经做了很多事。还有,朗贝尔走后,第三调查队需要重新组织。"里厄点头表示同意。"卡斯泰尔完成了头一批疫苗,他提议进行试验。""唔!"里厄说道,"真不错。""最后,朗贝尔来了。"里厄转身,口罩上面的眼睛眯缝起来,看见了记者。"您到这儿来干什么?"里厄问道,"您应当去别的地方。"塔鲁说,定在今天晚上,午夜上路;朗贝尔随即补充一句:"大体上。"他们每次说话,纱布

鼠 疫 265

口罩就鼓起来，对着嘴的部位也随之潮湿了。因此，这种谈话颇显得虚幻，仿佛雕像在对话。"我要同您谈谈。"朗贝尔说道。"您若是愿意的话，我们就一道出去。您到塔鲁的办公室里等我。"片刻之后，朗贝尔和里厄坐到车后座上，塔鲁开大夫的车。

"没油了，"塔鲁启动车时说道，"明天就得步行了。"

"大夫，"朗贝尔说道，"我不走了，愿意留下来和你们一起干。"

塔鲁不露声色，还继续开车。里厄似乎还不能从疲惫的状态中挣扎出来。

"那她呢？"他瓮声瓮气地问道。

朗贝尔说他又进一步考虑了，还保持原来的看法；但是，他如果走了，就会感到愧疚。这也会妨碍他去爱留在那里的心上人。不过，里厄这时挺起了身子，声音坚定地说道，这样看问题很愚蠢，去追求幸福并不可耻。

"对，"朗贝尔说道，"不过，独自享受幸福，就可能问心有愧。"

此前，塔鲁一直缄默，这时他也没有回头看他们，但是开了口，指出如果朗贝尔愿意跟大家共患难，那他恐怕就再也没有时间眷顾幸福了。取舍之间，必须做出选择。

"问题不在这儿。"朗贝尔说道，"我一直认为，在这座城市里，我是个局外人，跟你们没有任何关系。可是现在，我亲眼看见了，就知道不管我愿意不愿意，我属于这里了。这场疫灾关系到我们所有人。"

没有人应声，朗贝尔显得有点儿不耐烦了。

"况且，你们心里都明明白白！要不然，你们在这所医院里干什么？你们呢，都做出选择，舍弃幸福了吗？"

无论塔鲁还是里厄，谁都照样不应声。冷场持续很久，一直到汽车驶近大夫的家。朗贝尔再次提出他那最后的问题，而且又加重了语气。

只有里厄转过脸面对着他，吃力地挺起身子。

"请原谅，朗贝尔，"里厄说道，"不过，我也说不清楚。既然您有这种愿望，那就留下来，同我们一起干。"汽车猛然往旁边一闪，里厄就不讲话了。继而，他凝望前方，又说道："在这人世上，什么都不值得人离开自己所爱。然而，我也离开了，却弄不清到底为什么。"他身子一放松，又倒在靠垫上。"这是个事实，仅此而已，"他倦怠地说道，"这种事，我们就记录下来，承担其后果吧。""什么后果?"朗贝尔问道。"嗳!"里厄回答，"人不能同时治病又知道结果。既然如此，我们就尽快治病救人。这是当务之急。"

午夜时分，塔鲁和里厄还给朗贝尔画地图，标明他负责调查的那个街区。这时，塔鲁看了看表，抬起头，正巧遇到朗贝尔的目光。

"您给他们打过招呼了吗?"

记者移开目光，吃力地说道：

"我来看你们之前，已给他们寄去一封简信。"

三

卡斯泰尔研制的血清，到十月末才投入试验。实际上，这是里厄最后的希望了。试验一旦再次失败，大夫就确信这座城市要受病魔任意摆布了，瘟疫或者再猖獗数月之久，或者莫名其妙地自行停止。

就在卡斯泰尔来看里厄的前一天，奥东先生的儿子病倒了，全家人不得不接受检疫隔离。孩子的母亲刚隔离完不久，现在又得隔离起来。这位法官遵纪守法，一见儿子身上出现症状，立即派人请来里厄大夫。里厄赶到时，父母正站在孩子的床边。他们的女儿已经送走了。孩子正进入衰竭时期，任由大夫检查，没有呻吟一声。大夫抬起头来，遇到法官的目光，看到法官身后孩子母亲那张苍白的脸：她嘴上捂着手帕，瞪大眼睛注视着大夫的一举一动。

"就是了，对不对？"法官声音冷冷地问道。"对。"里厄回答，又瞥了一眼孩子。孩子的母亲眼睛睁圆了，但是她始终不讲话。法官也沉默不语，继而，他放低了声调，说道："那好，大夫，我们就应当照章办事。"里厄避而不看一直用手帕捂着嘴的孩子的母亲。"办起来很快，"里厄颇为犹豫，说道，"只要我能打个电话。"

奥东先生说立刻带他去。然而，大夫转过身，对法官的妻子说道："实在遗憾。您应当准备些衣物。您了解该怎么办。"

奥东太太仿佛愣在那里，直直地看着地面。

"是的，"她点点头说道，"我这就去准备一下。"

里厄辞别之前，不由自主地问奥东夫妇，是否有什么要求。法官的妻子还是默默地看着他。不过，法官这次却避开目光。

"没有，"他说着，咽了一口吐沫，"但请您救我孩子一命。"

检疫隔离的措施，开头不过是一种形式，但是经过里厄和朗贝尔的组织，就规定得非常严格了，尤其是要求同一家庭的成员始终彼此隔离。家庭某个成员可能在不知不觉中染上了瘟疫，那就不能留给疫病大量传播的机会。里厄解释这些理由，法官也认为这理所当然。不过，他妻子和他对视的那种眼神，让大夫感到这次又要分离让他们心慌意乱到何等程度。奥东太太及其小女儿可以安排到朗贝尔管理的改成检疫隔离所的旅馆。但是没有预审法官的床位了，他只能住进市体育场隔离营，那是省政府用路政管理处提供的帐篷正在搭建的隔离营。里厄对此表示歉意，而奥东先生倒是说，规则对所有人都一样，服从才是正理。

至于患儿，他被送到附属医院，住进了由教室改成的病房，里面安放了十张病床。观察了二十个小时之后，里厄认为这孩子没救了。小小的躯体任由传染病毒吞噬，丝毫也没有反应了。腹股沟刚刚长了几个小肿块，十分疼痛，孩子瘦弱的四肢因受阻而难以活动了。在他的身上，病魔不战自胜。有鉴于此，里厄就想到卡斯泰尔研制的血清可以在这孩子身上试验。就在当天晚上，晚饭之后，他们实施了长时间疫苗接种，而没有引起孩子一点儿反应。次日天刚亮，所有人都来到患儿跟前，以便判断这次具有决定性的疫苗试验的效果。

孩子已经脱离了麻木状态，躯体在被子里抽搐辗转。里厄大夫、卡斯泰尔和塔鲁，从凌晨四点起就一直守在患儿床前，一步步跟踪观察病情的发展或者停顿。塔鲁在床头，他那大块头的躯体有点儿弯曲。里厄站在床尾，卡斯泰尔坐在他旁边，正在看一本旧书，显得十分平静。在这间从前的小学教室里，晨曦渐渐扩展，其他人也陆续到来。帕纳卢头一个进病房，站到病床的另一边，背靠在墙上，同塔鲁面对面。他脸上赫然可见一副痛苦的表情，这些日子一直在拼老命，辛劳在他充血的额头刻下道道皱纹。约瑟夫·格朗也到了。已经七点钟了，这名职员跑得气喘吁吁，连声表示歉意。他只能稍留片刻，想也许现在已经有了些确切的情况。里厄没有说话，指给他看那孩子。患儿双眼紧闭，脸已经扭曲，用尽余力紧咬牙关。小身子纹丝不动，只有头在没有枕套的枕头上左右转动。终于天色大亮，教室里端仍在原地的黑板上，还能辨认出从前写的方程式的字迹。朗贝尔来了，他身子靠在邻床的床脚上面，掏出一包香烟。可是，他瞥了一眼患儿，又将那包香烟塞进兜里。

卡斯泰尔依然坐在那儿，他从眼镜上方注视着里厄。

"您有孩子父亲的消息吗?"

"没有，"里厄回答，"他父亲在隔离营。"

患儿在床上呻吟，大夫用力握住病床的横档，两眼紧盯着患儿，只见孩子的躯体突然僵直了，牙关重又咬紧，腰部略微塌陷，四肢缓缓叉开。赤裸的小身子盖着军用毛毯，散发出一股羊毛和汗酸的气味。孩子的躯体又逐渐松弛，四肢也重又收拢，蜷缩到床铺中央，眼睛始终闭着，也不出声，呼吸似乎更加急促了。里厄同塔鲁的目光不期而遇，塔鲁随即移开视线。

他们已经见过一些孩子夭折；只因几个月以来，鼠疫肆虐，根本不选择打击对象。不过，他们还从来没有像现在这样，从凌晨起，就一分钟一分钟观察孩子经受的病痛。自不待言，这些无辜的孩子所遭受的痛苦，在他们眼里始终是活生生的现实，也就是说是令人愤慨的事。不过，在此之前，至少在一定程度上，他们所感到的愤慨有点儿抽象，因为他们还从来没有这么长时间地观察一个无辜孩子垂危的过程。

恰好这时，孩子仿佛胃部被咬噬，身子重又蜷缩起来，同时发出微弱的呻吟。身子蜷缩了好一阵子，不时因打寒战和痉挛而抖动，他那副细弱的骨骼，就好像被鼠疫的狂风吹弯了，在高烧热风的不停劲吹中咯咯作响。狂风过后，他的身子稍微放松了。高烧似乎退去，把他抛在潮湿而毒化的海滩上，气喘吁吁，歇息的样子已与死亡相似。热浪第三次袭来，把患儿的身子稍微掀起来一下，他全身重又蜷缩成一团，怕被火焰烧灼，恐惧地退缩到床铺的紧里边，同时拼命地摇晃脑袋，完全掀掉了毯子。大滴大滴的泪水从他红肿的眼皮下涌出，开始在铅灰色的脸上流淌。孩子染上鼠疫四十八小时，胳膊腿上的肉就全化了。这次发病之后，他已经精疲力竭，瘫在凌乱的床上，那姿势有点像钉在十字架上受难的耶稣。

塔鲁俯下身去，用粗重的手掌擦拭孩子脸上的泪水和汗水。卡斯泰尔合上书本有一阵工夫了，他一直注视着患儿。他开口了，一句话讲到半截，不得不咳嗽两声才讲完，因而声音突然洪亮起来：

"没有过早晨病情缓解的情况，对不对，里厄？"

里厄说没有过，但是这孩子不同寻常，挺的时间长多了。帕纳卢靠在墙上，身子有点儿往下沉，他瓮声瓮气地说道：

"如果孩子迟早也是个死，那么挺时间长更遭罪。"

里厄猛地转向帕纳卢，张口要说话，但是又咽下去，显然他克制住了自己。他又收回目光，移到孩子身上了。

阳光充满了病房。在另外五张病床上，一些形体在蠕动、呻吟，但是都很有节制，仿佛商量好了似的。唯独有一个人在叫喊，在房间的另一端，他隔一阵就轻轻号叫几声，似乎在表示惊讶，而不是疼痛。即使是病人，好像也不如起初那样畏惧了。现在他们对待病症的态度，有了默许的成分了。只有这孩子还在全力挣扎。里厄不时给孩子把把脉，其实多此一举，他主要还是想摆脱自身这种无能为力的静止状态。他闭起眼睛，感受这种脉动跟自身血液的翻腾的交织。于是，他跟这个受病痛折磨的孩子相混相通了，试图以他尚未耗损的全部力量支持这孩子。可是他们两颗心的跳动，有一分钟合拍，随后又不一致了，孩子脱离他的掌控，他的努力落了空。他只好放下孩子纤细的手腕，回到自己的位置。

阳光沿着粉刷的白墙照进来，由粉红色变成黄色。玻璃窗外面，火热的上午开始噼啪作响了。格朗走时说他还要回来，几乎没人听见，人人都在等待。患儿一直闭着眼睛，似乎安稳了一点儿。他的双手弯成爪子状，轻轻地划着床铺的两侧。他的手又抬上来，搔着挨近膝盖的毯子，接着，孩子又突然蜷曲双腿，大腿收拢，贴近肚子，然后就不动弹了。这时，他第一次睁开眼睛，瞧着站在他面前的里厄。现在他的脸如泥塑一般，凹陷处的嘴巴张开，几乎同时发出一声拖长的号叫，这唯一的叫声随着呼吸而略微变化，猛然充斥病房，成为一种单调的、不协调的抗议，听来不似人声，却仿佛同时发自所有世人之口。里厄咬紧了牙关，而塔鲁则转过身去。朗贝尔凑到床边，而坐在床边的卡斯泰尔又把摊在双膝上的书本合上。帕纳卢注视着孩子的嘴，只见嘴里因疾病而脏兮兮的，积满了世世代代的这种呼号。神甫不由得双膝跪下，声音有几分哽咽，但很清晰地说道："上帝啊，救救这孩子吧。"他这句祷告，在持续不断的无名的怨声衬托下，谁听到都觉得极其自然。

这工夫，孩子还在继续叫喊，周围的病人也都骚动起来。在病房另一头不断哀吟的那个人，也加快了抱怨的节奏，最后同样变成真正的呼号了，汇入其他病人越来越高的呻吟。整个病房哭泣声如潮涌动，盖过了帕纳卢的祷告声。里厄紧紧抓住床架的横档，闭起双目，一时感到极度疲惫和厌恶。里厄睁开眼睛时，瞧见塔鲁站在身边。"我得走开了，"里厄说道，"实在受不了。"然而，猛然间，其他患者都住了声。大夫这时才听出来，孩子的叫声也已微弱，而且还在减弱，终于止息了。可是，孩子周围哀怨声又起，不过很低沉，犹如刚结束的这场搏斗遥远的回音。这场搏斗的确结束了。卡斯泰尔已经走到病床另一头，说了一句"全完了"。孩子的嘴张着，但是无声无息了，躺在凌乱被子的凹陷处，身子突然就缩小了，脸上还残留着泪珠。

帕纳卢走到床前，做了祈福的手势。然后，他搂起教袍，走中间通道出去。"难道还得从头做起吗？"塔鲁问卡斯泰尔。老大夫晃了晃脑袋。"也许吧，"他强颜一笑，说道，"不管怎样，他挺的时间够长的。"这时，里厄已经要离开病房，他脚步飞快，情绪又那么冲动，在超过帕纳卢的当儿，被神甫一把拉住。"别这样，大夫。"神甫对他说道。里厄正冲动不已，猛然转身，粗暴地抛给神甫一句："哼！至少，这孩子是无辜的，这您完全清楚！"他随即转过身去，抢在帕纳卢之前走出病房，来到小学校院子的里端，在蒙尘的小树中间，拣了一条长凳坐下，擦拭一下已经流到眼角的汗水。他还想喊几嗓子，以便震开压在他心头的死结。热气从榕树的枝叶之间沉降。早晨的碧空很快就蒙上一层淡白色的烟雾，这使得空气更加闷热了。里厄坐在长凳上缓劲儿。他望着树枝、天空，呼吸又渐渐平稳下来，也慢慢缓解了疲劳。

"跟我说话为什么这么大火气呢？"他身后有人说道，"这景象惨不忍睹，对我也一样。"

里厄朝帕纳卢转过身去。

"不错，"里厄说道，"请您原谅。真的，疲劳也是一种疯狂的形态。在这座城市里，有些时候，除了反抗，我没有别的感觉了。"

"我理解，"帕纳卢低声说道，"这种情况超出了我们的容忍度，会让人愤然而起。不过，也许我们就应该热爱我们不能理解的东西。"

里厄腾的一下站起身，定睛看着帕纳卢，眼神里汇聚了他所能调动的全部力量和愤慨，随后又摇了摇头。

"不，神甫，"他说道，"对于爱，我另有看法。我誓死也不会爱这个让孩子受折磨的世界。"

帕纳卢的脸上掠过一丝震惊的神色。

"唉，大夫，"神甫怅然地说道，"我刚刚理解了所谓的宽容。"

这时，里厄由着身体，重又坐到长凳上。他从卷土重来的疲惫的深处，语气更为和缓地回答道：

"这正是我所缺乏的，我也知道。然而，我并不想跟您讨论这个问题。我们一起工作，正是这件超越渎神和祈祷的事把我们聚在一起。唯独这一点才重要。"

帕纳卢坐到里厄的身边，他有点激动。

"是的，"神甫说道，"是的，您也一样，是为拯救人而工作。"

里厄挤出个微笑。

"拯救人，这话对我未免过誉。我没有做那样的大事，只是关心人的健康，首先是人的健康。"

帕纳卢有些迟疑。

"大夫。"神甫开了口。

但是他欲言又止，他的额头也开始汗如雨下。他喃喃说了一声"再见"，站起身来时两眼发亮。他刚要离去，若有所思的里厄也站起来，走上前一步。

"再次请您原谅，"里厄说道，"这样发火不会再有了。"

帕纳卢伸出手，感伤地说道：

"然而，我并没有说服您！"

"这又有什么关系呢？"里厄说道，"我所憎恨的，是死亡和病痛，这您完全清楚。不管您意下如何，我们走到一起，就是为了忍受死亡和病痛，并且与之斗争。"

里厄握住帕纳卢的手。

"您瞧，"里厄说道，并且避开神甫的目光，"现在，就连上帝也不可能将我们分开。"

四

自从参加了卫生防疫组织，帕纳卢就没有离开过医院和鼠疫传播的地方。在救护人员中，他置身于自认为合适的位置，也就是第一线，死亡的场面自然见过不少。他虽说注射过疫苗，有了免疫力，却未能免除他对死的忧虑。不过，表面上，他总能保持镇定的神态。可是自从那天，他长时间观看一个孩子死亡的过程，他似乎就变样了。越来越紧张的神色明显写在他的脸上了。且说那天，他对里厄笑道，此刻他正写一篇小论文，题为"神甫能否看医生"，大夫便感到，事情似乎远比帕纳卢所说的更为严重。大夫表示愿意听听这篇论文的详情。帕纳卢便告诉大夫，他在男教徒的弥撒上要有一场布道，届时他至少会阐述他的一些观点。

"我希望您能到场，大夫，讲道的主题会引起您的兴趣。"

神甫第二次讲道，正赶上大风天。老实说，没法儿跟第一次讲道相比，这次全场听众坐得稀稀拉拉了。原因很简单，在我们的同胞看来，这种场面已无吸引人的新意了。在全城经历艰难的时期，"新意"这个字眼早已失去意义。此外，大多数人，即使没有完全弃绝他们的宗教义务，或者，即使没有参加礼拜的同时又过着极不道德的私生活，他们也会用一些毫无理智的迷信来取代正常的宗教活动。他们宁愿佩戴护身圣牌或者圣罗克护身符，也不肯去做弥撒了。

举例便可说明，我们的同胞开始滥用预言了。的确，在春季那会儿，大家就期待鼠疫会随时结束。既然大家都确信疫情不会持续下去，谁也想不到去问问别人，瘟疫究竟能流行多长时间。然而，随着时间一天天流逝，有人开始担心这场灾难真的没有头儿了，于是瘟疫停止流行一下子就成了众望所归。占星术士或天主教圣徒的各种预言，就这样一手传一手。本城印刷所老板也很快就看出，公众对预言的这种执迷有利可图，于是排印成册，大量发行。他们又发现公众的好奇心难以餍足，便组织人力到市里各家图书馆查阅野史，尽量收集所有见证资料，汇编起来在全市发行。如果史书上的预言还嫌不足，还可以向一些记者定制：至少在这方面，这些记者表现出来的专业水准不亚于那些世代的楷模。

这些预言有些甚至在各家报纸上连载，而大家阅读的浓厚兴趣丝毫不逊于灾难前看连载的言情小说的兴趣。有些预言还依据稀奇古怪的计算，即在计算中纳入闹鼠疫年份的千位数、死亡的人数，以及瘟疫持续的月份数。另一些预言则比较历次鼠疫大流行，找出其中类似的方面（即预言中所谓的常数），再运用同样古怪的计算，便声称得出认识当前灾难的数据。不过，最受公众赞赏的预言，无疑是效仿《启示录》的语体写成的，宣告即将发生一系列事件，每一个都可能成为考验这座城市的大事件，其复杂性可以做出多种多样的阐释。就这样，诺斯特拉达穆斯 ① 和女圣徒奥狄尔 ② 便成为被天天咨询的预言家，而且总能获得相应的回答。况且，所有预言都有共同之处，最终总能给人以宽慰。唯独鼠疫例外。

可见，在我们同胞的心目中，这种迷信替代了宗教信仰，因此，帕纳卢讲道的教堂，上座率只达到四分之三。讲道是在晚上，里厄到达时，风一阵阵从入口两扇自动关闭的门的缝隙间钻进教堂，在听众之间自由穿行。里厄走进这清冷而寂静的教堂，在一色男信徒的座位中间坐下，看到神甫正登上讲坛。帕纳卢开始讲道，比起头一次来，他这次语气更加温和，也更为审慎，而且，听众也多次注意到，他在演讲中有几分迟疑。还有个情况很怪：他不再讲"你们"，而是说"我们"如何如何。

不过，他的声音渐渐有了底气。他开始提醒说，鼠疫在我们中间流行了数月，多少次看到它坐到我们餐桌旁，或者坐到我们所爱的人床头，看到它在我们身边走动，在工作地点等待我们到来，因此，现在我们更了解鼠疫了，现在也许我们更能接受它不停地对我们讲的事，而在初期惊愕之余，我们不可能很好地听取。帕纳卢神甫在同一地点布道已经讲过的话，仍然是对的，至少他深信不疑。然而，这种情况我们每人都碰到过，他也痛悔得捶胸顿足，当时他布道所考虑并讲出来的话也许还缺乏慈悲心怀。不过，有一点始终是对的，就是说任何事情总有可取的方面。最严酷的考验，对于基督教徒仍有裨益。而基督教徒遇事所应当寻

---

① 诺斯特拉达穆斯（Nostradamus，1503—1566），法国占星术士、医生。约 1547 年开始预言活动，1555 年将其预言结集出版，题为《世纪连绵》。他颇受法国王室的器重，曾被查理九世任命为侍从医官。在 1781 年天主教会焚书目录部中，他的预言受到谴责。
② 奥狄尔（Odil，约 660—约 720），阿尔萨斯修女。阿尔萨斯圣奥狄尔山上霍亨堡修道院的创建者。她原是阿尔萨斯公爵之女，后成为阿尔萨斯的主保圣人。

求的，恰恰是事情的益处，以及这种益处由什么构成，怎样才能够找到。

这工夫，里厄周围的人两臂搭在扶手上，似乎舒舒服服地坐在长椅上，尽量保持最惬意的姿势。教堂入口的一扇软垫隔音门在轻轻地来回摆动。有人离座去把门扶住。里厄因这种骚动而分心，几乎没有听见帕纳卢讲道接着说了些什么。神甫所讲的大致内容是，不必试图解释鼠疫这种现象，而应尽量学会可能学会的东西。里厄听得很模糊，以为神甫主张什么都无须解释。等到帕纳卢极力强调，在天主看来，有些事情可以解释，另一些事情不能解释，这时里厄的注意力才开始集中。世间当然有善恶，一般来说，也很容易解释善恶的区别。然而，深入恶的内部，就开始碰到难题了。譬如说，世间存在看似有必要的恶，也有看似没必要的恶。有堕入地狱的唐璜，也有一个孩子的夭折。要知道，如果说唐璜这个浪荡的恶少天打雷劈是罪有应得的话，那么这孩子遭这么大罪，就无法理解了。事实上，在这人世间，最重要的事情，莫过于一个孩子遭罪，以及这种痛苦所带来的恐惧，并且务必要找出其中的缘由。在人生的其他方面，上帝向我们提供了一切便利，因而到此为止，宗教也就乏善可陈。在这里则相反，天主将我们逼到墙根儿。我们全落入鼠疫的围墙里，我们必须在这种死亡的阴影中，找出有益于我们的方面。帕纳卢神甫甚至不肯随便利用廉价的优势，一举而跨越围墙。他本可以轻而易举地说一句，等待这孩子的永福，足可以补偿他遭受的痛苦。而其实，他对此却一无所知。归根结底，谁又能断言，永恒的福乐便可补偿人所遭受的片刻痛苦呢？那肯定不会是个基督徒，只因我主耶稣四肢和心灵都尝到过痛苦。神甫不会那么做，依然停留在墙脚，直面一个孩子的痛苦，坚守这种十字架便是象征的极痛深悲。他可以无所畏惧地对那天听他讲道的人说："我的弟兄们，时刻到了。不是相信一切，就是否定一切。可是在你们中间，谁又敢否定一切呢？"

里厄刚想到神甫接近了异端邪说，但是不容他细想，帕纳卢已经接着有力地断定，这种命令，这种纯粹的要求，正是基督徒的特惠。这也是基督徒的美德。神甫心知他要讲的美德中有过火的成分，许多习惯了更为宽容和传统的道德的人，听了会反感。不过鼠疫时期的宗教，不可能等同于平时的宗教，如果说天主可能容许，甚至渴望人的灵魂在幸福的时期安详而怡然自得，那么他也希望在极端的不幸中，人的灵魂就应该有极端的表现。今天，天主将他的造物置于不幸的境地，这是赐予他们的恩惠，促使他们重新找回并担当起这种至高无上的德行，即全相信或全否定。

上世纪有一位世俗作家，断言并不存在炼狱，便声称揭示了教会的秘密。言下之意，他认为不存在半路，只有天堂和地狱，人根据生前所做的选择，死后不是升天堂而得永福，就是下地狱而受永罚。但是，按照帕纳卢的观点，这是一种异端邪说，只能出自一个不信教的人的头脑。因为，炼狱的确存在。当然，有些时期，不能过分指望这种炼狱；有些时期，根本谈不上轻罪。任何罪孽都死有余辜，任何冷漠的态度都是犯罪。那就是全认可，或者全否定。

帕纳卢停顿了，这时，里厄才更清楚地听到风从门下钻进来的哀鸣：外面的风似乎刮得更加猛烈了。与此同时，神甫又说道，他所说的全盘接受的品德，不能从通常赋予该词的狭义来理解，既不是一般意义的逆来顺受，也不是勉为其难的驯顺，而是屈辱，是受辱者心甘情愿的一种屈辱。不言而喻，一个孩子遭受的痛苦，是对人的思想和心灵的侮辱。这就是为什么必须投身进去。这就是原因，而帕纳卢明确告诉听众，他要说的意思不容易说，必须情愿接受屈辱，因为这是上帝的意愿。只有这样，基督徒才会不惜一切；所有出路都关闭了，才会把根本的选择贯彻到底。一个基督徒会选择相信一切，以免走到否定一切的死路。正如那些善良的妇女这时候在各教堂得知，腹股沟淋巴结形成肿块，而那里正是人体排泄传染毒素的自然通道，她们就说："天主啊，请让我身上的腹股沟淋巴结也长出肿块吧。"基督教徒也同样会把自身交给天主，即使还不理解我主的意愿。我们不能说："那个我理解，但是这个不可接受。"必须跳进摆在我们面前的这种不可接受的腹心，恰恰就是为了我们做出选择。孩子的痛苦正是我们的苦涩面包，但是如果没有这种面包，我们的灵魂没有精神食粮，就会饿死。

帕纳卢神甫讲到这里顿了顿，他停顿时通常会伴有场内隐隐的嘈杂声，而这次嘈杂声刚起，讲道者就出人意料地马上接下去，其声铿锵有力，佯装设身处地，替听众发问，究竟应该如何作为。他早就料到，大家要说出听天由命这个可怕的字眼。那好吧，面对这个字眼他并不退避，只要允许他加上"积极的"这个形容词。当然了，还得强调一遍，切勿模仿他曾提过的阿比西尼亚的那些基督徒。更不要想去附和那些患上鼠疫的波斯人，他们将带有病毒的破衣烂衫抛向由基督教徒组成的卫生防疫队，并且高声祈求上天将鼠疫传染给这些离经叛道者，惩罚他们企图制服天主赐予的灾难。然而反过来，也不应该效仿开罗的那些修道士：他们在上世纪瘟疫流行期间，举行送圣体仪式时用镊子夹圣体饼，只为避免接触信徒可能潜伏病毒的又湿又热的嘴。波斯的鼠疫患者和开罗的修道士，同样都有罪孽。因为，对于前者，一个孩子的痛苦无关痛痒，而对于后者则相反，人对痛苦的畏惧侵蚀了方方面面。这两种情况，问题都被掩盖了。对天主的声音，他们全置若罔闻。还有其他事例，帕纳卢也要列举。据马赛大鼠疫纪事作者的记述，赎俘会[①]修道院八十一名

---

① 赎俘会，13 世纪始建于西班牙，是供奉圣母的重要修会。当时，西班牙大部分地区由撒拉逊人统治，他们关押了许多基督教徒。基督教教士佩德罗·诺拉斯科（1189—1256）创建赎俘会，愿以自身为人质，救出被关押的基督徒。

修道士仅有四人幸免于难，而四人中又有三人潜逃。纪事作者是这样讲的，再多说什么就超越他们的职业了。然而，帕纳卢神甫读到这些记载，全部思绪就自动集中到那名唯一留下的修道士身上，尽管他也看到了那七十七具尸体，尤其看到了那三名教友逃逸的例子。讲到这里，神甫用拳头捶着讲道台的边缘，高声说道："我的弟兄们，一定要做留下来的那一个！"

这倒不是说拒绝防范措施，防范措施正是一种明智的秩序，由一个社会引进一场大灾难的混乱中。绝不要听那些道学家的胡言乱语，说什么必须跪下来求饶，放弃一切。我们只应当开始往前走，在黑暗中摸索着前进，尽量做好事。不过，除此之外，就必须坚持下去，完全听从上帝的安排，哪怕孩子死了，也不要去寻求个人的帮助。

帕纳卢神甫讲到这里，又举出马赛鼠疫流行期间贝尔森斯[①]主教的崇高形象。他回叙说，在瘟疫行将结束时，主教已经做了一切该做的事，认为一筹莫展了，于是备足食粮，闭门不出，还让人在住宅四周筑起围墙。当地居民本来把他视为偶像，由于痛苦到极限而产生逆反心理，他们对主教的行为痛恨到极点，就用尸体将他的房子包围起来，想要让他染上瘟疫，甚至还把尸体抛入墙内，以便更加确保他难逃厄运。主教就是这样，在最后关头意志薄弱，自以为在死亡的世界能独善其身，不料尸体却从天而降，砸到他的头上。我们同样如此，就应该确信在鼠疫的肆虐中没有安全岛。不，没有中间路线。必须接受令人愤慨的现实，因为我们必须做出选择：要么恨天主，要么爱天主。又有谁敢选择恨天主呢？

---

① 贝尔森斯（Bezuce，1671—1755），法国高级神职人员。马赛鼠疫流行期间（1720—1721），他正任马赛主教，十分关心鼠疫患者。对他的评价褒贬不一，帕纳卢神甫对他就有微词。

"我的弟兄们，"帕纳卢最后说，同时宣布他得出的结论，"爱天主，是一种艰难的爱。这种爱的必要条件，就是完全忘我，鄙视自身。但是，唯独这种爱，才能消除孩子们的痛苦和死亡；不管怎样，也唯独这种爱，能让死亡显示其必要性，因为死亡无法理解，我们就只能求之了。这就是难以领会的一课，我愿意和你们共勉。这就是信念，在世人眼里很残酷，在上帝眼里却有决定意义，因此必须拉近距离。这种可怕的形象，我们一定要与之比肩。登上这个顶峰，一切都将相混同，不分高下了，真理就将从这表面上的不公正之中涌现出来。也正是如此，在法国南方的许多教堂里，一些鼠疫受难者在祭坛的石板下安眠了多少世纪，神甫在他们的坟墓上方讲道，所宣扬的精神，正是从这种也有孩子份额的骨灰中激发出来的。"

里厄走出教堂时，一阵狂风从半开的门扇灌进教堂，径直扑向教徒们的脸。一股雨水的气味和潮湿的人行道的清香随风进入教堂，让教徒出去之前就领略到城市的模样。这时，一位年迈的教士和一个年轻助祭在里厄大夫前面走出门，好不容易才按住帽子。尽管手忙脚乱，年迈的教士还不停地评论这场讲道。他赞赏帕纳卢的口才，但是颇担心神甫阐明思想的大胆论断。他认为这场讲道，重在表现忧虑而不是力量，可是一位教士，到了帕纳卢这种年纪，就没有权利心感忧虑了。年轻的助祭顶风低着头，明确说他总跟这位神甫打交道，了解他的思想演变，他的论文还要大胆得多，恐怕难获教会批准印行。

"他到底要阐述什么思想呢？"老教士问道。

他们已经走到教堂门前的广场，大风在周围呼啸，打断了年轻助祭的话。等到能开口了，他仅仅说道：

"一位教士如果看医生，这中间就矛盾了。"

塔鲁听了里厄转述的帕纳卢的讲话，就说他认识一位教士，在战争中丧失了信仰，只因他发现了一张被打瞎了双眼的青年的脸。

"帕纳卢说得对，"塔鲁说道，"无辜的人被打瞎了双眼，一个基督徒目睹了，就应该放弃信仰，或者接受，也把自己的眼睛弄瞎。帕纳卢不肯放弃信仰，他一定能坚持到底。这就是他想要表达的意思。"

塔鲁的这种看法，能否稍微澄清后来发生的种种事件，以及在这些事件中，帕纳卢在他身边的人眼里种种令人不解的表现呢？下文大家自会判断。

讲道之后没过几天，帕纳卢果然忙着搬家了。当时，城里疫情的发展引起了搬家潮。塔鲁就不得不撤离旅馆，住进里厄的家中；同样，神甫也只好放弃教会分配给他的那套房间，搬进一位老太太的家里：房东老太太总去教堂，尚未感染上鼠疫。在搬家的过程中，神甫越发感到疲惫和焦虑，无意中丧失了房东老太太对他的敬重。老太太曾热烈赞扬圣女奥狄尔预言的功德，而神甫听着，却稍微流露出了不大耐烦的神情，想必是他太疲倦的缘故。后来他再怎么努力也无济于事，就连至少争取到老太太善意的中立态度也不可得。他已经造成了坏印象。因此，每天晚上，在返回他那布满针钩花边饰物的房间之前，他就不得不观赏房东坐在客厅里给他看的后背，同时让他带走的记忆就是身也不回对他冷淡说的一句"晚安，神甫"。正是这样的一个夜晚，他上床睡觉时头疼得很，感到孕育好几天的热烧这时开始泛滥，热浪冲击着他的手腕和太阳穴。

随后发生的情况，只有通过房东老太太事后的讲述才知道。她习惯早起，第二天早晨，她起来了一段时间，奇怪没有看见神甫走出房间，犹豫再三才决定去敲敲房门。她瞧见神甫一夜未眠，仍然躺在床上。神甫感到气闷而难受，显得异于往常，脸色涨红。拿老太太本人的话说，她彬彬有礼地向神甫提议请个医生来，然而，她的提议遭到粗暴拒绝，她认为那种态度实在令人遗憾。她只好退出房间。过了一会儿神甫按了铃，请房东过来一趟。他对刚才的火气道了歉。并且向房东声明，他不可能染上鼠疫，身上没有出现鼠疫的任何症状，只是一时疲劳过度的反应。老太太郑重地回答说，她的提议并不是出于这种担心，她没有考虑自身的安全，那掌握在上帝的手里，她只是想到神甫的健康状况，并且自认为对此负有部分责任。但是，由于神甫没有再说什么，房东老太太讲，她当场又向神甫提议请他的医生来。神甫再次拒绝了，还解释了几句，而老太太却认为说得非常含混。她只是觉得听懂了，可听懂的意思在她看来又恰恰无法理解：神甫拒绝医生诊视，是因为这不符合他的原则。于是，她得出结论，高烧把她房客的脑袋烧糊涂了，无奈之下，她只能给神甫端去药茶。

老太太一心决定，要一丝不苟地履行这种情况给她造成的义务，每隔两小时去看看病人。最令她诧异的是，一整天神甫都一直处于烦躁的状态。他掀掉被单，随后重又拉上盖住，不断抬手抚摩汗潮的脑门儿，还时常坐起来，想咳嗽又咳不出痰来，喉咙嘶哑而带痰声，仿佛要强行清嗓子。当时真像有一团棉絮堵住嗓子眼儿，又无法掏出来。一阵一阵这样折腾之后，他就仰身倒在床上，所有迹象都表明他已筋疲力尽。最后，他又半抬起身子，片刻之间凝视前方，目光那么专注，比先前躁动时更为凶猛。可是，要不要叫医生，老太太还在犹豫，唯恐惹病人不快。虽说看似很严重，但也许这仅仅是突发高烧。

不过，到了下午，老太太试图对神甫说这事儿，只得到几句含混不清的回答。她又重提请医生的建议。神甫一听便坐起来，他有点喘不上来气，回答得却十分清晰，他不愿意请医生。当时，房东老太太就决定等到次日早晨如果神甫的病情还不见好转，她就打电话，朗斯多克情报所提供的电话号码每天要在广播里反复播送十来遍。她始终担当自己的责任，打算夜间还去看看房客，守护在床前。可是，晚上给他端去新煮的药茶之后，她本人也想躺一会儿，不料直到次日天蒙蒙亮才醒来，她赶紧跑到病人房间。

神甫躺在床上，一动也不动。昨天满脸涨红，现在却面无血色，因脸庞依然丰满，那种苍白就尤为骇人了。神甫正凝视着床铺上方的一盏玻璃彩珠吊灯。他的头立刻转向进屋的老太太。据房东说，他折腾了一整夜，毫无气力做出反应了。老太太问他身体如何，注意到他回答的声音淡定得出奇，他说情况不妙，但不需要请医生，只要把他送进医院，照章办事就可以了。老太太一听慌了神儿，急忙跑去打电话。

里厄中午时分赶到，听了房东的讲述，他仅仅回答说，帕纳卢做得对，但是恐怕太迟了。神甫以同样淡定的态度接待里厄。大夫检查了一下，不免感到意外，在他身上没有发现淋巴腺鼠疫或者肺鼠疫的任何主要症状，只检查出肺部肿胀，并有压抑痛感。但是不管怎样，他的脉搏十分微弱，总的体征临近病危，生存的希望不大了。

"您根本没有这种疾病的主要症状，"大夫对帕纳卢说道，"但实际上，还有疑问，我还得把您隔离起来。"

神甫微微一笑，样子很怪异，似乎表示礼貌，但是没有说话。里厄出去打电话，返回房间，就看着神甫。

"我就守在您身边。"他语气温和，对神甫说道。

这时，神甫又恢复了点儿精神，眼睛转向大夫，眼神里重又含有几分热情。接着，他艰难地开口说话，没法儿判断他讲这句话是不是带着伤感。

"谢谢，"他说道，"不过，神职人员没有朋友，他们把一切都交给了上帝。"

他要人把放在床头的耶稣受难十字架递给他，拿到之后，便转过身来，盯着十字架看了。

帕纳卢住进医院，再也没有开口讲话。他听任摆布，如同一个物件，接受强加给他的各种治疗，只是握住十字架再也不放手了。然而，神甫的病例一直确诊不了。在里厄的思想里始终存疑。是鼠疫，又不是鼠疫。而且，近来一段时间，鼠疫似乎乐于给医生的诊断制造混乱。不过，在帕纳卢的病历中，随后的情况将表明，这种难以确诊并不重要。

体温上升，咳嗽的声音越来越嘶哑，一整天折磨着病人。到了晚上，神甫终于咳出堵着嗓子眼儿的那团棉絮。那团棉絮呈红色。帕纳卢在高烧的嘈杂闹声中，始终保持淡定的眼神。第二天早晨，他死了，半个身子悬在床外，眼睛没有任何表情。他的病历卡上记录为："疑似鼠疫。"

五

那年的万圣节非比寻常。当然了，气候还是随着时令，突然变天了，迟滞的炎热一下子让位给凉爽的天气。跟往年一样，现在刮起冷风，而且持续不断。大片大片的乌云，从天际一边奔向另一边，阴影遮住房舍，单等乌云飞过，十一月天空的金色冷光重又投到这些房顶。头一批雨衣已经上市。不过，大家注意到，光亮的胶布雨衣数量奇多。其实，报纸早就报道过，据说两百年前，法国南方鼠疫大流行期间，医生们穿上油布衣服以防传染。各家商店趁机倾销库存的过时服装，人人争购，希望穿上这种防护服。

不过，时序嬗变的这些征象，不能令人忘记公墓冷冷清清的景象。往年这个日子，有轨电车里充满菊花的没有香气的味道，妇女则成群结队，前往亲人安息的墓地，给他们的坟墓布满鲜花。一年漫长的岁月，逝者都在孤独和被遗忘中度过，而这一天，正是活着的人试图给死者做些补偿的日子。然而，这一年，谁也不愿意再思念死者了。恰恰是因为已经想得太多了。今非昔比，不再是怀着些许遗憾和无限忧伤来扫墓。死者也不再是被冷落的孤魂，亲人每年有这么一天，来到墓前诉说辩解一番。他们成为不速之客，闯入想要忘记他们的人的生活。这就是为什么，这一年的万圣节可以说为人避讳了。科塔尔就说，现在天天过万圣节——塔鲁倒认为，他的言辞越来越尖刻了。

　　千真万确，鼠疫的欢快之火，在焚尸炉里越烧越旺了。日复一日，死亡人数也确实没有增加。但是，鼠疫到达高峰，似乎筑成安乐窝，每天杀戮的人数，像一个称职的公务员的工作那样，准确无误而又均衡了。依权威人士之见，原则上，这是个好兆头。在疫情图表上的曲线，先是不断上升，后来水平延长，这在一些人，例如在里夏尔大夫看来，还是差强人意的。"这图表趋势不错，好得很嘛。"里夏尔大夫说道。他认为疫情已经达到他所说的水平线了。从此往后，只能是往下降了。这种变化，他将其归功于卡斯泰尔新研制出来的血清。新血清确实取得了意外的成效。老卡斯泰尔也不表示反对，但却认为，其实还无法做出任何预判，瘟疫的历史就出现过意料不到的反弹。省政府早就渴望平复公众的情绪，但是鼠疫总不给机会，这次就打算召集医生开会研讨，请他们写出一份有关这个问题的报告，不料就在这节骨眼儿上，里夏尔大夫也让鼠疫夺走了性命，而这恰恰发生在疫情水平发展线上。

　　这一事例当然令人震惊，但是毕竟说明不了什么，省府当局面对这一变故，又回到悲观的态度上，这跟先前要采取乐观态度同样失于轻率。卡斯泰尔本人倒是兢兢业业，一门心思研制他的血清。不管怎样，公共场所无不改成医院或者检疫隔离所，而省政府大楼之所以没有轻易改动，也是因为总得保留个开会的场所。不过，总体来说，这个时期疫情相对稳定，因此，里厄所做的组织安排还能应付裕如。医生和护理人员已经尽了全力，没有被迫想方设法做出更大的努力。他们只需保持常态，继续做好这种可以说是超人的工作。已经有所表现的肺鼠疫形态，现在蔓延到本市各个角落，就好像大风点燃并吹旺市民肺里的大火。患者大口大口吐血，丧命的速度大大加快了。现在受感染的危险剧增，则是瘟疫的这种新形态所致。其实，在这一点上，专家始终各持己见。但是，为了进一步防护，卫生防疫人员依旧隔着消毒纱布口罩来呼吸。尽管乍看起来，疫情很可能还要扩展，但是，腺鼠疫的病例却在减少，总体尚能持平。

然而，由于食品日益短缺，还可能在其他方面引起忧虑。投机活动猖獗起来，市场紧俏的生活基本食品，有人以天价倒卖。这样一来，穷苦人家生活就异常艰难，而富有家庭几乎什么也不缺少。按说，鼠疫司职不偏不倚，卓有成效，本可以在我们同胞的心中强化平等，不料正相反，它通过自私心理的正常作用，在人心中加剧了不公正的感受。当然，最后还有无可挑剔的平等，即死亡，但是这种平等，谁也不愿意争取。穷人饱受饥饿之苦，自然更加怀旧，想到毗邻的城镇乡村，那里生活很自由，面包也不贵。既然不给他们饱饭吃，他们就颇不理智地觉得，应该放他们离开。于是，一句口号终于流行起来，有时在墙上就能读到，还有几次在省长经过的路上有人喊出来："不给面包，就给空气！"这句带有嘲讽意味的口号，也成为示威游行的信号：几次游行被迅速镇压下去，但是其严重性质则有目共睹。

各家报纸接到指令自然服从，不惜一切代价宣传乐观精神。读这些报纸，那便是民众表现出来的"平静而镇定的动人典范"，标志着当前形势的特点。可是，在一座封闭的城市里，就毫无秘密可言了，谁也不会误解全城居民表现出来的"典范"。至于报纸上所谈的"平静而镇定"，要想有一个准确的概念，只需走进当局所组建的一处检疫隔离所，或者一个隔离营就行了。当时，叙述者恰巧被调往别处，不了解那些营所的情况。因此，他讲到这里，只能引述塔鲁的见证。

塔鲁在笔记中，确实论述了一次参观：他和朗贝尔一起去看了设在市体育场的隔离营。体育场坐落在城门附近，一边挨着有轨电车行驶的街道，另一边则是一大片空地，空地一直延伸到城池起建的高地边缘。体育场四周通常筑起水泥高墙，只要在四面进出口设置岗哨，就很难逃离。同样，有围墙阻隔，外面的好奇者也难以进去打扰那些接受检疫隔离的不幸者。反之，隔离在里面的不幸者，终日看不见，却能听到驶过的一辆辆有轨电车，从伴随电车的更加喧闹的声音，就能猜出是办公室上下班的时间。他们由此得知，生活把他们排除在外，但是在离他们几米远的地方仍然在继续，只是由水泥高墙隔成两个世界，彼此陌生的程度，不亚于身处不同的星球。

那是个星期天下午，塔鲁和朗贝尔选定时间前往体育场。陪同他们的那个贡萨雷斯，足球运动员，还是朗贝尔把他找来的，他最终接受了轮流看管体育场的差使。朗贝尔要把他介绍给隔离营主任。贡萨雷斯跟他们二人重又见面的时候，就对他们说，闹鼠疫之前，这个时刻他该换上运动服，准备上场比赛了。现在，体育场都征用了，不可能再组织球赛了，贡萨雷斯感到自己闲得慌，也完全是一副无所事事的样子。正是出于这种原因，他接受了这项看管的任务，但要求只是在周末才值班。那天半晴半阴，贡萨雷斯仰望天空，颇为遗憾地指出，这种天气，不下雨也不热，特别有利，能痛快踢一场好球。他极力回忆在更衣室里擦松节油时的气味，还有摇摇欲坠的看台，黄褐色球场衬出的色彩鲜艳的球衣，中场休息时喝的柠檬汁和冰镇汽水。发干的喉咙喝下汽水，就有无数冰针刺激的感觉。塔鲁还记录了一件事：他们走过城郊坑坑洼洼的街道，这个足球运动员还不断地踢着碰到的石子儿，总想一脚踢进阴沟的下水口里，踢进去了便说道："一比零。"他抽完一支香烟，烟蒂从口中吐出去，就起脚尽量在半空接住。到了体育场附近，一群孩子正踢球，把球朝他们三人踢过来，贡萨雷斯冲上前，一脚准确地把球还给了那些孩子。

他们终于走进体育场。看台上全是人。但是，场地上搭满了红帐篷，有数百顶之多，远远望去，看得见帐篷里的卧具和包裹。看台原样未动，好让检疫隔离者上去乘凉或者避雨。他们只能到日落时分才能回帐篷。看台下面的淋浴室经过了改造，而运动员的更衣室则改成办公室和医务室。隔离营的大部分人都在看台上，另一些人在球场边上游荡，还有几个人蹲在他们帐篷的出入口前，无神的目光扫视着所有东西。看台上许多人横躺竖卧，似乎有所期待。

"他们整天都干什么？"塔鲁问朗贝尔。

"不干什么。"

确实如此，几乎所有人都耷拉着胳臂，两手空空。这么大一群人聚在一起，全场却寂静得出奇。

"最初那几天，"朗贝尔说道，"这里的人话特别多，谁都听不见谁。可是，随着时间一天一天过去，他们的话就越来越少了。"

根据塔鲁记述的情况，他理解他们的心情，从一开始就看见他们挤在帐篷里，不是倾听嗡嗡飞的苍蝇，就是浑身瘙痒，一碰到愿意听他们发泄的人，他们就大叫大嚷，倾吐他们的愤怒或恐惧。然而，等到隔离营人满为患了，善意倾听的人越来越少，大家就只好不吭声了，而且相互猜忌。的确，有一种猜疑，自灰色却又明亮的天空而降，落到这红色的营地里。

不错，人人都是一副猜疑的神色。既然把他们从其他人当中隔离出来，那就不是毫无道理，他们就要在脸上显示担心并寻找这种道理的神色。塔鲁观察到，他们人人眼神茫然，人人都是一副痛苦的样子，苦于同他们原先的生活完全隔绝了。他们总不能时时刻刻想着死亡，于是什么都不想了。他们是在度假。"然而，最糟糕的是，"塔鲁这样写道，"他们已被人遗忘，而且，他们心里也明明白白。熟人把他们忘记了，因为要考虑其他事情，这很可以理解。可是，爱他们的人也把他们忘记了，因为要走门路，疲于奔命，要想方设法把他们捞出来。那些人脑袋里总萦绕着要捞人的事，也就不再想要捞的人了。这也很正常。这样闹腾下来，大家终于发觉，谁也不可能真正想谁了，即使身陷最悲惨的境地。因为，真正想一个人，那就是分分秒秒都在想，绝不会分神，不管是有家务事，有苍蝇在眼前飞，该吃饭了还是身上发痒。但是，总有飞舞的苍蝇，身上也总有发痒的时候。因此，人活在世上很艰难。他们这些人都深知这一点。"

隔离营主任又朝他们走来，对他们说有个奥东先生要见他们。他先把贡萨雷斯送到办公室，再来带塔鲁和朗贝尔走向看台的一个角落。坐在一旁的奥东先生从那里站起身，接待他们。他的穿戴一如往常，还戴着硬领。塔鲁仅仅注意到，他两鬓的毛发挓挲得很高，一只鞋的鞋带没有系好。法官的神态很疲惫，他一次也没有正面看对方一眼。他说见到他们很高兴，并请他们转达，他感谢里厄大夫所做的事。

其他人都一言不发。

过了半晌，法官又说道：

"我希望，菲利普没有太受罪。"

这是塔鲁第一次听他说出自己儿子的名字，他明白情况有所转变。夕阳在天边低垂，从两片云彩之间透出来的晚照，斜射进看台里，给三人的脸涂上金光。"没有，"塔鲁说道，"没有，他真的没有受罪。"塔鲁和朗贝尔离开时，法官仍然望着射来阳光的天边。他们去跟贡萨雷斯告别。这个足球运动员正在研究轮班值勤表，他笑嘻嘻地跟他们握手。"至少我又见到了更衣室，"他说道，"还是老样子。"过了一会儿，主任要送塔鲁和朗贝尔出营，这时忽听看台上传来噼噼啪啪的巨大声响。接着，国泰民安时期用来宣布球赛结果或者介绍球队的高音喇叭，这时用发齉的声音通知，隔离人员要回到各自的帐篷，以便分发晚餐。这些人缓缓离开看台，拖着脚步返回帐篷。等他们各就各位了，两辆在火车站里能见到的小型电瓶车拉着几口大锅驶进帐篷之间。每人都伸出手臂，而车上两只长柄勺伸进大锅，盛出食物，倒进每个人的两只饭盒里。电瓶车随即开走，给下一顶帐篷发食品。

"这样安排很科学。"塔鲁对主任说道。

"对，"主任满意地说着，同他们握手，"是很科学。"

这时，暮色沉沉，却云散天晴。隔离营沐浴在清爽柔和的光亮中。在宁静的暮晚，各处却响起匙子和餐盘的声音。一些蝙蝠在帐篷上方飞旋，又倏忽不见了。围墙外，一辆有轨电车驶过道岔，发出吱吱嘎嘎的声响。

"可怜的法官，"塔鲁走出体育馆大门时，喃喃说道，"真应该为他做点儿什么。不过，如何帮助一位法官呢？"

六

这样的隔离营，城中还有好几座，叙述者没有第一手材料，为谨慎起见，不能再多说什么。不过，他所能讲的，就是那些隔离营的存在，从那里散发出来的人的气味，黄昏时分高音喇叭震耳欲聋的声响，神秘的围墙，以及那些被打入另册的地方所引起的恐惧，都沉重地压抑着我们同胞的精神，给所有人平添了慌乱和忧虑。跟当局发生的争执和冲突也越来越频繁了。

然而，到了十一月底，早晨就变得很冷了。大雨倾盆，冲刷着铺石马路，也清洗天空，让洗去乌云的澄净天空在上方与明亮的街道相辉映。乏力的太阳，每天早晨都向全城投下闪亮而清冷的光芒。反之，将近傍晚，空气重又变得温暖了。塔鲁正是选择这种时刻，跟里厄大夫谈谈心。

有一天，将近晚上十点钟，度过了漫长而耗尽精力的一天之后，塔鲁陪同里厄出诊，一道去那位患哮喘病的老人家。这个老街区房舍上空，天光柔和。微风无声无息，穿过幽暗的十字路口。两个人从安静的街道一路走来，却碰到了唠叨不休的老人。老人告诉他们说，有些人并不同意当局的做法，总是同样的一些人捞油水，总是同样的一些人受罪，总用瓦罐打水早晚得碎，他说到这里，还搓着双手补充道，很可能要出大乱子。他趁着大夫给看病的工夫，嘴上不停地评论时事。

他们听见屋顶有走动的脚步声。老太太见塔鲁注意听的样子，就向他们解释说是一些邻居家的女人上了屋顶平台。他们还从而得知，平台上视野很开阔，而且，房子和房子的平台总有一面相接，整个街区的妇女不用出门，就能相互看望。

"是啊，"老人说道，"你们上去瞧瞧，那上面空气好。"

他们上去一看，平台已空无一人，放了三把椅子。从一面极目望去，只能看见平台连着平台，最后靠着一个岩石般幽暗的庞然大物，他们认出那是第一座山丘。从另一面望去，目光越过几条街道和看不见的港口，能落到海天一线、依稀颤动的天际。一束他们看不到光源的亮光，从他们知道的悬崖后面有规律地再现：那是航道的灯塔，从春天起，它就一直指引航船改道驶向其他港口。大风清扫过的天空很清亮，纯净的星星闪烁着，远处灯塔的光束不时掺杂进来，好似掠过的一缕青烟。微风送来花草的芳香和石头的气味。周围一片岑寂。

"天气真好，"里厄坐下来说道，"就好像鼠疫从来没有蹿升到这里。"

塔鲁背对着他,在眺望大海。

"是啊,"过了半晌,塔鲁才应声说道,"天气真好。"

他走过来,坐到大夫旁边,定睛看着对方。灯塔的光束在天空三度再现。一阵餐具碰撞的声响从幽深的街道升起,一直传到他们的耳畔。楼内一扇房门啪地关上。

"里厄,"塔鲁语气十分自然地问道,"您就从来没有想了解我是谁吗?您对我产生友情了吗?"

"是的,"大夫回答道,"我对您产生友情了。不过,直到现在,我们始终没有时间。"

"好的,有这话我就放心了。这一刻作为友谊的时刻,您愿意吗?"

里厄没有回答,只是冲他微微一笑。

"喏,是这样……"

远处的街道上,一辆汽车在湿滑的路面上似乎滑行了好长时间。汽车驶远了,随后又远远传来模糊的惊呼声,再次打破了寂静。继而,寂静重又落到两个男人的头上,连同着天空和繁星的全部重量。塔鲁已起身坐到平台的栏杆上,面对着蜷缩在椅子上的里厄。只能看到他那大块头的身影由天空衬托出来。他讲述了好长时间,所谈的内容大致复述如下:

"简单说吧,里厄,早在来到这座城市、经历这场瘟疫之前,我已经饱尝了鼠疫之苦。我是个普通人,这样讲就足够了。然而,这种状况,有些人身处其中并不自知,或者安于现状,还有些人知道处境却想要摆脱。我呢,就始终想要摆脱这种处境。

"我年轻那时候,怀着天真无邪的思想生活,也就是说根本没有思想。我不是那种好瞎折腾的人,正正经经开始我的生涯,做什么事都很顺,凭着自己的聪明,在女人圈里如鱼得水,如果说我还有几分不安的话，那就是女人来得快，去得也快。有一天，我开始考虑了。现在……

"应该告诉您，我的家境不像您这样穷苦。家父是代理检察长，相当有地位。但是，他没有那种架子，天生是个随和的人。家母出身寒微，从不抛头露面，我始终很爱她，但是不愿意谈她的情况。父亲对我关怀备至，我甚至相信他还试图理解我。他有外遇，现在我可以肯定，不过，我一点儿也不感到愤恨。他在这方面的行为，正如人们所预期的那样，没有招人反感。总之，他不算是个特立独行的人。他现已不在人世，我明白，他这个人的一生，即使不能说是个圣人，也不能说是个坏人。他介于两者之间，仅此而已，对于这种类型的人，大家都有一种适度的好感，正是这种好感能让人继续下去。

"不过，他有一点与众不同：他床头的书是一本《火车旅行手册》。这倒不是因为他经常出游——其实，只有度假，他才去布列塔尼，他在那里的乡间有一小幢住宅——可是，他能准确地告诉您，从巴黎始发到柏林的各次列车发车和到达的时间，从里昂前往华沙所需换乘列车的时刻，以及您随意挑选的两个首都之间的准确距离。您能说出从布里扬松①去沙莫尼②怎么乘车吗？即使一个火车站的站长也会闹糊涂了。我父亲却不会弄错。几乎每天晚上他都练习、丰富这方面的知识，他也颇感自豪。我觉得这很有趣，就经常考他，再拿《火车旅行手册》对照他的回答，承认他答得不错，真是喜出望外。这种小小的练习大大密切了我们彼此的关系。我充当了他的听众，他也赞赏这种好意。至于我，我倒认为他在火车旅行时刻表方面的高才也不亚于其他方面的高才。

"话题扯远了，我这样就显得过分推重这个正派人了。因为，说到

①　布里扬松，法国城市，上阿尔卑斯省地区首府。
②　沙莫尼，全称沙莫尼蒙勃朗，法国上萨瓦省城市，坐落在勃朗峰山麓。

底，他对我所下定的决心仅仅起了间接的影响。他顶多给我提供了一次机会。是这样，我十七岁那年，我父亲邀请我去听他起诉一个人。那是一桩重大案件，在重罪法庭审理，他当然认为那该是他最露脸的一天。至今我还相信，他想要借助这种最能激发青年想象力的庭审，推动我进入他本人所选择的职业。我接受去听审案，因为这能让我父亲高兴，还因为我也很好奇，习惯了他在家里的角色，要看看和听听他如何扮演另一种角色。此外我没有别种想法。那时在我的心目中，法庭上审案的过程类似七月十四日国庆阅兵或者颁奖仪式，既正常又不可避免。关于庭审，当时我的认识非常抽象，一点儿也不觉得碍难。

"然而那天，我保留的唯一印象，就是罪犯的形象。现在我也认为，他确实有罪，犯了什么罪并不重要。罪犯是个三十来岁的男子，个子矮小，红棕色的头发比较稀疏，看样子他决心全部招认，他对所犯的罪和要受到的惩罚的的确确感到吓得要命，结果几分钟之后，我的眼睛就只盯着他一个人了。他活像一只被强光吓坏了的猫头鹰。他的领结打歪了，没有对准领口。他只咬噬一只手的指甲，右手的……总之，我不必多讲，您已经明白，他是个大活人。

"然而，这是我猛然意识到的，而此前我想到他时，完全通过'被告'这种方便的归类。现在我不能说，当时我已经把我的父亲置于脑后了，但是，我的腹部像有什么东西收紧，无法顾及其他，注意力只集中到被告身上。我几乎什么也不听了，感到有人要杀死这个大活人，一种强烈的本能像浪涛一样盲目而固执地把我卷向被告那边。直到我父亲开始宣读公诉状，我才真正清醒过来。

"我父亲穿上红色法袍，完全变了个人，和善、亲热统统不见了踪影，他满嘴冗长的语句，那些话像蛇一般不断爬出来。我听明白了，他以社会的名义，要求处死这个人，甚至要求砍下这个人的脑袋。不错，他仅仅说：'这颗脑袋就该落地。'不过，归根结底，这没有多大差异。其实是一码事儿，既然他得到了这颗脑袋。只不过，并不是由他执行的。随后我就注意听案件的审理，一直到结案。唯独对这个不幸的人，我产生了一种令人惊诧的亲近感，而我父亲却从未有过这种感觉。然而，按照惯例，他应该亲临行刑现场；行刑时刻，美其名曰最后时刻，正经应该称为最卑鄙的谋杀。

"从那天起，我一看到那本《火车旅行手册》，就厌恶到了极点。从那天起，我怀着憎恶的心情，关注司法、死刑和处决，还惊骇地发现，我父亲一定多次到现场观看杀人，而且恰恰到了那些日子，他起得非常早。是的，那几次他都上好闹钟。我不敢跟母亲说起，于是更加细心观察她，这才明白他们之间毫无感情了，母亲过着一种清心寡欲的生活，正如我当时讲的，这种情况有助于我原谅了她。后来我更得知，她没有任何事需要求得原谅，因为她直到结婚都一直贫困，在贫困中学会了隐忍。

"您一定是等我说这句话：我马上就离家出走了。没有，我在家住了好几个月，有小一年的时间。但是我有了一块心病。一天晚上，父亲要定闹钟，第二天他得早起。我一夜未眠。第二天他回来发现，我出走了。长话短说，父亲派人找我，我也去见了他，什么也没有解释，只是平静地对他说，若是强迫我回家，我就自杀。他天生性情温和，最终接受了，还对我讲了一大通，说什么想过自由自在的生活是愚蠢的（他是这样理解我的行为的，我也不予以驳斥），又千叮咛万嘱咐，并且忍住了由衷的眼泪。不过后来，很久之后，我定期回家看望母亲，也就见到他了。现在我认为，保持这种关系，他也就心满意足了。就我而言，我并不怨恨父亲；只是心里有点儿伤感。他去世之后，我就把母亲接来一起住。母亲若是没走的话，会一直留在我身边。

"我长时间讲述开端这段情况，因为实际上，这是一切的开端。现在我要讲得快些了。十八岁那年，我离开了优裕的家庭，体验到了贫困。为了谋生，我干过各种行业，倒也还过得去。但是，我所关心的还是死刑，很想清算一下我跟红棕头发猫头鹰的那笔账。结果，我搞了大家所说的政治。我是不想成为鼠疫患者，仅此而已。我认为我所生活的社会建在死刑的基础上，我同社会进行斗争，就是同死刑进行斗争。我相信是这样，别人也对我这样讲，总之，在很大程度上是对的。因此，我就跟我喜爱的那些人在一起，我也始终爱他们。我留在他们中间很长时间，欧洲所有国家的斗争，没有我不投身进去的。这情况就不多谈了。

"当然了，我知道，必要的时候，我们也宣布死刑。但是他们对我说，这几个人必须处死，以便到达一个不再杀任何人的世界。在某种意义上，也的确如此，可是，也许我终究不能坚持这种真理。可以肯定的是，我还犹豫不决。不过，我想到那个猫头鹰，那情况还可能继续下去。直到那一天，我看到处决一个人（那是在匈牙利），同样的情景，曾让少年的我头晕目眩，又让成年的我眼前一片黑暗。

"枪毙人的场面，您从来没有见过吧？当然没见过。到场的人，一般要受到邀请，普通观众也都事先经过挑选。结果呢，您只能停留在木版画和书本插图的场面：黑布蒙上眼睛，人绑在柱子上，几名士兵站在远处。哼！根本不着边！恰恰相反，行刑队要靠近被处决的人，相距只有一米五，这您知道吗？犯人若是往前跨两步，胸口就能顶到枪口，这您知道吗？这么近的距离，行刑队员的枪口又都对准犯人的心区部位，他们一齐开枪，射出的大型号子弹能将人胸口打出个大窟窿，拳头可以伸进去，这您知道吗？不，您不知道，因为那是细节，大家都不讲。睡眠对于人，比生命对于鼠疫患者更加神圣不可侵犯。谁也不应该妨碍好好的人睡觉。除非自己嘴里有味，味儿不好就不要坚持，这一点谁都知道。可是我呢，从那时候起，我就睡不好觉了。难闻的味道一直停留在我的口中，我还一再坚持，也就是说在思考这些事儿。

"于是我想明白了，在这漫长的岁月中，至少我始终是个鼠疫患者，而我还恰恰以为，自己在全心全意同鼠疫做斗争。我得知自己间接地同意了数千人的死亡，甚至煽动杀死他们，即认为必然导致他们死亡的行动和原则是正确的。而这种事，其他人似乎没有什么碍难，或者至少，他们从来不会主动提起。可是我的嗓子眼儿却发紧。我同他们在一起，又深感孤独。有时我表明自己的顾虑，他们就对我说，必须考虑这是一场什么博弈，他们向我摆出的理由往往惊心动魄，好让我囫囵吞枣那样接受。不过，我回答说，那些高贵的鼠疫患者，那些身穿红色法袍的人，他们在这种判决中，也同样有充分理由；如果我赞同普通鼠疫患者提出的不可抗拒的理由和必要性，那么我也不能拒绝高贵的鼠疫患者陈述的理由。他们就向我指出证明穿红袍的人有理的好办法，就是让他们独自掌握判处的大权。可是我心想，让步一次，那就没有理由停下来了。我觉得历史证实了我有道理，如今，都在比谁杀人最多。他们全都在疯狂地杀戮，而且也不可能换一套做法。

"不管怎样，我自己的问题，并不是推理，而是那个红棕头发的猫头鹰。那个肮脏的案件中，几张患了鼠疫的又脏又臭的嘴，向一个戴着手铐脚镣的人宣布他将被处死，并且为处死他安排好一切，于是，他每日每夜都处于垂危状态，睁着双眼等待被处死。我的问题，是胸口的那个大窟窿。那时我总在想，眼下，至少我个人，绝不再给出一条理由——您听清楚了，哪怕是一条理由——去为这种令人作呕的屠杀辩解。不错，我选择了这种固执的盲目态度，有待以后看得更清楚吧。

"从那之后，我就没有变。很久以来，我就深感愧疚，羞愧得要死；居然我也成了一个杀人凶手，即或是间接的，即或是抱着良好愿望。随着时间的推移，我仅仅发现，今天，比较而言，即使好人也难免杀人或者被杀，因为他们就生活在这种逻辑中，在这个世界上，我们的一举一动，都有可能致人死亡。是的，我依然感到羞愧，我领悟了这一点，也就是我们所有人都陷入鼠疫中，我丧失了宁静，至今我还在寻找这种宁静，尽量理解他们所有人，不要成为任何人的死敌。现在我仅仅知道，应该怎么做就怎么做，以便不要再成为一名鼠疫患者，唯独这样，我们才能期望安宁，得不到安宁就安详地死去。唯独这样，才能给人宽慰，即使拯救不了人，起码也尽量少给他们造成伤害，有时甚至给他们做点儿好事儿。这就是为什么我决定拒绝一切直接或间接的、有理或无理的杀人行为，也不为杀人的行为辩解。

"同样，这也是为什么这场瘟疫没有教会我什么，只让我明白必须和你们一起同瘟疫斗争。我基于可靠的知识了解（对，里厄，生活的事我无所不知，这一点您会清楚地看到），鼠疫，每人身上都携带，因为，任何人，是的，世上任何人都不能免遭其害。我也知道，必须时时刻刻小心谨慎，以免稍不留神，就对着别人的脸呼吸，将疫病传给别人。天然生成的，是细菌。其余的东西，诸如健康、正直和纯洁，都是意志的一种表现，而人的意志永远也不应该停歇。一个正派人，就是几乎不把疫病传染给任何人的人，就是尽量少疏忽走神儿的人。真的有意志，还要绷紧神经，才始终不会疏忽大意。是的，里厄，当个鼠疫患者相当辛苦。不过，不想成为鼠疫患者还要更辛苦。正因为如此，所有人都很累，因为如今所有人都难免染上点儿鼠疫。然而，也正因为如此，有那么几个人，不想再当鼠疫患者了，就尝尽了疲劳之苦，除非死了才可能解脱。

"从那时候起到现在，我知道自己对这个世界毫无价值了，而且从我放弃杀人的那一刻起，我就判处自己终生流放了。历史将要由其他人来创造。我也知道，恐怕我审判不了那些人。我缺乏一种特质，不能成为一个通情达理的杀人者。这不是一种傲慢。但是现在，我心甘情愿本本分分做人，我学会了谦虚。我只想说，大地上还有灾难和受害者，一定得尽可能拒绝，不要跟灾难同流合污。这在您看来，也许有点儿单纯，单纯不单纯不好说，但我知道，这是实情。我听到过那么多高谈阔论，脑袋几乎给弄晕乎了，那些高谈阔论也足以使其他一些人晕头转向，结果同意去杀人了，从而也使我明白了，人的不幸源于他们没有使用一种清晰的语言。于是我决定讲话和行动都要明明白白，以便走在正道上。因此，我说世间有灾难和受害者，除此不再多说什么。如果说，我讲这话本身就变成灾祸，那么至少并非我情愿。我试图成为一个无辜的杀人者。您瞧，这不是什么雄心大志。

"当然还得有第三境界，即真正的医生的境界。但是这种现象不多见，估计是很难进入。因此，我决定，无论发生什么情况，都站在受害者一边，以求减少损失。我在受害者中间，至少可以寻求如何抵达第三境界，也就是达到安宁。"

塔鲁讲完的时候，悠荡着双腿，用脚轻轻地敲击着平台。大夫沉默了片刻，稍微挺起身子，便问塔鲁是否有了想法，走什么路才能达到安宁。

"有啊，就是同情。"

远处传来救护车的两下铃声。一阵阵呼叫声，刚才还模糊不清，这时集中到城市的边缘，就在岩石山丘附近。与此同时，还听见了类似爆炸的声音。随后，又复归寂静。里厄数了灯塔的两次闪亮。风力似乎加大了，同时一阵海风送来一股咸味。现在可以清晰地听到浪涛拍打悬崖时低沉的喘息。

"总之，"塔鲁干脆说道，"我关心的是了解如何成为圣人。"

"可是，您却不相信上帝。"

"恰恰如此。人，不信上帝能否成为圣人，这是我现今唯一要认识的问题。"

突然，从传来喊叫声的那边射出一大束亮光，而隐约的喧嚣声逆风而上，一直到达这两个男人的耳畔。那道亮光随即暗淡下去，只在远处相连平台的边缘留下淡淡的红光。在风停的瞬间，能清晰地听见人的呼喊，接着是一声枪响以及众人的喧哗。塔鲁站起身来倾听。可是，什么声音也听不见了。

"城门口那儿又动手了。"

"现在结束了。"里厄说道。

塔鲁咕哝道："从来就结束不了，还会有受害者，因为这是顺理成章的事。"

"也许是这样，"大夫回答说，"然而您知道，我感到，比起跟圣人来，我跟失败者更为意气相投。我觉得自己对英雄主义、圣贤之道并不感兴趣。能引起我兴趣的，还是做个男子汉。""对呀，我们都有同样的追求，但是我没有那么大的雄心。"里厄以为塔鲁在开玩笑，便瞥了他一眼，不过，在朦胧的天光夜色中，看到的只是一张忧郁而严肃的脸。风又刮起来了，里厄感到肌肤暖洋洋的。塔鲁抖擞了一下精神："您知道吗，为了友谊，我们该做点儿什么呢？""做您想做的事。"里厄说道。"洗个海水浴。即使对一个未来的圣人，这也是一种可心的乐趣。"里厄微微一笑："我们凭着通行证，可以走上防波堤。归根结底，只是在鼠疫中熬日子，那就太蠢了。毫无疑问，一个人应该为受害者进行斗争。可是，除了斗争什么也不爱了，那么，他斗争又有什么用呢？"

"对呀，"里厄说道，"我们去吧。"

不大工夫，汽车就停到港口的铁栅栏门旁边。月亮已经升起来了。乳白色的天空，往各处投下淡淡的阴影。身后城区的建筑鳞次栉比，吹来一股携带病毒的热风，催促他们走向大海。他们出示通行证，一名哨兵检查了许久才放行。他们在弥漫着酒味和鱼腥味的空气中，穿过一道堆满酒桶的土堤，朝防波堤走去。将要到达时，他们闻到了碘和海藻的气味，就知道离海不远了，继而就听见海的声息。

在防波堤的巨大石基脚下，海在轻轻地呼啸。他们登上石基，就觉得海如丝绒般厚实，又如野兽毛皮似的柔软光滑。他们坐到岩石上，面向大海。海水隆起来，又缓缓落下去，这种平静的呼吸，带起水面时现时隐的油亮波光。眼前黑夜茫无际涯。里厄感到手指下岩石凸凹不平的面孔，心里充满了一种奇异的幸福。他转向塔鲁，从朋友安详而严肃的脸上，猜得出同样的幸福感，但看得出仍未忘记任何事情，就连杀人也没有忘怀。

二人脱下衣服。里厄头一个扎进水中。乍一潜入觉得水冷，浮上来又感到水温了。他用蛙泳的姿势划了几下水之后，就知道，这个晚上，海水相当温热，这是因为秋季的海水吸收了陆地储存了几个月的热量。他的游泳动作很协调，双脚拍打水面，在身后掀起翻滚的浪花，水沿着胳臂往后逃去，却粘连在大腿上。只听扑通一声，他明白塔鲁也扎进水中。里厄仰身躺着不动了，面朝颠倒的天空，满天月色和星光。他悠长地深呼吸，继而，越来越清晰的击水的声响，在清幽孤寂的夜色中显得格外清亮。塔鲁游近了，很快就听见他的喘息声了。里厄又转过身来，与朋友齐肩了，便以同样的速度游起来。塔鲁划水往前的冲力更大些，里厄只好加快了划动的频率。有几分钟工夫，二人齐头并进，速度相当，力量也相当，远离尘嚣，独自游荡，终于摆脱了这座城市和鼠疫。里厄首先停下来，二人又缓缓往回游，他们仅仅在短时间内，游进了一股冰冷的水流。受到大海这一突袭，他们都一声未吭，二人不约而同加快了速度。

他们穿好衣服，一句话未讲就离去了。然而，他们有了同样的心情，回忆起这个夜晚都倍感温馨。他们远远望见哨兵，里厄知道塔鲁像他一样，心里在念叨，疫病刚才把他们忘掉了，这样很好，现在他们必须重新开始。

七

对，必须重新开始，鼠疫不会将任何人忘记太久的。在十二月份，鼠疫在我们同胞的胸膛里燃烧了，让焚尸炉烧得更红火，给隔离营塞满两手空空的形影，总之，以其不连贯的耐心步伐不断向前推进。当局原本指望到了冷天瘟疫就会停下来，然而经过初冬的严寒，疫情并没有乱了阵脚。还得等待。不过，等待太久，就不再有所期待了。而我们的整座城市就在无望中打发生活。

至于里厄大夫，宁静和友谊的时刻太短暂，也没有再续的可能。市里又设立一家医院，里厄除了面对患者，再也无暇旁顾了。不过，他也注意到，瘟疫流行到这一阶段，越来越多地以肺鼠疫的形态出现了，而且，患者在一定程度上也肯协助医生了。他们非但不像刚闹鼠疫的时候那样失控，不是沮丧就是发狂，反而表现出了能更加正确认识自身的利益，主动要求可能对他们最有益的东西的态度。他们不断要求喝水，所有人都需要温暖。累虽然同样累，但是在这种情况下，里厄大夫少了几分孤独感。

将近十二月底，里厄接到一封信，是预审法官奥东先生从隔离营写来的。信上说他检疫隔离期已过，但是行政部门找不到他入营日期的材料，毫无疑问，现在是因错仍把他关在隔离营。他妻子结束隔离已有一段时间，曾去省政府申诉，而接待她的人态度很不好，对她说这方面工作从来没有出过错。里厄让朗贝尔出面交涉，几天之后，他见奥东先生来了。确实出了差错，里厄不免有点儿气愤。奥东先生显然消瘦了，他见到大夫的反应，便抬起一只绵软无力的手，字字都加重语气，说人人都可能出错。大夫想，对方有所变化。

"您打算做什么呢，法官先生？那么多案卷等您处理呢。"

"嗳，不，"法官回答，"我想休假。"

"真的，您也该休息休息。"

"不是这个意思。我想要回隔离营。"

里厄深感惊诧：

"您刚刚出来呀！"

"我没有表达清楚，我听说在那座隔离营里，管理人员中有志愿者。"

法官那双圆眼珠子转了转，同时想要压平一绺头发……

"您应当理解，到那里我有事儿可干。还有，说起来也挺荒唐的，到了那里，我会感到同我的小儿子隔得不那么远了。"

里厄注视法官。在这双冷峻无情的眼睛里，不可能突然流露出温情来。但是，这双眼睛却变得雾蒙蒙的，丧失了原来金属似的光泽。

"当然了，"里厄说道，"既然您愿意，这事儿就交给我吧。"

果然，大夫把事情安排妥当了。疫城已恢复了生活原状，一直到圣诞节。塔鲁还一如既往，卓有成效地到处显示他那沉静的神态。朗贝尔向大夫透露，多亏了两名年轻卫兵的帮助，他跟妻子建立了通信的秘密渠道。每隔一段时间，他就能收到一封信。他向里厄提议利用他这条渠道，里厄接受了。于是，漫长的数月以来，里厄第一次写信，拿起笔来极难成书：有一种语言他已然丧失了。信传递出去了，但是迟迟不见回信。且说科塔尔，他却兴旺发达起来，靠着小笔投机倒把生意发了财。至于格朗，就是节假日期间，他的计划也没有什么进展。

这年的圣诞节哪儿是福音节啊，不如说是地狱节。店铺货架空空，灯光也暗淡，橱窗里摆的是假冒巧克力或空盒子，有轨电车上的乘客，一个个脸色阴沉，毫无往年圣诞节的气象。从前到了这个节日，无论富人还是穷人，都同喜同乐；可是今年，也只有一些享有特殊利益者才能在肮脏不堪的店铺后间花高价搞到一点儿偷偷摸摸的、有失脸面的欢乐。教堂里回荡着哀怨之声，鲜见礼拜感恩的举动。在这座死气沉沉的冰冷的城市里，只有几个孩子在奔跑嬉戏，还不知道自己所受到的威胁。然而，谁也不敢向他们提起圣诞老人，从前这尊神总背着各种礼物，老迈好似人类的痛苦，崭新又像年轻的希望。所有人的心中，只能容得下一种十分古老又十分沉郁的希望，也正是这种希望阻止人轻生，但也只是让人好歹坚持活着。

前一天晚上，格朗爽约了。里厄不免担心，一清早去他家里也没有找见人。这事儿惊动了所有人。将近十点钟，朗贝尔到医院来告诉大夫，他远远望见格朗，一副失神落魄的样子，在街上游荡，后来走走就不见了踪影。大夫和塔鲁开车去找他。

中午时分，天气寒冷。里厄下了车，远远望见格朗，脸几乎贴在橱窗上，那橱窗里摆满了做工粗糙的木雕玩具。这位老公务员泪流满面。这泪水引起里厄无限感慨，因为他理解，也同样感到哽噎在喉。他想到，这个不幸的人当年是在圣诞节礼品店前定下婚约，雅娜往他身上一靠，说她很高兴。从那遥远年代的幽深处——正是在这场热恋的中心——雅娜清新的声音又回荡在格朗的耳畔，肯定是旧情难忘。里厄知道这位哭泣的老人此刻在想什么，他跟格朗是同样的思绪，想到这个没有爱的世界犹如死亡的世界，而且到了一定时候，人们总要厌倦监狱、工作和勇气，要求一个人的面容和温情美妙的心。

这时，格朗在玻璃上发现了大夫，他没有停止哭泣，转身背靠着橱窗，看着里厄走过来。"噢！大夫，噢！大夫。"格朗语不成句。里厄一时也说不出话来，只是点头表示感同身受。这也同样是他的感伤，而此刻揪着他这颗心的，却是无比的愤怒：他面对所有人承受的痛苦，不由得怒火中烧。"是啊，格朗。"里厄说道。"我真希望有时间给她写封信。好让她知道……好让她能幸福，毫不亏心……"里厄有点儿粗鲁地往前推格朗。格朗几乎由人拖着走，还不住口，没头没脑、结结巴巴地说着。

"这事儿也拖得太久了。想是想顺其自然，却又迫不得已。噢！大夫！看我这样子好像挺平静的。然而，我总得做出极大的努力，才能勉强保持正常的样子。可是现在，实在是受不了啦。"

他停住脚步，四肢都在颤抖，眼神发狂。里厄抓住他一只手，觉得滚烫滚烫。"该回去了。"格朗却挣脱了大夫，跑了几步，随即停下，张开手臂，开始前后摇起来。他又原地打了个转儿，便瘫倒在冰冷的人行道上，弄脏脸的眼泪还在流淌。行人都戛然止步，远远望着，不敢往前走了。里厄只好一个人抱起老人。

格朗躺在自己床上，现在呼吸很困难：肺部已经感染了。里厄想来想去，这个职员没有家人，何必把他送走呢？里厄就由塔鲁协助，独自给他治疗。

格朗的头深深埋在枕头窝里，脸色发青，眼睛无神。他死死盯着壁炉里的微火，那是塔鲁用一只箱子的碎木片点燃的。"情况不妙哇。"他说道。从他燃烧的肺里发出一种奇特的声音，一直伴随着他讲话。里厄不让他讲话，还说他一定会好起来。病人怪异地微微一笑，脸上还流露出一种温情。他吃力地眨了眨眼睛。"这次我若能幸免，大夫，那就脱帽致敬！"然而，他随即就跌入衰竭状态。

几小时之后，里厄和塔鲁再来时，看见病人半坐在床上，里厄一见吓坏了，从他脸上看出烧灼他的疫病又加重了。不过，病人似乎比先前清醒一些，他当即求他们将放在抽屉里的手稿拿给他，说话的声音异常虚弱。塔鲁拿给他手稿，他接过去看也不看，就抱在怀里，随后又把手稿递给大夫，打手势请大夫念一念。手稿仅有短短五十来页，大夫翻了一下才明白，每页稿上都是同一句话，没完没了重新抄写、修改和增删。五月、女骑士、林间花径，这些词不断地出现，但是以不同的方式排列组合。手稿还包括一些诠释，有的甚至极长，同时还有诠释异文。最后一页末尾一句话，写得工工整整，从墨迹来看刚写不久："亲爱的雅娜，今天是圣诞节……"而在这句话前面，则是特别用心写出的那句话的修订稿。格朗说道："您念一念。"里厄就念道："五月一个明媚的清晨，一位身材修长的女骑士，骑着一匹华贵的阿勒桑牝马，奔驰在布洛涅森林公园开满鲜花的小径上。"

"就是这样吧?"老人高烧的声音问道。

里厄没有抬眼看他。

"唔!"格朗躁动起来，说道，"我心里清楚，美丽，美丽，这个词用得不够贴切。"

里厄握住病人放在被子外面的手。

"算了吧，大夫。我没有时间了……"

他的胸吃力地起伏，突然他嚷了一句:

"稿子烧掉!"

大夫颇犯犹豫，可是，格朗又重复一遍他的指令，调门十分骇人，声音里饱含痛苦，里厄只好将稿子丢进快要熄灭的炉火中。房间很快就被照亮了，也有了一股短暂的热乎气。大夫再回身走过来，病人已经翻身背向他，脸几乎贴在墙上。塔鲁眼望窗外，身边的场面仿佛与己无关。里厄给病人注射了血清，然后对他朋友说，格朗熬不过今天夜晚，塔鲁便提出自己留下看护。大夫同意了。

整整一夜，格朗就要死去的念头，里厄怎么也挥之不去。但是，第二天早晨，他却看见格朗坐在床上跟塔鲁说话。高烧退了。只剩下全身乏力的症状了。

"唉！大夫，"职员说道，"我不该那么做。不过，我可以从头再来。您瞧着吧，什么我都记得。"

"我们等等看吧。"里厄对塔鲁说道。

然而，到了中午，还是没有任何变化。晚上，可以确认格朗脱离了危险。这次怎么起死回生了，里厄简直一头雾水。

事有凑巧，差不多就在这段时间，里厄还接治了一个送来的女病人，他诊断人已无望了，一入院就让人安排隔离起来。那姑娘一直说胡话，昏迷不醒，完全是患了肺鼠疫的症状。不料，第二天早晨却退了烧。大夫认为，格朗病情的变化也属于这种情况：早晨见轻，而他凭经验视为不好的征兆。然而，到了中午，体热没有回升，晚上也只是升高几分，再到次日早晨，烧完全退了。那姑娘身子虽说很虚弱，躺在床上，呼吸却畅快了。里厄对塔鲁说，这个病人保住了命，是违反所有规律的。可是那个星期在里厄的医院，就出现四个这样的相同病例。

就在那一周的周末，哮喘病老患者接待里厄和塔鲁，情绪显得非常激动。

"好嘛，"老人说道，"又出来了。"

"谁呀？"

"嘿！老鼠呗！"

四月份以来，连一只死鼠也没有发现过。"这种事，又要重新开始啦？"塔鲁问里厄。老人搓着双手，"真得瞧瞧到处乱窜的老鼠！这是一种乐趣。"他看见两只活老鼠从临街的门钻进他家里。有些邻居也告诉过他，他们家也一样，又出现了老鼠。一些人家的房梁上，又能听到暌违数月的老鼠闹腾的声响。里厄等待着每周初公布的统计总数。统计数字表明，疫情减退了。

第五部

一

疫病这次突然退却，虽然让人喜出望外，但是我们的同胞并不想高兴得太早。几个月过去，他们经历了这一切，人人都更加渴望解脱，可是又都学会了谨慎，习以为常，渐渐不大指望瘟疫能很快结束了。不过，这一新的情况，却挂在所有人的嘴边上，同时又在内心深处搅动起不便明言的巨大希望。其他一切都降到次要地位。统计的鼠疫死亡数字已降下来，新的受害者跟这种异乎寻常的现象一比，也就无足挂念了。我们的同胞虽然装出若无其事的样子，但是从这时起，就乐于谈论鼠疫结束后要如何重新安排生活，这是对健康生活不事声张却暗中盼望的一种迹象。

大家看法一致，原先生活的种种便利，不会一朝就能恢复，破坏容易重建难。他们只是认为，食品供应总会有所改善，从而也就释去了一日三餐的忧虑。然而，在这种若不经意的议论的掩饰下，其实一种不理智的希望已如脱缰的野马，很难控驭了，我们的同胞有时就意识到了，赶紧说明一句，不管怎样，要说解脱，也不是第二天就能成为现实。

的确如此，鼠疫也没有在第二天就停止流行。不过，从表面来看，疫情消退之快，大大超过了大家合理的期望。一月初那几天，寒冷的天气异乎寻常地持续，仿佛凝结在本市的上空。但是天空那么湛蓝，确也前所未见。连日来从早到晚，冰冷的天空总是那么灿烂，让全城终日沐浴在阳光里。在这样净化的空气中，鼠疫一连三周节节衰退，似乎一蹶不振，排列出来的尸体也天天递减了。病魔花费数月积聚起来的力量，很短时间里就丧失殆尽。本来志在必得的猎物，如格朗或者里厄医院的那个姑娘，却失之交臂，在一些街区疯狂了两三天，在另一些街区则完全销声匿迹，周一大抓一把受害者，到了周三又差不多任其全部逃脱，看鼠疫这种种表现，这样气急败坏或疲于奔命，有人就会说这个瘟神又焦躁又疲惫，已经乱了手脚，在自我失控的同时，也丧失了曾体现其力量的那种精准的高效。卡斯泰尔研制的血清凸显疗效，取得了迟迟不见的一系列治疗效果。此前医生采取的各种措施都无济于事，现在似乎突然发力，无一不克敌制胜了。如今轮到瘟神四面受敌，仿佛成为困兽，而此前与其对抗时显得驽钝的武器，现因其陡然颓势才大显威力。病魔只是偶尔逞一下凶，夺走三四个有望治愈的患者的生命。他们是瘟疫中的倒霉者，就在满怀希望的时候，遭到瘟神的毒手。预审法官奥东就是这种命运，隔离营只好把他撤离，塔鲁也说他确实运气不佳，但不知此话指的是他离世还是指他生于世。

不过，总体来看，疫病的传染全线败退，而省政府的公报起初还只让人隐隐产生一种谨慎的希望，最终却给公众吃了一颗定心丸，确信胜券在握，疫病放弃了各个阵地。老实说，还很难断定这是一场胜利。只是应当看到，疫病似乎怎么来的又怎么走了。抗击鼠疫的战略并没有变，昨天行之无效，今天看来所向披靡。大家只不过有种印象，疫病是自行衰竭，或者是大功告成之后撤离了。可以这么说，它的角色扮演完了。

然而，城里就好像毫无变化。街道白天还是那么寂静，晚间则熙熙攘攘，仍是原来的人群，但到处是大衣和围巾了。电影院和咖啡馆生意依然兴隆。可是，如若仔细瞧瞧，就能看出大家的表情轻松了，时而还露出笑容。这时就不免想到，此前在街上，谁的脸都与笑意无缘。这道厚厚的幕布，笼罩全城长达数月，实际上已出现裂缝，每逢星期一，人人听广播电台的新闻节目都能了解，这道裂缝正在扩大，最终能让人自由呼吸了。这还是一种完全消极的宽慰，没有直截了当地表达出来。然而，如果是在从前，听说有一列火车开走，或者一艘轮船抵港，还有什么汽车即将重新准许通行，谁也不会轻易相信；可是这些消息，至一月中旬宣布，反而谁也不会觉得意外了。说起来这当然不算什么，但是这细微的差异，也确实反映在希望的路上，我们的同胞取得了长足进步。而且还可以说，对于本市居民而言，极微小的希望一旦变为可能，鼠疫有效的统治便完结了。

尽管如此，在整个一月份，我们同胞的反应还照样矛盾重重。确切地说，他们在兴奋和沮丧两端跳来跳去。正因为如此，就在统计数字最有利的时候，有必要记录几次新的潜逃的企图。而且，企图逃出城去的人大多数成功了，这大大出乎当局的意料，也让守城的哨兵相当震惊。其实，到了这种时候，这些人还逃跑，完全是受感情冲动的驱使。他们中间一些人的心里，已由鼠疫深深植下了一种怀疑主义，不能自拔了，再也没有希望的容身之地。即使鼠疫流行期已经过去，他们还继续遵循鼠疫的规则生活，自然跟不上形势的发展了。另一些人则相反，他们主要属于饱受离别之苦的群体；此前跟他们所爱的人天各一方，长期分离，陷入幽闭的沮丧之中；一旦刮起希望之风，他们心中便燃起一种狂热和急躁的情绪，再也控制不住自己了。一想到目的近在咫尺，自己也许未达目的之前便丧命，再也见不到心爱的人，长期忍受的痛苦也得不到补偿了，他们就不禁惊慌失措。在长达数月期间，他们不顾监狱和流放式的生活，默默地坚守，顽强地等待，讵料希望的曙光初现，就足以摧毁连恐惧和绝望都无可奈何的一切。他们不能跟随鼠疫的步伐走到最后时刻，而要像疯子那样冲到前头。

不过，乐观的情绪，也同时自发地表露出来。正因为如此，可以看到物价明显降下来。物价的这种波动，从纯经济学观点解释不通。生活的种种困难还照样存在，全城还仍然保持隔离状态，而食品供应也远未改善。可见大家看到的是一种纯精神现象，就仿佛鼠疫的退却反映到了各个方面。与此同时，乐观的情绪也在那些从前过集体生活而被疫病拆散的人中间蔓延开来。市里的两座修道院准备重新开办，得以恢复集体生活了。军人也同样，他们又都归队，回到空空如也的军营，重又过起驻防部队的正常生活。这些细小的事实都是重大的征兆。

一直到一月二十五日，民众就生活在情绪暗自涌动的状态中。那一周，统计的死亡人数直线下降，在同医学委员会商榷之后，省政府宣布，可以断定控制住了这场瘟疫。不错，公报还补充道，想必民众也会同意，为谨慎起见，城门还要关闭两周，防疫措施再执行一个月。在此期间，稍有迹象表明危险可能卷土重来，"就必须维持现状，延长各项措施"。然而，大家一致认为这种补充无异于官样文章，于是，一月二十五日晚间，全市就沸腾起来。省长也很配合这场举城欢庆，命令恢复疫前的照明。在寒冷明净的天空下，街道灯火通明，我们的同胞成群结队，一片欢声笑语，人声鼎沸。

许多人家，百叶窗固然还紧闭，一些家庭默默地度过这个充满别人家喧闹的夜晚。不过，那些沉浸在哀痛中的人，在内心深处也同样得到宽慰，终于消除了恐惧，不再担心别的亲人会被夺走性命，或者不必再为自身的安危忧虑了。完全置身于全城欢乐之外的人家，无疑是因为就在此刻有患上鼠疫的家人住了院，其他人有待检疫，隔离在家或者进了检疫所，等待同这场灾难真正了断，如同其他家庭已然了断那样。这些人家自然也萌生了希望，只不过蓄势待发，在真正有权动用之前，绝不肯从中汲取力量来支撑。可是，这种等待，这种默默的守夜，介乎垂死和欢乐之间，又在全市欢乐的氛围中，这样的家庭就格外熬煎。

这些毕竟是例外情况，丝毫无损于其他人的满意心情。自不待言，鼠疫并未结束，这一点还有待证实。然而，在所有人的头脑里，火车已提前几星期发车，汽笛长鸣，奔驰在一望无际的铁道上，轮船也在波光粼粼的海面上破浪行进。等到第二天，大家的头脑也许会冷静一点儿，重又产生疑虑。但是此时此刻，整座城市都晃动起来，离开那种封闭、阴暗而了无生气的地方，即城建扎根、打下石基的地方，终于携带幸存者走了出来。那天夜晚，塔鲁和里厄、朗贝尔和其他人，也都走在人群当中，他们也都感到脚下没有踏着实地。塔鲁和里厄离开林荫大道很久之后，走进僻静的小巷，沿着窗板紧闭的窗户漫步的时候，还听得到欢乐之声紧追不舍。由于疲惫不堪，他们也分辨不清是窗户里面悠长的痛苦呻吟，还是回荡在稍远的街道上的欢乐之声。临近解脱的这张面孔，欢笑和眼泪交织在一起。

一时间，喧闹之声越发响亮，也越发欢快。塔鲁停下脚步。一个黑影，轻快地跑在幽暗的马路上。那是一只猫，自春天以来重又见到的第一只。猫停留在马路中间，犹豫片刻，舔了舔爪子，又抬起爪子迅速挠了一下右耳朵，随后又跑起来，悄无声息，隐没在夜色中。塔鲁欣然一笑。那矮老头见了准高兴。

二

鼠疫似乎离去，返回它悄然出来的不为人知的巢穴，然而正是这时候，城里至少有一个人因鼠疫消退而懊丧不已，那就是科塔尔。据信，塔鲁在笔记中记载了这种情况。

老实说，从统计数字开始下降的时候起，他的笔记就变得相当古怪了。或许是疲惫的缘故，他的字迹真的变得难以辨认了，而且所记的内容过于频繁地跳跃。更有甚者，笔记第一次缺乏客观性，换成个人的看法了。记述科塔尔的情况就是如此，在很长篇幅中间，还插进一段戏猫老人的事。据塔鲁讲，鼠疫绝没有消减半分他对那位老先生的敬重，他对那个人物疫前感兴趣，疫后照样感兴趣，只可惜，他再想感兴趣也不成了，尽管他，塔鲁，表现的诚意没有什么问题。因为，他确曾设法再见那位戏猫老人。一月二十五日那天夜晚之后数日，塔鲁就来到那条小街，守候在街角。几只猫准时赴约，还在老地方，躺在太阳地儿上取暖。可是，到了老人平常出来的时刻，他家的百叶窗却执意紧闭。随后几天，塔鲁始终没有见到那些百叶窗打开过。于是，他别出心裁地得出结论，那小老头儿不是赌气就是死了：他若是赌气，就说明他认为自己有道理，是鼠疫损害了他；然而，他若是死了，那就该像对待那位哮喘病老人一样，考虑考虑他是不是圣人。在塔鲁想来，他不是圣人，但是认为那老人的事例有一种"启示"。笔记中指出："人也许只能达到近乎圣人的境界。果真如此，那就应该适可而止，做一个谦抑而仁慈的撒旦吧。"

塔鲁的笔记中，能看到许多评论，往往很零散，总是混杂在对科塔尔的观察中，有些谈及格朗，说他处于康复期，重新上班了，就好像什么事也没有发生过似的，还有一些评论涉及里厄大夫的母亲。塔鲁住进里厄家中，便有机会同老太太聊过几次，认真记录了他们之间的谈话、老太太的姿态、她那笑容，以及她对鼠疫的看法。塔鲁着重指出里厄老太太非常低调，她表达什么都用简单的语句，她还尤其偏爱一扇窗户：那扇窗户朝向清静的街道，每天傍晚，她总坐在窗前，身子微微挺直，双手安闲地放在膝上，目光凝注，一直到暝色侵入房间，她成为黑色的形影，而周围灰蒙蒙的光亮逐渐暗淡下来，最终融合了那纹丝不动的身影。塔鲁还特别强调，她从一个房间走到另一个房间，脚步异常轻盈；她那么善良，却从未在塔鲁面前拿出具体的例证，但是塔鲁在她的一言一行中，能认出善良的光芒。最后还谈到一个事实，塔鲁认为，老太太从不思索就洞察一切，她与沉默和阴影相伴，却始终能停留在任何光明的高度，哪怕是鼠疫的亮度。不过，塔鲁写到这里，字迹就扭扭斜斜，显得很怪异，后面一行行字体很难辨认，仿佛再次表明这种扭扭斜斜的特点；而最后几句话则首次提及他的私事："我母亲就是这样，我喜爱她身上这种同样的低调，她正是我一直想要回到其身边的人。八年了，现在我还不能说她去世了。她不过是比往常更加低调避让一点儿，我转身一看，她已经不在那儿了。"

应该谈谈科塔尔了。自从统计的鼠疫死亡人数下降以来，科塔尔就以各种借口，多次去见里厄。而实际上，每次他都请里厄预测瘟疫的趋势。"您认为鼠疫能这样吗，连声招呼也不打，说停一下子就停下来？"对此他持有怀疑态度，至少他是这样表白的。但是，他重复提出同样的问题，似乎表明他并不那么自信。到了一月中旬，里厄的回答就相当乐观了。但是这种回答，科塔尔每次听了非但不欢喜，反而随日期不同而产生不同的反应，大体上从情绪不佳渐趋情绪沮丧。因而，大夫只好对他说，统计数字尽管表明形势好转，但是最好还是别急于欢呼胜利。

"换个说法儿，"科塔尔便指出，"现在还全摸不着头脑，不知哪天还可能卷土重来吧？"

"对，正如治愈的过程会加速，都同样有可能。"

这种游移不决的态度，令所有人惴惴不安，却显然让科塔尔大大松了一口气：他当着塔鲁的面，跟他所住的街区商户交谈，就力图宣扬里厄的观点。的确，他无须费力就达到了宣扬效果。须知在初步胜利的狂喜之后，一种怀疑又回到许多人的头脑里，比起省政府的公报所引起的兴奋来，这种怀疑恐怕延续时间更长。科塔尔目睹这种不安情绪，也就放下心来。他跟历次一样，也不免泄气。"是的，"他对塔鲁说，"迟早要大开城门。等着瞧吧，他们都巴不得我完蛋！"

大家都注意到，直至一月二十五日，科塔尔的性格极不稳定。在很长一段时间，他寻求同街区的居民，同交往的人和解，可是后来，他又整天攻击他们。至少从表面来看，他算是退出社交活动，一夜之间就过起了离群索居的生活。再也不见他出入饭馆、剧院和他喜爱的咖啡馆了。不过，他似乎也没有回到这场瘟疫之前那样，孤独寂寞，过着有节制的生活。他终日待在自己那套房间里，一日之餐由邻近一家饭馆送外卖。到了晚上，他才悄悄出门，买些需要的东西，走出商店便赶紧钻进僻静的街道。塔鲁若是撞见他，也只能从他支支吾吾的口中掏出几个单音节词。继而，也没有个过渡，他又爱交往了，又见到他大谈特谈鼠疫，征询每个人的看法，又乐得每天晚上混杂在人流之中。

省政府发布公告那天，热闹的人群中完全不见了科塔尔的踪影。两天之后，塔鲁遇见了他，科塔尔正在街上游荡。他请塔鲁陪他去城郊街区，而塔鲁那一天干下来，觉得特别累，不免迟疑。可是，科塔尔执意拉他走，神情显得非常烦躁，胡乱打着手势，说话又快，声调又高。他问塔鲁是否认为省政府的公告真的就结束了这场鼠疫。依塔鲁之见，单凭政府一纸公告当然不足以遏止一场灾难，但是也有理由认为，如果不出意外情况，瘟疫的确将结束了。

"是啊，如果不出意外情况，"科塔尔说道，"但是，总有意外情况发生。"

塔鲁就向他指出，省政府规定两周之后才打开城门，可见预料到可能出现意外情况。

"省政府这样做就对了，"科塔尔说道，他仍然阴沉着脸，心浮气躁，

"因为照目前事态的发展，省政府很可能放了空炮。"

塔鲁认为有这种可能，不过在他看来，最好还是考虑尽快开放城门，恢复正常生活。

"就算是这样，"科塔尔对他说，"就算是这样，但恢复正常生活，您指的是什么呢？"

"电影院放映新片呗。"塔鲁微笑道。

科塔尔却笑不起来。他想要知道，是否可以这样想：这座城市闹完鼠疫什么也没有改变，一切又恢复旧观，就好像什么也没有发生一样。塔鲁认为，鼠疫会改变、又不会改变这座城市，而我们同胞的最强烈的愿望，当然现在是，今后也是一如既往，就仿佛周围没有发生任何变化，因此，在一定意义上，什么也不会改变；但是在另一种意义上，又不可能忘掉一切，即使加上多大的意志力也是枉然，鼠疫总要留下痕迹，至少留在人心里。可是，这个矮小的年金收入者却直言不讳，他对人心不感兴趣，人心甚至是他最不忧虑的问题。他关心的是行政机构本身会不会改组，譬如说，所有机构是否还像从前那样运行。塔鲁只得承认对此他一无所知，不过依他之见，可以设想，所有这些机构在瘟疫期间受到冲击，重新启动起来会有些困难。还可以想见，各种新问题会大量出现，给原先的机构至少要提出改组的必要性。

"唔！"科塔尔说道，"这倒有可能，人人都一样，一切都得从头开始。"

二人边走边谈，快到科塔尔居住的楼房了。科塔尔又来了精神，极力表现得很乐观。在他的想象中，这座城市又要重新生活，抹掉过去，从零开始起步了。

"好哇，"塔鲁说道，"不管怎么说，事情总会解决，也许对您也同样。从某种角度来看，将要开始的是一种新生活。"

他们走到楼门前，相互握手。

"您说得对，"科塔尔说道，他的情绪也越发显得激动，"从零起步，这可是件好事儿。"

话音未落，从走廊的暗地里就走出两条汉子。塔鲁刚来得及听他的同伴问那两个"鸟人"想要干什么。那两个"鸟人"衣冠楚楚，一色公务员的模样，开口就问科塔尔是否确实名叫科塔尔，而科塔尔不由得低低惊叫一声，扭头拔腿就跑，不待那两个家伙，也不待塔鲁有丝毫反应，就已经遁入夜色中了。塔鲁惊诧之余，就问那两条汉子要干什么。他们的态度颇为矜持，有礼貌地回答说要了解情况，说罢就径直朝科塔尔逃窜的方向追去。

塔鲁回到住处，记述了这一场面，并且是当即记下（他的字迹也相当清楚地表明他太疲惫了）。他补充写道，他还有许多事情要做，但是不能因此他就不做好思想准备，心里也在思索，是否确实做好了准备。最后他回答说——塔鲁的笔记也就到此结束——无论白天还是黑夜，总有那么一个时刻，人很虚弱，他怕就怕这样的时刻。

三

第三天。再过几天就解除门禁了，里厄大夫中午回家，心想能否收到他盼望的电报。这几天特别辛劳，不亚于鼠疫猖獗的时期，尽管如此，期待彻底解禁的心情，还是消除了他身上的全部疲劳。现在他有了盼头，也就满心欢喜。人不能总那么紧绷着，日夜惕厉。全身的力量拧成一股绳，一直同鼠疫抗争，现在终于松松劲儿了。让感情流露出来，这也是一种幸福。他盼来的电报，如果也报来喜信儿，里厄就可以重新开始了。而且他也认为，所有人都可以重新开始。

里厄经过门房小屋，看见新来的门房脸贴在玻璃窗上冲他微笑。他登上楼梯时，眼前又浮现出那张脸，因疲惫和营养不良而十分苍白的脸。

是的，等这场梦魇结束，再有点儿运气，他会重新开始的。……不料，他刚一打开房门，母亲就迎上来，告诉儿子塔鲁先生身体不舒服。塔鲁早晨起床，却无力出门，回头又上床躺下。里厄老太太不免担心。

"也许没什么大毛病。"她儿子说道。

塔鲁直挺挺地躺着，他那沉重的脑袋在枕头上压出深窝儿，身上盖的毯子很厚，仍能凸显健壮胸脯的轮廓。他发了烧，头疼得厉害。他对里厄说，症状还模糊难辨，有可能感染上了鼠疫。

"不对，还一点儿也做不出明确的诊断。"里厄给他检查完了说道。然而，塔鲁干渴得要命，大夫在过道里对母亲说，有可能是染上鼠疫，开始发病了。"嗳！"母亲说道，"这不可能，不会是现在呀！"紧接着她又说道，"咱们留下他，贝尔纳。"里厄略一思索。"我无权这么做，"他回答，"不过，城门要开放了，如果你不在这儿了，我认为这将是我行使的第一个权利。""贝尔纳，"母亲又说道，"把我们俩都留下吧。你很清楚，我又刚刚打了预防针。"大夫说塔鲁也同样打了预防针，不过，也许太累的缘故，他漏掉了最后这次血清注射，同时又忽略了一些防范措施。里厄已经去了工作室，他再回到房间时，塔鲁就瞧见他拿着几支大安瓿血清。"啊！就是了。"塔鲁说道。"不，这只是预防措施。"塔鲁伸出胳臂，不再说什么，接受了这种漫长的注射，他也曾亲手给别的病人注射过。里厄正面看着塔鲁，说道："看看今天晚上的情况吧。""要隔离起来吗，里厄？""还根本没有确诊您患上了鼠疫。""这是我头一次看到，注射血清而没有同时安排隔离。""您就由我母亲和我来护理。您留在这儿会更舒服些。"塔鲁不吭声了，大夫就收拾药瓶，等他说话好转过身去。最后，里厄走到床边，病人注视着大夫。他一副倦容，但是那双灰眼睛很平静。里厄冲他笑了笑。"睡得着您就睡一睡。过一会儿我就回来。"他走到门口，听见塔鲁叫他，就反身回到床前。但是，塔鲁似乎还在进行思想斗争，就连这句话都不愿意讲出口。"里厄，"他终于一字一顿地说道，"应当全告诉我，我需要知道。""这事儿我答应。"对方那张大脸微笑起来有点儿扭曲。"谢谢。我可不想死，还要斗争。不过，真要是输定了，那我也希望有个好结果。"里厄俯下身去，搂住他的肩膀。"不，"大夫说道，"要想成为圣人，那就得活着。您要斗争啊。"

　　寒冷的天气，上午稍微缓和一点儿，午后却骤变，下起暴雨夹冰雹。暮晚时分，天空才略微转晴，但是严寒更加砭人肌骨。里厄晚上回到家中，顾不得脱大衣就走进朋友的房间。母亲在打毛线。塔鲁似乎就没有动窝儿，不过，他那高烧烧得发白的嘴唇却表明，他一直在坚持斗争。

　　"感觉如何？"大夫问道。塔鲁微微耸了耸探到床外的宽阔肩膀。"看起来，"他说道，"我的败局已定。"大夫俯下身去检查。在滚烫的肌肤下面，已经出现成串的淋巴结，他的胸膛也似乎回响着地下炼铁炉似的各种嘈杂声。塔鲁的病情很怪，呈现出两种鼠疫的症状。里厄直起身来说道，血清还没有完全发挥效用。塔鲁想要说些什么，但是，一股热流冲到嗓子眼儿，淹没了塔鲁想要说的话。

　　里厄和母亲吃完晚饭，又过来守在病人身边。夜幕降临，塔鲁就开始了这场搏斗，里厄知道，跟瘟神打的这场硬仗，要一直持续到拂晓。塔鲁最有力的武器，并不是他那结实的肩膀和宽阔的胸膛，而是刚才里厄注射时针头下冒出的血液，是这血液中比灵魂还内在的、任何科学都无法释明的东西。而他，也只能干看着他的朋友拼搏。他所要做的事，就是必须催熟脓肿，给病人输滋补液，几个月以来的反复失败却教会他珍视这些治疗措施的效果。其实，他唯一的任务，就是向偶然性提供机会，须知这种偶然性惰性十足，只有受到激发才肯动一动。这就必须让偶然性动起来。因为，里厄突然面对瘟神那张令他大惑不解的脸。瘟神再次力图挫败针对它的战略战术：它从仿佛已经立足的地方消失，在出人意料的地方现身。瘟神再次力图做出惊人之举。

塔鲁躺着不动，还在抗争。这一整夜，面对病魔的一次次袭击，他一次也没有烦躁不安，仅仅以他厚重的身躯和沉默不语进行拼搏。同样，他一次也没有开口说话，他用这种方式承认自己不可以分神。里厄只能依据他朋友的眼睛，追随战斗的各个阶段：那双眼睛时而睁开，时而闭合，眼睑时而紧紧护住眼珠，时而相反，大大张开，目光凝视一件物品，或者移回到大夫及其母亲的身上。每次大夫与他的目光相遇，塔鲁都强颜微微一笑。

有一阵，街上传来急促的脚步声。行人似乎在逃避隐隐的雷声，隆隆的雷声渐渐由远及近，最终化为流水声，响彻街道：又下起雨，随即雨夹冰雹，击打着人行道。窗前大幅水帘波纹流动。里厄站在昏暗的房间里，一时分神，观看雨情，现在又回身，重又凝视床头灯光下的塔鲁。他母亲仍然在打毛线，不时抬头注意瞧瞧病人。现在，大夫该做的事全做完了。急雨过后，房间越发显得寂静，独独充满一场无形战争的无声厮杀。大夫受困倦的折磨，不免产生幻听，恍若听见寂静边缘有一种柔和而均匀的呼啸声。而在闹鼠疫的全过程，他的耳畔始终伴随这种声音。他示意母亲去睡觉。老太太摇头婉拒，她的眼睛明亮起来，接着就仔细检查针脚，有一针把握不大。里厄站起身，给病人喂水，回身又坐下了。

趁着雨暂停的时候，行人便匆匆赶路，人行道上的脚步声渐行渐远。里厄大夫第一次确认，这天夜晚，满街游荡的人迟迟不归，听不到救护车的铃声，很有点儿闹鼠疫之前的意味。这是摆脱了鼠疫的一个夜晚。病魔似乎受严寒、灯火和人群的驱赶，逃出本城黑暗幽深的洞穴，躲进这暖和的房间，向已无活力的塔鲁的身躯发起最后攻击。瘟神已不在本城上空行妖作怪，却在这个房间沉闷的空气中发出轻微的呼啸。这正是几个小时以来，里厄所听到的声音。还得等待，等这呼啸也在这里停止，鼠疫也在这里宣告败绩。

将近黎明时刻，里厄俯身对母亲说：

"你还是应该去睡一会儿，到八点钟好来替换我。睡之前先滴注点儿药水。"

里厄老太太站起身，收好针线活儿，走向床边。塔鲁合上眼睛有一阵子了。在他那坚强的额头上，头发被汗水浸得卷起来。里厄老太太叹息一声，病人随即睁开眼睛。他看见俯向他的那张和蔼的面孔，于是，他那倔强的微笑重又浮出高烧的热浪。不过，他的眼睛很快又闭上了。剩下里厄一个人了，他坐到母亲刚离开的椅子上，街上静悄悄的，现在鸦雀无声了。房间里也开始让人感到凌晨的寒冷。

大夫昏昏欲睡，可是，拂晓驶出来的第一辆车，把他从瞌睡中拖出来。他打了个寒战，瞧了瞧塔鲁，明白这场搏斗有了一段间歇，病人也睡着了。那辆马车的木轮铁辋还在远处滚动。窗前的天色仍然一片漆黑。大夫走向床铺时，塔鲁看着里厄，眼睛毫无表情，就好像他还将醒未醒。

"您睡了一觉，对不对？"里厄问道。

"对。"

"呼吸通畅点儿了吧？"

"好点儿。这能表明什么呢？"

里厄没有应声，过了一会儿才说道：

"不，塔鲁，这表明不了什么。您跟我一样清楚，这是清晨的暂缓现象。"塔鲁表示赞同。"谢谢，"他说道，"您就总这么确切地回答我吧。"里厄坐到床脚。病人的双脚就在身边，他感到它们又长又硬，犹如僵尸的肢体。塔鲁的喘息更加粗重。"还要发起高烧，对不对，里厄？"他气喘吁吁地说道。"对，不过，到了午间才能确定。"塔鲁合上眼睛，仿佛在蓄养精力。他的脸上显出极度倦怠的神情。高烧在他体内某部位已经蠢蠢而动，他就等待体温再度蹿升。他再睁开眼睛时，眼神十分黯淡，只是看见里厄向他俯下身子才明亮一下。

"喝水吧。"里厄说道。塔鲁喝完水，脑袋又倒下去了。"拖这么久。"塔鲁咕哝一句。里厄抓住他的手臂，但是塔鲁移开目光，不再有所反应。突然间，高烧仿佛冲垮体内的一道堤坝，明显涌上他的额头。这时，塔鲁的目光又移向里厄，大夫凑过脸去鼓励他。塔鲁还竭力要笑一笑，但是那笑意没有冲破咬紧的牙关和白沫封死的嘴唇。他的脸已僵硬，但是眼睛仍然放射着勇气的光芒。

到了七点钟，里厄老太太走进房间。里厄回到工作室，给医院打电话，安排人代他的班。他还决定推迟出诊时间，在沙发上躺一会儿，可是马上又起来，回到塔鲁的房间。塔鲁的头已经转向里厄老太太，凝视着坐在近前椅子上缩成一团、双手合拢放在大腿上的身影。他凝视的眼神太专注了，里厄老太太不由得将一根指头放在嘴唇上，然后起身关了床头灯。这时，窗帘外面的晨光很快透进来，不大工夫，病人的面容就从幽暗中显现出来，里厄老太太能看出他始终注视着她。于是，她俯过身去，将枕头垫高一点儿，直起身来，一只手放到他那潮湿而卷曲的头发上，抚摩了一会儿。于是她听见塔鲁对她说一声"谢谢，现在一切都好"，声音非常低沉，仿佛从远处传来。老太太重又坐下时，塔鲁已经合上眼睛，他那张疲惫的脸尽管双唇紧闭，却似乎重又泛起一丝微笑。

中午时分，高烧达到顶点。一阵阵发自肺腑的咳嗽，震得病人的身体直颤动，正是这时他开始咯血了。淋巴结停止增长了，但是肿块还在，非常坚硬，好似拧在关节凹陷处的螺帽，里厄判断，不可能切开这些肿块。在高烧和咳嗽的夹击中，塔鲁还隔一阵看看这两位朋友。但时过不久，他睁开眼睛的次数越来越稀少，而在阳光的映照下，他惨遭病魔摧残的脸庞，每次看都更加苍白了。高烧的急风暴雨，引发他身体抽搐惊跳，但是照亮他头脑的闪电却越来越少见了，塔鲁被缓缓地卷进这风暴的深底。里厄从此面对的是一副笑容消失而毫无生气的面具。这副人的形骸，曾经和他那么亲近，现在被病魔的长矛刺得遍体鳞伤，被一种骇人的病痛烧焦，还被天降的仇恨之风所扭曲，眼看着沉入鼠疫的急流中，里厄却无能为力，救不了遇难的朋友。他只能停在岸边，心似刀绞，两手空空，没有武器，孤立无援，面对这场劫难，再一次束手无策。最终，无能为力的泪水模糊了眼睛，里厄未能看见塔鲁猛然转向墙壁，随着一声低沉的哀叹便咽了气，就好像他体内一根主弦断了。

夜晚没有搏斗，只是一片寂静。在这与世隔绝的房间里，里厄感到一种令人惊诧的静谧在这具已经穿好衣服的遗体上方飘浮，而这种静谧，在许多天之前的一个夜晚，在有人冲击城门之后，也曾出现在高踞鼠疫之上的屋顶平台的上空。就在那时候，里厄便已经联想到他眼睁睁看着死去的一些人的床上升起的这种寂静。到处都是同样的暂停，同样庄严的间歇，总是战斗之后同样的平静，这便是失败的静默。然而现在笼罩着他朋友的沉寂，显得密不透风，同街道和解脱了鼠疫的城市的静寂那么相得益彰，里厄由此清楚地感到，这是最后一次失败，而这次失败终结了战争，将和平本身变成一种永难治愈的伤痛。大夫不知道塔鲁最终是否找回安宁，但至少此时此刻，他自信已经了解，他本人永远也不可能安宁了，正如失去儿子的母亲、埋葬朋友的男人那样，永远也不会有休战的时刻了。

户外，还是同样寒冷的夜晚，天空明亮而清冷，满布的星辰都仿佛冻结了。房间里半明半暗，里厄和母亲都感到严寒压迫着玻璃窗，那是极地之夜惨白的强烈气息。里厄老太太坐在床边，床头灯光从右侧照过来，一如平常那样的姿态。里厄在房间中央，坐在远离灯光的扶手椅上等待。他又想起自己的妻子，但是每次总要打消这种念头。

夜晚初始的一段时间，行人走在清冷的夜色中，脚步声格外响亮。

"什么都安排妥当了吧?"母亲问道。

"妥当了，我打过电话了。"

接着，他们又继续默默地守灵。里厄老太太不时瞥儿子一眼。里厄每次同这样的目光相遇，就冲母亲笑一笑。街上相继传来夜间熟悉的声音。尽管还没有解禁，许多车辆却重又上街行驶了。汽车快速轧着马路，消失了，随后重又出现。人的话语、呼唤声，继而复归寂静，一匹马的蹄声，两辆有轨电车过弯道吱嘎作响，模糊不清的嘈杂声，又是夜的喘息。

"贝尔纳?"

"嗯。"

"你不累吗?"

"不累。"

他知道母亲心里想什么，知道此刻母亲是疼爱他。他也知道爱一个人，或者至少一种爱始终不够强烈，找不出自行表达的方式，这并不算什么。因此，他母亲和他，可以始终默默地相爱。他们过一辈子，直到她，或者他本人死去，也不可能进一步倾吐母子之情。同样，他在塔鲁身边生活了一段时间，而今天晚上，塔鲁去世了，他们的友谊却没有时间真正经历一番。塔鲁出局了，正如他自己讲的。但是他，里厄，又赢得了什么呢? 他所赢得的，仅仅是认识了鼠疫并可回忆，了解了友谊并可回忆，体验了温情，而且有朝一日也成追忆。在同鼠疫博弈、同生活博弈中，人所能赢的，无非是见识和记忆。塔鲁所说的"赢局"，也许指的就是这一点!

又驶过一辆汽车，里厄老太太在座椅上动了一下。里厄冲她笑一笑。老太太对儿子说她不累，紧接着又说道：

"你应该去山区那里休息一阵子。"

"当然要去了，妈妈。"

是的，他会去山上休息。有何不可呢？这也成其为悼念的一种借口。赢局，果真如此的话，那么被剥夺了希望，仅仅带着自己的见识和记忆去生活，日子该有多么艰难啊。塔鲁恐怕就是这样生活过来的，他已经意识到，一种没有幻想的生活该是多么枯燥乏味。没有希望，就谈不上安宁，而塔鲁不承认人有权处死任何人，可又知道谁都可能情不自禁地判处别人死刑，甚至受害者有时也会成为刽子手。因此，塔鲁五内俱裂，生活在矛盾之中，从来就没有萌生过希望。莫非为此缘故，他才要当圣人，通过为别人服务而获取安宁？老实说，里厄无从知晓，这也并不重要。塔鲁在他的记忆中，只留下双手紧握方向盘为他开车的形象，或者这副厚重的身躯，现在躺着不动的形象。一种生活的热情和一副死亡的模样，这就是认识。

无疑正因为如此，早晨接到妻子去世的消息，里厄大夫才表现得如此平静。他正在工作室里，他母亲几乎跑着给他送来一封电报，随即出去好付给邮递员小费。老太太返回时，见儿子手上还拿着打开的电报。她注视着儿子，但是里厄目不转睛，在窗前出神观望海港绚丽的晨景。

"贝尔纳。"里厄老太太叫道。

大夫心不在焉地端详母亲。

"电报说什么？"老太太问道。

"正是这事儿，"大夫承认，"一周前走的。"

里厄老太太的头扭向窗户。大夫沉默不语。继而，他劝母亲不要流泪，他早有所料，但事到临头还是非常难过。他这样讲，只是表明他这种伤痛并未出乎意料。几个月以来，乃至近两天，接连不断袭来的是同样的痛苦。

四

二月一个晴朗的拂晓，四面城门终于开放了，本市居民、各家报纸、广播电台和省政府公报，无不欢呼庆贺。叙述者也就责无旁贷，应当记下城门开放后的欢乐时刻，尽管像他这类人还身不由己，不能全心投入欢庆的行列。

盛大的欢庆活动，从白天持续到夜晚。与此同时，火车站里的列车开始启动，黑烟滚滚，不少轮船也朝我们的港口驶来，车船都以各自的方式表明，对所有饱受分离之苦的人来说，这一天是大团圆的日子。

叙述至此，也不难想象，久居我们多少同胞心中的离愁别恨，已到何等苦不堪言的程度。白天，驶入本市的列车与开出的列车同样满载旅客。他们都早早预订了这一天的车票，在暂缓撤销禁令的两周期间，人人都提心吊胆，生怕到最后时刻，省政府又取消这一决定。在驶近本市的旅客中，有些人还未完全排除恐惧的心理，他们固然大体上了解亲人的命运，但是对其他人和这座城市本身却不甚了了，不免把市容市貌想得面目狰狞可怕。不过，也是仅仅对整个这一时期没有经受爱情煎熬的人而言，情况才确实如此。

多情的人的确魂牵梦萦，专注于固定的念头。对他们来说，只有一种事变了，就是时间的概念：他们流亡在外这么多个月，总想催促时间快些流逝，在列车上已经望得见我们的城市的时刻，他们越发热切地希望时间加速再加速；然而，火车一旦开始刹车，在停稳之前，他们反而又企盼时间慢下来，干脆停止不动才好。爱情生活缺失的这几个月，他们内心的感觉既模糊又强烈，隐隐产生一种争得补偿的要求，希望欢乐的时间比等待的时间过得慢一倍。至于在房间或在火车站等候的人，如朗贝尔，须知他妻子几周前就得到通知，早已做好前来的一切准备，他们同样急不可待，同样心慌意乱。只因这种爱情或者温情，已被闹了数月的鼠疫压缩成为抽象概念，朗贝尔不免心惊胆战，等待同爱的支柱，有血有肉的爱人共同检验这种感情。

朗贝尔恨不得变回初闹瘟疫时那样，想要一口气冲到城外，跑去迎接他心爱的人。但是他知道，这再也不可能了。他变了，鼠疫把他变得驰心旁骛，他虽然极力否认，然而这种状态依旧，仿佛心存一种隐忧。在某种意义上，他感到鼠疫结束得太突然，自己一时还不适应。幸福飞速到达，事态的进展超乎期待。朗贝尔明白，一切会一股脑儿还给他，而快乐成为滚烫的美食，不能细细品味。

此外，这种心态，所有人也都像朗贝尔那样，或多或少意识到了，因而就应该谈谈所有人的情况。在这火车站的站台上，他们开始了私生活，相互交换眼色和微笑，但仍能感到他们是个集体。不过，他们一望见火车冒的黑烟，流放感就当即烟消云散，沐浴在如醉如痴的欢乐中了。等列车一停稳，以往经常在这同一站台上上演的无休止的分离，一瞬间便结束了，正是在这一瞬间，他们又狂喜又贪婪，手臂紧紧搂住他们已忘记鲜活形状的躯体。且说朗贝尔，未待他看清楚，朝他跑来的身影就扑进他怀里。他抱住她，将她的头紧紧搂在胸前，只看得见熟悉的头发，不由得流下眼泪，却不知道是为眼前的幸福，还是为过久压抑的痛苦而抛洒，但是至少可以肯定，泪水会阻止他查验埋在他肩窝的这张脸是他朝思暮想的面容，还是一张陌生女人的脸。他怀疑得是否有道理，等一会儿就能见分晓。不过眼下，他要跟周围所有人一样，摆出相信的样子，鼠疫尽可以扑来再撤走，人是不会因此而变心的。

于是，亲人相拥着各自回家，对周围的世界视而不见，表面上战胜了鼠疫，对一切苦难置之不理，对同车来的人置之不理；还有的不见一个亲人，准备回家确认因久无音信已经在他们心中滋生的忧惧。对于这些只能与新痛相伴的人，还有此刻正在怀念逝者的人，情况就截然不同，离别之恨便达到了顶峰。这些人，无论是母亲、丈夫、妻子还是情人，随着丧失了亲人，也丧失了一切快乐：亲人现已混杂在群葬的尸坑里，或者掺杂在一堆骨灰中，这就是永远的鼠疫。

可是，谁还会想到这些孤苦伶仃的人呢？中午，太阳战胜了从清晨就在空中与其搏斗的寒风，向城市不间断地倾泻着静止不动的光芒。白昼停滞了。山头要塞的大炮不断向入定的天空轰鸣。全城居民倾巢出动，庆祝这一令人激动万分的时刻，而在这一时刻，痛苦的时期结束了，遗忘的时期尚未开始。

各个广场都跳舞狂欢。转眼之间，交通流量猛增，汽车越来越多，在拥挤不堪的街道上艰难地行驶。整个下午钟声齐鸣，响彻金光普照的蔚蓝天空。原来每座教堂都在举行感恩礼拜。而且，与此同时，娱乐场所也都人满为患，咖啡馆不再顾虑将来，最后一批烧酒存货全部拿出来供应，柜台前挤满了人，一个个都那么兴高采烈，其中有许多搂抱在一起的男女，在大庭广众之下也都无所避讳了。人人高声叫嚷，开怀大笑。几个月以来，他们每人守护心灵而积存的生命力，现在要在这一天中耗尽，真把这一天当作他们的幸存之日。等到明天，生活本身才倍加谨慎地开始。眼下，不同身份的人相聚甚欢，情同手足。死亡降临都没有真正实现的平等，解脱灾难的欢乐却做到了，至少在这几个小时成为现实。

其实，这种感情的释放十分平常，并不能说明一切，傍晚时分，满街与朗贝尔摩肩擦背的人群，往往以平静的神态来掩饰微妙得多的幸福。许多夫妇，许多人全家出来，给人的表象确实看不出什么，无非都是安闲的散步者。其实，大部分人又故地重游，怀着复杂的心理再来看看他们受过苦的地方，要给初来乍到的人指点鼠疫留下的触目惊心或隐蔽的创痕、闹鼠疫时期的遗迹。有些情况下，人们还乐得扮演向导，装出见识了许多事情，既然亲身经历了鼠疫，谈起危险来绝口不提恐惧。这种乐趣也无伤大雅。可是，还有些情况，走的路线更加拨动心弦，一个恋人沉浸在多情忧心的回忆中，可能会对情侣说："当时，就在这个地点，我多需要你啊，可你就是不在跟前。"这些情感的游客，当时可以辨认出来：他们走在波涛汹涌的人海中，却形成一座座小孤岛。正是他们宣告了真正的解脱，远远胜过十字街头的乐队。只因这一对对情侣心醉神迷，紧紧偎依在一起，话语不多，但是在乱哄哄的人群中，他们满面春风，洋溢着幸福的不公，证实鼠疫已然结束，恐怖已成过去。他们根本不顾明显的事实，从容不迫地否认我们曾亲历过这样疯狂的世界，杀个人如同打死苍蝇一样习以为常，他们也否认这种确凿无疑的野蛮行径、这种处心积虑的疯狂举动，否认这种带来对一切非现时事物肆意践踏的监禁、这种令所有人尚未被杀死的人惊愕的死亡气味，他们最后还否认我们曾经是这群吓昏了头的民众，每天都有一部分人的尸体成堆投进焚尸炉化为浓烟，而其余的人则戴着无能为力和恐惧的枷锁，等待这种厄运轮到自己头上。

　　总之，映入里厄大夫眼帘的，正是这样一番景象。傍晚时分，他独自出门，走在震耳欲聋的钟声、炮声、乐曲声和欢叫声中，要前往城郊街区。他继续出诊，患者没有假日。城市在绚丽而明净的晚照中，又冉冉升起昔日烤肉和茴香酒扑鼻的香味。周围尽是仰天大笑的面孔。男人和女人，都勾肩搭背，一张张脸火红火红，那么心荡神迷，张扬着欲望。是的，鼠疫结束了，恐怖也随之消逝，这些挽在一起的手臂确实表明，从词义的内涵讲，鼠疫确曾意味着流放和分离。

几个月以来，里厄在所有行人脸上看到的这种亲如一家的神情，现在他第一次能够命名了。此刻环视周围就明白了。所有这些人，熬到了鼠疫结束，生活困苦，缺衣少食，最终都穿上了他们早已扮演的角色——移民的服装：首先是那张脸，现在还有服饰，表明他们离开了故土，远在他乡。从闹鼠疫而关闭城门的时候起，他们就完全生活在离别的境况中，得不到能使人忘掉一切的这种人间温暖。在城中各个角落，这些男人和这些女人，都不同程度地渴望过团聚，虽然每人要团聚的性质不尽相同，但是对所有人来说，都是遥不可及的事情。大部分人曾向远别的一个人竭尽全力呼唤一个肉体的温暖，缠绵的柔情，或者原来的习惯。有些人往往不知不觉，忍受着置身于人的友情之外的苦痛，他们再也不能通过诸如通信，乘火车、轮船出行等寻常途径与人联谊。还有少数人，也许像塔鲁那样，曾经渴望同某种东西相聚合，而这种东西，他们又无法界定，但似乎是他们唯一渴望的福运。既然没有别的名称，他们有时也就称之为安宁。

　　里厄一直走着，越往前走，周围的人越密集，也越喧闹，他仿佛觉得他要去的城郊街区相应往后退去。他逐渐融入这个甚嚣尘上的巨大群体中，越来越理解他们的呼喊，至少呼喊出他的一部分心声。是的，大家同患难，无论肉体还是心灵，都经历一段艰难的空白，一段无法弥补的流放，一种从未满足的饥渴。尸体堆成了一座座小山，伴随着救护车的铃声，通常称为命运所发出的警告，还有挥之不去的恐惧和内心激烈的反抗，在这中间，一种巨大的喧声不断地传布，警示这些惊恐万状的人，告诉他们务必返回他们真正的家园。对他们所有人来说，真正的家园就在这座窒息的城市的城墙之外，在山峦上芬芳的荆棘丛中，在大海上，在自由的地方和爱情的分量里。他们正是想要回到真正的家园，回到幸福中，厌恶地避开其余的一切。

至于这种流放、这种团聚的渴望，究竟可以赋予什么意义，里厄却无从知晓。他一直往前走，各处被人拥来挤去，不断有人打招呼，渐渐走到不大拥挤的街道，心里不免思忖，这些事有没有意义并不重要，只应该看准符合人的希望的东西是什么。

　　里厄从此便知晓什么回答了人的希望，他走进城郊头几条几乎冷清的街道就看得更加清楚了。那些只看重自己那点儿东西的人，仅仅渴望回到他们爱情的安乐窝，有时真就如愿以偿了。当然了，他们当中一些人，仍然孤孤单单，继续在城中游荡，再也见不到他们等待的人了。没有两次遭受离别之苦的人，总算是幸运者，而有些人则不然，他们在瘟疫之前，没有一下子建立起情爱甚笃的夫妻关系，又多年盲目追求十分勉强的和美，结果情不投意不合反成了冤家。这些人也跟里厄一样，轻率地把希望寄托在时间上，他们的分离遂成永诀。不过，还有一些人，就毫不犹豫地找到了他们离别而以为失去的人，譬如朗贝尔，这天早晨里厄跟他分手时还对他说："鼓起勇气，现在这样才是对的。"至少在一段时间内，他们会感到幸福。现在他们知道了，这世上如果还有一样东西，人总是渴望，有时也能获得的话，那就是人与人之间的温情。

　　所有那些追求超越的人，那些向往着某种连他们自己也想象不出来的什么东西的人，都没有找到符合心愿的答案。塔鲁似乎重返他曾谈论的难得的安宁，然而，他仅仅在死亡中才找见了，到了这种时刻，安宁对他也毫无用处了。里厄看到在夕照中，站在门口紧紧相拥的人，相互凝视，彼此传递着欲火，如果说这些人已经如愿以偿，那也是因为他们想要的正是唯一取决于他们自身的东西。里厄拐进格朗和科塔尔居住的街道时心里便想，这些人只求平凡做人，满足于自己那种可怜而又可厌的爱，他们至少时而得到欢乐的酬赏，也是理所当然的事。

五

　　这部纪事接近尾声。到了贝尔纳·里厄大夫应该承认的时候了，他正是本书的作者。不过，在讲述本纪事最后一些事件之前，他希望至少解释一下他为何撰写此书，并让人明白他坚持以见证人的客观语调来记述。在闹鼠疫期间，他因职业之便，得以接触大部分同胞，收集了他们的感受。因此，他正当其位，适于报道他的所见所闻。当然，他也要抱着十分谨慎的态度来做这件事。总体来说，不是亲眼看见的事情，他尽可能不采用，不是他们大体上必然产生的思想，也绝不强加给他在鼠疫期间的工作伙伴，仅限于利用因偶然或不幸而落入他手中的资料。

　　他是要为某种罪恶出庭做证，作为一个厚道的证人，就要有所保留，掌握一定分寸。但同时又遵循一颗正直心灵的法则，毅然决然站到受害者一边，并且情愿跟世人，他的同胞一起确认他们唯一共同肯定的事，即爱、痛苦和流放。因此，他的同胞的种种惶恐不安，他无不感同身受；他们的每种境遇，也无不是他本人的经历。

　　要做个忠实的证人，他尤其应当记述各种举动、各种资料和各种传闻。然而，他个人想要讲的话、他的期待、所经受的考验，都应该避而不谈。他若是选用的话，也仅仅旨在理解或者有助于人理解他那些同胞，旨在尽量明确表达出他们大部分时间模糊的感受。老实说，花这点儿脑筋，对他不算什么。有时他也跃跃欲试，要把自己的心声直接汇入成千上万鼠疫患者的声音之中，可是转念一想又作罢了：他那些痛苦，没有一件不同时也是别人的痛苦，在这世上，痛苦往往孤独地承受，这正是一种优势。的的确确，他应该替所有人说话。

然而，我们的同胞中至少有一人，里厄大夫不能替他说话，正是有一天，塔鲁对里厄说起的那一位："他唯一真正的罪过，就是从心里赞成要一些孩子和大人性命的东西。余下的，我全能理解，唯独这一点，我只能勉勉强强地原谅他。"此人的一颗心愚昧无知，也就是说落寞孤寂，这部纪事的句号，落到他身上倒也恰到好处。

　　里厄大夫走出欢庆喧闹的大街，正要拐进格朗和科塔尔居住的街道时，却被一道警戒线拦住去路。这情况他没有料到。远处欢庆的阵阵喧哗声，越发凸显出这个街区的寂静，他感到这儿既沉默又冷清。他出示了证件。

　　"不行啊，大夫，"警察说道，"那儿有个疯子，朝人群开枪。不过，您就留在这儿，还可能用得着您。"

　　这里，里厄看见格朗朝他走过来。格朗也不知道是怎么回事。警察不让过去，他听说有人从他那栋楼里朝外打枪。远远望得见那栋楼的正面被没有热度的夕阳的余晖涂成金黄色。楼房四周有一大片空场，一直延伸到对面的人行道。可以清楚地看到，马路中央有一顶帽子和一块脏布片。里厄和格朗远远望见，街道另一头也拉起一道警戒线，跟拦住他们的这道警戒线平行，本街区的一些居民脚步匆忙，从那道警戒线后面过往。他们仔细观望，还看到一些警察手持手枪，蹲在那栋楼对面几栋楼的楼门里。那栋楼的百叶窗全部关闭，只有三楼的一扇百叶窗似乎掩着。整条街悄无声息，只能听见从市中心传来的乐曲声的片段。

　　一时间，对面一栋楼里手枪射击，"叭、叭"两声，那扇半开的百叶窗随即碎片横飞。接着，又复归寂静。在一天的喧闹之后，远远望见的景象反倒令里厄觉得有点儿虚幻。

　　"那是科塔尔家的窗户。"格朗突然说道，他情绪很冲动，"可是，科塔尔早就不知去向了。"

"为什么开枪啊?"里厄问警察。

"那是引逗他呢。我们等一辆车运来必要的装备,因为,有人开枪,专打要进那栋楼的人,已经有一名警察中弹了。"

"为什么开枪打人呢?"

"不知道。当时,大家都在街上闲逛,忽听一声枪响,都闹不清是怎么回事儿。打第二枪时,惊叫声四起,有人受了伤,所有人都逃开了。那是个疯子,还用说!"

在恢复的寂静中,时间一分一秒,似乎过得十分缓慢。忽然间,他们望见一条狗,从街道另一头蹿了出来,正沿着墙根儿小跑,那是很久以来里厄所见到的第一条狗,一条脏兮兮的长毛猎犬,估计是主人把它掩藏至今。跑到那栋楼的楼门附近,狗犹豫一下,先是坐到地上,然后翻身倒下咬跳蚤。警察连吹几声哨子,召唤那条狗。狗抬起头,接着决定慢腾腾地横过马路,去嗅那顶帽子。与此同时,从三楼射出一发子弹。那条狗好似烙饼似的翻倒在地,四条腿乱蹬,最后仰身躺倒,抽搐了好半天。对面楼里当即还击,五六声枪响,又把那扇百叶窗打飞好多碎片。继而,周围又寂静下来。太阳沉下去一点儿,阴影开始爬近科塔尔家的窗户。大夫身后的街上响起轻轻的刹车声。

"他们到了。"警察说道。

几名警察背朝外下了车,带上绳索、一架梯子、两个长方形的油布包。他们走进一条环绕这群楼房的街道,到了格朗居住的楼房的对面。片刻之后,那些楼房门口一阵骚乱,那情景不是看到的,而主要是猜测出来的。然后,大家就等待。那条狗不再动弹了,现在躺在一洼暗黑的血泊中了。

猛然间,一阵冲锋枪射击声从警察占据的几座楼房的窗口响起。这阵射击,仍然对准那扇百叶窗,这次打得稀巴烂,露出了黑乎乎的窗洞；可是，里厄和格朗从他们站的位置什么也看不清楚。射击一停止，第二支冲锋枪又响起来，从另一个角度，在稍远一点儿的楼房射击。子弹无疑都射进那扇窗户的方洞里，有一颗还打飞了墙砖的一块碎片。就在同一瞬间，三名警察跑步横穿马路，冲进楼门里。另外三名警察差不多紧随其后，射击也随即停止了。大家又开始等待。那栋楼里远远传来两声枪响。接着又是一阵喧哗，只见从那楼里与其说是拖出，不如说是架出来一个矮个儿男子。那人只穿着衬衣，不停地大嚷大叫。好像发生了奇迹，临街关闭的百叶窗全部打开，窗口全挤满了看热闹的人，又有大群人从一幢幢楼里出来，挤在警戒线的外面。这工夫，那个矮个儿男子已经被架到马路中央，双脚终于着地，手臂仍被警察反扭在背后。他还是连声叫嚷。一名警察走上前去，狠狠给了他两拳，打得又稳又准。

"正是科塔尔，"格朗讷讷地说道，"他已经疯了。"

科塔尔倒下了。只见那警察抬起腿，又照着被打瘫在地的躯体猛踢一脚。接着乱哄哄的一群人朝大夫和他的老友这边走来。

"都闪开路！"那警察嚷道。

里厄移开目光，不看从面前走过的那群人。

格朗和大夫走进苍茫的暮色中。这个事件就好像震醒了昏昏欲睡的街区，偏僻的街道重又热闹起来，挤满欢乐的人群。格朗到了居住的楼前，向大夫道别，他要去工作。不过，临上楼的当儿，他还是对大夫说，他已经给雅娜写了信，现在心里释然了。另外，他又重新写了那句话，并且说："所有形容词，我全部删掉了。"

格朗狡黠地笑了笑，摘下帽子，恭恭敬敬地施了一礼。然而，里厄心里在想科塔尔，他去那位患哮喘病老人家的一路上，耳畔一直回荡着警察挥拳击在科塔尔脸上浊重的声响。想到一个有罪的人，也许比想到一个死人还要难受。里厄走到患病老人家时，夜色已经吞噬了整个天空。在房间里听得见远处欢庆自由的嘈杂声，老人还是慢条斯理地倒腾鹰嘴豆。"他们做得对，是该乐和乐和了，"老人说道，"苦乐全有，才算得上一个世界。大夫，您那位同事呢，他怎么样了？"传来一阵噼噼啪啪的声响，但那是祥和的爆破声，孩子们在放鞭炮。"他死了。"大夫回答，同时用听诊器检查老人呼噜呼噜作响的胸部。"啊！"老人听了不禁愕然。"死于鼠疫。"里厄补充一句。"是啊，"老人沉吟片刻，不得不承认，"最优秀的人总是先走。这就是生活。真的，他那个人，知道自己想要什么。""您为什么这样讲？"大夫边说边收好听诊器。"也不为什么。他可从来不说空话废话。总之，我呢，挺喜欢他。就是这么回事儿。别人说：'这是鼠疫，我们闹了鼠疫。'差一点儿，他们就会申请授勋了。说到底，鼠疫究竟是什么呢？鼠疫就是生活，不过如此。"

"您要按时做熏蒸疗法。""唔！您丝毫不必担心。我的命还长着呢，我会眼看着他们一个个全死去。我嘛，生活得法儿。"远处声声欢叫回应他这话。大夫停在屋子中央。"我去平台上瞧瞧，您不介意吧？""不介意！您要从高处望望他们，嗯？随您便吧。其实，他们始终是老样子。"里厄朝楼梯走去。"说说看，大夫，他们要建造一座鼠疫死难者纪念碑，这是真的吗？"

"报上这样报道。造一座石碑，或者一块纪念牌。"

"我早就断定了。还会有人发表演说。"

老人大笑，笑得喘不上来气儿。

"我在这儿就听得见他们说：'我们这些死者……'回头他们就去大吃大喝。"

里厄已经登上楼梯了。

清冷而辽阔的天空，在楼房上方闪烁，而靠近山峦那边，星星犹如燧石，显得异常坚硬。记得那天夜晚，他和塔鲁登上这座平台，将鼠疫抛到一边，而这天夜晚的情景，并没有多大差异，只是悬崖脚下的大海涛声更为喧响。空气轻盈，纹丝不动，释去了秋季暖风送来的咸味。然而，市区喧闹的声浪，还一直拍击着屋顶平台下面的墙脚。不过，这是解脱之夜，而不是反抗之夜了。远处那片暗红色的亮光，标志着灯火辉煌的林荫大道和广场。值此解放的夜晚，渴望就成了脱缰的野马，正是那种吼声一直传到里厄的耳畔。

官方欢庆的第一批烟花，从昏暗的港口腾空而起。全市居民长时间的欢呼声隐隐传来。科塔尔、塔鲁，以及里厄曾爱过并失去的那些男子和那个女人，他们无论死去还是有罪，此刻全被人忘却了。这位患病老人说得对，人始终是老样子。不过，这正是他们的力量和无辜所在，里厄超越一切痛苦，还是从这两方面同他们会合了。欢呼声持续不断，一阵高似一阵，久久回荡在平台的脚下；五彩缤纷的烟花在天空绽放，也越来越密集了，于是，里厄大夫决定撰写到此结束的这部纪事，以免跻身沉默者的行列，旨在挺身做证，为鼠疫的受害者说话，至少给后世留下他们受到不公正和粗暴对待的这段记忆，也旨在扼要谈一谈在这场灾难中学到什么，即人身上值得赞美的长处多于可鄙视的弱点。

然而他也明白，这部纪事不可能是最后胜利的纪事。本书仅仅见证了在危险关头，人们不得已做了些什么，同时也表明，今后再遇到类似情况，还应该做些什么：所有当不成圣贤，又不甘心横遭灾祸的人，当然要将个人的伤痛置之度外，努力当好医生，抗击瘟神及其武器不断制造的恐怖。

里厄倾听着从市里飞扬起来的欢乐喧声，却念念不忘这种欢乐始终受到威胁。因为他了解这欢乐的人群并不知晓的事实：翻阅医书便可知道，鼠疫杆菌不会灭绝，也永远不会消亡，这种杆菌能在家具和内衣、被褥中休眠几十年，在房间、地窖、箱子、手帕或废纸里耐心等待，也许会等到那么一天，鼠疫再次唤醒鼠群，将其大批派往一座幸福的城市里死去，给人带去灾难和教训。